KB273661

죽기 전에 벌한다

죽기 전에 벌한다

권하영 옮김
야쿠마루 가쿠 지음

死命

BOOK PLAZA

$$\text{⧗}$$

1

야마구치 스미노가 카페에 들어가자, 안쪽 자리에서 그리운 얼굴들이 보였다. 코스기가 스미노를 향해 손을 흔들었다.

"늦어서 미안."

스미노는 쭈뼛거리며 사람들이 있는 곳으로 향했다.

테이블 자리에는 코스기 말고도 타카기와 나카무라, 아야코가 앉아 있었다. 스미노는 사람들의 시선이 자신에게 집중되는 것을 느꼈지만, 어떤 표정을 지어야 할지 알 수 없었다.

"오랜만이다. 전보다 더 예뻐졌네. 마지막으로 본 게 아마 내 결혼식 때였나?"

스미노가 앉자, 맞은편에 앉은 타카기가 말을 걸어왔다.

"맞아요, 맞아. 아마 8년 전일걸요." 코스기가 중간에서 말을 받았다.

"그때 일부러 멀리까지 와 줘서 고마웠어."

그 당시 니가타에 살고 있던 스미노는 타카기의 결혼식에 참석하기 위해 잠깐 도쿄를 찾았었다. 이렇게 모인 건 그때 이후 8년만이다.

"결혼 생활은 어때요?" 스미노가 타카기에게 물었다.

"애가 셋이라 난리도 아니야."

"부럽네요."

자식 사랑이 묻어나는 타카기의 미소를 보니, 진심으로 그런 생각이 들었다.

"스미노는 언제 도쿄로 돌아온 거야?"

"올해 3월이요."

"그랬구나. 이런저런 일이 있었겠지…." 코스기에게 스미노의 일을 전해 들었는지, 타카기가 말끝을 흐렸다.

스미노는 케이스케와 이혼하자마자 도쿄로 왔다. 대학생 시절에 살았던 네리마 헤이와다이 지역으로 이사해, 이다바시에 있는 콜센터에서 파견 사원으로 일하고 있다.

하지만 도쿄로 돌아와서도 친구들에게 연락하지는 못했다. 직장 생활이 바쁘기도 했고, 자신의 근황을 알리는 것도 어쩐지 내키지 않았다.

지난주 전철에서 대학 때 같은 동아리였던 코스기를 우연히 마주쳤다.

보육원이나 양로원 같은 시설을 찾아가는 연합 봉사 동아리였다. 부원 가운데 코스기, 나카무라, 아야코, 그리고 스미노는 같은 대학에 같은 학년이었지만, 다른 대학 의대에 다니던 타카기는 스미노보다 세 살 많았다.

코스기는 요즘도 동아리 친구들과 연락을 주고받는다며 스미노에게 친구들의 근황을 들려주었다. 별생각 없이 다들 보고 싶다고 말하자, 코스기가 이 술자리를 마련한 것이다.

"오늘 오는 건 여기 있는 사람들뿐이에요?" 스미노가 물었다.

"응. 다른 애들은 직장이나 집에 일이 있어서 못 온대."

"어느 가게에서 마셔요?"

스미노의 질문에 타카기는 어리둥절한 표정을 지었다.

"가게…? 코스기, 전달 안 했어?" 타카기는 코스기를 한번 쳐다보더니 다시 스미노에게 말했다. "오늘은 신이치 집에서 마실 거야."

'신이치의, 집에서…?'

"그 녀석이 최근에 고급 아파트를 새로 샀대서. 오늘은 집들이를 겸한 술자리야."

스미노의 심장 박동이 거세졌다. 갑자기 신이치의 집에 간다니, 그를 어떤 식으로 대해야 할지 몰라 불안해졌다.

카페에서 나오자 후덥지근한 열기가 몸을 감쌌다. 벌써 9월인데, 저녁 시간에도 더위가 누그러들 기미는 보이지 않았다.

"신이치가 빈손으로 오라고 했지만 그럴 순 없지."

타카기의 제안대로 가는 길에 백화점 지하층을 들렀다. 남자들은 술이나 안주를 카트에 쌓았고, 스미노와 아야코는 케이크 판매점으로 향했다.

백화점에서 나와서는 타카기, 아야코, 스미노가 함께 긴자에서 택시를 탔다. 코스기와 나카무라는 뒤에 오는 택시를 잡아타고 신이치의 아파트가 있는 토요스로 향했다. 잠시 후, 강변을 따라 늘어선 초고층 아파트들이 보였다.

"저 중에 신이치가 사는 최고급 아파트가 있다는 거지? 대단하다."

옆에 앉은 아야코가 감탄하는 소리를 내서, 스미노도 무심결에 넋을 잃고 그 광경을 바라보았다. 눈부시게 반짝이는 빛의 탑들이 우뚝 솟아 있는 모습은 그야말로 장관이었다.

"증권사가 그렇게 호황이야?"

택시에서 내려 함께 아파트 입구로 향하며 스미노가 물었다. 이 일대의 초고층 아파트면 얼마나 비쌀까. 자신의 근래 생활 수준을 생각하니 한숨이 나올 것 같았다.

"신이치 증권사 관둔 지 꽤 됐어." 아야코가 대답했다.

"그래?"

"응. 한 7년 전에 관두고 집에서 주식 한대. 데이 트레이더? 뭐 그런 거라는데."

"아, 그렇구나…."

스미노는 몰랐다. 대학을 졸업하고 니가타로 돌아간 뒤로, 신이치를 만난 건 타카기의 결혼식 때뿐이었다. 신이치의 사정을 생각하면 회사를 관두고 혼자 일하기를 선택한 것도 이해가 됐다.

"리먼 쇼크가 오기 전에 평생 써도 다 못 쓸 정도로 많이 벌어둔 모양이야. 혼자 유유자적하게 지내고 있어. 나도 의사 같은 거 하지 말고 주식 공부나 할 걸 그랬네."

"선배, 무슨 소리예요? 의사가 얼마나 부러운 직업인데요. 우리 업계는 불황을 직통으로 맞아서 보너스는 꿈도 못 꿔요." 뒤따라온 코스기가 말했다. 코스기는 자동차 회사에서 영업 사원으로 일하고 있었다.

다른 사람들의 근황을 듣고, 스미노는 자신의 이야기는 도무지 못 꺼내겠다고 생각했다. 콜센터에서 일하는 파견 사원에 시급은 기껏해야 1,100엔. 근무 요일도 따로 정해져 있지 않아서 거의 아르바이트나 마찬가지다.

"왔어요? 45층 4507호예요."

아파트 입구 인터폰에서 신이치의 목소리가 들리더니 자동문이 열렸다.

고급 호텔 같은 초고층 아파트였다. 로비에는 프런트가 있었고, 정장을 입은 여자가 상냥하게 웃으며 스미노 일행을 맞이했다. 일행은 엘리베이터를 타고 꼭대기 층으로 올라갔다. 4507호 앞에서 타카기가 인터폰을 누르자, 천천히 문이 열렸다.

"자, 들어오세요."

얼굴을 내민 신이치의 웃는 얼굴을 보고 스미노는 가슴이 욱신 거렸다. 신이치도 다른 사람들 뒤에 숨듯이 서 있던 스미노를 알 아보고선 놀란 표정을 지었다.

"스미노도 오는 거 신이치한테 말 안 했어?" 타카기가 코스기에 게 묻자, 코스기는 "서프라이즈예요" 하며 웃었다.

스미노는 한동안 신이치의 얼굴에서 눈을 떼지 못했다.

8년 전에 만났을 때보다 상당히 얼굴이 야위어서 뺨이 홀쭉했 다. 얼굴색도 나빠 보였다. 머리카락이 짧아진 탓인지 신이치의 얼 굴이 바뀌었다는 생각이 더 크게 들었다.

신이치와 정기적으로 만나 온 친구들은 그다지 신경 쓰지 않는 듯했다. 다들 현관에 준비된 슬리퍼로 바꿔 신고 그대로 집 안에 들어갔다.

"오랜만이다. 들어와." 신이치는 미소를 되찾은 얼굴로 스미노를 맞이했다.

스미노가 슬리퍼를 신는데, 안쪽에서 떠들썩한 소리가 들렸다. 대리석 복도를 지나 안으로 들어간 스미노는 경악했다.

15평은 될 넓은 거실에 탁 트인 높은 천장. 벽 한 면을 다 덮은 유리창에서는 땅거미가 내린 거리가 한눈에 보였다. 마치 드라마 세트장에 들어온 것처럼 현실감이 없는 공간이었다.

거실 중앙에 있는 테이블에는 호화로운 음식과 와인이 늘어서 있었다.

"네가 만들었어?" 타카기가 어안이 벙벙한 목소리로 물었다.

"설마요. 케이터링이에요." 신이치는 웃으며 대답했다.

"2층도 있어?" 나카무라가 계단을 가리켰다.

"응."

"보고 와도 돼?"

"좀 지저분하긴 한데…."

신이치가 승낙하자 나카무라, 코스기, 아야코는 흥분한 기색으로 계단을 올라갔다.

"이게 뭐야? 스파 욕조도 있잖아!" 위에서 들려오는 외침에 이끌려 타카기도 2층으로 향했다.

스미노도 뒤를 따르려는데, 순간 신이치와 눈이 마주쳤다. 뭔가 할 말을 찾고 있는 것 같았다.

"집 정말 대단하다. 데이 트레이더로 일한다며?" 2층으로 갈 기회를 놓친 스미노는 어색해하며 주변을 두리번거렸다.

"응. 요즘은 거의 안 하지만." 신이치가 멋쩍게 웃었다.

"은퇴하기엔 이르지 않아? 하긴 이런 집에서 살 수 있을 정도면 일할 마음이 안 들긴 하겠다."

"잠깐 보여 주고 싶은 게 있어."

신이치가 위를 가리켰을 때, 2층에서 친구들이 내려왔다.

"수영복 가져올 걸 그랬다. 나중에 다시 제대로 보고 일단은 마시자."

타카기의 말에 술자리가 시작됐다.

각자 잔을 들고 테이블에 놓인 음식을 곁들이며 담소를 나누었다. 대부분 동아리 활동하던 시절의 추억담과 지금 하는 일에 관련된 이야기였다. 스미노는 거의 말하지 않고 주로 듣는 역할을 했다. 신이치는 음식을 나르거나 잔에 술을 따르며 집주인 역할에 힘을 쏟았다.

스미노는 그런 신이치를 보고 여전하다고 생각했다. 예전부터 배려심이 넘치는 사람이었다. 동아리 시절에도 귀찮은 일을 나서서 떠맡고 불평 한마디 하지 않았다. 다른 사람들이 즐겁다면 자신도 즐겁다고 생각하는 사람이었다.

"아까부터 거의 먹지도 마시지도 않는 것 같은데, 집주인 역할은 이제 충분히 했으니까 너도 마셔."

타카기가 술병을 내밀었다.

"괜찮아요, 선배. 오늘은 몸이 좀 안 좋아서…." 신이치가 배쪽을 쓸며 말했다.

"그러고 보니 너 살이 엄청 빠졌다. 얼굴색도 안 좋고. 이 으리으리한 집에 정신이 팔려서 못 알아봤네…." 타카기는 신이치의 얼굴을 말끄러미 쳐다보았다.

"요즘 식욕이 없어서…. 그냥 더위 먹어서 그런 것 같아요."

"아니, 검사 한번 받아 봐. 이렇게 마른 걸 보니 신경이 좀 쓰인다."

"에이, 겁주지 마세요." 신이치가 웃으며 손을 내저었다.

"그러지 말고 타카기 선배 말대로 해. 선배네 병원이면 여기서 가깝잖아." 스미노도 신이치가 걱정됐다.

"그래…. 시간 나면 조만간 갈게."

"차고 넘치는 게 시간인 녀석이. 뜸 들이지 말고 바로 와." 타카기는 선배다운 말투로 신이치를 꼼짝 못 하게 했다.

그러고는 다시 근황 이야기로 돌아갔다. 코스기는 차가 팔리지 않는다고 푸념했다.

"신이치는 차가 뭐야?"

"일단은 재규어야."

"재규어? 대단하다. 근데 국산 차도 좋아. 이참에 한 열 대 정도 사 주면 고맙겠는데."

코스기의 농담에 신이치가 웃었다.

스미노는 식기를 들고 부엌으로 갔다. 부엌도 넓이가 3평 정도 나 됐다. 지금 스미노가 사는 집에서 쓰는 가구를 전부 넣으면 딱 채워질 크기다.

"나중에 내가 할 테니까, 그냥 놔둬."

설거지를 하려는데 신이치가 다가와서 말했다.

"괜찮아. 내가 가만히 있지 못하는 성격이잖아…."

"맞아, 그랬지. 근데 식기세척기가 있거든."

신이치는 웃으면서 설거지통 아래 달린 식기세척기를 열었다.

"신이치랑 결혼하면 편해서 좋겠다."

신이치는 스미노의 농담을 가볍게 넘기며, 설거지통에 든 식기 를 세척기로 옮겼다.

"친구들이랑 같이 있어야 되는 거 아니야?"

스미노가 묻자, 신이치는 허리를 세우더니 귓구멍을 손가락으로 찌르는 시늉을 했다.

"여럿이서 얘기하면 좀 피곤해."

그렇다. 고막이 파손돼서 양쪽 귀가 거의 들리지 않는 신이치는 보청기를 낀다.

"그 머리, 되게 잘 어울려." 스미노가 가슴속에서 북받치는 무거 운 감정을 떨쳐 내듯 말했다.

신이치는 보청기를 낀다는 사실에 열등감을 느꼈었는지, 예전엔 귀를 가리는 헤어스타일을 고수했었다. 취업할 때도 애를 먹어서 장애인 채용 전형으로 가까스로 증권사에 들어갔다. 그 뒤엔 어땠는지 모르지만, 짧아진 머리 모양이 드디어 행복을 손에 넣은 신이치의 자신감을 나타내는 것 같아서 조금은 안심이 됐다.

"그런데 아까 보여 주고 싶은 게 있다고 하지 않았어?"

"응…. 잠깐 위에 올라갈까?"

스미노는 수건으로 손을 닦고 신이치를 뒤따라갔다. 거실에서는 네 사람이 대화에 열을 올리고 있었다. 부엌에서 나오는 두 사람을 향해 고개를 돌린 아야코와 눈이 마주쳤다. 스미노는 어쩐지 불쾌해하는 듯한 눈빛이 신경 쓰였다.

신이치를 따라 계단을 올라가 보니, 복도를 끼고 문 네 개가 있었다. 신이치가 그중 하나를 열고 스미노를 안에 들였다. 불을 켜자, 커다란 책상이 보였다. 그 위에는 컴퓨터가 여러 대 놓여 있었다. 아마 여기가 일하는 방인가 보다.

신이치는 반대편 벽 쪽에 놓인 다른 책상으로 다가갔다. 스미노는 책상 위에 펼쳐져 있는 도화지를 보고 숨을 삼켰다. 대학생 때 자신이 그린, 그림 연극에 쓰던 그림이었다. 십몇 년이나 된 거라 여기저기 찢어진 부분을 테이프로 붙여 놓은 상태였다.

스미노는 너무나 반가운 나머지 신이치에게 허락도 구하지 않고 낯익은 그림을 집어 들었다.

"옛날 생각이 나지?" 신이치가 스미노를 향해 미소 지었다.

"어떻게 이게…."

신이치는 책상 서랍을 열었다. 안에서 사진 몇 장을 꺼내 스미노에게 건넸다. 사진에는 아이들이 야구를 하거나 바비큐를 즐기는 모습이 담겨 있었다. 아이들 틈에 섞인 신이치의 모습도 있었다. 전부 어디서 찍은 사진들인지 스미노는 바로 알아차렸다.

"아직도 와카츠키 보육원에 가?"

와카츠키 보육원은 봉사 동아리에서 자주 가던 아동 보호 시설이다. 시설에서 지내는 아이들과 다 같이 놀거나, 캠핑을 가거나, 손수 만든 그림 연극을 보여 주었었다.

"가끔은 아이들한테 다른 연극도 보여 주고 싶어서…. 직접 그려 봤는데, 아무래도 나한테 그쪽 재능은 없는 것 같아."

책상 위에는 스미노가 그리지 않은 그림도 놓여 있었다. 노력의 흔적은 엿보이지만, 이 그림으로는 아이들에게 놀림만 받을 것 같았다.

"스미노. 이 아이, 알아보겠어?"

신이치가 사진 속 한 아이를 가리켰다. 교복을 입은 여자아이였다.

"설마…, 사오리?"

확신이 없어서 짐작으로 말했는데, 신이치가 고개를 끄덕였다.

"지금 고등학교 2학년이야. 요리를 좋아해서 졸업하면 요리사가 되고 싶대."

동아리 활동에서 만난 당시에는 초등학교에 막 들어간 참이었다. 스미노를 유난히 따르던 아이였는데, 대학교를 졸업한 후로는 연락을 주고받지 않았다.

"스미노 언니는 잘 지내나 하고 자주 궁금해해."

그렇게 작고 귀엽던 사오리가 벌써 고등학교 2학년이라니, 감회가 새로워서 사진을 가만히 들여다보았다.

신이치는 요즘도 아이들을 만나러 정기적으로 와카츠키 보육원에 간다. 애초에 신이치에게 봉사 동아리에 들어오라고 한 사람은 스미노였다.

"언제까지 도쿄에 있어?"

신이치의 말에 스미노는 고개를 들었다. 자신이 이혼한 사실을 아직 모르는 모양이다.

"시간이 되면 사오리 만나러 가 볼래?"

"응. 반년 전에 도쿄로 아주 돌아온 거라 시간은 얼마든지 있어."

그 말에 신이치는 고개를 조금 갸웃했다.

"나 이혼했거든."

스미노가 억지 미소를 지으며 말하자, 신이치의 표정이 바뀌었다.

"신이치네 집, 어마어마하더라."

집에 돌아가는 전철 안에서 아야코가 말했다. 아직 흥분이 가시지 않은 모양이었다.

"그러게…. 청소하기 힘들 것 같더라."

"그런 건 내가 얼마든지 해 줄 수 있는데."

스미노는 아야코를 쳐다보았다. 농담으로 하는 말 같지가 않았다.

"여자 친구가 해 주겠지."

"아니, 여자 있는 집이 아니었어. 화장실이랑 부엌을 보고 확신했어."

그렇게까지 확인하고 있었다니, 역시 대단하다. 대학 시절엔 결혼에 관심 없다며 흥청망청 놀던 아야코도 이제 진지하게 결혼 생각을 할 나이가 됐나 보다.

"오해는 하지 마. 신이치가 그런 대단한 아파트에 사는 부자라서 이런 말 하는 게 아니야. 신이치, 매력 있잖아. 학생 때는 그냥 조용하다는 인상이었는데, 여러 남자를 만나 보니까… 신이치 같은 사람의 장점을 알겠더라. 신중하고, 성실하고, 다정하고…. 그만큼 성공했는데 잘난 척하지도 않고."

"그렇지….."

확실히 신이치는 성실하다. 그리고 스미노도 지금까지 알고 지낸 남자 중에 신이치만큼 다정한 사람은 없었다. 8년 만에 다시 만나서도 그 생각은 전혀 바뀌지 않았다.

"옛날부터 웃는 얼굴도 멋있었고."

아야코의 달뜬 미소를 보고 있자니, 스미노는 정떨어지는 느낌을 받았다. 대학생 때는 장애가 있는 신이치는 안중에도 없다는 듯 굴지 않았었나.

아야코의 말대로 신이치는 항상 웃는 얼굴이다. 귀가 잘 들리지 않아서인지, 신이치는 다른 사람의 태도나 표정에 무척 민감해서 자신이 남들에게 어떻게 보이는지를 예민하게 신경 쓰는 경향이 있었다.

하지만 스미노는 지금까지 단 한 번도 신이치가 진심으로 웃는다고 느낀 적이 없었다. 신이치의 과거를 아는 스미노 눈에는, 아무리 웃고 있어도 마음속 깊이 어둠이 드리워 있다는 느낌을 지울 수 없었다.

"오랜만에 만나니까 괜히 옛 감정이 되살아나고 그래?"

아야코의 말에 스미노는 지난날들에 대한 감상에서 빠져나왔다.

동아리 친구들은 대학교 때 신이치와 스미노가 사귄 사실을 안다. 하지만 스미노의 첫사랑이 신이치라는 것은 아무도 모른다. 당사자인 신이치마저도.

"별로…." 스미노는 웃어넘겼다.

"그렇지? 당분간 연애는 생각만 해도 진저리가 날 거 아냐?"

아야코의 짓궂은 말을 흘려들으며 전철 안내판을 올려다보았다. 다음 역이 이케부쿠로다. 이제 한 정거장 남았는데도, 아야코와 있는 시간이 길게 느껴졌다.

마침내 이케부쿠로역에 도착했을 즈음, 아야코가 말했다. "신이치랑 잘되게 응원해 줘. 이래저래 미끼를 던지고는 있는데, 좀처럼 물어 주지를 않네."

스미노가 예의상 미소를 지어 보이자, 아야코는 만족스러워하며 전철에서 내렸다. 전철이 다시 출발하자 스미노의 입에서 한숨이 새어 나왔다.

'어떻게 되든 나하곤 상관없잖아….'

신이치와 다시 사귈 수는 없었다. 아니, 애초에 자신에게는 그럴 자격이 없었다.

두 번이나 신이치를 버렸으니까.

2

사카키 신이치는 소파에 드러누워서 천장을 올려다보았다.

사람들이 돌아가고 나서도 오늘 본 스미노의 모습이 계속 머릿속을 맴돌았다.

스미노는 연보라색 원피스를 입고 있었다. 신이치에게 탄생석인 탄자나이트 귀걸이를 선물 받은 뒤로 스미노는 보라색 물건을 좋아하기 시작했다.

스미노의 여전한 면을 발견한 것 같아서 참을 수 없이 기뻤다.

두 사람이 연애하던 대학생 시절이 떠오르자, 미칠 것 같은 흥분감이 솟구쳐 올랐다.

오랜만에 만난 스미노는 전보다 더 예뻤다.

부엌에서 설거지를 하던 스미노의 투명한 목덜미를 떠올렸다. 하반신이 불타듯 뜨거워졌다. 죄책감을 느끼며, 배를 문지르던 손을 천천히 하반신으로 내렸다. 바지 지퍼를 내리고 딱딱해진 성기를 잡았다. 아무 생각도 하지 않으려고 애쓰며 기계적으로 손을 움직였다. 오로지 이 욕망의 근원을 서둘러 배출하고 싶었다. 떠올리지 않으려 애썼지만, 쾌감이 커질수록 십몇 년 전 스미노를 안았을 때 느낀 부드러운 피부 감촉과 살냄새가 마치 어제 일처럼 되살아났다. 머릿속에서 필사적으로 떨쳐 내려고 했지만, 아무런 소용이 없었다.

순간 귓가에 스미노의 비명이 메아리쳤다.

손을 우뚝 멈춘 신이치는 여전히 딱딱한 성기를 팬티 속에 넣고 일어나 바지를 고쳐 입었다.

2층 방으로 가 업무용 책상 서랍에서 지갑과 작은 가방을 꺼내 들고 1층으로 다시 내려왔다. 시계를 보니 밤 11시가 넘었다. 신이치는 집을 뛰쳐나갔다.

주차장에 가서 재규어를 타고 킨시쵸로 향했다.

무인 주차장에 차를 대고 네온사인이 번쩍이는 번화가와 반대 방향으로 걸어갔다. 공원 앞에서 드문드문 여자의 모습이 보였다. 하지만 단속을 경계하는지 가까이 다가오지는 않았다.

"오빠, 섹스할래애?"

신이치가 공원 주변을 잠시 어슬렁거리자, 한 여자가 말을 걸어왔다. 브라질 여자일까. 갈색 피부와 그에 못지않게 짙은 색 립스틱을 입술에 바른 얼굴이었다.

"얼마?"

"2만 엔."

손가락 두 개를 내민 여자를 잠시 관찰했다.

"나, 되게 잘해."

신이치는 고개를 끄덕이고 호텔가 쪽으로 향했다. 여자가 뒤에서 따라왔다.

호텔 방에 들어가자, 여자가 손을 내밀었다. 신이치는 여자의 손바닥 위에 지폐 두 장을 올려놓고 침대로 밀어 넘어뜨렸다.

"샤워하고 올게, 오빠."

"됐어."

신이치는 일어나려고 하는 여자를 막고 힘으로 티셔츠와 청바지를 벗겼다. 강렬한 체취가 콧구멍을 자극했다. 땀에 젖어 미끈한 가슴을 구석구석 핥았다. 기억 속 스미노와는 전혀 다른, 탄력 없이 거친 피부였다. 하지만 이 체취와 혀의 감각이 스미노를 멀리 밀어내 줄 것이다.

여자를 뒤로 돌게 한 다음 양팔을 한 손에 잡고, 다른 손으로는 머리를 침대 위에 눌렀다.

"잠…, 잠깐, 거칠게 하지 마…."

신이치는 작은 가방에서 수갑을 꺼내 뒷짐 진 여자의 양손에 채웠다.

금속의 건조한 소리에 반응하듯 여자가 고개를 뒤로 돌려 신이치 쪽을 봤다. 공포로 일그러진 얼굴이었다.

"잠깐…, 뭐 하는 거야? 너, 변태야? 이거 놔! 소리 지른다!"

침을 튀겨가며 신이치를 향해 소리쳤다.

신이치는 지갑에 들어 있던 지폐를 전부 꺼내서 여자를 향해 던졌다. 거의 20만 엔이었다.

"30분만 참으면 다 줄게."

여자가 기괴한 무언가를 보는 눈빛으로 신이치를 쳐다보았다. 그다음엔 침대 위에 흩뿌려진 지폐로 시선을 옮겼다. 그 행동을 몇 번 반복했다.

"콘돔 껴."

바지와 팬티를 벗자, 딱딱한 성기에서 맥박이 뛰었다. 신이치는 여자의 부탁대로 콘돔을 끼고 까만 질에 삽입했다. 빨리 끝내려고 허리만 열심히 움직였다. 여자의 허리 쪽에 땀방울이 떨어졌다. 그 땀방울을 바라보면서 무심히 허리를 움직이는데, 여자가 숨을 헐떡이기 시작했다. 그 소리가 점점 더 커져 갔다. 방 안에 울려 퍼지는 그 숨소리를 듣고 있자니, 신이치의 가슴속 깊은 곳에서 검은 욕구가 꿈틀거렸다. 신이치는 여자의 목덜미를 쳐다보았다. 자기도 모르게 손을 뻗을 것만 같았다.

신이치는 양쪽 귀에서 보청기를 빼서 침대 위로 던졌다.

그런데도 마음 깊숙한 곳에서 그 목소리가 울렸다.

'죽여―. 죽여―.'

쾌감이 커질수록 자신의 의지로는 어떻게 할 수 없는 욕망에 두 손이 점점 지배되어 갔다.

'저 목을 조르고 싶다⋯. 저 목에 손을 뻗어서 힘껏 조르고 싶다⋯.'

신이치는 위험을 느끼고 여자의 두 손을 결박한 수갑으로 시선을 옮겼다.

'이 여자는 아무것도 할 수 없다⋯. 내가 지배하고 있다⋯. 죽이지 않아도 된다⋯. 죽일 필요가 없다⋯.'

여자의 손목에 걸린 수갑을 바라보면서 격렬하게 꿈틀거리는 마음속 욕망을 타일렀다.

'어서―. 어서―.'

신이치는 격렬하게 허리를 흔들어 정액을 토해냈다.

쾌감은 없었다. 진짜 욕망은 채워지지 않았으니까. 뒷짐을 진 채 침대에 쓰러져 있는 여자의 등을 쳐다보았다. 녹초가 된 여자를 보고, 오늘도 사람을 죽이지 않고 끝냈다는 안도감만 들었다.

$$\unicode{x229E}$$

3

모처럼의 휴일인데 아침에 아주 불쾌한 기분으로 눈을 떴다.

스미노는 침대에서 일어나 작디작은 부엌으로 향했다. 주전자를 불에 올리고 그대로 물이 끓기를 기다렸다. 주전자 주둥이에서 김이 피어오르자, 끓인 물에 홍차를 탔다. 의자에 앉아 한 모금 마시니 한숨이 새어 나왔다. 그제야 마음이 조금 안정됐다.

어제 신이치를 만난 탓인지 오랜만에 악몽에 시달리다가 잠에서 깼다.

고향인 테라도마리에서 있었던 끔찍한 기억—.

8년 만에 만난 신이치는 살이 빠지고 머리 모양이 달라진 것 말고는 예전과 똑같아 보였다. 결혼은 하지 않았지만, 행복하게 사는 것 같았다.

자신에게 보내는 미소를 보고 스미노는 신이치가 아직 그 기억을 되찾지 못한 것 같아 조금 안심이 됐다.

신이치가 계속 마음에 걸렸었다. 대학교를 졸업하고 테라도마리로 돌아가고 나서도, 케이스케와 결혼하고 나서도, 그리고 지금도 신이치를 걱정하는 그 마음은 변하지 않았다.

신이치를 처음 만난 것은 초등학교 5학년 겨울이었다. 스미노의 본가는 니가타에 있는 테라도마리라는 항구 도시였고, 작은 온천 여관을 운영했다. 그 옆, 옆, 옆 건물에 동갑내기인 신이치가 이사를 왔다.

원래 그 집에는 '마츠바라'라는 할아버지가 살고 있었다. 그런데 그 할아버지가 죽자 외아들인 신이치의 아버지가 아내와 자식을 데리고 본가로 돌아온 것이었다.

부모님의 말에 따르면, 신이치의 아버지는 젊을 때부터 문제가 많았던 사람이라 부모에게 의절 당해 10대 후반에 동네를 떠났었다. 그리고 신이치의 아버지와 어머니가 부모님과 같은 세대라고 들었지만, 옷차림과 행동 모두 훨씬 젊어 보였다. 그러나 그 나이대가 되어 보니, 스미노는 그것이 젊음이 아닌 부모로서의 책임을 포기한 미숙함이었음을 알게 됐다.

일단은 살 집과 부모가 남긴 돈이 있어서인지, 신이치의 아버지는 일하지도 않고 매일 술이나 마시며 어린 여자들에게 집적거리는 난봉꾼 짓을 했다. 신이치의 어머니도 화려하게 화장하고 어딘가로 외출하는 모습이 자주 보였다. 두 사람의 존재는 작고 폐쇄적인 마을에서 유독 튀어 보였다.

스미노는 전학을 온 신이치와 같은 반이 되었다. 부모님은 신이치나 그 가족과 친하게 지내지 말라고 스미노와 고등학생이던 언니를 철저히 교육했다. 신이치는 좀처럼 친구가 생기지 않아서 학교 안에서도 혼자 있을 때가 많았다.

하지만 신이치는 허랑방탕한 부모님을 닮지 않아서 다정하고 총명한 소년이었다.

어느 날, 학교에서 집으로 돌아가는 길에 스미노는 언니와 같은 학교 교복을 입은 여고생들에게 둘러싸였다.

여고생들은 스미노를 억지로 인적 없는 숲길로 끌고 가서 옷을 전부 벗으라고 협박했다. 여고생 중 한 명이 가방에서 폴라로이드 사진기를 꺼내 스미노를 향해 들었다.

왜 옷을 벗어야 하냐고 스미노가 울며 저항하자, 그들은 "원망

할 거면 네 언니를 원망해"라고 비웃듯 말했다.

그 말을 듣고 언니가 앞에 있는 사람들에게 원한을 샀다는 사실을 눈치챘다. 어떤 일 때문인지 그때는 이해하지 못했지만, 지금에 와서는 대충 상상이 된다.

워낙 자유분방한 사람이었으니 그들 중 하나의 남자 친구에게 손을 댔다는 이유였을 것이다. 그들은 동생을 능욕하는 사진을 언니에게 보내서 경고할 생각이었는지도 모른다.

스미노는 자신보다 큰 여고생들에게 둘러싸여서 우는 수밖에 없었다. 결국 여고생 무리는 힘으로 눌러서 억지로 스미노의 옷을 벗기려고 했다. 그때 스미노를 구하러 끼어든 사람이 바로 신이치였다.

하지만 아무리 남자아이여도 초등학생이던 신이치가 여고생 무리를 이길 수는 없었다. 신이치는 흠씬 얻어맞으며 말없이 그 폭력을 견뎠다. 그러다 순간 빈틈을 노려 여고생의 손에서 폴라로이드 사진기를 뺏더니, 폭행을 당한 자신의 모습과 앞에 있는 여고생 무리를 촬영했다. 그리고 스미노 쪽으로 달려와서 "도망치자"라고 하며 손을 잡아끌었다.

신이치의 행동에 당황했는지 여고생들은 곧바로 둘을 쫓지 못했다.

여고생 무리로부터 무사히 달아난 뒤, 신이치는 앞에 가던 스미노가 그들에게 둘러싸인 것을 목격하고 걱정이 돼서 뒤를 쫓았다고 말했다. 그리고 폭행당한 증거 사진이 있는 한 그들도 허튼짓은 못 할 거라면서 상처투성이인 얼굴로 웃었다.

신이치의 말대로 이후 여고생 무리는 스미노에게 접근하지 않았다.

그 사건을 계기로 스미노는 신이치와 친해졌다. 그리고 부모님의 당부와는 반대로, 신이치에게 조금씩 끌리기 시작했다. 스미노에게는 첫사랑이었다.

하지만 만난 지 1년이 된 겨울, 신이치는 테라도마리를 떠나게 되었다.

신이치는 모르지만 그렇게 된 건 스미노 탓이었다.

그때 휴대전화 벨 소리가 울리는 바람에 스미노는 정신이 돌아왔다. 테이블 위를 보니, 휴대전화가 깜빡이고 있었다. 신이치가 보낸 메시지였다.

'오랜만에 보내는데, 번호 안 바뀐 거면 좋겠다.'

스미노는 '메시지 잘 받았어. 어제 고마웠어. 사오리 사진을 볼 수 있어서 좋았어'라고 무난하게 답했다.

곧바로 답장이 왔다.

'오늘 일정 있어?'

그 문장을 읽고 마음이 흔들렸다. 신이치를 만나지 않는 것이 좋다고, 스미노의 안에서 또 다른 자신이 외쳤다. 쉽사리 답을 보내지 못하고 있는데 또다시 메시지가 왔다.

'오늘 와카츠키 보육원에 갈 예정이거든. 시간 되면 같이 갈래?'

오랜만에 사오리와 아이들을 보고 싶었다. 하지만 혼자서 찾아가기에는 장벽이 높은 느낌이었다. 자신이 니가타로 떠나는 바람에 만나기 힘들어진 상황까지는 아이들도 이해해 주었겠지만, 자신을 잘 따르던 아이들에게 그동안 편지 한 통도 보내지 않은 것이 마음에 걸렸다.

아마 혼자서는 와카츠키 보육원을 찾아가지 못할 것이다.

'그래. 마침 오늘은 일이 없거든.'

절대 신이치가 보고 싶어서인 게 아니라고, 마음속으로 거듭 되풀이하며 메시지를 보냈다.

'그럼 2시에 에코다역 남쪽 출구에서 만날까?'

스미노는 신이치의 제안에 간단히 답장하고 홍차를 다 마신 뒤 욕실로 향했다.

와카츠키 보육원은 에코다역에서 걸어서 10분 정도 떨어진 위치에 있다. 근처에 커다란 공원이 있어서, 보육원을 방문할 때면 거기서 아이들과 자주 놀았었다.

"왠지 긴장되네…." 스미노는 마음이 떨려 중얼거렸다.

"다들 놀라겠다. 근데 동아리 활동하던 당시에 있던 아이들은 지금 사오리를 포함해서 몇 명밖에 없어." 옆에서 걸으며 신이치가 말했다.

"다른 아이들은…."

"보육원을 나가서 열심히 일하고 있지. 켄지 기억나? 스미노랑 선생님들을 애먹이던 골목대장…."

기억난다. 중학생이었는데, 장난을 좋아해서 장난이랍시고 몇 번 가슴을 만지려고 했었다.

"걔는 결혼해서 벌써 아이가 셋이야. 얼마 전에 술 마시러 갔다가 아이 사진을 보여 주길래 봤어. 어쩐지 내가 할아버지가 된 기분이더라." 신이치가 기뻐하는 목소리로 말했다.

중간에 케이크 가게에 들러서 아이들과 보육원 선생님들을 위해 케이크를 샀다. 케이크 가게를 나와 조금 걸으니, 와카츠키 보육원의 정문이 보였다.

문으로 들어가자, 앞마당에서 놀고 있던 초등학생쯤 돼 보이는 아이들이 신이치를 보고 달려왔다. 스미노는 처음 보는 그 아이들과 함께 건물 안으로 들어갔다.

"실례합니다."

현관에서 신이치가 말하자, 안쪽에서 사람들이 우르르 나왔다.

"어머! 스미노, 오랜만이다."

낯익은 중년 여성이 놀라워하며 스미노에게 다가왔다. 보육원 원장인 엔도였다. 스미노는 엔도의 뒤에 선 여자아이와 눈이 마주쳤다.

그 시절과 똑같이 사랑스러운 사오리의 미소에 스미노의 눈에는 조금 눈물이 차올랐다.

스미노는 자판기에서 차가운 캔 음료 두 개를 뽑아 들고 사오리와 함께 근처에 있는 공원으로 갔다. 땡볕이 쏟아지는 광장을 피해 나무 그늘이 드리운 벤치로 향했다.

"신이치한테 들었어. 고등학교를 졸업하면 식당에서 일하고 싶다고 했다며?" 벤치에 앉은 스미노가 사오리에게 캔 음료를 내밀며 말했다.

"응. 나는 공부는 별로 잘하지 못해서…." 사오리는 그렇게 말하며 캔 음료에 입을 가져다 댔다.

광장 쪽을 보니, 축구공을 든 신이치가 아이들을 데리고 왔다.

"어떤 식당에서 일하고 싶어? 프렌치? 이탈리안?" 스미노가 다시 사오리에게 미소 지으며 물었다.

"굳이 고르자면, 이탈리안? 사실 보육원 선생님도 괜찮지 않을까 고민했어. 왜, 스미노 언니가 우리한테 그림도 자주 그려 주고 피아노도 쳐 줬잖아. 어린 마음에 조금 동경했거든. 아이들을 위해서 그런 일을 해 줄 수 있는 직업도 괜찮지 않을까 생각했어."

"보육원 선생님도 좋네. 진로를 정하기까지 아직 시간이 있으니까 신중하게 생각해 보면 어때?"

"그치만 보육원에서 일하려면 대학교를 다녀야 해서…. 그리고 언니처럼 그림이나 음악에 재능도 없는걸. 게다가 나는 어릴 때부터 먹는 걸 좋아했잖아."

"그랬지."

스미노는 사오리의 어린 시절을 떠올리고 미소 지었다.

"그러니까 역시 요리사가 좋아."

"그래. 일 시작하면 어디 식당에서 일하는지 알려 줄래? 찾아가 보게."

"근데 일을 하면 아마 도쿄에서 하게 될 거야."

"괜찮아. 내가 반년 전에 도쿄로 돌아왔거든."

"그랬구나…. 남편 전근이나 뭐 그런 거 때문에?"

스미노가 미소 지으며 고개를 가로젓자, 고등학생인 사오리도 그 뜻을 알았는지 표정이 조금 어색해졌다.

그걸 본 스미노는 아무렇지 않다는 듯 광장에서 아이들과 함께 축구공을 차는 신이치 쪽으로 시선을 던졌다.

"그럼 신이치 오빠랑 다시 사귀면 좋겠다."

심장이 철렁한 소리를 듣고 스미노는 다시 사오리를 바라보았다.

"나는 항상 두 사람이 결혼할 거라고 생각했어. 어렸는데도 둘이 따뜻하고 다정하고 잘 어울리는 커플이라고 느꼈는걸. 심지어 두 사람의 딸이 될 수 있으면 좋겠다고도 생각했었어."

'두 사람이 결혼할 거라고 생각했어—'

스미노도 늘 그렇게 되기를 원했었다.

고등학교를 졸업하고 도쿄에 있는 대학에 진학한 스미노는 그곳에서 우연히 신이치와 재회했다.

눈이 마주친 순간, 스미노는 직감적으로 신이치임을 알아차렸다. 쭈뼛거리며 다가가서 말을 걸어 보았다. 그때 신이치는 자신의 성씨를 '마츠바라'가 아니라 '사카키'라고 소개했다. 초등학생 때 잠깐 테라도마리에서 살긴 했지만, 스미노에 대해서는 기억나지 않는다고 했다.

친하게 지낸 기간이 겨우 1년이기는 했지만, 스미노는 자신을 기억하지 못한다는 신이치의 말을 믿을 수 없었다. 그때는 그 기억을 다시 끄집어내고 싶지 않아서 신이치가 거짓말하는 줄 알았다. 자신이 말을 건 것을 몹시 후회했었다.

그런데 거짓말하는 게 아니었다. 신이치는 말을 걸어오는 스미노를 피하지 않았다. 오히려 테라도마리에서 보낸 시간을 떠올리고 싶어서 필사적이었다. 이것저것 물어본 끝에 마침내 자신이 살던 집 근처에 온천 여관이 있었다는 것과, 그 집 아이가 자신과 동급생이었다는 것까지는 떠올렸다.

신이치는 스미노에게 자신이 기억하지 못하는 것을 사과했다. 그 시절의 일을 떠올리지 못하는 이유는 아마 사고를 당해 다쳤기 때문인 것 같다고도 했다. 기억을 잃어서 어떤 사고였는지 기억나지 않고, 그때 고막이 파손돼서 귀도 들리지 않게 되었다고 했다. 실제로 신이치의 양쪽 귀에는 옛날엔 없던 보청기가 꽂혀 있었다.

스미노는 그 사고가 무슨 사고를 말하는 건지 금방 짐작됐다. 하지만 당연히 그 이야기를 꺼낼 수는 없었다. 신이치가 자신과 함께한 추억을 대부분 잊어 버렸다는 사실에 약간의 쓸쓸함을 느끼면서도, 기억하지 못한다면 오히려 다행이라고 안도했다.

신이치는 양쪽 귀가 들리지 않는 것에 콤플렉스가 있는지, 사람들과 가까워지는 것을 꺼리며 대학 생활을 하고 있었다. 스미노는 그런 신이치를 자신이 가입한 봉사 동아리에 데려갔다.

원래 다정하고 배려심 넘치는 신이치는 동아리 안에서도, 보육원 아이들 사이에서도 금방 인기를 얻었다. 어릴 때 열악한 환경에서 자라 온 영향이 있는지, 자신을 데려온 스미노보다 적극적으로 동아리 활동에 힘을 쏟았다.

얼마 안 되어 두 사람은 사귀기 시작했다. 대학교를 졸업하면 테라도마리로 돌아가는 조건으로 부모님에게 상경을 허락받은 것이었지만, 스미노는 신이치와 함께 그대로 도쿄에 남을 작정이었다. 자신에게 신이치는 첫사랑일 뿐만 아니라 인생에 다시없을 사람이라고 생각했다. 신이치의 모든 것을 받아들이고 함께 살아가겠다고 결심했다.

그런데 스미노는 대학교를 졸업한 뒤 테라도마리로 돌아갔다.

수많은 고민 끝에 내린 결론이었다. 그 마츠바라의 아들인 신이치와의 결혼을 부모님이 허락할 리가 없었다. 게다가 스미노도 신이치의 부모와 원만히 지낼 자신이 도무지 없었다. 무엇보다 자신과 함께 있다가는 신이치가 언제 어느 때 기억을 되찾게 될지도 모른다고 생각하니 무서웠다.

그런 사건이 없었다면—.

"신이치 오빠…?"

사오리의 목소리를 듣고 지난날들에 대한 감상에서 빠져나온 스미노는 광장 쪽으로 시선을 던졌다.

신이치가 아이들 무리에서 벗어나 비틀거리며 수풀 쪽으로 향했다. 그러다 괴로워하며 그 자리에 쪼그려 앉았다. 스미노와 사오리는 벤치에서 일어나 신이치 쪽으로 갔다. 신이치는 배에서 위장이 있는 쪽을 손으로 쓸며 구역질을 참는 듯했다.

"괜찮아?"

스미노가 물었지만, 신이치는 바로 반응하지 않았다. 신음하며 몸을 웅크렸다.

"왜 그래? 구급차 부를까?"

스미노가 신이치의 등을 쓸어내리며 말하자, 신이치가 그제야 고개를 들었다.

"갑자기 너무 들떴나 봐. 나이는 못 속이겠네."

눈 부신 햇살 아래서 신이치가 미소를 지어 보였지만, 얼굴은 핏기를 잃어서 창백했다.

"병원에 가서 검사 꼭 받아."

스미노가 다짐을 받아 내려는 듯 말하자, 신이치는 스미노를 바라보며 웃었다.

"알았어, 알았어. 늦어도 내일 중에 타카기 선배 병원에 가 볼게."

"꼭 이야."

스미노는 조금 노려보는 듯한 눈으로 신이치를 바라봤다.

그 후 신이치는 별일 아니었다며 와카츠키 보육원으로 돌아가서 아이들 선생님들과 함께 태연히 케이크를 먹었다. 스미노도 와카츠키 보육원에 있는 동안은 사람들에게 걱정을 끼치고 싶지 않아서 일부러 아무 말도 하지 않았지만, 보육원을 나와서는 신이치로부터 병원에 가겠다는 확답을 얻어 내기 위해 필사적이었다.

"와서 좋았지? 사오리도 오랜만에 스미노를 만나서 정말 좋아하더라." 스미노의 잔소리가 지겨웠는지 신이치가 화제를 돌렸다.

"응. 같이 가자고 해 줘서 고마워. 신이치가 같이 가자고 해 주지 않았으면 가기 힘들었을 거야."

"그래. 나도 좋았어."

간만에 아이들과 선생님들의 기쁜 얼굴을 볼 수 있어서 좋았다는 의미일까.

생각에 잠긴 스미노가 잠시 입을 다물자, 신이치가 멈춰 섰다.

"스미노랑 같이 있으니까 대학교 때가 생각났어."

신이치가 빤히 쳐다봐서 스미노는 당황스러웠다.

"왜… 이혼했어?" 신이치가 조심스럽게 물었다.

"성격이 안 맞았어." 스미노는 일단 그렇게 대답했다.

대학교를 졸업하고 테라도마리로 돌아간 뒤로는 부모님과 약속한 대로 온천 여관 일을 돕기 시작했다. 하지만 스미노는 그 하루하루를 견디기가 힘들었다. 딱히 온천 여관 일이 힘들어서는 아니었다. 그 동네에 있으면 소름 끼치는 기억이 되살아났다. 신이치가 살던 집 앞을 지나가기만 해도, 아니, 거기서 퍼져 나오는 공기를 마신다는 생각만 해도 견딜 수 없이 괴로웠다. 언니가 본가에 돌아오고 나서는 그 괴로움이 더 강해졌다.

그 동네를 벗어나고 싶었다. 그 동네에 있는 한 옛 기억에 얽매인 채 괴로워하며 살아가게 될 것이 뻔했다.

그런 스미노에게 어떤 만남이 찾아왔다. 친구와 함께 온천 여관을 찾은 케이스케가 스미노에게 첫눈에 반한 것이었다. 케이스케는 니가타 시내에 살았지만, 그때부터 주말마다 테라도마리 온천 여관에서 묵으며 스미노에게 열렬히 구애했다.

케이스케는 붙임성이 좋았고, 아버지가 니가타 시내에 있는 식품 회사 창업자라서 집안도 좋았다. 언제부턴가 스미노의 부모님도 케이스케와의 결혼을 권유하기 시작했다.

스미노 입장에서도 타산이 맞았다. 마음속 어딘가에서는 신이치를 생각했지만, 케이스케에게도 호감을 느끼기 시작했다. 무엇보다도 그 동네에서 벗어나고 싶다는, 어서 그 기억을 자신 안에서 지워 버리고 싶다는 마음이 등을 떠밀어서 케이스케의 청혼을 받아들였다.

하지만 결혼하고 얼마 지나자 자신이 케이스케의 인간성을 완전히 잘못 보고 있었음을 깨달았다. 폭군이라는 말로도 다 표현할 수 없을 만큼 케이스케는 독선적이고 폭력적이었다. 게다가 돈 씀씀이도 헤프고 여자관계도 아주 지저분했다.

스미노는 곧 케이스케가 자신을 사랑해서 결혼한 것이 아니었음을 깨달았다. 서른 살을 넘긴 케이스케는 부모님에게 어서 결혼해서 자리를 잡으라는 잔소리를 지겹게 들었었다. 아마 스미노처럼 얌전하고 자기주장을 강하게 내세우지 못하는 여자면 결혼해서도 자신이 원하는 대로 할 수 있겠다고 생각한 것 같았다.

스미노는 어찌어찌 참으며 결혼 생활을 이어 갔지만, 어느 날 케이스케가 갖고 있던 비디오카메라에 찍힌 영상을 보고 더는 참을 수 없게 되었다. 케이스케는 만남 사이트에서 여고생을 사서 놀고 있었다. 머릿속에 신이치 아버지의 얼굴이 스쳐 지나가서 구역질이 났다.

이 사실을 함구하는 조건으로 케이스케에게 이혼 도장을 받아내 도쿄로 돌아왔다. 물론 위자료는 받지 않았고, 이혼한 이유를 듣지 못한 부모님은 자기 마음대로 이혼한 스미노에게 실망했을 것이다.

“신이치는 결혼 안 해?” 스미노가 물었다.

“가능하면 하고 싶어. 하지만 나 같은 게 가족을 가질 수 있을까.” 어쩐지 쓸쓸한 눈을 하고 신이치가 중얼거렸다.

“사귀는 사람은 없어?”

신이치는 고개를 가로저었다.

“너라면 얼마든지 좋은 사람을 만날 수 있을 거야. 돈 많다고 마냥 놀기만 하면 안 돼. 이제 나이가 있으니까 진지하게 사귀어야지.” 스미노가 농담처럼 말했다.

“너랑 헤어지고 나서 아무하고도 안 사귀었어. 진지하게든, 진지하지 않게든.” 신이치는 진지한 얼굴로 대답했다.

그 뒤로 아무와도 사귀지 않았다—.

스미노는 믿기 힘들었지만, 신이치가 그런 걸로 거짓말하는 사람이 아니라는 것쯤은 잘 알고 있었다.

왜…. 혹시 아직도 무서운 것일까. 자신이 저지른 짓에 겁을 먹고 여자와 사귀지 못하게 된 것일까. 물어보고 싶었지만, 그러지 못했다.

스미노를 지그시 바라보며 신이치가 말했다.

“내가 좋아한 사람은 스미노뿐이야.”

4

온 힘을 쥐어 짜낸 고백이었는데, 스미노는 대번에 거절했다.

신이치는 솟구쳐 올라온 마음을 솔직하게 털어놓은 순간에 자신을 바라보던 스미노의 눈이 떠올랐다.

당황한 것 같기도 했고, 겁을 먹은 것 같기도 했다.

역시 스미노는 그때 내가 한 행동을 용서하지 않은 모양이다. 아니, 겉으로는 드러내지 않았지만 마음속으로는 여전히 나를 무서워하고 있는 건 아닐까.

'내 안에는 사악한 피가 흐른다.'

신이치가 그 사실을 알게 된 것은 스미노와 사귄 지 반년쯤 지난 뒤였다. 그때 처음으로 스미노를 집으로 초대했었다. 조금 더 일찍 부르고 싶었지만, 사귀는 동안 스미노가 신중한 성격에 상당히 보수적이라는 것을 느껴서 말을 꺼내지 않고 있었다.

그런 와중에 스미노가 먼저 "다음에 집에서 요리 만들어 줄게"라고 말해 왔다.

두근거리는 마음으로 같이 장을 봤고, 집에 와서는 TV도 보고 이야기도 나누며 즐거운 시간을 보냈다. 부엌에서 저녁을 준비하는 스미노를 바라보며 신이치는 행복한 기분에 잠겼다. 도저히 참기 힘들어서 스미노에게 다가가 뒤에서 꽉 끌어안았다.

그 순간, 스미노의 몸이 움찔하고 반응했다. 거절인가 싶어서 조금 기가 죽었는데, 스미노가 천천히 신이치 쪽으로 몸을 돌리며 눈을 감았다.

신이치는 스미노에게 키스하고 침대로 데려갔다. 스미노의 옷을 벗기고 부드러운 살을 만졌다. 스미노는 부끄러운 듯 얼굴을 돌리고 "처음이야"라고 중얼거렸다. 물론 신이치 자신도 첫 경험이었다.

긴장하며 스미노 안으로 들어가자, 지금까지 느껴 본 적 없는 쾌감에 휩싸였다. 스미노의 부드러운 살의 감촉과 은은하게 풍기는 비누 냄새에 전신이 마치 폭신한 솜에 감싸인 듯 달콤한 기분을 느꼈다.

몸을 움직일 때마다 스미노는 아픈 듯 얼굴을 찌푸렸다. 신이치는 가능한 한 스미노를 아끼며 허리를 움직였다.

그런데 쾌감이 커질수록 정체를 알 수 없는 감각이 전신을 덮쳤다.

몸을 배배 꼬는 그녀를 보는데, 격렬한 살의가 마음속에서 치밀었다. 필사적으로 그 감정을 억누르려고 했지만 저항할 수 없었다. 어느새 신이치는 스미노의 목을 붙잡고 조르고 있었다. 스미노는 기겁한 듯 눈을 동그랗게 뜨고서 무어라 소리쳤다. 하지만 신이치의 귀에는 들리지 않았다—.

그저 '죽여—. 죽여—'라는 목소리만이 이명처럼 울렸다.

스미노가 침대 옆 협탁에 놓여 있던 시계로 관자놀이를 때리고 나서야 신이치의 정신이 돌아왔다. 신이치는 잠시 멍하니 있었다. 조금 전까지 괴로워하던 스미노의 얼굴이 눈에 강렬히 새겨져 있는데, 도무지 현실로 받아들여지지가 않았다.

스미노는 기침하며 신이치를 쳐다보았다. 다음 순간, 손을 뻗어 신이치의 머리를 만졌다.

"피, 난다…."

그렇게 말한 스미노는 일어나서 바로 옷을 입고 집 밖으로 나갔다.

혼자 남은 신이치는 영문을 몰라서 자신의 양손을 바라보았다.

'왜…, 왜…, 왜 그런 짓을 저지르고 말았을까.'

자신이 이렇게나 소중하게 생각하는 스미노에게 왜 그런 감정을 느꼈는지 그저 혼란스러웠다. 이유야 어찌 됐든, 가장 소중한 사람을 잃고 만 것은 분명하다고 생각했다.

잠시 후, 스미노가 집으로 돌아왔다. 스미노는 약국에서 약을 사 왔다. 소독약과 얼음주머니를 들고 집으로 돌아왔다.

신이치는 두려웠지만, 그 일로 스미노와의 관계가 끝난 것은 아니었다. 그 사건이 있고 나서도 스미노는 전과 다름없이 신이치를 대했다.

신이치는 스미노가 아직 자신을 사랑해 주는 것 같다고 느꼈다. 그리고 자신도 주체할 수 없을 만큼 스미노를 사랑했다. 하지만 그때 이후로 스미노의 몸에는 손가락 하나도 댈 수 없었다.

신이치는 그때의 감각이 무엇이었는지 반드시 알아내고 싶어서 이런저런 고민을 했다.

자신에게는 스미노와 함께한 테라도마리에서의 기억이 빠져 있다. 어쩌면 그 잃어버린 기억 속에 뭔가가 숨어 있을지도 모른다는 생각에 다다랐다. 스미노에게 살의를 느낄 만한 어떤 사건이 있지는 않았을까. 그것을 확인해야만 했다.

신이치는 테라도마리에서 살던 당시에 자신이 어땠는지 스미노에게 아무렇지 않은 척하며 물어보았다. 하지만 스미노의 입에서 이렇다 할 대답은 나오지 않았다. 당연하다. 만약 신이치가 살의를 느낄 만한 행동을 스미노가 했다면, 자기 입으로 말할 리가 없었다.

고민 끝에 신이치는 밤에 번화가로 나가 길에서 말을 걸어 온 여자를 샀다.

만약 이 여자를 안을 때도 똑같은 감각에 휩싸인다면 원인은 스미노에게 있는 것이 아니다. 그것을 확인하고 싶었다.

호텔 방에서 여자를 안자, 또다시 같은 감각에 휩싸였다.

이 여자를 죽이고 싶다. 이 여자를 죽이면 지금까지 맛본 적 없는 쾌감을 얻을 수 있을 것이다.

사정하는 것보다 훨씬 큰 쾌감을—.

자신의 인생 전부를 채워 줄 무언가를 얻을 수 있을 것이다—.

그런 마음의 소리에 지배당해 여자의 목을 졸랐다.

극심한 통증에 정신을 차려 보니, 여자의 손톱이 신이치의 팔을 파고들고 있었다. 여자는 숨을 들이마시려고 격렬하게 버둥거렸다. 신이치는 목을 조르던 손을 떼고 허둥지둥 바지만 입고서 옷을 챙겨 방을 뛰쳐나왔다.

그날을 기점으로 마음 깊은 곳에 잠들어 있던 소름 끼치는 욕망이 뿜어져 나왔다.

사람을 죽이고 싶다—.

그것은 스미노만을 향한 감정이 아니라, 모든 여자를 향한 욕망이었다.

이런 것을 갈망하는 자신은 틀림없이 아픈 것이다. 신이치는 물론 그 사실을 알았다. 하지만 한 번 싹튼 욕망은 어떻게 해도 지워지지가 않았다. 자신의 마음은 도대체 어떻게 되어 버린 것일까. 그 남자의 난폭함이 유전된 것일까. 아니, 자신이 품고 있는 욕망은 그 남자와 비교도 되지 않을 만큼 사악하다. 아버지는 저질스러운 남자였지만, 사람을 죽이고 싶다는 생각은 하지 않았을 것이다.

그 욕망을 알기 전까지 신이치는 행복에 차 있었다. 스미노도 자신과 함께하는 미래를 생각해 주는 것 같았다. 하지만 자신을 죽이려고 한 남자와 무서워서 어떻게 함께 살겠는가. 스미노는 대학교를 졸업하고 나서 테라도마리로 돌아가 버렸다.

스미노가 옆에서 사라지자, 더더욱 빠르게 살인 욕구가 늘어 갔다. 원래는 섹스할 때만 그 감각에 휩싸였는데, 스미노가 사라진 뒤로는 일상적으로 그 욕망에 시달렸다.

사람을 죽이면 경찰에 붙잡혀 사형당할지도 모른다. 가족들에게도 민폐를 끼칠 것이다. 그런 윤리관은 신이치에게 전혀 제동 장치가 되지 못했다.

마치 마약 중독자 같았다. 그래서 자신의 욕망을 억누르는 한 가지 수단으로, 대학 시절 동아리에서 자주 간 와카츠키 보육원을 정기적으로 찾기 시작했다. 자신을 따르는 아이들의 모습을 눈에 새기고, 자신이 살인자가 됐을 때 아이들이 어떻게 반응할지를 마음에 그리면서, 그것을 최후의 방어막으로 이 욕망과 싸웠다.

"사카키 신이치 님, 3번 진찰실로 들어가 주세요."

안내하는 목소리에 신이치는 의자에서 일어나 3번이라고 적힌 문을 열었다.

스미노와 와카츠키 보육원에 다녀온 이튿날, 신이치는 타카기의 병원을 찾았다.

먼저 타카기에게 증상을 말했고, 그다음엔 위내시경 검사를 받았다. 추가로 CT와 엑스레이 같은 검사들도 연달아 받아야 했다.

검사하는 동안 타카기가 증상을 듣고 보인 표정이 떠오르자 불쾌한 불안이 가슴에 퍼졌다. 아니, 불안이 아니라 확신에 가까운 생각이었다.

가볍게 심호흡하고 진찰실 문을 열자, 타카기가 신이치를 향해 고개를 돌리며 미소 지었다.

"어, 앉아."

타카기의 권유대로 신이치는 맞은편 의자에 앉았다.

"검사받느라 수고했어."

"결과는…."

"종양이 발견됐어."

"암이에요?"

신이치가 말하자 타카기의 눈이 반응했다.

"그래, 맞아. 잠깐 입원하게 될 텐데 걱정할 만한 건…."

"사실대로 말해 주세요." 신이치가 타카기의 말을 자르며 말했다.

"사실대로?" 타카기가 되물었다.

"저는 귀가 안 들려서 다른 사람 표정에 아주 민감해요. 선배도 알잖아요. 다 같이 포커 칠 때도 져 본 적이 없어요."

"그래서 사실대로 말하잖아. 너는 위암이야."

"최악의 선고네요. 하지만 선배는 아직 거짓말을 하고 있어요."

신이치는 타카기의 눈을 빤히 들여다보았다.

그런데도 시치미를 뗄 생각인지, 타카기는 아주 침착한 표정을 만들고서 신이치를 지그시 마주 보았다.

신이치는 양쪽 귀에서 보청기를 뺐다.

"이러면 감각이 더 예민해져요. 진실을 얘기해 주세요."

신이치가 응시하자, 타카기는 체념한 듯 한숨을 쉬고 '알았으니까 보청기 꺼'라고 입을 움직였다.

신이치가 보청기를 다시 끼는 동안 타카기가 엑스레이 사진 몇 장을 판독기에 붙였다.

"보만 4형 위암이라는 말, 들어 본 적 있어?" 타카기가 신이치 쪽으로 고개를 돌리며 물었다.

"보만 4형…."

"위벽 속에서 퍼지듯이 증식하는 암이야. 발견이 어렵고, 진행도 빨라. 림프샘이랑 복막에도 전이돼서 수술은 불가능해."

"이미 끝이라는 말이에요?"

"그렇게 말하지 마." 타카기가 타이르듯 말했다. "항암제를 이용한 화학 요법하고 방사선 치료가 있어. 앞으로 어떻게 치료할지 방법을 철저히 검토해 보자."

"살날이 얼마나 돼요?"

"앞으로 살날이 얼마나 남았냐는 뜻이야? 의사가 거기까지는 말 못 해…. 사실대로 말하면 뭐라고 단언할 수가 없어. 반년 정도 살 줄 알았던 환자가 치료로 1년 이상 사는 경우도 많으니까."

"그 반대도 있죠?"

타카기는 그 질문에 대답하지 않았다.

"지금부터 입원 절차를 밟자."

"아니요…."

신이치는 일어서려고 하는 타카기를 손으로 잡았다.

"당분간 혼자 지내고 싶어요."

아침 7시에 눈이 떠졌다.

거실 창문에서 밝은 햇빛이 비쳐 들었다. 집에 돌아와서 소파에서 잠들었나 보다. 신이치는 소파 팔걸이를 베고 누운 채 멍하니 천장을 보았다.

마치 악몽을 꾼 것 같다.

하지만 이게 현실이라고 고쳐 생각했다.

이 순간에도 자신의 몸을 좀먹어 가는 병마의 존재도, 마음속에서 꿈틀거리는 소름 끼치는 욕망도, 전부 자신이 껴안은 현실이다.

하지만 자신이 곧 이 세상에서 사라진다는 사실을 알았는데도 희한하게 감정이 요동치지는 않았다.

자신의 죽음을 직면하면 슬프거나 괴롭거나 혼란스러울 것이라고 막연히 생각해 왔다. 물론 그런 사람이 대부분이리라. 그런데 자신은 어떻게 이렇게 냉정함을 유지할 수 있을까.

어쩌면 애초에 자신이 살아 있다는 실감이 나지 않았기 때문일지도 모른다.

살아 있어서 즐겁다거나 행복하다는 마음이 옅었기 때문일까.

자신이 이 세상에서 살아왔다는 증거를 마음속에서 더듬어 찾아봤지만, 거의 모든 추억이 탁하게 빛바랜 색을 띠었다.

아주 조금이지만 선명한 추억이 있기는 했다.

스미노와 함께하던 때의 기억이다. 대학교에서 스미노와 재회하고, 자기 몸에 흐르는 사악한 피의 존재를 깨닫기 전까지 반년간의 기억. 그 기억만이 추억 속에서 반짝였다. 살아 있음을 실감하던 나날들. 행복을 느끼던 나날들. 그 순간순간이 영원히 이어지기를 바라던 그 시절….

휴대전화가 울렸다. 메시지가 온 모양이다.

혹시 스미노일까—.

내심 기대하며 휴대전화 화면을 봤지만, 아야코가 보낸 메시지였다. 메시지 제목은 '공연'이었다. 친구에게 클래식 공연 티켓을 받았는데 내일 저녁에 같이 가지 않겠냐는 제안이었다.

최근에 아야코에게서 이런 메시지가 자주 온다. 하지만 전혀 관심이 없어서 적당한 이유를 만들어 거절해 왔다.

뭐라고 거절할지 고민하기도 귀찮아서 답장하지 않고 내버려두자, 아야코에게 또 메시지가 왔다.

스미노도 초대했는데, 신이치가 못 오면 대신 다른 동아리 친구를 초대할 생각이니 연락을 달라는 내용이었다.

스미노도 초대했다라—.

신이치는 휴대전화 화면을 보며 어떻게 답할지 고민했다.

이튿날, 유라쿠쵸역 개찰구로 가 보니 아야코가 기다리고 있었다.

물론 늦더위가 심하기는 하지만 아야코는 변함없이 노출이 많은 화려한 차림새였다. 자신과 동갑이니 서른세 살인데, 옷 취향은 대학생 때와 별반 다르지 않다.

동아리 친구들도 자신의 소중한 친구들이고, 무엇보다 아야코는 스미노와 사이가 좋았으니 겉으로 드러내지는 않았지만 신이치는 대학생 때부터 아야코가 불편했다.

아야코는 남자가 좋아하는 얼굴과 몸매로, 옛날부터 남학생들에게 인기를 끌었다. 다양한 동아리를 오가며 남자들과 열심히 노는 것 같았다. 대학생 때는 귀에 장애가 있고 제대로 취직할 수 있을지도 확실치 않은 자신을 업신여겼으면서, 왜 이제 와 끈질기게 만나자는 메시지를 보내는 것일까. 이유는 너무나 단순하다.

알면서도 제안을 받아들인 자신이 바보 같았지만, 그래도 스미노의 얼굴을 보고 싶었다. 자신에게 남은 얼마 되지 않는 시간…. 조금이라도 스미노와 함께 있고 싶었다.

"스미노는 아직 안 온 것 같네." 신이치가 주변을 둘러보며 말했다.

"스미노랑은 공연장에서 바로 만나기로 했어." 아야코가 웃음 띤 얼굴로 걸음을 뗐다.

공연장 밖에서 잠시 기다리는데, 벨 소리가 울렸다. 아야코가 핸드백에서 휴대전화를 꺼냈다.

"어머."

아야코는 아쉬운 표정을 지으며 신이치에게 휴대전화 메시지를 보여 주었다.

'미안해. 급한 일이 생겨서 도저히 못 갈 것 같아. 신이치랑 재미있게 보고 와.'

메시지 내용을 읽고 낙담했지만, 얼굴에 드러내지 않으려고 애썼다.

"나랑 둘이서 봐도 괜찮아?" 신이치의 표정을 살피며 아야코가 물었다.

"어."

일단 고개를 끄덕이자, 아야코는 "그럼 둘이서 재미있게 보자" 하며 친근히 팔짱을 꼈다.

신이치는 눈썹을 찌푸렸다. 콧구멍에 불쾌한 냄새가 흘러 들어와서였다. 자신이 암컷임을 열심히 뽐내는 듯한 향수 냄새다.

공연장에 들어간 신이치는 마음을 다잡으며 하다못해 공연이라도 즐기자고 다짐했지만, 옆에 앉은 아야코의 냄새가 신경 쓰여서 도무지 집중이 되지 않았다.

공연이 끝나고 밖에 나오자, 아야코가 같이 밥을 먹자고 했다. 바로 집에 가고 싶었지만 공연 티켓을 빚진 입장이라 딱 잘라 거절하기 힘들었다. 잠깐 같이 있기로 하고 아야코가 가고 싶어 하는 근처 다이닝 바로 들어갔다. 별로 가까이 붙고 싶지 않아서 테이블 좌석에 앉으려고 했지만, 아야코가 신이치의 손을 붙잡아 카운터 석에 앉혔다.

식욕도 없어서 올리브를 안주 삼아 술을 마셨다. 아야코는 가슴이 훤히 보이는 옷을 입고 있어서 눈을 어디에 둬야 할지 알 수 없었다. 자연스레 정면에 있는 술잔을 응시한 채 아야코와 적당한 대화를 나누면서 시간을 흘려보냈다.

가볍게 마실 생각이었건만, 아야코는 좀처럼 집에 돌아갈 틈을 주지 않았다. 눈앞에 있는 술이 떨어질 즈음 바로 다음 술을 주문했다. 정신을 차렸을 때는 이미 아야코의 페이스에 말린 상태였다. 아야코가 뿜어내는 강렬한 향수 냄새와 위가 메슥거리는 느낌 때문에 토할 것 같았다.

신이치는 집에 가고 싶어 하는 자신의 마음을 아야코가 눈치챌 수 있게 몇 번이나 대놓고 손목시계를 들여다보았다.

"신이치, 그런 시계를 차?" 아야코가 손목시계를 보며 놀란 목소리로 말했다.

"조금 더 좋은 시계 차고 다니지."

확실히 자신이 찬 것은 저렴한 국산 손목시계다.

"신이치한테는 롤렉스가 잘 어울릴 거 같아. 다음에 같이 보러 갈래?"

신이치는 14년 동안 손목시계를 바꾸지 않았다. 그 이유를 이야기한들, 앞에 있는 이 물욕에 눈이 먼 여자에게 비웃음만 사겠지.

"생각해 볼게…." 신이치는 말끝을 흐렸다.

"신이치는 사귀는 사람 있어?" 아야코가 마티니를 홀짝이며 물었다.

"그건 왜? 갑자기…."

"그런 얘기 못 들어 본 것 같아서. 신이치는 멋있고 성격도 좋으니까 여자로서 신경이 쓰이네."

"뭐, 그냥저냥…." 신이치는 대충 얼버무렸다.

"스미노 아직 좋아해?"

그 말에 신이치는 자기도 모르게 아야코 쪽을 돌아보고 말았다.

"왜 헤어졌어? 두 사람을 보면서 너무 잘 어울리는 커플이라고 생각했는데. 스미노가 정말 부러웠어."

아야코의 말을 들으며 속으로는 자신을 비웃었다. 그렇게 소름 끼치는 짓을 저지른 남자와 사귀는 게 뭐가 부럽다는 말인가.

"그래서…, 친구를 이런 식으로 말하고 싶지는 않은데…. 스미노가 신이치를 버리고 본가로 돌아갔을 때 조금 충격이었어. 본가에 돌아가기 싫다고 입버릇처럼 말하길래 도쿄에서 살다가 신이치랑 결혼할 줄 알았거든."

아야코의 말처럼 스미노는 본가가 있는 테라도마리에 돌아가기 싫어했다. 졸업한 뒤에도 이대로 도쿄에 있고 싶다고 자주 이야기했다. 신이치와 함께.

그런 사건이 없었다면, 스미노는 도쿄에 남아서 신이치와의 미래를 그렸을 것이다.

"결국 고향에 좋은 사람이 있었던 거지. 스미노의 전 남편, 유명한 식품 회사 집안 아들이었대. 니가타 시내에 엄청 큰 저택을 가진 부자라고 들었었어."

그건 몰랐었다. 스미노가 결혼한다는 소식은 코스기에게 듣고 알았다. 하지만 신이치를 배려해서인지, 결혼 상대에 관한 이야기는 일절 하지 않았다. 물론 신이치 자신도 알고 싶지 않았다. 그때 받은 충격이 지금도 기억난다.

"만약… 신이치가 아직도 스미노에게 마음이 있다면 이런 얘기는 하면 안 되지만… 솔직히 말해서 이제 가망이 없다고 생각해."

신이치는 아야코에게 시선을 고정한 채 얼마 전의 일을 떠올렸다.

'내가 좋아한 사람은 스미노뿐이야—.'

신이치가 그렇게 고백하자, 스미노는 와카츠키 보육원에 같이 가 줘서 고맙다고 한 뒤, 씁쓸한 눈빛으로 잠시 신이치를 바라보다가 입을 열었다.

신이치랑은 이제 만나지 않는 게 좋겠어—라고.

"나도 알아."

신이치는 중얼거리고 앞에 있는 술을 들이켰다.

"나 진짜 나쁜 여자다…. 하지만 도저히 참을 수가 없었어. 얼마 전에 너희 집에 놀러 갔을 때, 아, 신이치는 지금도 스미노를 좋아하는구나 싶었어. 그래서 술자리에 스미노를 부른 코스기를 나도 모르게 원망했어. 신이치를 보고 있으면 어쩐지 마음이 초조해져서…. 집에 가는 길에 스미노한테 선언해 버렸어."

아야코는 신이치의 눈을 지그시 바라보았다.

"신이치를 좋아한다고. 그랬더니 스미노가 협조해 준다고 했어."

"협조…?" 신이치는 의아해하며 물었다.

"둘이서 데이트하고 싶은데 도무지 받아 주지를 않는다고 얘기했더니, 신이치는 쑥스러움을 많이 타니까 일단 셋이서 만나자고 해 보면 어떻겠냐고…"

그래서 오늘 스미노가 급한 일이 생겼다며 오지 않은 것인가.

충격이었다. 자신의 마음을 알면서 스미노가 그 마음을 이용했다는 것을 믿을 수 없었다.

아야코는 조금 취한 것처럼 상반신을 휘청거렸다. 신이치에게 거의 몸을 기대려고 했다.

"신이치한테 나 같은 여자는 안 될까?"

몸속을 도는 알코올에 가열된 듯, 더 진해진 암컷 냄새가 신이치의 콧속을 자극했다.

그 냄새에 휘감기며 왜 이 여자가 불편한지 드디어 이해했다.

어딘가 어머니를 닮아서이다—.

어머니의 모든 부분을 싫어하지는 않았다. 일은 전혀 하지 않고 집에선 폭력을 휘두르는 기둥서방 같은 남편을 견디며 자신을 키워 준 것은 순수하게 고마웠다.

신이치는 어렸을 때 일상적으로 아버지의 폭력에 노출됐었다. 테라도마리에서의 기억을 잃어버린 이유는 그런 것과도 관련돼 있지 않을까. 아버지에게 심각한 학대를 받은 탓에 기억에 뚜껑을 덮어 버린 것이 아닐까.

그때 일어난 일이, 기억이, 지금의 자신을 만들지 않았을까.

사람을 죽이고 싶다—.

그런 사악한 욕망을 품게 된 원인이 거기 있지 않을까.

그 남자는 자신에게 대체 무슨 짓을 저질렀을까. 기억을 불러내려고 해 봐도 도무지 떠오르지가 않았다.

기억나는 것은 초등학교 6학년 겨울 무렵부터다.

신이치는 니가타 시내에 있는 초등학교로 전학했다. 그것도 귀가 거의 들리지 않는 상태로 보청기를 끼고서. 친구는 좀처럼 생기지 않았고, 세 평짜리 방 한 칸이 전부인 허름한 집에 돌아가도 어머니는 외출해서 없을 때가 많았다.

학교가 끝나고 집에 돌아오면 거추장스러운 보청기를 빼고 정적과 고독을 오롯이 맛보았다.

테라도마리라는 항구 도시에서 살았던 기억이 희미하게 남아 있었지만, 거기서 어떤 나날을 보냈는지는 대부분 기억나지 않았다. 하지만 그보다 전에 살던 나카오카에서 보낸 시간은 확실히 기억났다. 그때는 귀가 들렸었다.

어머니에게 자신이 기억하지 못하는 그 시절의 일과, 자신이 왜 귀가 들리지 않게 되었는지를 물었지만 자세한 이야기는 듣지 못했다. 귀가 들리지 않게 된 것은 사고 때문이었고, 아버지의 폭력을 견디다 못해 둘이서 테라도마리를 떠났다고만 들었다.

어머니는 매일 새벽녘에 집에 돌아왔다. 그리고 녹초가 되어 신이치 옆에서 잤다. 신이치는 집 안을 가득 메우는 어머니의 냄새가 싫었다.

진한 향수 냄새에 섞인 수컷의 존재—.

어머니는 1년 뒤에 다음 남편을 잡았다. 스무 살 연상에 돈만 많고 품위는 없는 회사 사장이었다. 신이치는 고등학교를 졸업할 때까지는 참았지만, 그런 사람과 함께 있는 것이 싫어서 도쿄로 오고 나서는 니가타에 거의 가지 않았다.

속물적인 여자의 냄새. 콧속이 반응하는 그 냄새가 참을 수 없이 싫었다.

아야코는 가슴을 신이치의 팔에 얹고 꾸벅꾸벅 졸았다. 훤하게 드러난 가슴께에서 깊은 골이 보였다.

"나, 취한 것 같아…."

아야코는 풀린 눈으로 신이치를 보았다.

신이치는 어서 이 자리를 뜨고 싶었지만, 마음과는 달리 사타구니가 딱딱하고 뜨겁게 고동치는 것을 느끼고 당황했다.

무작정 이 여자를 안고 싶어졌다. 왜인지 이해할 수 없었다. 역겨운 여자라고 생각하면서도, 마음속 깊은 곳에 있는 욕망이 신이치를 붙들고 놔 주지 않았다.

'이 여자를 죽이고 싶다—.'

몸속 혈관에 매혹적인 독소가 퍼지듯 몸과 마음이 그 욕망에 사로잡혔다.

지금이라면…. 이 욕망을 밖으로 꺼내도 괜찮지 않을까.

더는 망설일 필요가 없다. 자신은 이제 곧 죽을 것이다. 경찰에 잡히는 것은 무섭지 않다. 와카츠키 보육원 아이들의 모습을 머릿속에 그려 봐도, 이 욕망을 막는 방어막으로는 역부족이었다.

나는 이제 곧 죽는다—.

최소한 이 세상에서 사라지기 전에는, 항상 자신을 괴롭히고 끊임없이 강제하던 이 욕망을 풀어놓고 싶었다.

"나갈까…. 집까지 바래다줄게."

신이치는 아야코의 어깨에 손을 얹으며 자리에서 일어났다.

5

어제는 제대로 잠을 자지 못했다.

스미노는 졸음을 참으며 아침에 나갈 준비를 했다. 일어나자마자 휴대전화에 무언가 와 있는지 확인했지만, 아야코에게서 연락은 없었다. 아야코와 신이치가 너무 신경 쓰였다.

그저께 밤에 아야코에게 연락이 왔었다. 신이치와 사귀고 싶으니 잘되게 도와 달라는 내용이었다. 그 이야기를 듣고 스미노는 망설였다. 절대 인간적으로 나쁘다고 생각하지는 않았지만, 아야코의 그런 속물적인 면은 예전부터 좋아하지 않았다. 봉사 동아리에 들어온 것도 취업에 유리하기 때문이라고 아무렇지 않게 말할 정도로 계산적인 데가 있었다.

신이치를 속이는 것 같아서 양심에 찔렸다. 하지만 스미노는 신이치와 데이트할 기회만 만들어 주면 된다는 아야코의 집요한 부탁을 단호히 거절하지 못했다. 마음속 어딘가에서 어차피 아야코는 신이치의 취향이 아니라고 생각한 것도 영향을 미쳤을지 모른다.

다른 남자에 관한 부탁이었으면 마음 편히 들어 줬을 수도 있었겠지만, 신이치가 엮여 있어서 그럴 수 없었다. 지난밤, 두 사람은 어떤 시간을 보냈을까.

출근길에 아야코에게서 메시지가 왔다. '어제 고마웠어'라고만 적혀 있었다.

어제 일이 너무 궁금해서 '어땠어?'라고 곧바로 답장했다.

'그럭저럭.'

'그게 무슨 뜻이야?'

'신이치도 내 매력을 알게 된 것 같아.'

그 메시지를 보고 스미노는 어제 자신이 한 행동을 후회했다.

'얼마 전에 만났을 때 신이치 몸이 안 좋아 보이던데.' 스미노는 와카츠키 보육원에 함께 다녀왔다는 이야기는 하지 않고서 신경 쓰이는 부분을 물었다.

'어제 우리 집까지 왔는데 몸 상태가 안 좋대서 내가 간호해 줬어.'

그 뒤로 하루 종일 일에 집중하기가 힘들었다. 퇴근해서는 복잡한 마음을 이끌고 역으로 향했다.

신이치가 참을 수 없이 신경 쓰였다. 아야코와의 관계도 그렇지만, 그 이상으로 신이치의 몸 상태가 걱정됐다. 제대로 병원에 갔을까.

신이치에게 연락해 보고 싶었지만, 최근에 상처 주는 말을 해 버린 탓에 연락할 수 없었다.

스미노는 고민 끝에 휴대전화를 꺼내서 타카기에게 메시지를 보냈다.

'선배, 시간 될 때 만날 수 있어요? 조금 신경 쓰이는 게 있어서요.'

그렇게 보내 놓고서 역 근처 카페로 가 시간을 때우는데, 타카기에게서 답장이 왔다.

'급한 일이야?'

'가능하면 빨리 만나고 싶어요'라고 보내자, 이제 곧 일이 끝나니까 볼 수 있다고 답장이 왔다.

오후 8시에 타카기가 근무하는 병원 근처인 긴자에서 만나기로 약속을 잡았다.

긴자 1가에 있는 이탈리안 레스토랑으로 갔더니, 타카기가 벌써 와서 기다리고 있었다.

"기다리시게 해서 미안해요."

스미노가 테이블에 다가가자 타카기는 "아직 15분 전이야"라고 하며 웃었다. "배가 고파서 먼저 와서 먹고 있었어."

타카기 앞에는 한창 먹다 멈춘 스파게티가 놓여 있었다.

"편하게 드세요."

스미노는 자리에 앉아 종업원에게 커피를 주문했다.

"그렇게 심각한 얼굴로 무슨 일이야? 연애 상담이면 기대하지 않는 게 좋아."

타카기는 스파게티를 마저 다 먹고 스미노를 바라보았다.

"신이치…, 아니, 사카키 신이치가 선배네 병원에 갔어요?"

그렇게 말을 꺼내자, 미소를 띠고 있던 타카기의 표정이 바뀌었다.

이걸 어떻게 해석해야 할까. 병원에 오지 않았다는 뜻일까, 아니면 병원에는 왔지만 검사 결과가 별로 좋지 않았다는 뜻일까.

"우리 병원에 와서 검사를 받았어."

"그래서…." 스미노가 몸을 앞으로 내밀었다.

"환자 정보를 본인 승낙도 없이 이야기할 수는 없어. 아무리 전 여자 친구여도."

그 말이 더더욱 불안을 키웠다. 검사 결과가 대수롭지 않았다면 가볍게 이야기해 줬을 텐데.

"많이 안 좋아요?"

더 파고들자, 타카기가 난처한 듯 시선을 피했다.

"제발요…. 아무한테도 말하지 않을게요. 계속 신경 쓰여서 너무 답답해요." 스미노는 간청했다.

"내가 말해 주면 뭘 어떻게 하려고?"

타카기의 질문에 스미노는 말문이 막혔다.

"네가 그 녀석의 가족이면 이야기했을 거야. 하지만 아니잖아. 서운하게 들릴지도 모르지만, 그냥 친구일 뿐인데 그렇게 무거운 짐을 짊어지게 할 수는 없어."

이렇게까지 말했으니 이해해 달라고 타카기의 눈이 호소했다.

"알겠어요. 갑자기 불러내 무리한 질문을 해서 미안해요."

가게를 나와 긴자 1가 역의 출입구 앞에서 타카기와 헤어졌다. 역사 안으로 들어가 개찰구를 지났다. 여기서 집과 반대 방향인 승강장으로 내려가면 신이치가 사는 토요스에 갈 수 있다.

신이치의 상태를 알려면 직접 대화하는 수밖에 없다. 하지만 그럴 용기가 나지 않았다.

방금 타카기에게 들은 이야기로 짐작해 보면, 신이치는 큰 병에 걸린 것이 분명하다. 어떤 병일까. 생명에 지장이 있는 병일까. 스미노는 신이치가 너무 걱정됐다.

하지만 이제 와 무슨 소리냐고, 자신 안에서 또 다른 자신이 몰아세웠다.

'나는 신이치를 버렸다. 그것도 두 번이나 신이치를 버리고 도망쳤다.'

그런 자신이 신이치에게 이래라저래라할 자격이 있을까.

스미노는 자신의 집이 있는 헤이와다이 방면 승강장으로 향했다.

$$\mathbf{\mathsf{X}}$$

6

신이치는 소파 위에서 미칠 것 같은 마음의 갈증을 필사적으로 견뎠다.

지난밤, 다이닝 바를 나와서 택시를 타고 아야코가 사는 이케부쿠로로 향했다. 차 안에서 취한 아야코가 몸을 기대 왔다.

'이 여자를 죽이고 싶다―.'

신이치는 목을 조를 때 괴로움으로 일그러질 그 얼굴을 상상했다. 당장이라도 폭발할 것 같은 욕망을 필사적으로 억눌렀다.

하지만 막상 택시에서 내려서 아야코가 사는 빌라로 향하려고 하자, 몸 상태가 급격히 나빠졌다. 빌라 앞에 쭈그리고 앉아서 토하고 말았다. 제대로 먹지 않아 게워 낸 것은 거의 위액뿐이었다. 아야코는 걱정스러운 얼굴로 신이치의 등을 쓸어 주고 집 안으로 불러들였다.

지금 당장 이 여자의 목을 조르고 싶다. 이 여자를 죽이고 싶다. 마음속에서는 욕망이 날뛰었지만, 몸이 말을 듣지 않았다.

신이치는 잠시 소파에 누워서 쉬었다. 그러는 동안 아야코는 샤워를 하고 캐미솔과 쇼트 팬츠로 갈아입었다. 당장이라도 침대로 갈 수 있도록 만반의 준비를 하고 신이치의 몸이 좋아지기만을 기다리는 듯했다.

소파에서 쉬는 동안 신이치는 조금 이성을 되찾았다.

만약 지금 욕망이 이끄는 대로 저 여자를 죽여 버린다면, 자신은 틀림없이 경찰에 잡힌다는 것을 쉽게 예상할 수 있었다. 자신과 아야코가 함께 공연에 간 것을 스미노가 안다. 다이닝 바 종업원과 택시 기사도 자신과 아야코가 함께 있는 모습을 봤다.

경찰에 잡히는 것은 무섭지 않았다. 그보다는 어서 이 어찌할 수 없는 허기를 채우는 것이 중요했다. 하지만 그래도 마음 한편에서 스미노의 모습이 자꾸만 어른거렸다.

자신이 아야코를 죽이면, 스미노는 얼마나 충격을 받을까. 어떤 모멸감을 느낄까.

이왕 욕망을 채우려거든 깔끔하게 처리해야 한다.

신이치는 몸도 마음도 사슬에 묶인 듯 갑갑했지만 간신히 소파에서 일어났다. 자신을 붙잡는 아야코를 뿌리치고 집에 돌아가기로 했다.

집에 돌아와서도 욕망을 채우지 못한 금단 증상에 몸부림치며 괴로워했다.

거기서 아야코의 목을 졸랐으면, 마음속 목소리가 이끄는 대로 그 여자를 죽였으면, 이런 고통을 맛보지 않아도 됐을까.

마음을 진정시키려고 TV를 켰다. 뉴스 방송이 나왔다. 살인사건 용의자가 체포되었다는 소식이 보도되고 있었다. 사흘 전, 연립 주택에 거주하던 여자가 자신의 집에서 목 졸려 죽은 사건이다. 범인은 인근에 사는 서른다섯 살 남자로, 빚을 갚을 방법이 없어서 돈을 노리고 피해자의 집에 들어갔다가 우발적으로 살인을 저지른 것 같다고 앵커가 전했다. 남자에게는 처자식이 있었다.

신이치는 경찰에 연행되는 남자의 모습을 응시했다.

사람을 죽이는 것은 어떤 느낌일까. 사람을 죽이면, 자신이 상상하는 것과 같은 쾌감이 솟구칠까. 지금의 자신은 도무지 알 수 없었다.

저 남자에게, 여자의 목을 졸랐을 때 받은 느낌을 물어보고 싶었다. 여자가 숨이 끊어지는 순간 저 남자의 몸이 어떤 감각으로 채워졌을지 궁금했다.

신이치는 안절부절못하며 소파에서 일어났다.

2층 방으로 가서 옷장을 열고 옷을 찾았다. 가능한 한 남의 눈에 띄지 않는 옷을 골라 갈아입었다. 모자를 쓰고, 혹시 몰라 선글라스와 마스크를 겉옷 주머니에 챙겨 넣은 다음 집을 나섰다.

아파트 주차장에 가서 재규어를 타고 출발했다.

정해진 목적지는 없었다. 지금부터 어떻게 자신의 욕망을 채울지 계획도 없었다.

자신에게 익숙지 않은 곳으로 가 보자는 결정만 해 놓은 상태였다. 시부야에 도착했을 즈음, 밤 11시가 넘었다. 번화가에서 떨어진 사쿠라가오카쵸의 썰렁한 골목에 차를 세우고 잠시 주변을 걸었다. 하지만 매춘부의 모습도, 헌팅을 기다리는 여자도 보이지 않았다. 역시 중심가로 나가야 여자가 있을까. 하지만 중심가에는 여기저기 CCTV가 달려 있다고 들었다.

자신에게 수사의 손길이 미치게 해서는 안 된다. 마음은 격렬한 초조함으로 가득하지만, 너무 조급해해서는 안 된다.

인적이 드문 골목 한쪽에서 불 켜진 간판이 눈에 들어왔다. 눈에 띄지 않는 상가 건물 2층에 '에키우스'라는 클럽이 있었다.

신이치는 상가 건물 계단을 올랐다. 가게 문 너머에서 큰 음악 소리가 새어 나왔다.

클럽이라는 곳에 처음으로 들어갔다. 소리가 없는 세상과 주변에 사람이 없는 환경에서 자란 탓인지, 인파와 시끄러운 장소는 불편하기만 해 늘 피해 왔다.

신이치는 양쪽 귀에서 보청기를 빼고 문을 열었다. 댄스 플로어에 들어서자마자 번쩍이는 섬광에 감싸여 현기증이 날 것 같았다.

들어온 것을 조금 후회하면서도, 이 분위기에 잠시 몸을 맡기기로 했다. 신이치는 논알코올 음료를 마시며 댄스 플로어에서 미친 듯이 춤추는 젊은이들을 바라보았다.

하지만 헌팅 같은 것을 해 본 경험이 없는 신이치는 여자들에게 가서 말을 걸기가 생각보다 어려웠다. 자신이 입을 다물고 있어도 먼저 다가오는 매춘부와 대화하는 것과는 차원이 달랐다.

자신이 모르는 이질적인 세계에 녹아들지 못해 소외감을 느끼다 한 시간 만에 클럽을 나왔다.

보청기를 다시 끼고 건물 계단을 내려가는데, 앞에 있던 여자가 휘청거리다 계단에서 발을 헛디뎠다. 신이치는 재빨리 여자의 팔을 붙잡았다.

"괜찮아?"

신이치가 묻자, 여자는 서 있기도 힘든 듯 계단에 앉았다. 뭐라 중얼거렸지만 혀가 꼬인 채여서 알아들을 수 없었다.

"몸조심해."

간단히 말하고 계단을 내려가는데, "저기…" 하며 여자가 불러 세웠다.

신이치가 뒤를 돌아보았다. 술에 취해 수치심도 느끼지 못하는지, 여자는 미니스커트 사이로 뻗어 나온 넓적다리를 벌리고 있었다. 망사 스타킹 너머로 팬티가 보였다.

"지금… 몇 시야…?" 여자가 물었다.

"새벽 1시."

"큰일 났다…. 차 끊겼어…."

"바래다줄까?"

신이치가 말하자, 여자가 천천히 고개를 들었다.

짐작했던 것보다 훨씬 어린 여자였다. 완전히 풀린 눈으로 신이치를 보며 고개를 끄덕였다.

신이치는 계단을 올라 여자 옆으로 가서 어깨를 빌려주고 몸을 일으켜 세웠다. 여자는 신이치에게 거의 매달려서 천천히 계단을 내려갔다.

상가 건물에서 벗어나 재규어를 세워 둔 쪽을 향해 걸었다. 알코올 냄새에 휩싸여 고양감과 긴장감이 뒤섞였다.

'나는 이 여자를 죽이게 될까—.'

"잠깐…. 미안…."

여자가 갑자기 신이치의 손을 뿌리치고 휘청거리며 앞으로 나아갔다. 앞에 보이는 편의점 불빛을 향해 가는 듯했다. 하지만 여자는 편의점에 들어가지 않고 앞에 있는 전봇대에 손을 짚었다. 그리고 쪼그려 앉았다.

여자에게 가려고 하는데, 주머니 속에서 휴대전화가 진동했다.

무슨 연락인지 확인하고선 심장이 튀어나올 뻔했다.

스미노가 보낸 메시지였다.

'신이치를 만나고 싶어. 꼭 만나야겠어.'

그렇게 적혀 있었다.

자신이 앞으로 무슨 짓을 저지를지 다 알고 있는 것 같은 그 글에 자기도 모르게 주변을 둘러보았다.

'아니다. 스미노가 보고 있을 리 없다—.'

그런 당연한 사실을 확인하자마자 다시 격렬한 허기가 찾아왔다. 신이치는 편의점 앞에서 몸을 웅크리고 머리를 쥐어뜯는 여자를 바라보며 번민에 잠겼다.

이제 자신의 욕망을 채울 수 있다. 오랫동안 자신을 괴롭혀 온 이 욕망을 이제야 채울 수 있다. 무얼 망설이나. 스미노 때문에 결심이 흔들리기라도 했다는 말인가. 자신의 마음을 알면서도 그런 빌어먹을 여자와 이어지라고 해 놓고 나를 만나야겠다니, 이제 와 무슨 소리인가.

신이치는 희미하게 싹튼 망설임을 떨쳐 내고 여자 쪽으로 향했다.

"괜찮아?"

말을 걸어 봤지만 여자는 대답하지 않았다. 전봇대 아래에서 토를 하고 있었다.

그 모습을 보자 자신이 해냈다는 고양감은 조금 깎여 나갔지만, 욕망의 불꽃은 더 거세게 타올랐다.

신이치는 여자의 등을 쓸어 줬다.

"물…. 물 사다 줘…."

여자가 가리킨 편의점으로 눈을 돌렸다. 유리창 너머로 보이는 매장 안에는 손님이 몇 있었다. 천장에 달린 CCTV도 눈에 들어왔다.

'만약 이 여자를 죽인다면—.'

신이치는 편의점에 들어가기가 망설여졌다. 주위를 둘러보았지만, 자판기는 보이지 않았다. 하지만 힘들게 찾아낸 사냥감을 이대로 놓치기는 아쉬웠다.

신이치는 겉옷 주머니에서 마스크와 선글라스를 꺼내 끼고 편의점으로 향했다. 자신의 특징인 보청기를 귀에서 빼고 매장 안으로 들어갔다.

⧗

7

눈을 떠 보니, 커튼 사이로 눈부신 빛이 비쳐 들었다.

아오이 료는 머리맡에 있는 시계를 집어 들었다. 아직 6시가 조금 지난 시간이다. 오늘은 최대한 늦게까지 자려고 했는데…. 머리 위로 이불을 뒤집어쓰고 다시 잠을 청하려고 했지만, 속이 메슥거려서 좀처럼 잠들 수 없었다. 10분 정도 이불 속에 있다가 체념하고 침대에서 일어났다.

침실을 나와 딸인 미즈키의 방문을 힐끔 한번 보고 계단을 내려갔다. 현관에 가 보니, 어젯밤 귀가했을 때는 놓여 있지 않았던 미즈키의 검은 하이힐이 있었다. 슬리퍼를 신고 집 밖으로 나가 우편함에 꽂혀 있는 신문을 꺼내 들고, 다시 안으로 들어와 1층에 있는 거실 문을 열었다.

거실 테이블에서 빵을 먹고 있던 아들 켄고가 손을 멈추고 료 쪽을 쳐다봤다. 의외라는 표정이었다. 하지만 앞에 있는 아버지보다 손에 든 빵이 더 중요한가 보다. 곧 다시 빵으로 고개를 돌리고 먹기 시작했다.

"일찍 일어났네." 료가 배를 문지르며 아들에게 말을 걸었다.

"나 원래 이 시간에 일어나. 아침 연습이 있어서."

고등학교 2학년인 켄고는 축구부에 속해 있다. 초등학교 때부터 축구를 해서, 예전에는 료가 가끔 일찍 귀가하면 같이 프로 리그 중계를 보며 이러쿵저러쿵 대화했다. 요즘은 전혀 그러지 않는다. 료는 이제 켄고가 어느 포지션을 맡고 있는지, 선발 선수인지 후

보 선수인지도 모르지만, 축구를 계속하고 있으니 그것만으로도 충분했다. 이 나이대 청소년이 동아리 활동을 하지 않고 자유 시간을 많이 가지면 좋을 것이 없기 때문이다.

"빵이라도 먹을래요?"

켄고가 접시에 놓인 빵을 보며 물었지만, 료는 됐다고 거절했다.

"미즈키는 몇 시에 집에 들어왔어?" 소파에 앉아 신문을 펼치며 료가 켄고에게 물었다.

"글쎄…. 내가 밤 11시까지 거실에서 TV를 봤으니까, 그보다 늦게?"

그건 안다. 료는 어젯밤 10시 반에 침실로 갔다. 일찍 잘 생각이었건만 속이 메슥거리기도 했고, 그 시간이 되도록 미즈키가 집에 들어오지 않는다는 사실에 짜증도 나서 좀처럼 잠들지 못했다. 집에 들어오면 잔소리라도 한마디 하려고 계속 귀를 기울였지만 자정이 넘어서도 미즈키는 돌아오지 않았다.

"항상 그렇게 늦게 들어와?"

"항상은 아니야. 그저께는 10시쯤 들어왔잖아."

자신이 본부에서 대기할 때는 어떤지 궁금했다. 사건이 없을 때 료는 대체로 9시쯤 귀가한다. 자신이 일찍 귀가하는 날에는 천하의 미즈키래도 부모의 노여움을 살 만한 행동은 하지 않는다.

의자 끄는 소리가 나서 료가 시선을 던졌다. 자리에서 일어난 켄고는 컵과 접시를 부엌으로 가져갔다.

"엄마한테 물 좀 가져다줘."

료가 말하자, 켄고는 "미안. 지각할 것 같아서"라고 하며 가방을 챙겨 현관으로 향했다.

"아참." 켄고가 멈춰 섰다. "누나가 자기 샴푸 쓰지 말라고 화냈어."

그 말만 남기고 켄고는 집을 나섰다.

료는 한숨을 참으며 일어섰다. 거실 옆에 있는 다다미방으로 가서, 불단에 놓인 물그릇을 들고 부엌으로 향했다. 설거지통에는 씻지 않은 식기가 아무렇게나 들어 있었다. 그것을 본 순간, 참았던 한숨이 터져 나왔다.

설거지를 하고 불단에 물그릇을 놓은 다음 2층으로 올라갔다.

미즈키의 방 앞에 멈춰 섰다.

"미즈키―, 미즈키―. 일어났어?"

몇 번이나 문을 두드려 봤지만 대답이 없었다.

최근에 부쩍 딸을 이해하기 힘들어졌다.

문을 응시하며, 료는 역시 그때 더 단호하게 반대했어야 했다고 후회했다.

고등학교 3학년 때 미즈키는 대학에 가지 않고 댄서가 되고 싶다고 말했다. 물론 료는 강하게 반대했었다. 아내 유미코가 살아 있었다면 말릴 방법이 있었을지도 몰랐지만, 그때는 료도 딸과 진득하게 대화할 시간을 내기 힘들었다. 무엇보다 아이들에 관한 일은 죽은 아내에게 전부 맡겨 왔었다.

결국 미즈키는 료의 반대를 무시하고 대학교 입시를 치르지 않았고, 타카다노바바에 있는 댄스 학원에 다니기 시작했다. '부모의 반대를 무릅쓰고서 하고 싶은 일을 할 셈이면 수강료는 알아서 내라'라고, 료는 부모로서 최소한의 저항을 했다. 미즈키는 패밀리 레스토랑에서 아르바이트하며 수강료를 버는 듯했지만, 볼 때마다 차림새가 점점 화려해져 갔다.

'대체 어떤 생활을 하고 있는 건지…'

병원 예약 시간까지는 아직 여유가 있었지만, 집에 계속 있다가는 위장의 상태가 더 나빠질 것 같았다.

침실로 가서 외출 준비를 했다. 반소매 와이셔츠에 넥타이를 매고 겉옷과 가방을 챙겨서 집을 나섰다.

10분 정도 걸어 카사이역에서 전철을 탔다. 카야바쵸에서 히비야선으로 갈아타고 츠키지로 향했다.

한 달쯤 전부터 위의 상태가 좋지 않았다. 3년 전 일이 뇌리를 스쳐서 바로 병원에 가고 싶었지만, 이케부쿠로에서 발생한 라면집 사장 살인사건을 수사하느라 바빠서 도무지 시간을 낼 수 없었다.

3년 전에 료는 위암에 걸렸었다. 조기 위암이라 열흘 정도 입원해 수술받고 퇴원한 뒤 곧 직장으로 복귀했다. 1년에 한 번은 반드시 검사받으라고 담당 의사가 당부했지만, 너무 바빠서 그동안 병원에 가지 못했다. 료를 담당한 의사는 동년배인 후쿠다였다. 대화는 그럭저럭 통하는 편이었지만, 치료 이야기만 나오면 말이 세지기도 하는 사람이었다.

일주일 전에 피의자를 체포해서 드디어 병원에 가자, 예상대로 후쿠다는 얼굴을 찌푸리며 료를 맞이했다. 그러고 나서 며칠에 걸쳐 계속 검사를 받았다. 3년 전에 받은 검사뿐만 아니라 새로운 검사도 몇 가지 추가로 받았다. 오늘 그 결과를 듣게 된다.

암에 걸렸을 때의 충격은 어느 틈엔가 옅어졌다.

암 선고를 받았을 때는 그때까지 생각해 본 적도 없는 자신의 죽음을 눈앞에서 직면한 느낌이었다. 매일같이 사람의 죽음을 접하는 일을 해 왔는데도, 자신의 죽음을 의식한 것은 그때가 처음이었다.

완치율이 높은 암이니 괜찮다는 말을 듣고서도 입원해 있는 동안 자기 삶의 마지막 순간을 자꾸 생각하게 되었다. 앞으로 나는 얼마나 살 수 있을까, 남겨질 가족에 관해서도 이런저런 생각이 들었다. 30년 가까이 일만 생각하며 살아왔다. 가족과 어딘가에 놀러 가 본 기억도 거의 없었다. 두 아이의 운동회에도 가 본 적이 없었다. 지금까지 그런 자신의 결정에 의문을 품어 본 적은 한 번도 없었는데.

그때 헌신적으로 자신을 간병한 아내 유미코는 반년 뒤 먼저 세상을 떠났다. 지주막하 출혈로, 쓰러져서 병원에 실려 갔을 때는 이미 손을 쓸 수 없는 상태였다. 그렇게나 건강하던 유미코가 허망하게 세상을 떠났다.

유미코뿐만이 아니었다. 료는 전에도 수많은 사람이 자신의 죽음을 실감할 여유도 없이 갑작스럽게 목숨을 잃는 것을 목격했었다. 하지만 그것이 일상이었기에, 죽음에 대해 깊이 생각하는 것은 의미가 없다고 여겼다.

3년 전에 든 자신의 죽음에 대한 생각도 눈앞에 차례차례 나타나는 사건들에 가려져 서서히 옅어지다가 감쪽같이 사라졌다.

진찰실 밖 의자에서 기다리는데 휴대전화가 울렸다. 확인해 보니 타카스기 계장이었다.

"여보세요…." 료는 간호사의 눈치를 보며 전화를 받았다.

"료, 아라카와구 히가시닛포리에서 젊은 여자 시신이 발견됐어. 바로 현장으로 와."

"알겠습니다. 바로 가겠습니다."

료는 겉옷 주머니에서 수첩을 꺼내 구체적인 주소를 받아 적었다. 앞 환자가 진찰실에서 나오자 곧바로 일어나서 문을 두드렸다.

들어오라는 소리도 듣지 않고 문을 여니, 의자에 앉아 있던 후쿠다가 놀란 듯 돌아보았다.

"선생님, 죄송하지만 제가 바로 일하러 가야 해서…."

후쿠다는 말없이 잠시 료를 응시했다. 그리고 "지금 바로요?"라고 물었다.

"일이 정리되면 다시 오겠습니다."

료는 후쿠다의 다음 말을 기다리지 않고 고개를 숙여 인사한 뒤 접수대로 갔다. 접수대는 기다리는 사람들로 넘쳐났다. 료는 의자에 앉아서 기다렸지만, 좀처럼 차례가 오지 않았다. 짜증을 느끼며 자리에서 일어나 매점으로 향했다.

식욕은 없었지만 이제부터 할 일을 생각하면 뭐라도 먹어 둬야 했다. 젤리 형태로 된 에너지 식품을 하나 사서 조금씩 뱃속에 흘려 넣으며 순서를 기다렸다.

간신히 계산을 마치고 병원 밖에 서 있는 택시를 잡아탔다.

"이 근처인데요…."

운전기사의 목소리에 료는 차창 밖으로 눈을 돌렸다. 벌어진 치아 사이처럼 빈터와 주차장이 듬성듬성 자리한 거리를 빠져나가자, 서 있는 경찰차 몇 대가 보였다.

"여기서 내려 주세요."

운전기사에게 말하고 요금을 낸 뒤 택시에서 내렸다.

경찰 차량 주변을 구경꾼들이 둘러싸고 있었다. 중년과 노년 남녀 틈에서 중학생으로 보이는 한 무리가 사건 현장 쪽을 보고 있었다. 부지 입구에는 노란색 테이프가 쳐져 있었고, 제복을 입은 경찰관이 지키고 서 있었다. 료는 제복 경찰에게 경찰 신분증을 제시하고 테이프 밑을 지나갔다.

주변을 둘러보니 무슨 공장이 있던 자리 같았다. 당장이라도 무너질 것 같은 커다란 건물이 보였다. 주변 공터에는 군데군데 폐자재 같은 것들이 방치되어 있었다. 폐차나 다름없는 경트럭이 몇 대나 서 있었다.

안쪽 구석에 파란 방수천으로 만든 천막이 서 있었다. 료는 가방에서 흰 장갑을 꺼내 끼면서 천막 쪽으로 향했다.

파란 방수천 바깥쪽에 몇 명이 무리 지어 있었다. 타카스기 계장과 5계 사람들, 그리고 양복을 입은 남자들도 몇 명 있었다. 아마 관할서에서 나온 형사들일 것이다. 그들 사이에 중학생쯤 되어 보이는 한 소년이 서 있었다.

"료." 타카스기가 말을 걸었다.

"늦어서 죄송합니다. 들어가도 됩니까?"

료는 파란 방수천을 가리켰다.

"조금 더 걸릴 것 같아. 지금 최초 발견자한테 얘기를 듣는 중이야."

타카스기는 옆에 서 있는 소년에게 시선을 던졌다.

"근처에 사는 중학생인데, 오늘 학교가 쉬는 날이라 오전부터 여기서 야구를 했어. 굴러간 공을 주우러 왔다가 폐자재 뒤에 있던 시신을 발견한 거라네. 그렇지?"

"모처럼 학교 쉬는 날인데 안 좋은 일을 당했구나." 료가 말했다.

조금이라도 아이 마음을 달래 주려고 한 말이었건만, 소년은 몸이 굳은 채 못 박힌 듯 서 있었다.

"계속 여기 있게 하기가 안쓰럽네요."

“맞는 말이야.”

타카스기가 고개를 끄덕이고는 관할서 형사를 쳐다보았다. 그러자 형사 한 명이 “경찰서로 가서 조금 더 이야기를 들려줄래?”라고 하며 소년을 데리고 갔다.

버스럭거리는 비닐 소리가 나더니 감식반 요원이 안에서 나왔다.

“들어가셔도 됩니다.”

료 일행은 파란 방수천 안쪽의 현장으로 들어갔다.

제일 먼저 눈에 띈 것은 쌓여 있는 고철 더미였다. 그 뒤편으로 돌아가 보니, 여자가 옆으로 쓰러져 있었다. 양쪽 어깨를 드러낸 분홍색 상의를 입었고, 짧은 치마는 말려 올라가 있어서 음부가 드러나 보였다.

료는 옆에 널브러져 있는 스타킹을 집어 들었다. 망사 스타킹이었다.

“피해자의 이름은 오카모토 마키. 세이난 대학교에 다니는 2학년으로 스무 살입니다.”

감식반 요원이 증거물 보관용 비닐 봉투에 들어 있는 학생증을 보여 줬다.

스무 살. 미즈키와 동갑이다.

료는 피해자 옆에 쪼그려 앉았다. 말려 올라간 치마를 내리면서 앞에 있는 시신을 관찰했다. 어깨에서 뻗어 나온 변색된 얇은 팔과 반짝반짝 빛나는 손끝이 인상적이었다.

얼굴은 피가 쏠려 어두운 보라색으로 변한 채 부어 있었다. 경부에 압박흔이 있었다. 목을 졸려서 죽은 것 같다. 압박흔 주변에는 할퀸 자국이 있었다.

“요시카와선이네요.”

료가 중얼거리자, 타카스기는 “맞아” 하며 고개를 끄덕였다.

“요시카와선이 뭐예요? 전철에 그런 노선이 있었나요?”

얼빠진 소리에 료가 뒤를 돌아보았다. 양복을 입은 젊은 남자가 이쪽을 기웃거리며 보고 있었다. 관할서의 신입 형사인 모양이다.

‘방해되니까 저리 가—.’

료는 쫓아내는 듯한 손짓을 하고 나서 피해자의 손끝으로 시선을 돌렸다. 길고 반짝이는 손톱. 그러고 보니 미즈키도 요즘 이런 것을 붙이고 다녔다.

“료, 어떻게 생각해?”

타카스기가 묻자, 료는 옆에 있는 핸드백으로 시선을 던졌다.

“안에 뭐가 들어있었죠?”

“지갑, 휴대전화, 화장품…. 그리고 이런 게 들어 있었습니다.”

감식반 요원이 료에게 비닐 봉투를 내밀었다. 플라스틱 케이스와 그 안에 들어 있었을 동그란 분홍색 알약 두 개.

“합성 마약인가….”

“분석해 봐야 알겠지만 그럴 가능성이 있습니다. 그리고 지갑 안에 2만 엔 정도 되는 현금이 남아 있었습니다.”

피해자의 몸에서 약물 반응이 나온다면 지인 중에 범인이 있을 가능성이 크다. 같이 마약을 하고 섹스하다가 어떤 이유로 피해자를 죽이는 바람에 여기 시신을 유기한 것이 아닐까.

“피해자의 주변인을 최우선으로 수사해야겠군요.” 료가 타카스기를 바라보며 말했다.

“그런 말을 하기엔 아직 이르지 않나?”

그 말에 료는 뒤를 돌아보았다.

어느새 효마가 와서 서 있었다. 이와사와 효마. 료와 동갑으로,
계급은 경감이다.

"강간이 목적이었을 가능성도 있잖아? 근처를 지나가다가 여기
끌려왔을지도 모르지. 주변 탐문부터 해야 하지 않겠어?"

"옷이 흐트러진 정도를 보면 강간으로 보긴 힘들어. 스타킹도
손상되지 않았어. 아마 피해자가 자기 손으로 벗었겠지. 성관계는
합의 하에 이루어진 거야."

자기보다 계급이 아래인 료가 말대꾸하자 효마는 불쾌한 듯 혀
를 찼다.

"자, 자, 여기서 이러쿵저러쿵해 봤자야. 일단 서로 가자고."

늘 그렇듯 타카스기 계장이 둘 사이를 중재했다.

이미 닛포리 경찰서 앞에는 보도진 차량 몇 대가 서 있었다.

료는 경찰서 건물로 들어가서 곧장 3층에 있는 강당으로 향했
다. 강당에서는 닛포리 경찰서의 젊은 형사들이 긴 책상을 옮겨
가며 수사본부를 준비하고 있었다.

이윽고 5계의 카타기리 형사가 들어왔다.

"료 반장님, 타카스기 계장님이 부르십니다."

"그럼 여긴 네가 맡아 줘." 료는 카타기리에게 말하고 문으로 향
했다.

"효마 주임님과 티격태격하시는 건 여전하네요."

카타기리의 말에 료가 뒤를 돌아보았다.

"넌 어떻게 생각해?" 료가 물었다.

"지금 단계에서는 반장님 말씀이 맞다고 생각합니다. 하지만 주
임님한테는 말 못 해요." 카타기리가 쓸쓸하게 웃으며 대답했다.

"그거면 충분해."

료는 강당을 나가서 2층 형사과로 향했다. 형사과에는 본청 1과 과장, 관리관, 닛포리 경찰서 서장과 형사과장 등 간부들이 모여 있었다. 이제 수사본부를 어떤 식으로 구성할지 논의할 것이다. 간부들 가운데 타카스기 계장도 있었다.

"료, 곧 피해자의 부모님이 도착한다니까 만나보고 와."

피해자의 본가는 나고야였다. 몇 시간 전 부모와 연락이 닿았다고 했다. 피해자 유가족과 대면하는 것은 늘 마음이 무거운데, 항상 료의 일이었다. 료는 그 일을 시키는 타카스기가 자신에게 무엇을 원하고 있는지 잘 알고 있었다.

"알겠습니다."

료는 1층에 있는 접수대로 향했다. 의자에 앉아서 유가족이 도착하기를 기다리는 동안 미즈키에게 전화를 걸었다.

"여보세요…." 전화 너머에서 기분이 영 좋지 않은 듯한 미즈키의 목소리가 들렸다.

"미즈키냐? 지금 어디 있어?"

"타카다노바바."

"아르바이트는?"

"끝났어."

료는 미즈키가 소리 없이 '아뿔싸'라고 말하는 기색을 느꼈다.

"그래? 그럼 집에 가서 아빠 옷 일주일 치만 닛포리 경찰서로 가져와 줘."

"잠, 잠깐만…. 켄고한테 부탁해. 나 이제부터 볼일 있어."

"무슨 볼일?"

"회식. 같이 아르바이트하면서 도움받은 사람이 관둔대서 송별회 가야 돼."

"거짓말."

"거짓말 아니야. 왜 그렇게 말해!" 미즈키가 날카롭게 소리를 높였다. 거짓말을 하고 있다는 증거다.

"네 목소리 들으면 다 알아."

"뭘 안다는 거야? 나에 대해 아무것도 모르면서!"

미즈키의 목소리를 듣는데, 조금 전에 본 시신이 뇌리를 스쳤다.

"이번 피해자는 너랑 동갑인 여자애야. 당분간 밤에 외출하는 건 금지야. 그럼 옷 부탁한다."

료는 거세게 항의하는 미즈키의 목소리를 자르며 전화를 끊었다.

30분 정도 그 자리에서 기다렸는데, 50세 안팎인 남녀가 접수대로 달려왔다. 어찌할 바를 모르고 허둥대는 것을 조금 떨어진 곳에서도 알 수 있었다.

료는 자리에서 일어나 접수대로 향했다.

"오카모토 씨이십니까?"

말을 걸자, 남녀가 동시에 뒤를 돌아보았다. 둘 다 당장이라도 울 것 같은 눈으로 료를 쳐다보다가 이내 작게 고개를 끄덕였다.

"경시청의 아오이 료라고 합니다. 상심이 크시지요. 죄송하지만 시신 확인을 부탁드려도 되겠습니까?"

'시신'이라는 말에 두 사람의 표정이 크게 일그러졌다.

료는 고개를 떨군 두 사람을 데리고 경찰서 건물을 나왔다. 경찰서 뒤편으로 돌아가서, 2층짜리 작은 건물로 들어갔다. 1층에서 '시신 안치소'라고 적힌 문을 노크하고 열었다.

문 뒤에는 형사 두 명이 있었다. 료는 피해자의 부모를 안내해 함께 안으로 들어갔다.

방 중앙에 있는 안치대에 시트로 덮인 피해자가 누워 있었다. 형사 두 명이 시트를 걷자, 실내에 오열이 울려 퍼졌다. 피해자의 아버지와 어머니 모두 딸의 죽은 얼굴을 보고 흐느껴 울었다.

매번 그런 모습을 봐야 하는 역할인 것은 싫지만, 유족의 오열을 듣고 있으면 마음에 불이 붙는다. 반드시 범인을 잡겠노라고.

"마키, 마키, 왜…! 무슨 말이든 해 봐!"

"마키! 뭐라고 대답 좀 해 봐!"

부부는 대답 없는 시신을 향해 소리쳤다.

이 두 사람은 딸이 살아 있는 동안 얼마나 대화를 나눴을까. 마지막으로 대화를 나눈 것은 언제고, 어떤 내용이었을까. 문득 그런 생각이 들었다. 피해자의 가족과 대면하는 것은 늘 있는 일인데, 왜 갑자기 그런 생각이 들었을까. 피해자가 미즈키와 동갑이어서였을까.

소중한 가족의 죽음을 자신도 겪었다. 아내 유미코가 살아 있을 때는 아내의 말에 제대로 귀를 기울이지 않았다. 평소에 어떤 대화를 나눴는지조차 거의 기억나지 않는다. 유미코는 불만을 이야기하지 않는 여자였다. 그리고 남편에게 많은 것을 요구하지 않았다.

'무슨 말이든 해 봐—.'

료는 유미코의 목소리를 듣고 싶었다. 자신의 결단이 혹시나 틀린 것은 아니었는지 알고 싶었다. 료는 유미코도 자신이 그러기를 바란다고 생각해서 그녀가 눈을 감는 순간에도 가지 않았다. 하지만 정말 그것이 옳은 선택이었는지 확신이 없어서 아직도 괴롭다.

유미코의 인생은 만족스러웠을까. 남편에게 불만은 없었을까. 나를 사랑했을까.

두 번 다시 들을 수 없는 유미코의 목소리를 너무나 듣고 싶었
다.

"왜 마키가 이런 일을…. 왜…. 왜…."

피해자의 아버지가 료에게 매달리듯 호소했다.

"반드시 범인을 잡겠습니다." 료가 말했다.

$$\underline{\overline{\bigtriangledown}}$$

8

닛포리 경찰서는 벌집을 건든 것 같은 소란스러움에 휩싸여 있었다.

야베 토모키는 강당 안에서 분주하게 작업하는 선배들을 보며 어떻게 해야 하나 고민했다.

오늘은 밤 8시부터 대학 시절 친구와 술 약속이 잡혀 있었다. 심지어 스물여덟 살인데도 여자 친구가 없는 토모키를 위해 여자인 친구들을 몇 명 불렀다는 고마운 자리였다.

시계를 보니 벌써 7시가 지났다. 하지만 도무지 형사과 선배에게 그런 말을 꺼낼 분위기가 아니었다.

조금 전부터 경찰서 안에는 긴장감이 감돌았다. 현장에서 돌아오자마자, 양복을 입고 가슴 쪽에 붉은 배지를 단 사람들이 우르르 몰려왔다.

옆에 있던 형사과 선배가 선망 어린 눈으로 그들을 바라보며, 붉은 배지 중앙에 금색으로 들어간 글자가 'S1S(Search One Select)'라고 알려줬다. 경시청 수사 1과 수사관을 나타내는 배지. 토모키는 수사 1과 형사들을 오늘 처음으로 가까이서 봤다.

수사 1과 형사들은 살기 등등한 얼굴로 여기저기 다니며 이것저것 지시했다.

"토모키." 책상을 옮기던 선배 형사가 토모키를 불렀다. "멍하니 있지 말고 경무과에 가서 모조지 몇 장 가져와."

"몇 장이면, 얼마나 가져오면 되죠?" 토모키가 물었다.

"얼마나…?" 선배는 우물거렸다. "안도 씨한테 물어보면 알 거야. 안도 씨가 수사본부를 많이 겪어 봤으니까."

"선배님, '요시카와선'이 뭔지 아세요?" 토모키는 현장에 다녀온 뒤로 내내 신경 쓰이던 것을 물어보았다.

"그런 건 지금 중요하지 않으니까 얼른 갔다 와!"

선배가 호통치자 토모키는 부리나케 강당을 나갔다. 1층에 있는 경무과로 가기 전에 화장실로 들어가서 칸 안에 숨었다.

'어떡하지…. 여자 친구가 생길지도 모르는 황금 같은 기회인데.'

그런 생각을 하며 휴대전화를 꺼냈을 때, 현장에서 본 여자의 모습이 토모키의 뇌리를 스쳤다.

분홍색 튜브톱을 입고 공장 터에 방치되어 있던 피해자—.

경찰이 되고 나서 처음 본 시체였다.

형사과에 배속된 지 아직 반년밖에 되지 않아서 특별 수사본부가 설치되는 사건은 처음이었다. 지역과에 있을 때도, 사고를 당하거나 차에 치여서 죽은 시신을 포함해 사람의 시체와 마주해야 하는 사건은 운 좋게도 담당한 적이 없었다.

한번 머릿속에 떠오르자, 그 죽은 여자의 얼굴이 좀처럼 뇌리에서 떠나지 않았다.

토모키는 작게 한숨을 쉬었다.

'미안. 큰 사건이 발생해서 오늘 술자리는 못 가겠다. 다음에 다시 불러 줘.'

그렇게 메시지를 보내고 화장실을 나와서 경무과로 향했다.

경무과 안으로 들어가자, 안도가 자리에 앉아 장기 교본을 보며 혼자 장기를 두고 있었다. 접어서 가지고 다닐 수 있는 작은 휴대용 장기판이었다. 근무는 끝났을 텐데, 중대한 사건이 발생해서 남아 있는 것 같았다.

"수고 많으십니다."

토모키가 말을 걸자, 안도가 돌아보며 "어어, 왔어?"라고 대답했다.

"모조지 몇 장 받을 수 있을까요?"

"위쪽이 엄청 소란스러운 것 같네."

안도는 천천히 일어나서 선반으로 향했다.

"그렇죠, 뭐."

토모키는 대답하며 책상 위에 놓인 장기판을 보았다.

종종 경무과에 들러서 안도와 장기를 둔다. 안도는 아버지보다 윗세대지만 온화하다고 할까, 느긋한 면이 자신과 비슷하다고 느껴져서 경찰서 안에서는 제일 친하게 지낸다.

안도는 몇 년 전까지 형사과 형사였다고 한다. 안도라면 '요시카와선'의 의미를 알지도 모른다.

"안도 과장님, '요시카와선'이 뭔지 아세요?"

토모키가 묻자, 선반에서 모조지를 꺼낸 안도가 뒤돌아보았다.

"피해자가 손으로 목을 졸려서 죽었다고 했나?"

"그런 것 같아요."

"목을 졸리면 괴롭잖아. 너무 괴로워서 피해자가 자기 목 근처나 상대의 얼굴, 손 같은 데를 손톱으로 할퀴기도 하거든. 그때 생기는 자국을 '요시카와선'이라고 불러."

"그렇군요…."

"경찰 학교에서 안 가르쳐 줬어?"

가르쳐 줬을지도 모르지만, 솔직히 말해서 제대로 기억나지 않는다.

20세기 초에 경시청에서 감식반장으로 일하던 ‘요시카와 쵸이치’라는 사람이, 피해자들의 목에 난 상처 자국에 주목해서 교살 사건의 한 특징으로 학회에 발표한 것을 계기로 ‘요시카와선’이라는 명칭이 붙었다고 안도는 설명했다.

‘전철 노선이 아니었구나—.’

“특별 수사본부는 처음이지?” 안도가 물었다.

“네. 뭐가 뭔지 몰라서 허둥대고 있어요. 당분간 기숙사에도 못 돌아간다고 하고….”

“좋은 기회니까…, 아니, 좋은 기회라고 하면 안 되지. 억울하게 살해당한 피해자가 있다는 뜻이니까. 아무튼 이것저것 많이 배워 둬.”

안도는 의자에 앉아서 다시 장기를 두기 시작했다.

토모키는 안도에게 고개 숙여 인사하고 모조지를 챙겨 방을 나왔다.

계단으로 향할 때, 큰 가방을 든 어린 여자가 경찰서로 들어오는 게 보였다. 주황색 튜브톱에 미니스커트를 입은 몸매 좋은 여자였다.

순간 낮에 본 피해자의 망령이 떠도는 줄 알고 덜컥 겁이 났지만, 그렇지 않았다. 여자는 두리번거리며 주변을 둘러보았다.

“무슨 일로 오셨어요?” 토모키가 여자에게 다가가서 말을 걸었다.

“닛포리 경찰서 사람이에요?” 여자는 무뚝뚝한 말투로 반문했다.

“네.”

"수사 1과 아오이 료 씨한테 전해 주세요."

그러더니 여자는 불만스러운 얼굴로 커다란 가방을 토모키에게 던져 주고 빠르게 출구로 향했다.

하여튼 요즘 어린 것들은 예의를 모른다. 부모의 얼굴이 궁금하다.

미니스커트에서 뻗어 나온 가녀린 다리가 멀어지는 것을 지켜보던 토모키는 자신에게 부여된 임무를 떠올리고 강당으로 향했다.

강당 안에 들어가 보니, 서른 명 넘는 남자들이 이미 자리에 앉아 있었다.

"수사 1과 아오이 료 씨가 어느 분이죠?" 토모키가 입구에 서 있던 계장에게 물었다.

"저 사람이야."

계장이 가리킨 곳을 쳐다보았다. 익숙한 뒷모습이었다.

낮에 현장에서 요시카와선이 뭐냐고 물어봤을 때 자신을 노려보며 손을 내저은 중년의 아저씨다.

"저 사람이 네 파트너야. 5계 안에서도 상당히 독특한 사람이라니까 실수하지 않게 조심해."

왜 이런 시련이―.

"야, 토모키, 왜 이렇게 늦어!" 모조지를 가져오라고 시켰던 선배가 호통을 쳤다. 토모키는 허둥지둥 선배에게 가서 모조지를 건넸다.

선배는 수사 1과 형사가 시키는 대로 모조지에 현장을 모사한 그림을 그려 넣고 사건 개요를 적었다.

토모키는 무어라 형용할 수 없는 압박이 등 뒤에서 느껴져 조심스레 뒤를 돌아봤다.

료가 이쪽을 빤히 보고 있었다. 식은땀을 흘리며 료의 자리 쪽으로 걸어갔다. 머릿속으로는 료를 무어라 불러야 할지 고민했다. 료 옆에 멈춰 섰다.

"안녕하십니까. 닛포리 서 형사과 야베 토모키입니다."

토모키가 자신을 소개하자, 료는 노골적으로 한숨을 쉬고 "그 햇병아리네…"라고 중얼거렸다.

"주임님, 어떤 여자분이 이걸 주고 갔습니다."

일단 무난하게 '주임'이라고 부르며 조금 전 여자에게 받은 가방을 건네고 옆자리에 앉았다.

"나는 주임이 아니야. 경위야."

료가 중얼거리는 말을 듣고 깜짝 놀랐다.

수사 1과인데다가 자신의 아버지와 비슷한 나이대로 보여서 당연히 경정이나 경감일 줄 알았다. 경위라면 자신과 같은 계급이 아닌가. 그런 것 치고는 묘하게 잘난 체하는 것 같아서 조금 짜증이 났지만, 겉으로 드러낼 수는 없었다.

"제가 뭐라고 부르면 될까요?"

"5계에서는 반장이라고 부르는 사람도 있는데, 너는 그냥 '료 씨'라고 불러도 돼. 그래서, 요시카와선이 무슨 뜻인지는 알아냈어?"

"네. 조금 전에 경무과 안도 씨한테 물어봤어요. 제가 엉뚱한 착각을 한 것 같던데…."

머리를 긁적이자, 료가 토모키 쪽으로 시선을 던졌다.

"안도 씨면…, 안도 토쿠지로 씨?"

"이름까지는… 아마 그런 느낌이었던 것 같아요. 아는 사이세요?"

"그냥 뭐…."

료는 그렇게 말하며 정면에 시선을 고정했다.

소란스럽던 강당 안이 고요해졌다. 토모키가 뒤돌아보니, 남자 몇 명이 들어와서 앞으로 오고 있었다. 토모키가 아는 사람은 경찰서장과 형사과장 정도가 다였고, 그 외에는 본청 간부인 듯했다. 간부들이 수사관들을 마주 보는 형태로 하나둘 자리에 앉았다.

"차렷!"

구령과 함께 강당 안에 있던 수사관들이 일제히 일어섰다. 갑작스러워서 토모키는 다른 사람들보다 조금 늦게 일어섰다.

"경례!"

경례를 마치고 전원이 빠르게 착석했다. 토모키는 이번에도 조금 늦게 자리에 앉았다.

"지금부터 수사 회의를 시작하겠다. 우선 형사과장이 이번 사건의 개요를 설명하겠다."

수사 1과장의 말로 수사 회의가 시작되었다.

형사과장이 사건을 설명했다.

오늘 9월 13일 오전 11시 32분, 아라카와구 히가시닛포리 5가의 공장 빈터에 여자가 쓰러져 있다는 신고가 들어왔다. 닛포리 경찰서 소속 순경이 현장에 가서 여자가 죽어 있는 것을 확인했다.

피해자는 오카모토 마키. 이타바시구 나리마스에 사는 스무 살 대학생이었다.

여기까지는 토모키도 아는 정보다.

이어서 감식반의 보고가 있었다.

여자의 사인은 경부 압박으로 인한 질식사. 경부에 목을 졸린 흔적이 있었고, 방패 연골과 목뿔뼈가 부러진 것으로 보아 범인에게 손으로 목을 졸려 살해당한 것으로 보였다.

사망 추정 시각은 13일 새벽. 자정에서 새벽 4시 사이이다.

소지품 중에 합성 마약이 있었고, 피해자의 몸에서도 약물 반응이 나왔다. 하지만 질 안에서 정액은 검출되지 않았다.

"피해자는 인조 손톱을 붙이고 있었는데, 인조 손톱 몇 개에서 소량의 혈흔과 피부 조각이 검출됐습니다. 현재 피해자 것 이외의 DNA가 남아 있는지 조사하고 있습니다."

토모키는 탁탁거리는 소리가 나서 옆을 보았다. 료가 펜 끝으로 책상 위에 깔린 자료를 두드리고 있었다. 시선은 여전히 정면에 고정된 상태였다.

요시카와선―.

다시 말해, 인조 손톱에서 피해자 것 이외의 DNA가 검출되면 수사에 큰 진전이 있을 것이라는 뜻이다.

"다음, 주변인 조사반―."

형사과장의 말에 료가 벌떡 일어섰다.

"방금 피해자의 부모님을 만나 이야기를 들었는데요, 피해자의 주변인에 관해서는 전혀 아는 바가 없다고 합니다. 작년에 대학교에 입학해서 상경한 뒤로 본가엔 두세 번밖에 오지 않았다고 합니다. 남자 친구가 있었는지, 어떤 친구들과 어울렸는지, 전혀 모른다고 했습니다. 피해자는 상당히 대인 관계가 넓어서 휴대전화 연락처에 500명 넘게 저장돼 있었습니다. 이 중에 피해자에게 마약을 준 인물이나 같이 마약을 하던 인물이 있을 것 같습니다."

료는 착석하고는 대각선 앞쪽을 쳐다보았다. 그 시선 끝을 토모키가 쫓아가 보니, 이쪽을 빤히 보고 있는 남자가 있었다. 전에 본 적이 없으니 수사 1과 형사일 것이다.

"다음, 지역 조사반—."

형사과장이 말하자, 그 남자가 앞을 보며 일어섰다.

"현장 인근 지역에서 반년쯤 전부터 수상한 자가 목격됐고, 치한에 의한 피해 신고도 다수 있었습니다. 피해자는 이타바시에서 거주했는데요, 히가시닛포리 지역에서 지인을 만나기로 해 현장 근처를 지나다가 강간을 당했을 가능성도 있습니다."

남자는 다시 이쪽으로 시선을 힐끔 던지더니 자리에 앉았다.

"그럼 앞으로의 수사 방침은—."

형사과장은 피해자의 주변인들을 조사하고 피해자가 살해되기 전까지 이동한 경로를 파악하라고 지시했다. 다만 닛포리에 있는 지인을 찾았다가 범인에게 습격당했을 가능성도 있다는 점에서, 사건 현장 주변에서 수상한 자를 목격한 정보나 목격자가 있는지도 알아보라는 지시가 내려졌다.

수사 회의가 종료되어 간부들이 강당에서 나가자 료가 자리에서 일어섰다. 조금 전 이쪽을 보던 남자를 피하듯 다른 수사관들에게 가서 무어라 대화를 나눴다.

토모키의 주머니 안에서 휴대전화가 진동했다. 오늘 밤 같이 마실 예정이었던 친구가 보낸 메시지였다. 여자들에게 둘러싸여서 신나게 술을 마시는 사진이 첨부되어 있었다.

토모키는 책상 밑에 휴대전화를 숨기고 답장을 작성했다.

'부럽다. 여기는 우중충한 남자들뿐이야. 나도 여자랑 술 마시고 싶다.'

송신하려고 한 순간, 손에서 휴대전화가 사라졌다. 고개를 들어 보니 앞에 료가 서 있었다. 뺏어 간 토모키의 휴대전화를 쳐다보고 있었다. 큰일 났다.

료는 토모키를 노려보더니 휴대전화를 바닥에 내동댕이쳤다.

"뭐 하시는 거예요!"

토모키가 일어나 항의하자, 료가 멱살을 잡았다. 무시무시한 표정으로 토모키를 질질 끌고 갔다. 무슨 일이냐고 웅성거리는 소리가 주변에서 들려왔다. 료가 강당 앞 화이트보드에 토모키의 얼굴을 짓눌렀다. 눈앞에는 피해자의 사진이 붙어 있었다. 움직임 없는 눈으로 자신을 보고 있는 피해자의 죽은 얼굴이었다.

"똑바로 봐!" 료의 목소리가 강당 안에 울려 퍼졌다.

토모키는 앞에 있는 사진에서 고개를 돌리려고 했지만, 료가 엄청난 힘으로 뒤통수를 짓눌렀다. 겨우 시선만 약간 돌릴 수 있었다.

"이 여자가 죽는 순간에 뭐라고 외쳤을 것 같아? 뭐라고 소리치고 싶었을까? 상상해 봐. 그 정도는 네놈도 알 거 아냐?"

'죽고 싶지 않다—.'

자신을 짓누르던 힘이 갑자기 누그러들었다. 잠시 넋을 놓고 있었다. 천천히 뒤를 돌아보니, 료가 등을 돌리고 강당에서 나가는 모습이 보였다.

$$\textstyle\sum$$

9

신이치는 황홀함 속에 빠져 있었다.

그때 이후로 시간이 얼마나 지났을까. 거실 소파에 누운 신이치는 천천히 창문 쪽으로 눈을 돌렸다. 밖에서는 땅거미가 지기 시작했다.

집에 돌아오고 나서 열두 시간도 넘게 쾌감의 여운에 잠겨 있었다.

자신의 양손을 응시했다. 그 여자의 목을 졸랐을 때 느낀 감각이 지금도 선명하게 남아 있었다.

그저께부터 거의 잠을 자지 못했는데 피로는 전혀 느껴지지 않았다. 아니, 오히려 몸속에서 지금까지 느껴 본 적 없는 에너지가 끝없이 샘솟았다. 마치 자신이 전능한 힘을 얻은 것 같은, 무어라 말할 수 없는 고양감이 들었다.

이런 행복을 안겨 준 그 여자가 진심으로 고마웠다.

다만, 자신의 인생에서 둘도 없는 존재가 된 그 여자의 이름을 모르는 게 아쉬웠다.

편의점에서 물을 사서 여자에게 주고 어찌어찌 차까지 데려갔다. 조수석에 앉히자, 여자는 안심했는지 잠들어 버렸다. 한동안 차를 몰았는데도 전혀 일어날 낌새가 없었다.

어딘가 인적 없는 곳에 차를 세우고 이 억누를 수 없는 욕망을 빨리 분출해 버릴까 했지만, 그러기엔 아까운 기분이 들었다. 잠든 상태에서 죽여 버리면 목을 조를 때의 쾌감이 얼마나 되는지 제대로 알 수 없었다.

하지만 그대로 정처 없이 차를 몰기도 피곤했다. 일단 차를 적당한 빈터에 세우고, 잠든 여자의 얼굴을 보며 터질 듯한 욕망을 극한까지 참기로 했다.

이윽고 여자가 눈을 떴다. 소란을 피우면 그 자리에서 목을 조를 생각이었지만, 여자는 그러지 않았다. 주변을 둘러보며 "여기가 어디야?"라고 물었다.

신이치는 지금까지의 일을 여자에게 이야기했다. 데려다 달라는 부탁을 받았는데, 집이 어딘지 말하기도 전에 그쪽이 취해서 잠들어 버렸다고.

여자는 전혀 경계하는 기색 없이 "엄청 좋은 차네. 아저씨 어마어마한 부자야?" 하며 웃어 보였다.

신이치가 "어"라고 솔직하게 대답하자, 여자는 자신에게 돈을 줄 때마다 섹스를 해 주겠다고 제안했다.

그 말에 신이치는 지갑을 꺼내며 "여기서 하고 싶어"라고 말했고, 여자는 선뜻 승낙하며 핸드백 안에서 작은 케이스를 꺼냈다.

"아저씨도 할래? 이거 먹고 섹스하면 엄청 기분 좋아."

무슨 마약인가 보다. 통 크게 베푼 선심이겠지만 거절했다. 드디어 맛볼 극한의 쾌감을 마약의 효과로 방해받고 싶지 않았다.

여자는 알약을 먹고 신이치의 사타구니로 손을 가져가 바지 지퍼를 내렸다. 터질 것 같은 성기를 입에 물고 구석구석 핥았다.

여자는 신이치의 성기를 애무하며 능숙하게 스타킹과 팬티를 벗었다. 신이치는 여자의 입에서 성기를 빼고 여자의 질 안에 쑤셔 넣었다. 여자가 미친 듯이 신음 소리를 내며 신이치에게 매달렸다. 신이치는 셔츠를 입은 상태인데도 등에 손톱자국이 남을 것 같은 통증과 쾌감을 느끼며 허리를 격렬하게 움직였다.

'죽여—. 죽여—.'

머릿속에서 메아리치는 그 목소리를 들으며 극한까지 자신의 욕망을 가지고 놀았다.

이윽고 자신의 의지로는 어찌할 수 없는 또 다른 힘이 신이치의 몸에 빙의했다. 양손이 여자의 목덜미로 향했다.

여자는 눈을 감고 그저 쾌감에 잠겨 있었다. 신이치는 자신에게도 그걸 뛰어넘는 쾌감을 선사해 달라고, 여자의 목을 양손으로 붙들었다. 그리고 처음으로 마음속 목소리를 거스르지 않고 여자의 목을 힘껏 졸랐다. 여자가 놀란 듯 눈을 휘둥그레 떴다.

그렇다. 그 얼굴이다. 자신이 줄곧 보고 싶어 하던 바로 그 얼굴이다.

'너의 그 얼굴은 죽을 때까지 잊지 않을게. 고마워. 이렇게 큰 행복을 느끼게 해 줘서 정말 고마워—.'

신이치가 손에 힘을 더 주자, 여자가 격렬하게 날뛰었다. 필사적으로 손톱을 세우며 저항했다. 발버둥 치며 신이치의 뺨과 손등, 그리고 자신의 목덜미를 손톱으로 할퀴었다.

여자의 얼굴이 거무칙칙하게 변색되어 가다가 눈동자에서 힘이 훅 빠져나간 순간, 지금까지 느껴 본 적 없는 쾌감이 신이치의 몸을 지배했다. 동시에 어떤 광경이 머릿속을 뛰어다녔다.

학교 교실 같았다. 아이들이 책상 위에 있는 과자를 먹고 있었다. 칠판으로 시선을 돌려 보니, 모조지가 붙어 있었다. 알록달록한 리본으로 만든 꽃 안에 '마츠바라 신이치의 송별회'라고 적혀 있었다.

교실 뒤엔 어머니가 있었다. 그리고 낯익은 소녀가 이쪽으로 시선을 던졌다. 스미노라는 걸 바로 알아차렸다. 스미노는 쓸쓸한 눈으로 신이치를 보았다.

테라도마리 초등학교에서 전학 갈 때 한 송별회 광경 같았다.

앞에 있는 과자를 다 먹고 반 친구들에게 일일이 작별 인사를 했다. 어머니는 먼저 교실에서 나갔다. 스미노에게 다가가자, 스미노는 겁먹은 표정을 지었다.

'나는 스미노에게 미움받았었나—.'

대화는 할 수 없어서 그대로 교실에서 나갔다. 복도 저편에서 기다리는 어머니를 향해 가려고 하는데, 누가 말을 걸었다. 뒤돌아보니 스미노가 서 있었다. 이쪽으로 달려와서 주머니에서 꺼낸 물건을 신이치에게 건넸다. 그리고 무어라 말했다.

뭐라고 말했는지는 모르겠다. 다만 눈물짓는 그녀의 눈을 보니 아무래도 자신을 미워하지는 않는 듯해 마음이 놓였다.

그 광경은 대체 뭐였을까.

실제로 겪은 일이었을까. 아니면 자신이 만들어 낸 상상이었을까.

그런데 스미노가 건넨 물건이 낯익었다. 페이퍼 나이프였다. 신이치는 가죽제 칼집에 든 꽤 고급스러운 페이퍼 나이프를 실제로 갖고 있다.

언제부터인지는 모르겠지만 오래전부터 수중에 있던 물건인 것 같아 소중히 여겼다. 어머니가 사 준 물건인지, 다른 누가 준 선물인지는 전혀 기억나지 않았었다.

스미노가 준 물건이었을까. 전학 가는 신이치에게 주는 선물로.

10

스미노는 망설이며 신이치의 초고층 아파트로 향했다.

어젯밤, 집에 돌아온 뒤로 참기 힘들 만큼 신이치가 걱정돼서 '만나고 싶어'라고 메시지를 보냈었다.

신이치에게서 답장은 없었다.

이제 만나지 않는 것이 좋겠다고 말해 놓고서, 심지어 속이기까지 했으면서, 자신이 보낸 메시지에 신이치가 답장해 줄 거라고 기대하는 게 잘못일 수도 있다.

그래도 신이치를 어떻게든 만나야 했다. 신이치가 어떤 병에 걸렸는지 신경 쓰여서 도저히 견딜 수 없었다. 문 앞에서 거절당할 각오를 하며, 그래도 신이치의 얼굴을 보고 싶다는 일념 하나로 일을 마치자마자 바로 토요스로 향했다.

"네…."

아파트 입구에서 호출 버튼을 누르고 잠시 기다리자 신이치의 목소리가 들렸다. 신이치가 모니터로 자신의 얼굴을 확인할 때까지 조용히 있었다.

"무슨 일이야…?" 신이치가 물었다.

"갑자기 미안해…. 지금 바빠?"

대답 대신 문이 열렸다. 로비로 들어가서 엘리베이터를 타고 45층으로 향했다. 4507호 앞으로 가 보니, 신이치가 문을 열고 기다리고 있었다.

막상 얼굴을 마주하려니 어색했지만, 신이치의 평소와 다름없는 미소를 보고 가슴을 쓸어내렸다.

"어떻게 된 거야?" 스미노가 자신의 뺨 근처를 가리키며 물었다.

신이치의 뺨과 손등에는 반창고가 붙어 있었다.

"고양이가 할퀴었어."

"고양이?"

"응. 골목에 있던 길고양이."

신이치는 그렇게 말하며 웃고는 스미노를 집 안으로 들였다.

"갑자기 와서 깜짝 놀랐어. 무슨 일 있어?" 거실로 가는 동안 신이치가 물었다.

"음…. 몸이 어떤가 궁금해서. 얼마 전에 만났을 때 몸 상태가 안 좋았잖아."

"별거 아니야." 신이치가 소파에 앉으며 말했다.

어제 타카기가 말을 돌리던 것을 생각해 보면, 별것 아닐 리가 없었다.

"정말? 타카기 선배네 병원에서 검사받았다며? 입원은 안 해도 돼?"

"입원하기 아까워."

"아깝다니, 무슨 말이야?"

신이치가 병원비를 아까워하는 것은 아닐 텐데.

"위암이야."

아무렇지 않은 그 말투에, 스미노는 말뜻을 바로 이해하지 못했다.

"위암이라니…."

몸에서 순식간에 핏기가 가시는 느낌이 들었다.

"게다가 꽤 많이 진행됐어. 보만 4형이라나? 이미 손을 쓸 수 없어서 수술은 불가능하대. 인터넷에서 내 증상을 검색해 봤는데, 기껏해야 몇 개월 남은 것 같아."

머릿속이 새하얘졌다.

"거짓말…."

스미노가 중얼거리자, 신이치가 싱긋 웃었다.

"너 신경 쓰이라고 거짓말하는 것 같아?"

신이치가ㅡ. 신이치가 겨우 몇 개월 뒤면 이 세상에서 사라진다.

스미노는 절망감에 가슴이 턱 막혀서 말이 나오지 않았다.

"그래서 입원하기는 아까워."

"타, 타카기 선배는…." 간신히 말을 쥐어 짜냈다.

"입원하라더라. 근데 방해하지 못하게 할 거야."

방해하지 못하게 하겠다는 말이 스미노의 마음에 걸렸다. 신이치답지 않게 선배를 향한 말이 셌다.

"하지만 타카기 선배가 그렇게…."

"나한테는 남은 시간이 얼마 없어. 죽기 전에 내 인생을 조금 더 가치 있게 만들 거야. 입원이나 하고 있을 때가 아니야."

스미노는 신이치가 의사인 타카기의 말을 따라야 한다고 생각했지만, 그런 말을 들으니 아무런 반박도 할 수 없었다.

자신에게 남은 시간이 얼마 없다는 사실을 알고 신이치도 분명 혼란스러울 것이다.

"내가…, 내가 뭔가 도울 건 없을까?"

할 수 있는 말이 없어서, 그 질문이라도 던져 보았다.

"전혀 없어."

그렇게 말하는 신이치의 표정을 보고 스미노는 당황했다. 그동안 자신이 신이치에게 저지른 짓을 똑같이 돌려받은 느낌이었다.

자신은 스미노를 전혀 원하지 않는다. 인생이 얼마 남지 않았음을 알고 나서야 비로소 그 사실을 깨달았다는 표정으로 읽혔다.

"스미노, 그러고 보니⋯."

신이치가 소파에서 천천히 일어나 테이블로 향했다. 테이블 위에서 무언가를 집어 들고 스미노에게 다가왔다.

신이치가 내민 물건을 보고 스미노의 심장이 거세게 날뛰었다.

가죽제 칼집에 든 페이퍼 나이프였다.

"이거, 네가 준 거였어?"

신이치가 물었지만, 아무 말도 할 수 없었다.

"맞지? 테라도마리 초등학교에서 전학 갈 때 반에서 내 송별회를 했는데, 그때⋯." 신이치가 동의를 구하듯 물었다.

신이치의 말대로였다. 신이치가 전학 가는 날, 스미노는 이 페이퍼 나이프를 신이치에게 선물했다. 사실 언니가 갖고 있던 물건이었다. 전날 밤 몰래 챙겨서 줄칼로 끝을 예리하게 간 페이퍼 나이프였다.

"어제 갑자기 그때 광경이 떠올랐어."

신이치가 그때 광경을 떠올렸다―.

그럼 그때 자신이 한 말도 떠올렸을까. 그리고 그 소름 끼치는 기억도―.

스미노는 두려움을 느껴 페이퍼 나이프에 향해 있던 시선을 신이치에게로 되돌렸다.

신이치의 표정에는 그 기억이 떠올랐을 때 느꼈을 법한 슬픔은 조금도 엿보이지 않았다. 그뿐만 아니라 자신이 시한부라는 데서 오는 실망감조차 느껴지지 않았다.

⧗

11

"야, 여기 아까 지나온 길이잖아."

위협적인 목소리에 토모키는 움찔하며 브레이크를 밟았다. 쭈뼛거리며 조수석을 보자, 료가 짜증스러운 시선을 보내고 있었다.

"죄송합니다…. 이 근처엔 별로 온 적이 없어서."

토모키가 대답하자, 료는 "쓸모없는 녀석이네"라고 중얼거리며 담배를 물었다. 창문을 열고 불을 붙이더니, 한숨을 쉬듯 밖으로 연기를 내뱉었다.

토모키는 료의 행동을 곁눈질로 보면서 '한숨을 쉬고 싶은 사람은 오히려 나'라고 마음속으로 외쳤다.

토모키가 료와 파트너가 된 지 사흘째다. 료 일행은 피해자인 오카모토 마키의 대인 관계를 수사하고 있었다. 마키의 휴대전화에는 500명 넘는 인물이 저장돼 있었다. 그중에서 지난 한 달 동안 연락을 주고받은 사람들을 수사 명단에 넣고, 다른 수사관들과 분담해서 만나 보고 있다.

료 일행은 어제만 해도 마키의 대학교 친구를 비롯해 열두 명에게서 이야기를 들었다. 그중에는 시신 발견일인 13일에 마키와 쇼핑하러 가기로 약속했었다는 친구도 포함돼 있었지만, 전날 밤 마키의 동선을 아는 사람은 아무도 없었다. 그리고 시신이 발견된 히가시닛포리 인근 지역과 마키 사이에 어떤 연결 고리가 있는지도 알아낼 수 없었다. 어젯밤에 있었던 수사 회의에서도 유익한 정보는 나오지 않았다.

그런 와중에 딱 하나 수사에 진전이 있다면, 바로 마키의 인조 손톱에서 검출된 혈흔과 피부 조각이 피해자의 것이 아니라고 판명됐다는 점이다.

다들 이 단서를 계기로 어서 사건이 해결되기를 바라고 있었다.

토모키는 어제 벌써 지칠 대로 지쳐서 녹초가 됐다. 수사하는 동안 아침부터 밤까지 땡볕 아래를 돌아다녔고, 점심도 먹지 못했다. 그 정도는 어쩔 수 없다고 체념했다. 사람이 죽었으니 하루빨리 범인을 체포해야 한다는 사명감은 토모키도 어느 정도 갖고 있었다. 하지만 도저히 참기 힘든 것은 자신을 무시하는 료의 태도였다.

어떻게든 친해질 계기를 만들려고 토모키가 먼저 사건에 관해 질문해 보기도 했지만, 료는 다음 이동 장소를 알려 줄 때 말고는 전혀 대화하려고 하지 않았다. 아직도 화가 풀리지 않은 것일까.

아무튼, '너한테는 말해 봤자야'라고 자신을 얕잡아 보는 듯한 눈이 아버지를 연상시켜서 불쾌했다.

"여기 세워."

료의 갑작스런 지시에 토모키가 브레이크를 밟았다.

료는 서둘러 차에서 내리더니 전봇대를 향해 걸어갔다. 토모키도 료의 뒤를 따라 전봇대로 갔다. 전봇대에 붙은 주소 표지판에는 '노가타 3가 27-6'이라고 적혀 있었다.

"이 근처네요."

토모키가 말을 걸었지만, 료는 토모키의 존재 따위 신경 쓰지 않는 듯한 기색으로 앞을 향해 나갔다.

토모키는 작게 혀를 차고 료를 뒤쫓았다.

잠시 걷자, 오래된 2층짜리 연립 주택이 보였다. 입구에 '루트 노가타'라고 건물명이 적혀 있었다. 명단에 있는 오쿠무라 슌스케가 사는 곳이다.

계단을 올라 2층으로 향했다. 료는 204호 앞에 서서 문을 몇 번 노크했다. 돌아오는 반응은 없었다.

료가 포기하지 않고 강하게 문을 두드리자, "뭐야!" 하는 퉁명스러운 목소리와 함께 문이 조금 열렸다. 안전 고리가 걸린 문틈으로 젊은 남자가 밖을 내다보았다.

"오쿠무라 슌스케 씨 되십니까?" 료가 낮게 누른 목소리로 물었다.

"맞는데, 뭐야?"

"경시청에서 나온 아오이 료라고 합니다. 문 좀 열어 주시겠습니까?"

료는 경찰 신분증을 꺼내 보이며 문에 달린 안전 고리를 가리켰다.

"경시청…?"

슌스케가 얼빠진 목소리로 되물었다.

"오카모토 마키 씨에 관해 여쭤볼 게 있습니다."

"오카모토, 마키…?"

슌스케는 더듬더듬 중얼거리며 안전 고리를 빼고 문을 열었다.

료를 마주 보고 선 슌스케는 민소매에 짧은 바지 차림이었고, 금발이 까치집처럼 헝클어져 있었다. 오후 6시가 넘었지만 조금 전까지 자고 있었나 보다.

"오카모토 마키 씨 모르십니까?"

료는 겉옷 주머니에서 사진을 꺼내 슌스케에게 내밀었다.

슌스케는 잠시 사진을 보다가 기억나지 않는다는 표정을 지었

다. 오카모토 마키의 휴대전화에는 슌스케의 휴대전화에서 걸려
온 통화 기록이 남아 있었다. 모를 리가 없다.

"아실 텐데요." 료의 말투가 다소 세졌다.

"잘 모르겠는데…." 슌스케는 말을 흐리며 머리를 긁적였다.

"지난주 금요일 밤에 오카모토 마키 씨 휴대전화로 연락하셨을
텐데요."

"지난주 금요일이라…." 잠시 생각하나 싶더니 슌스케는 "잠깐
기다려 봐요" 하고 집 안으로 들어갔다.

료는 문을 활짝 열고 집 안 상태를 살폈다. 어질러진 원룸에서
슌스케가 바닥에 굴러다니던 휴대전화를 들고 돌아왔다. 료의 눈
앞에서 휴대전화를 들여다보던 슌스케가 "아, 이 여자인가…" 하
며 고개를 들었다.

"아는 사이이신 거죠?"

"알긴 아는데…. 그런 사진으로 어떻게 알아봐요?"

토모키는 료의 옆으로 가서 슌스케가 내민 휴대전화를 보았다.
화면에는 '마키'라는 이름으로 저장된 연락처와 얼굴 사진이 떠
있었다. 수사관들에게 배포된 사진은 유가족이 제공한 것인데, 화
려한 화장을 하고 찍은 휴대전화 화면 속 여자와는 확실히 분위
기가 달라 보였다.

"그래서, 이 여자가 뭐요?"

"사망하셨습니다."

료가 대답하자, 오쿠무라는 당황한 표정을 지었다.

"사망…했다고요?"

"화요일 낮에 히가시닛포리 인근에서 시신이 발견됐습니다. 뉴
스에도 나왔는데, 모르셨습니까?"

“뉴스를 별로 안 보기도 하고, 그런 사진으로 나왔으면 봤어도 못 알아봤겠네요.” 슌스케는 료가 갖고 있던 사진을 가리켰다.

“이 여자분과는 어떤 관계셨죠?”

“어떤 관계였냐고요? 그냥 아는 사이였어요.”

“제법 친하셨습니까?”

“아니요, 별로…. 한 반년 전에 롯폰기 클럽에서 알게 됐고, 그 이후에는 만나면 잠깐 대화하는 정도였어요.”

“지난주 금요일에 전화는 뭐 때문에 거셨죠?”

“대단한 용건은 아니었어요. 그날 밤에 롯폰기 클럽에서 디제이를 하게 됐으니까 시간 되면 오라고…, 대충 그런 내용이었어요.”

“그래서 그날 만났나요?”

“아니요…. 결국 안 왔더라고요. 놀러 다니는 곳이 여기저기 많은 것 같았어요.”

“예를 들면요?”

료는 질문을 던지고 토모키 쪽을 힐끔 돌아보았다. 토모키가 황급히 수첩을 꺼내서 슌스케가 불러 주는 클럽들 이름을 받아 적었다.

“하나 더 여쭙겠는데, 월요일 밤에는 어디서 뭘 하셨죠?”

“알리바이, 확인인가요?”

“기분 나쁘게 생각하지 마십시오. 확인차 묻는 겁니다.”

“월요일에는…. 아까 말한 롯폰기 클럽에서 아르바이트했어요. ‘에스’라는 클럽이에요. 그날은 디제이가 아니라 홀 담당이었지만.”

“그날은 클럽에서 마키 씨를 못 봤나요?”

“오픈부터 마감까지 일했는데 못 봤어요.”

“마키 씨와 친하게 지내던 남자를 아십니까? 남자 친구나, 육체

관계에 있는 것 같은 사람이요.”

“글쎄요…. 되게 요란스럽게 노는 것 같던데, 자세히는 몰라요.”
슌스케가 대답했다.

“죄송하지만, 그 오카모토 마키 씨 사진을 제 휴대전화로 보내
주실 수 있을까요?”

료는 슌스케에게 자신의 연락처를 알려 주었다.

연립 주택을 나와서 차로 돌아가다가, 토모키의 다리가 본인도
모르게 멈췄다.

바로 옆에 있는 메밀국수 가게에서 맛있는 육수 냄새가 콧속으
로 흘러 들어왔다. 오늘도 아침에 샌드위치를 먹은 것 말고는 저녁
7시가 다 되도록 달리 먹은 것이 없었다.

앞에서 걷던 료가 멈춰 서서 토모키를 돌아보았다. 시선이 부딪
쳤다. 료는 험악한 표정으로 손목시계에 눈을 떨어뜨렸다.

‘네, 네, 알겠습니다….’

토모키가 다시 걸음을 떼려고 한 순간, 료가 몸을 돌려서 메밀
국수 가게로 들어갔다.

‘다행이다. 저 사람도 배가 고팠구나.’

가게에 들어서자, 료는 입구 근처에 있는 선반에서 신문을 챙겨
테이블 좌석에 앉았다. 토모키도 챙기려고 했지만 신문은 료가 가
져간 한 부뿐이었다. 선반에는 만화 잡지가 늘어서 있었지만, 더는
저 못돼 먹은 아저씨에게 비웃음을 사고 싶지 않았다. 아무것도
챙기지 않고 맞은편에 앉았다.

“메밀국수”

종업원이 차를 가져오자마자 료가 주문했다.

토모키는 아직 결정하지 못했다. 전부 맛있을 것 같아서 고민됐다. 결국 갈비 덮밥과 메밀국수 세트를 주문했다.

료가 담배에 불을 붙이고 토모키의 시선을 피하듯 신문을 펼쳤다. 토모키는 말없이 차를 홀짝이는 수밖에 없었다.

토모키는 이 정적이 숨 막혔다. 뭐라도 말을 걸고 싶었지만, 이번에도 무시당하고 말면 분위기가 더 무거워질 것이다.

무언가 좋은 대화 소재가 없을지 잠시 고민하다가 어젯밤 일을 떠올렸다.

수사 회의가 끝나고 나서 다 같이 술을 마셨다. 수사 1과와 관할서 형사들이 모여서 술을 마시는 자리였는데, 그걸 '2차 회의'라고 했다. 그 자리에서 수사 1과 형사들은 자신들의 무용담을 선망에 찬 눈으로 듣는 관할서 형사들을 보며 무척 뿌듯해하는 것 같았다.

그 자리에 료는 없었으니, 여기서 그런 걸 물어보고 치켜세워주면 앞에 있는 이 무뚝뚝한 사람의 기분도 조금은 나아질지 모른다.

"료 씨는 수사 1과에 얼마나 계셨어요?"

토모키가 묻자, 료는 신문을 보던 얼굴을 들었다.

"23년." 료가 천천히 담배 연기를 뱉으며 말했다.

"그럼 몇 살 때 수사 1과에 들어가셨어요?"

"서른 살."

자신보다 두 살 많은 나이에 수사 1과에 들어간 셈이다. 2년 후 자신이 수사 1과에 들어갈 수는 없을 것이다. 사실 힘들어 보여서 들어가고 싶지도 않지만, 그런 마음을 숨기고 호들갑스럽게 놀라는 척을 했다.

"대단하시네요! 서른 살에 모두가 동경하는 수사 1과에 배속되다니요. 관할서에 있을 때부터 엄청 유능하셨나 봐요. 지금의 저는 수사 1과로 가는 건 상상도 못 해요. 정말 존경합니다."

"동경…." 료는 코웃음 치며 시선을 신문으로 돌렸다.

"네. 관할서 형사들은 다들 수사 1과를 동경하잖아요. S1S 배지를요."

토모키는 료의 양복 옷깃에 달린 붉은 배지를 응시하며 추켜세웠다.

"너는 형사 일 시작하고 시신을 몇 구나 봤어?" 료가 신문에서 눈을 떼고 토모키를 쳐다보며 물었다.

"이번 피해자가 처음이에요."

순간, 움직임 없는 눈으로 자신을 보던 마키의 시신이 토모키의 뇌리를 스쳤다.

"그래? 나는 이번 피해자를 포함해서 314구의 시신을 봤어."

료는 가만히 토모키를 바라봤다.

깊고, 고요한. 어딘가 침체된 눈빛이었다.

"음식 나왔습니다."

종업원이 토모키와 료 앞에 음식을 내려놨다.

"도끼를 맞고 머리가 깨져서 뇌척수액이 사방에 튄 시신, 오랫동안 산속에 방치돼서 들개에게 뜯어먹힌 시신, 딱 그 덮밥 위에 올라간 고기처럼 조각조각 토막 난 시신 같은 걸 말이야. 수사 1과의 일은 그런 거야."

료는 거기까지 말한 뒤, 젓가락을 들고 메밀국수를 먹었다.

토모키는 앞에 놓인 갈비 덮밥과 판 메밀국수를 바라보았다. 조금 전까지 그렇게 배가 고팠는데, 료의 이야기를 듣고 나니 갑자기 식욕이 사라졌다.

"안 먹어?"

료가 물어서, 일단 갈비 덮밥을 쳐다보지 않으려고 애쓰며 메밀 국수를 조금씩 입에 넣었다.

"넌 왜 경찰이 되고 싶었냐?" 갑자기 료가 물었다.

"시민의 안전을 지키는 일을 하고 싶어서요."

토모키의 대답을 듣고 료가 또 코웃음을 쳤다.

"아니잖아. 그냥 불경기에 강한 공무원을 선택한 거 아니야? 거품 경제가 끝난 뒤로 그런 놈들이 잔뜩 들어왔어. 너도 그런 부류 아니야?"

완전히 틀린 말은 아니었다. 하지만 네놈 생각 따위 다 안다는 듯한 료의 말투가 아니꼬웠다. 꼭 아버지 같았다.

"나는 너 같은 놈들을 믿지 않아."

료의 말에 토모키는 자신도 모르게 료를 노려보았다. 하지만 아무 반박도 하지 않았다. 대신 젓가락으로 덮밥 위에 올려진 갈비를 집어서 보란 듯이 게걸스럽게 입 안에 쑤셔 넣었다.

$$\boxtimes$$

12

"계산은 따로 하세요?"

계산대에 선 종업원이 묻자, 료는 "같이요"라고 대답하며 천 엔짜리 지폐를 두 장 냈다.

앞에 있는 애송이를 너무 괴롭혔다는 생각에 마음이 약해진 것은 아니었다. 토모키는 결국 음식을 전부 먹어 치웠는데, 정작 시신 얘기를 꺼낸 자신은 메밀국수를 반 이상 남기고 말았다는, 무어라 형언하기 힘든 겸연쩍음 때문이었다.

"저기, 이거…"

가게에서 나가자, 토모키가 지갑에서 천 엔짜리 지폐를 꺼냈다.

"됐어."

하는 수 없이 이번은 자신이 사기로 했다.

그나저나 요즘 전혀 식욕이 없다. 속이 메슥거리고 구역질이 난다. 료는 배를 가볍게 문지르며 자동차 조수석에 앉았다.

"다음은 어디로…?" 운전석에 올라탄 토모키가 물었다.

"롯폰기."

롯폰기 교차로를 빠져나가자, 해가 저물어 어두운 가이엔히가시 도로는 번쩍거리는 네온사인으로 넘쳐 났다. 차를 무인 주차장에 세우고 슌스케가 일하는 클럽 '에스'로 향했다.

클럽 안에 들어선 순간, 료의 위장에 퍼지는 듯한 불쾌한 진동이 있었다. 큰 음악 소리가 가게 안에 울려 퍼졌다.

료는 귀를 막고 싶었지만, 그보다도 위장이 부글거려서 기분이
나빴다. 손으로 배를 누르고 몸을 약간 웅크린 채 어둑한 클럽 안
을 지나 카운터로 향했다.

"경시청에서 나온 아오이 료라고 하는데, 여기 점장 계십니까?"

카운터에 서 있던 젊은 여자에게 말했지만, 음악 소리가 너무
커서 묻힌 모양이다. 하지만 료가 내민 경찰 신분증은 눈에 들어
왔는지, 여자는 놀란 얼굴을 하고 료를 올려다보았다.

"점장 좀 만나게 부탁드립니다!"

큰 소리로 말하자, 여자는 "이쪽이에요" 하며 카운터 안쪽으로
안내했다.

현기증이 날 것 같은 조명과 소란스러움 속에서, 료는 댄스 플로
어에서 춤추는 젊은 남녀들을 향해 시선을 던졌다. 특히 여자들
은 노출이 많은 도발적인 차림새로 미친 듯이 춤추고 있었다. 개
중에는 남자의 몸에 자기 몸을 딱 붙이고 있는 여자도 있었다. 설
마 미즈키도 저런 차림새로 이런 곳을 들락거리지는 않겠지.

료를 안내한 여자가 료의 어깨를 두드렸다. 여자는 한 남자를
가리키며 "저 사람이 점장님이에요"라고 알려 주었다. 그리고 남자
에게 가서 이쪽을 쳐다보며 뭐라 귓속말했다.

료가 다가가서 가볍게 인사하자, 점장은 "여기는 자리가 좀 그렇
네요"라고 말하며 료 일행을 2층으로 데려갔다.

'VIP룸'이라는 방 안에 들어가 보니, 5평쯤 되는 공간에 비싸 보
이는 소파가 놓여 있었다. 안쪽에 난 통유리창으로 댄스 플로어를
내려다볼 수 있었다.

"들어오시죠."

점장의 안내에 따라 료와 토모키는 소파에 앉았다.

"경시청에서 나오신 분들이라고요…?" 료 맞은편에 앉은 점장이 어리둥절해하며 말을 꺼냈다.

"조금 여쭤보고 싶은 게 있어서요. 여기서 일하는 오쿠무라 슌스케 씨의 12일 근무 시간을 알려 주셨으면 합니다."

점장은 방 안에 있는 전화로 확인하더니 슌스케가 본인이 말한 대로 12일 19시부터 이튿날 아침 5시까지 일했다고 했다.

"슌스케한테 무슨 일이 있나요?" 점장이 걱정스럽게 물었다.

"아니요, 아닙니다. 슌스케 씨 지인이 어떤 사건에 휘말려서요. 그냥 확인차 온 겁니다. 슌스케 씨는 사건과 전혀 관련 없으니 걱정하지 마십시오."

"사건…." 점장은 료의 말을 듣고도 의아한 표정을 풀지 않았다.

"혹시, 이 여자분을 아십니까?"

료는 휴대전화를 꺼내서 슌스케에게 전송받은 오카모토 마키의 사진을 보여 주었다.

"아아…. 세이난 대학교에 다니는 마키죠? 이 친구한테 무슨 일이 생겼나요?"

"화요일에 시신으로 발견됐습니다."

료가 말하자, 점장이 놀란 듯 고개를 들었다.

"마키가요?"

"현재 살인사건으로 수사하고 있습니다. 그래서 마키 씨의 휴대전화에 저장된 주변인들을 만나 이야기를 들어 보는 중입니다."

"몰랐어요…."

"마키 씨가 이 클럽에 자주 왔나요?"

"일주일에 한 번 정도 왔죠. 여기만 아니라 여기저기서 노는 것 같았는데…. 다들 충격받겠어요."

"그럼 손님 중에 마키 씨와 친하게 지낸 분이 있습니까?"

"꽤 있죠. 근데 친했다고는 해도, 마키가 죽은 것도 모르고 저기서 춤추고 있을걸요."

료는 몸을 돌려 통유리창 너머의 댄스 플로어를 바라보았다. 섬광 속에서 젊은이들이 춤을 추고 있었다.

"한 가지 부탁이 있습니다." 료가 점장을 보며 말했다.

"뭐죠?"

"저희는 월요일 밤 마키 씨의 행적을 조사하고 있습니다. 월요일 밤에 마키 씨를 본 사람이 있는지 알아봐 주실 수 있을까요? 이렇게 험악한 아저씨가 갑자기 저 안에 들어가면 서로 불편할 것 같아서요."

"알겠습니다." 점장은 대답하고 자리에서 일어섰다.

"그리고, 마키 씨가 죽은 건 일단 비밀로 해 주실 수 있을까요?"

료의 말에 점장은 고개를 끄덕이고 방에서 나갔다.

"저…. 마키 씨가 죽은 건 왜 비밀로 해 달라고 하셨어요?" 옆에 앉아 있던 토모키가 물었다.

"그런 건 네 머리로 생각해 봐."

역시 마키의 지인 중에 범인이 있을 것 같다고 자신의 감이 말했다. 이제부터는 더 신중하게 마키와 관련된 사람들의 반응을 살펴야 한다.

30분 정도 지나자, 노크 소리가 나더니 문이 열렸다.

"대박! 나 VIP룸 처음 와 봐!"

점장이 데려온 어린 여자가 흥분한 기색으로 방 안에 들어왔다.

"애가 월요일 밤에 마키를 봤다고 하네요. 일단 경찰분들이라는 얘기는 해 놨습니다."

"감사합니다." 료는 여자를 맞은편 소파에 앉게 했다. "잠시 이야기 좀 나눠도 될까?"

"으음, 뭘 얘기하면 돼요? 경찰이라니…. 마키가 뭐 위험한 짓이라도 했어요?"

"아니야. 오카모토 마키와는 친하니?"

"으음…. 이 주변 클럽에서 자주 만나서 대화 정도는 해요. 첫차 기다리느라 같이 맥도날드에 간 적도 있고요."

"월요일 밤에 마키를 봤다고? 어디서 봤어?"

"이 근처에 있는 '제르파'라는 데요."

"나이트클럽?"

"그냥 클럽이요. 나이트클럽은 아저씨들이나 가는 곳이고요."

옆에 앉은 토모키가 웃음을 삼키는 소리가 들렸다.

"마키를 몇 시쯤에 봤어?"

"아마 8시 넘어서였을 거예요."

"다른 사람도 같이 있었어?"

"웬일로 남자 친구랑 같이 있더라고요."

"남자 친구?" 료가 몸을 앞으로 내밀었다.

"네. 처음에는 마키 혼자 춤추고 있었는데, 중간에 남자 친구가 와서 둘이 댄스 플로어에서 엄청 싸웠어요. 좀 민폐였지만 꽤 재밌었어요." 여자는 재미있다는 듯 웃으며 말했다.

"그래서?"

"스태프가 와서 민폐니까 밖에 나가서 싸우라고 했죠."

"그러고 두 사람은 밖으로 나갔고?"

"네. 밖에서도 계속 싸웠겠죠."

"그 남자 친구에 대해 뭐 아는 거 없어? 이름이나, 사는 곳."

"잠깐 있어 봐요."

여자가 핸드백에서 휴대전화를 꺼냈다. 잠시 찾더니 화면을 내밀었다.

'미우라 미츠하루'라고 이름이 저장돼 있었다.

토모키가 수첩을 꺼내 받아 적으려고 하는 걸 료가 손으로 막았다.

이 녀석은 수사 명단도 제대로 살펴보지 않은 건가. 미우라 미츠하루는 카타기리가 오늘 만나러 갔다.

"뭐 하는 사람인데?"

"신주쿠에 있는 호스트 클럽에서 일한댔어요."

"가게 이름은?"

"몰라요. 저는 관심 없어서. 근데 마키가 없을 때 그 사람한테 헌팅당한 적은 있어요. 마키한테는 비밀이에요."

"알았어. 고맙다."

료는 여자에게 인사하고 자리에서 일어섰다.

"저기요."

방에서 나가려는데 여자가 료를 불러 세웠다.

"근데 마키한테 무슨 일 있어요?" 여자는 흥미진진한 얼굴을 하고 료에게 물었다.

"아마 너랑은 상관없을 거야."

료는 그렇게만 말하고 방을 나왔다.

클럽을 나와서 휴대전화로 타카스기 계장에게 연락했다. 카타기리는 아직 본부로 돌아오지 않았다고 했다. 조금 전 여자에게 들은 이야기를 타카스기에게 전하고 전화를 끊었다. 곧바로 카타기리에게 전화를 걸었다. 카타기리는 미우라 미츠하루의 집을 찾아갔지만 부재중이라 만나지는 못했다고 했다. 료는 이제 서로 돌아갈 참이었다는 카타기리에게 상황을 설명했고, 미츠하루가 사는 카미샤쿠지이에서 합류하기로 했다.

"왠지 긴장되네요." 토모키가 운전석에 앉아서 말했다.

"왜?"

"이제 곧 범인을 체포할 수 있을지도 모르잖아요."

이쯤에서 범인이 체포된다면, 매우 쉬운 사건이 될 것이다. 하지만 그런 사건은 거의 없다. 가끔은 영원히 해결되지 않는 사건도 있다.

"이 근처네요."

토모키의 목소리에 료는 조수석에서 어두운 골목을 바라보았다. 자동차 전조등이 밝힌 앞쪽에 카타기리의 차가 있었다.

"저기 자판기 앞에 세워."

료가 가리키자, 토모키가 자판기 앞에 차를 세웠다.

"여기서 기다려."

료는 문을 열고 차에서 내려 카타기리의 차로 향했다. 카타기리도 료를 알아봤는지 차에서 내려 다가왔다.

"수고 많으십니다." 카타기리가 작은 목소리로 인사했다.

"저기야?"

료는 대각선 맞은편에 있는 3층짜리 건물을 쳐다봤다.

"네. 저 건물 103호입니다. 아직 집에 안 왔어요. 이웃들 말로는 항상 아침 6시쯤 돌아온다고 합니다."

료는 손목시계를 보았다. 아직 밤 10시가 되기 전이다.

"긴 밤이 되겠군."

카타기리와 눈을 주고받으며 료는 쓴웃음을 지었다.

"어떻게 할까요?"

"이런 데에 두 대나 서 있으면 의심받아. 일단 두 시간씩 교대로 망을 보자. 우선 우리가 있을게. 그사이에 미츠하루가 돌아오면 연락할 테니까, 어디 24시간 영업하는 식당 같은 데서 대기하고 있어."

"알겠습니다."

카타기리의 차가 떠나고, 토모키는 다시 차로 돌아가다가 자판기 앞에 멈춰 섰다. 졸음을 쫓을 겸 캔 커피를 사 갈까 잠시 고민했지만, 페트병에 담긴 보리차를 두 병 사서 자동차로 돌아갔다.

24시간 영업하는 식당 창문으로 비쳐 드는 햇살에 료는 눈을 가늘게 떴다.

손목시계를 보니, 아침 6시가 넘었다. 이제 미츠하루가 집에 돌아올 시간인가.

맞은편에 있는 토모키는 테이블에 엎드려서 코를 골았다. 료는 조금 전부터 머리를 쥐어박고 싶은 충동을 간신히 참고 있었다.

바지 주머니가 진동해서 휴대전화를 꺼냈다.

"여보세요…."

"미츠하루가 집에 왔습니다."

"알았어. 바로 갈게."

료는 전화를 끊고 자리에서 일어나 토모키의 머리를 한 대 쥐어박고 식당을 나왔다.

미츠하루의 집 앞에 도착하자, 건너편에 세워져 있던 차에서 카타기리와 관할서 형사가 내렸다. 자신을 '호리'라고 소개한 관할서 형사는 제법 덩치가 좋았다. 토모키와 나이가 비슷해 보였지만, 훨씬 다부진 느낌이었다.

"베란다 쪽을 맡아 줘."

료는 카타기리 일행에게 지시하고 토모키와 함께 미츠하루의 집으로 향했다.

"미츠하루 씨, 미츠하루 씨."

료가 103호 문을 두드렸지만 반응이 없었다.

"경찰입니다. 계십니까?"

료는 문을 향해 일부러 큰 소리로 외쳤다.

잠시 후 안쪽에서 몸싸움하는 소리가 들렸다.

"가자."

토모키와 함께 집 뒤편으로 돌아가 보니, 카타기리와 호리가 갈색 머리 남자를 땅바닥에 짓누르고 있었다.

"뭐야! 내가 대체 뭘 어쨌다고 이래! 이거 인권 침해 아니야?!" 남자는 난리를 치며 떠들어 댔다.

"미우라 미츠하루 씨죠? 뭐, 도망갈 이유라도 있습니까?"

료는 남자의 눈을 빤히 들여다보며 물었다.

동공이 열려 있었다.

미츠하루의 신문을 마치고 나온 료는 바깥 공기를 마시고 싶어서 1층으로 향했다.

경찰서 앞 주차장에서 담배를 꺼냈다. 버티려고 해 봐도 저항하기 힘든 졸음이 몰려왔다. 불을 붙이려고 할 때, 뒤에서 "좋은 아침" 하고 목소리가 들렸다.

빗자루와 쓰레받기를 들고 이쪽을 보는 안도와 눈이 마주쳤다.

안도는 관할서 형사과 시절 료의 상사였다. 얼굴을 마주하는 것은 안도가 유미코의 장례식에 와 줬을 때 이후로 처음이었다.

"그동안 인사도 못 드려서 죄송합니다." 그렇게 인사하며 료는 가볍게 고개를 숙였다.

"그럴 여유 없는 거 잘 알아. 이번에 꽤 일찍 용의자를 체포했다며?" 안도가 온화한 미소를 지으며 말했다.

"용의자이긴 한데, 살인 용의자인지는 아직 몰라요."

미츠하루는 일단 살인이 아닌 마약 및 향정신성 의약품 단속법 위반 혐의로 체포됐다.

거동이 수상해서 임의로 소변 검사를 해 본 결과 약물 반응이 나왔다. 료가 신문했지만, 미츠하루는 합성 마약 사용은 순순히 인정하면서도 오카모토 마키는 살해하지 않았다고 강경하게 부인했다.

미츠하루의 말에 따르면, 친구 문제로 마키와 싸운 것은 사실이고 클럽을 나와서도 잠깐 말다툼했지만 9시쯤 헤어졌다고 했다. 그 뒤로 자긴 롯폰기에 있는 바에서 아침까지 술을 마셔서 마키가 그 이후에 어디서 무엇을 했는지는 모른다고 했다.

료 일행이 집에 왔을 때 도망친 이유는 합성 마약 때문에 경찰이 찾아왔다고 생각해서였고, 약 기운이 사라질 때까지 어딘가에 숨어 있을 생각이었다고 했다. 현재 다른 수사관이 미츠하루의 알리바이를 확인하고 있다. 동시에 미츠하루의 DNA를 채취해서 과학 수사 연구소에 분석을 맡겼다.

"토모키랑 콤비가 됐다며? 어때, 그 친구는?" 안도가 물었다.

"한심해요."

"그래? 너랑 꽤 비슷하다고 생각했는데. 장기 두는 전략이."

예전에 료는 자주 형사부실에서 안도와 장기를 뒀었다.

"그 친구 보기와는 다르게 상당히 공격적이야."

"그냥 무모한 거겠죠."

료는 그렇게 말하며 쓴웃음을 지었다.

"그 친구가 지금 아마 스물여덟 살이라지? 딱 그때의 너랑…, 유미코 씨를 처음 만난 당시의 너랑 비슷한 또래 아니야?"

그런가. 그때 이후로 벌써 25년이나 지났음을 새삼 느꼈다.

"저는 저거보단 어른스러웠던 것 같은데요. 안 그래요?"

"글쎄…. 아무튼 그때 이후로 너는 확실히 어른이 됐지." 안도가 웃으며 대답했다.

확실히 그 사건을 계기로 료는 변했다.

"사건이 해결되면 또 한 게임 두시죠."

료는 경찰서 안으로 들어가는 안도의 등을 잠시 바라보았다.

안도의 모습이 사라지자, 다시 담배를 꺼냈다. 불을 붙이려고 하는데 주머니 속 휴대전화가 진동했다. 꺼내 보니 처음 보는 번호였다.

"여보세요…." 료가 전화를 받았다.

"료 씨 전화 맞나요?"

"그런데요."

"저는 토쿄 병원의 후쿠다라고 합니다."

이름은 알아들었지만, 할 말을 찾지 못해서 "네…"라는 반응밖에 할 수 없었다.

후쿠다에게 이 전화번호는 가르쳐 준 적이 없었다.

"자택 쪽에 연락했더니, 당분간 집에 들어오지 않을 거라면서 아드님이 이 번호를 가르쳐 줬어요."

"그렇군요. 근데 어쩐 일로…."

"언제 병원에 오실 수 있을까요?"

나흘 전 병원에 검사 결과를 들으러 갔던 것을 떠올렸다. 사건이 일어났다는 연락을 받아서 검사 결과를 듣지 않고 바로 병원을 나왔었다.

"죄송하지만 아직 사건이 해결되지 않아서 당분간은…."

"가능한 한 빨리 뵙고 싶은데요."

후쿠다의 강한 말투에 료는 예삿일이 아님을 느꼈다.

"대체 무슨 일이신데요?"

"그건 전화가 아니라 직접…."

어젯밤에 밤새 잠복을 했으니 오늘은 서에서 대기하며 쉬라는 지시가 있었다. 잠깐 정도는 병원에 다녀올 수도 있었다. 하지만 료는 자신이 가지 못하는 이유를 필사적으로 찾았다.

"일보다 중요한 이야기입니다." 후쿠다가 아이를 달래듯 나긋한 어조로 말했다.

"알겠습니다…. 가는 데 한 시간 정도 걸릴 것 같습니다."

"기다리겠습니다."

통화를 마친 료는 담배를 집어넣고 경찰서 건물로 들어갔다. 납처럼 무거운 걸음으로 계단을 올라가서 수사본부가 설치된 3층 강당으로 향했다. 강당 안에서는 수사관들이 분주하게 움직이고 있었다. 데스크에서 작업 중인 타카스기 계장에게 다가갔다.

"계장님."

료가 말을 걸자, 수사 자료를 보던 타카스기가 고개를 들었다.

"잠깐 네 시간 정도 외출해도 될까요?"

'그럴 여유가 있으면 여기 일을 도와!' 이 마당에도 내심 그런 말이 돌아오기를 기대했다.

"그래, 알았어. 눈 좀 붙이지 않아도 괜찮겠어?"

"네…."

"료, 너 안색이 좀 안 좋다."

그 말엔 대답하지 않았다.

료는 타카스기에게 등을 돌리고 문으로 향했다.

"회의 전까지는 돌아와."

자신의 이름을 부르는 목소리에 료는 천천히 일어나서 진찰실로 들어갔다.

후쿠다가 엄숙한 표정으로 료를 맞이했다.

그 얼굴을 보고 불길한 예감에 전신이 결박된 듯했다. 료는 몸을 옭아매는 사슬을 억지로 잡아끄는 심정으로 간신히 의자에 앉았다.

"재발한 거죠…?"

망설이면서 묻자, 후쿠다는 바로 고개를 끄덕였다. 신문실에 들어선 순간 범인이 불쑥 자백을 던진 기분이다.

"많이 나쁜가요?"

"4기입니다."

후쿠다의 말에는 망설임이 없었다.

3년 전, 위암에 관한 책을 닥치는 대로 읽은 료는 그 말의 의미를 잘 알고 있었다.

머지않은 죽음―.

"지난 며칠간 어떻게 설명할지 망설였습니다. 료 씨는 거짓말을 간파하는 데 전문가시죠. 게다가 아주 터프한 분입니다. 애매하게 돌려 말해 봤자 의미가 없다는 생각이 들어서 솔직하게 이야기하기로 했습니다."

"저는 앞으로 얼마나…"

"그건 제가 함부로 말할 수 없는 부분입니다. 다만 상당히 심각한 상황이라는 것만…"

그 이후에도 후쿠다는 무어라 이야기했지만, 료의 귓속에는 들어오지 않았다.

료는 몇 번 고개를 끄덕이다가 자리에서 일어섰다. 후쿠다에게 고개 숙여 인사하고는 문으로 향했다.

복도로 나가자, 이게 꿈이 아닌 현실임을 그제야 이해할 수 있었다.

후쿠다는 자신을 과대평가했다. 자신은 터프한 사람이 아니다. 자, 이걸 봐라…. 다리가 떨린다. 그리 멀지 않은 시일에 죽는다는 통보를 받고 나니, 두려워 고개를 들 수조차 없었다.

무섭다…. 무섭다….

계속 바닥을 보면서 걷는데 발밑이 아래로 잠기는 것 같아서 제대로 서 있을 수가 없었다.

그 순간, 누군가 팔을 붙잡아서 료는 천천히 고개를 들었다.

눈앞에 키 큰 젊은 남자가 서 있었다. 아무래도 쓰러질 뻔한 료를 그가 붙잡아 준 모양이다.

"괜찮으세요?"

료가 보니, 뺨에 반창고를 붙인 남자가 미소를 지으며 자신에게 묻고 있었다.

"네. 고맙습니다."

료는 남자에게 인사하고 접수대로 걸어갔다.

$$\bar{\mathbb{Z}}$$

13

　신이치는 진찰실 밖 의자에 앉아서 휘청거리며 걸어가는 남자의 등을 바라보았다.

　쓰러질 뻔한 남자를 붙잡았을 때, 양복을 입었는데도 느껴지던 단단한 몸에 조금 놀랐다. 하지만 고개를 든 남자의 표정은 이루 말할 수 없이 한심해 보였다.

　마치 이 세상의 끝이라도 맞이한 것 같은 표정에 자기도 모르게 웃음이 나오고 말았다.

　어쩌면 그 남자는 자신처럼 죽음을 선고받은 것이 아닐까. 정말 그렇다면, 그런 절망적인 표정밖에 지을 수 없는 남자가 가여웠다.

　죽음을 마냥 두려워하고 있다는 뜻이기 때문이다. 그런 인간은 이 세상을 살아가는 의미를 찾지 못하고 죽어 가는 수밖에 없다. 죽음은 무서운 것이 아니다. 자신은 눈앞에서 죽음을 직면하고 나서야, 그리고 그것을 받아들이고 나서야, 이 세상을 살아가는 진짜 기쁨과 가치를 알게 됐다.

　신이치는 무릎 위에 두 손바닥을 펼쳐 놓고 바라보았다. 그 여자를 목 졸라 죽였을 때 느낀 격렬한 쾌감을 잊을 수가 없었다. 하지만 어느 정도 시간이 지나 버린 지금은 기억 속에만 그 쾌감이 남아 있을 뿐, 더는 몸을 지배하지 않았다.

　그 쾌감을 다시 한번 맛보고 싶다…. 살아 있는 한…, 몇 번이고…, 몇 번이고….

　그것이 자신에게는 이 세상을 살아가는 모든 의미이자 가치였다.

"안녕하세요."

신이치가 밝게 인사하자 타카기가 의아한 얼굴로 신이치를 올려다보았다.

"왜 그래요, 선배?"

"아, 아니…. 아무것도 아니야. 의자에 앉아."

신이치는 의자에 앉았다.

"걱정했어. 몸 상태는 어때?"

말기 암을 선고받고 나서 일주일간 병원에 오지 않았었다. 타카기는 그 사이에 몇 번이나 신이치에게 전화를 걸었지만, 신이치는 무시했다.

"죄송해요. 한동안 제정신이 아니어서 누굴 만날 기분이 아니었어요. 근데 이제 괜찮아요."

"나는 계속 그날 일을 후회했어. 왜 계속 시치미를 떼지 못했을까 하고. 나는 친구로서도, 의사로서도 자격이 없어."

"그렇지 않아요."

신이치는 괴로운 듯 얼굴을 일그러뜨리는 타카기를 바라보았다.

"타카기 선배 덕분에 전 새로운 세상에 발을 내디딜 수 있었어요."

"새로운, 세상…?"

타카기는 신이치에게 그만한 행복을 느낄 수 있는 계기를 만들어 준, 말하자면 은인이었다. 신이치는 그런 감사의 마음을 담아서 타카기의 눈을 지그시 바라보았다. 하지만 타카기는 왠지 조금 겁먹은 듯한 눈으로 시선을 피했다.

"하지만 그래도 가능한 한 오래 살고 싶어요. 조금만 더, 조금만 더 오래 이 세상을 살아가는 행복을 맛보고 싶어요. 그러니까 선배가 저를 도와주세요."

"물론이지. 내가 할 수 있는 최선을 다할게."

타카기는 고개를 되돌려 신이치의 눈을 똑바로 바라보았다.

"치료에 앞서 몇 가지 요구 사항이 있어요."

"뭔데?"

"우선 입원은 하기 싫어요. 제 몸이 움직이는 마지막의 마지막 순간까지 병원 밖에서 살고 싶어요."

"그리고…?"

"체력을 갉아먹는 연명 치료는 하고 싶지 않아요."

"그게 무슨 말이야?"

"저는 가능한 한 오래 살고 싶어요. 하지만 관건은 그 방식이에요. 예를 들어 제 목숨이 앞으로 반년이라고 해 볼게요."

"잠깐만. 전에도 말했지만—"

"됐으니까 내 얘기를 들어 봐요!"

신이치의 기세에 눌린 듯 타카기는 입을 닫았다.

"제 목숨이 앞으로 반년 남았다고 해 볼게요. 그럼 먼저, 몸에 부담이 가는 치료를 받고 결과적으로 병원 침대에 누워서 1년을 살 수도 있겠죠. 아니면, 최대한 몸에 부담이 가지 않는 치료를 받아서 3개월간 자유롭게 움직이다가 죽을 수도 있고요. 저에게 산다는 건 3개월간 자유롭게 움직이는 거예요. 무슨 말인지 아시겠어요?"

신이치의 말을 듣던 타카기가 입가를 일그러뜨렸다.

"친구로서는 아무리 침대에 누운 상태여도 네가 1년을 살았으면 해. 만약… 내가 그 요구를 들어줄 수 없다면?"

"이제 병원에 오지 않을 거예요."

그런 말을 하는 신이치의 진의를 확인하려는 듯, 타카기가 신이치를 빤히 응시했다.

신이치도 피하지 않고 타카기의 눈을 똑바로 바라보았다.

"알았어. 네 요구 사항을 존중할게."

타카기는 신이치의 고집에 졌다는 듯 고개를 끄덕였다.

병원을 나온 신이치는 주머니에서 휴대전화를 꺼내 코스기에게 전화를 걸었다.

"어어, 신이치. 어쩐 일이야?"

신이치는 전화를 받은 코스기에게 차를 사고 싶다고 말했다. 먹잇감을 찾는 데에 앞으로도 차를 이용한다면 재규어는 너무 눈에 띈다. 국내에 몇십만 대나 있는 흔해 빠진 차를 살 생각이었다.

"알았어. 견적을 준비해 놓을게. 언제 영업장에 올 수 있어?"

"최대한 빨리 사고 싶어. 재규어 상태가 시원찮아서. 돈이랑 차고지 증명은 바로 준비할 테니까, 그거 말고는 너한테 다 맡겨도 괜찮을까?"

"분부대로 하겠습니다. 구매해 주셔서 감사합니다."

코스기는 감사 인사를 하고 전화를 끊었다. 신이치는 곧바로 전화 한 통을 더 걸었다.

"네, 세타가야 부동산입니다—."

"어제 방문한 사카키 신이치인데, 스즈키 씨 계신가요?"

"제가 스즈키인데, 사카키 신이치 씨라면…."

상대는 놀라서 말문이 막힌 듯했다.

“좋은 매물이 있던가요?”

“아…. 그…. 어제 이야기는….”

신이치의 질문에 허둥대는 것을 보니, 역시 살 생각도 없으면서 떠본 줄 알았나 보다.

신이치는 어제 나른한 몸을 다그치며 도쿄에 있는 부동산 중개 사무소를 돌아다녔었다. 신이치가 요구한 조건은 한적한 주택가에 있는 커다란 독채. 전용 차고가 있고 옆집과 거리가 가깝지 않은 매물이었다.

신이치는 자신과 비슷한 나이대로 보이는 스즈키가 “그런 매물이면 3억 엔은 해요”라며 자신을 얕보듯 비웃은 것을 떠올렸다.

“저는 진지하게 드린 문의였습니다. 좋은 매물이 없다면 다른 데를 알아보겠습니다.” 신이치는 전화에 대고 강한 어조로 말했다.

“한, 한 군데 있습니다….”

“지금 보러 가도 될까요?”

“네. 기다리고 있겠습니다.”

전화를 끊은 뒤, 신이치는 주차장에 세워 둔 재규어를 타고 스즈키가 기다리는 부동산 중개 사무소로 향했다.

그 여자를 죽일 땐 욕망을 제어하지 못해서 너무 무방비하게 행동했었다. 차를 이용해 살해와 유기를 거듭하다가는 머지않아 추적당하게 될 것이다. 게다가 차 안에서 살해하는 것은 주변을 살펴야 한다는 압박감 탓에 얻을 수 있는 쾌감도 적을 것 같다는 생각이 들었다.

독채를 사면 거기서 살해와 유기를 한 번에 끝낼 수 있으니 편하다. 어차피 자신은 앞으로 몇 개월 뒤면 이 세상에서 사라지니까…

아니, 안 된다. 시신은 다른 곳에 유기해야 한다. 아무리 자신이 죽은 뒤여도 집에서 시신이 발견되면 안 된다.

자신이 살인을 저질렀다는 사실을 스미노가 영원히 몰라야 하니까.

새로운 세상에 발을 내디뎠는데도, 그 생각만은 마음속에서 완전히 사라져 주지 않았다.

"어서 오세요."

신이치가 부동산 중개 사무소에 들어서자, 테이블에 앉아 있던 스즈키가 일어서며 신이치를 맞이했다.

"일단 앉으시죠."

앞에 앉자, 스즈키가 매물 정보가 적힌 종이 한 장을 건넸다. 철근 콘크리트로 지어진 건물에 방은 다섯 개고, 차 두 대를 세울 수 있는 전용 차고가 딸려 있었다. 가격은 3억 2천 8백만 엔이었다.

"마음에 들면 바로 입금할게요."

그렇게 말하고 신이치는 결제용 예금 통장을 테이블 위에 놓았다.

"아, 통장… 잠시 봐도 될까요?"

신이치가 고개를 끄덕이자, 스즈키는 통장을 펼치더니 눈이 휘둥그레졌다.

"바로 안내하겠습니다."

안내받은 매물은 꽤 괜찮았다. 차고에 차를 대면 남의 눈에 띄지 않고 뒷문으로 집에 드나들 수 있었다. 부지가 넓은 데다 마당에는 나무가 많이 심겨 있어서 옆집의 시선도 신경 쓸 필요가 없을 듯했다.

신이치는 방 안을 둘러보았다. 여기라면 자신의 쾌감을 완벽히 추구할 수 있을 것 같았다. 이런저런 망상을 하는 사이에 몸 밑바닥에서 그 욕망이 솟구쳐 올라왔다.

스즈키와 집을 나왔을 때 주변은 이미 어둠과 정적에 싸여 있었다.

"바로 돈을 입금할 테니까, 가능한 한 빨리 들어올 수 있게 해 주세요."

신이치는 스즈키에게 말하고 재규어 운전석에 올라탔다.

"네, 알겠습니다. 가능한 한 빨리 절차를 밟을 테니 며칠만 기다려 주세요."

스즈키는 그렇게 대답하고 자신이 타고 온 조그만 부동산 중개 사무소 차량을 향해 갔다.

한번 그 욕망이 밀려 올라오면, 격렬한 쾌감을 알아 버린 지금은 겨우 며칠, 아니, 몇 시간 참는 것조차 고통스러웠다.

신이치는 핸들을 꼭 쥐고 칠흑 같은 어둠 속에서 터져 나올 것 같은 욕망을 필사적으로 억눌렀다.

안 되겠다.

신이치는 시동을 켜고 액셀을 밟았다.

$$\boxtimes$$

14

차에서 내리자, 9월도 반이나 지났는데 작열하는 태양이 피부를 찔렀다.

토모키는 이마에서 비 오듯 흐르는 땀을 손수건으로 닦으며 앞에 있는 빌라로 향했다.

"엘리베이터도 없어?" 앞에서 가던 료가 진절머리 난다는 듯 내뱉었다.

수사 명단을 보니, 지금부터 방문할 카와모토 코헤이의 집은 405호실, 다시 말해 4층이다.

"하는 수 없네."

료는 무거운 발걸음으로 계단을 올라갔다.

눈 부신 햇빛을 받으며 옥외에 달린 계단을 올라가 간신히 405호 앞에 도착했다. 초인종을 눌렀지만 반응이 없다.

료는 숨을 헐떡이며 끈질길 정도로 초인종을 누르고 몇 번이나 문을 두드렸다.

"아무도 없는 것 같은데요."

토모키가 말하자, 료가 짜증스러운 표정으로 토모키를 쳐다봤다. 그러고는 바로 계단 쪽으로 걸음을 돌렸다.

"어떻게 할까요? 일단 나카쵸 먼저 갔다가 다시 올까요?" 아파트 앞에서 토모키가 수사 명단을 들여다보며 물었다.

"잠깐 한숨 돌리고 오자."

료가 건너편에 있는 카페를 가리켰다.

‘또 쉰다고?’

오늘은 이미 네 번이나 쉬었다. 이 상태면 오늘 할당량을 다 채우지 못할 것 같은데, 괜찮을까.

하지만 토모키의 시선을 개의치 않고 료는 차를 그냥 지나쳐서 카페로 향했다.

카페 안에 들어서자, 시원한 바람이 전신을 감쌌다. 약간 추울 정도였다. 손에 든 겉옷을 걸치고 료 맞은편에 앉았다.

“아이스커피…. 아니, 그냥 아이스티요.” 료가 종업원에게 말했다.

“그럼 저는 따뜻한 홍차 주세요.” 토모키도 주문을 마쳤다.

종업원이 떠나자, 료는 바로 신문을 펼쳤다.

똑같은 광경을 몇 번이나 보고 있다. 이제 새로 읽을 기사도 없을 텐데. 토모키는 자신과 대화하는 것이 귀찮아서 그러는 것이 분명하다고 생각했다.

이 정적이 견딜 수 없이 싫었다. 쉴 수 있는 것은 반갑지만, 이런 상황이면 탐문을 이어가는 것이 정신적으로 더 편하다.

그나저나 오늘 료는 어쩐지 상태가 이상했다. 어젯밤엔 경찰서 휴게실에 마련된 간이침대에서 제대로 휴식을 취했을 텐데, 토모키의 눈에도 확실히 기운이 없고 나른해 보였다. 어제까지만 해도 밥도 먹지 않고 땡볕에서 하루 종일 돌아다녔었는데….

아침에 있었던 일 때문에 긴장의 끈이 풀린 걸까.

어제 미츠하루를 함께 체포했을 때는 토모키도 흥분했다. 살인 사건 용의자를 눈앞에서 체포했으니까. 경찰이 되고 나서 처음 경험하는 성취감이었다. 게다가 용의자가 체포되면 살벌한 수사본부와도, 신경질적인 료와도 작별이다.

하지만 그런 기대는 아침 수사 회의에서 완전히 무너져 내렸다. 오카모토 마키가 사망한 것으로 추정되는 시간 전후로 미츠하루의 알리바이가 확인됐다는 보고가 나왔다. 아직 한동안은 앞에 있는 아저씨와 함께 움직여야 할 것 같다.

료는 신문으로 시선을 던지고 담배를 꺼냈다. 입으로 가져가려고 하다가 잠시 담배를 응시했다. 이 동작도 오늘 벌써 몇 번이나 봤다. 설마 담배를 피우지 않는 자신을 배려하기로 한 것은 아닐 텐데.

료는 담배를 담뱃갑에 다시 넣으려고 하다가 결국 입에 물고 불을 붙였다.

료가 뭐라고 말을 건 듯했는데, 딴생각을 하던 중이라 제대로 듣지 못했다.

"네? 뭐라고 하셨어요?" 토모키가 되물었다.

"부모님은 건강하시냐고."

료는 신문에서 눈을 떼고 토모키를 쳐다보았다.

"아아…. 그럭저럭요."

"그럭저럭?"

"어머니는 건강하신데, 아버지는 2년 전에 뇌경색이 와서 입원과 퇴원을 반복하세요."

왜 갑자기 이런 질문을 할까. 웬일로 입을 여나 했더니, 기분 나쁜 것만 떠올리게 한다.

"그래? 힘들겠다. 아버지는 무슨 일 하셔?"

이 대화를 계속 이어갈 생각인가.

"제빵사예요."

토모키의 부모님은 와세다에서 빵집을 운영한다. 부부끼리 꾸려

가는 작은 가게다.

어린 시절에는 제빵사인 아버지를 자랑스럽게 여겼었다. 친구들을 데리고 집에 가면, 아버지는 친구들에게 크로켓 빵을 만들어 주었다. 아들이 말하기는 민망하지만, 정말 맛있는 크로켓 빵이었다. '맨날 이렇게 맛있는 빵을 먹을 수 있다니 좋겠다'라고 친구들이 부러워하면 그 말을 자랑스러워했다.

그 시절에는 어른이 되면 부모님 가게를 이을 거라고 자연스럽게 생각했다.

하지만 고등학생이 될 즈음 그런 마음은 어딘가로 사라져 버렸다. 아니, 그저 사라진 데서 그치지 않고 빵집 일에 혐오감마저 느꼈다. 매일 새벽 2시에 일어나서 한결같이 밀가루를 반죽하고 하나에 백몇십 엔 하는 빵을 판다. 그저 그뿐인 하루하루. 아버지를 보고 있으면 10대에 벌써 자신의 인생이 보이는 것 같아서 싫었다.

토모키는 좀 더 재미있는 삶을 살고 싶었다. 자신에게는 무한한 가능성이 있다고 믿고 싶었다.

대학에 가고 싶다고 부모님에게 말했다. 가게를 잇게 될 테니 바로 제빵 일을 배우라는 부모님에게 자긴 가게를 잇기 싫다고 단호히 말했다. 아들이 가게를 이을 것이라고 철석같이 믿던 부모님은 토모키의 말에 낙담한 것 같았지만, 일단 대학에는 보내 주었다.

하고 싶은 일이 확실히 있어서는 아니었다. 그저 대학 생활 4년 동안 무언가 찾지 않을까 기대했을 뿐이었다. 하지만 결국 자신이 진심으로 하고 싶은 일은 찾지 못했다.

취업 준비를 하면서도 고전을 면치 못했다. 회사 몇십 군데에서 면접을 봤지만 한 군데에도 합격하지 못했다. 일찌감치 합격해서 앞으로 펼쳐질 새로운 삶을 기대하는 친구들을 보면 초조함만 늘어 갔다.

자신에게는 무한한 가능성 따위 없음을 깨달았다.

"제빵 일이라도 할까."

토모키의 말을 듣고 어머니는 몹시 기뻐했다. 하지만 아버지는 "너 같은 건 제빵사 못 한다"라며 토모키의 말을 일축했다. 이미 가게를 잇지 않겠다고 선언한 것을 꽁하게 속에 담아 둔 것 같았다.

어머니는 토모키가 가게를 잇게 하자고 아버지를 설득했지만, 아버지의 태도는 완강했다.

그 해, 한 군데에도 합격하지 못한 토모키는 취업 재수를 했다. 할 일이 아무것도 없어서 집에서 빈둥거리는데도 아버지는 토모키에게 가게 일을 전혀 시키지 않았다. 심지어 제대로 말도 섞지 않았다. 아버지와 얼굴을 마주할 때마다 답답함이 솟구쳤다. 어서 취직해서 이 집에서 나가고 싶었다. 그런 시기에 눈에 들어온 것이 경찰관 공채 포스터였다.

어머니는 아직도 자식이 경찰이 된 것을 탐탁지 않게 여긴다. 위험하기 때문이다.

2년 전 아버지가 뇌경색으로 쓰러졌을 때, 어머니는 토모키를 찾아와서 경찰을 관두고 가게를 이어 달라고 애원했다. 토모키도 속으로는 그렇게 해도 괜찮겠다고 생각했다.

경찰이라는 직업이 성미에 맞지 않았다. 규칙에 얽매여 자유가 없고, 업무는 가중해서 거의 진절머리가 나던 차였다.

하지만 병실에 가서 은근슬쩍 아버지에게 말을 꺼내 보니, "너 같은 건 제빵사 못 한다"라고 평소와 똑같이 말하며 귓등으로도 듣지 않았다.

요즘에 아버지는 일주일에 2, 3일만 가게를 연다고 한다. 어느 정도 모아 놓은 돈이 있으니, 무리해서 일하지 말라고 해도 전혀 듣지 않는다고 어머니는 자주 전화로 한탄했다.

토모키로서는 이해할 수 없었다. 무슨 사명감이 있다고 그렇게 무모하게 행동할까. 기껏해야 하나에 백몇십 엔짜리 빵이 아닌가. 그런 것 때문에 자기 수명을 깎아 가며 아등바등 살아서 어쩌겠다는 것인가.

빵집 근처에는 저렴한 가격에 빵을 대량으로 파는 마트가 많이 생겼다. 누가 딱히 원하는 것도 아닌데, 왜 힘든 몸에 채찍질을 가해야 하나.

왠지 자신에게 그런 모습을 보여 주려고 일부러 그러는 것 같아서 짜증이 났다.

"왜 가게를 잇지 않고 경찰이 됐어?" 료가 물었다.

"저한테는 경찰 일이 안 맞는다고 말하고 싶으신 거죠? 경찰이 아니라 제빵사가 어울린다고요." 아버지를 떠올린 탓인지 반항하는 말투가 되었다. 아버지에게 너 같은 놈은 안된다는 말을 들었는데, 료까지 비슷한 태도를 보인다.

"그냥 부러운 직업이라고 생각했을 뿐이야."

토모키는 료의 말이 의외였다.

"빵집 아저씨가 뭐가 부러워요?"

토모키가 묻자, 료는 천천히 담배 연기를 뱉었다.

"나는 일하면서 뭔가를 만들어 낸 적이 없어. 잃는 걸 봐 오기만 했지." 료는 중얼거리듯 말하고 담배를 재떨이에 비볐다.

"료 씨는 왜 경찰이 되셨어요?"

토모키의 질문에 료는 창밖으로 시선을 던지고 잠시 생각에 잠겼다.

"왜였더라…. 기억이 잘 안 나. 뭐, 기억할 필요도 없을 정도라는 거겠지."

깊이 생각하던 것치고 맥 빠지는 대답이었다.

"아버지는 지금도 병원에 계셔?"

그러고 보니 일주일 전에 아버지가 또 입원했다고 어머니에게 전화로 들었었다.

"지금은요…."

"병문안 안 가도 돼?"

"당분간 휴일은 기대 못 하잖아요. 그리고 얼굴을 봐도 딱히 할 얘기가 없어요."

료가 토모키를 빤히 쳐다보았다.

"혹시…, 수사본부가 설치될 때 경찰서에 짐을 가져다준 사람이 따님인가요?"

토모키는 대화 주제를 바꾸고 싶어서 그렇게 물었다.

"어."

"몇 살이에요?"

"스무 살."

"대학생이에요?"

"아니, 댄서 지망생이야. 정말 대책이 없다니까."

료는 씁쓸한 표정을 지었다.

어쩐지. 몸매 좋고 화려한 스타일의 여자였다. 고지식한 아저씨와 요즘 시대 여자아이가 어떻게 지낼지 눈에 선해서 두 사람에게 조금 동정심이 들 정도였다.

"슬슬 갈까."

료가 계산서를 들고 일어섰다.

빌라에 들어서자, 료가 무거운 다리를 질질 끌며 계단을 올라갔다. 토모키는 앞에 있는 등이 심하게 헐떡이는 것을 느꼈다. 료는 조금 올라가다가 멈춰 서서 계단 난간을 잡고는 크게 심호흡하기를 반복했다.

"혹시 몸이 안 좋으세요?"

토모키가 말을 걸자, 료는 "아니, 괜찮아"라고 하며 고개를 가로 저었다.

"아직 집에 안 왔을 수도 있으니까 잠깐 보고 올게요. 여기서 기다리세요."

토모키는 료를 앞질러서 계단을 뛰어 올라갔다. 405호 초인종을 누르자, "네—" 하며 남자가 문을 열었다. 산뜻한 인상의 청년이었다.

"경시청에서 나온 야베 토모키라고 합니다. 카와모토 코헤이 씨 되시죠?"

토모키가 경찰 신분증을 제시하며 묻자, 코헤이가 고개를 끄덕였다.

"잠깐 기다려 주시겠어요?"

토모키는 계단까지 뛰어가서 "있어요!" 하고 아래를 향해 소리쳤다.

하지만 료는 좀처럼 나타나지 않았다. 가까스로 계단참에 모습을 드러내고 나서도 답답한 걸음걸이로 나머지 계단을 올라왔다.

"네가 물어봐. 내가 메모할 테니까."

그렇게 말하며 료가 어깨를 두드리자, 토모키의 몸이 경직됐다.

"제가요?"

살인사건 탐문 수사에서 상대와 문답하는 것은 당연히 처음이다.

무엇을 물어봐야 할까.

"잘 들어. 대화하는 상대의 눈, 표정, 손의 움직임 같은 걸 유심히 봐 둬."

료가 주머니에서 메모장을 꺼내고 걸음을 뗐다.

토모키는 그제야 제정신이 들어서 료의 등을 쫓아갔다.

"기다리시게 해서 죄송합니다. 경시청에서 나온 아오이 료와 야베 토모키입니다."

료는 그 말만 하고 한 걸음 뒤로 물러났다.

"저기…, 오카모토 마키 씨와 관련해서 여쭤보고 싶은 게 있는데요…." 토모키가 긴장 상태로 대화를 시작했다.

"네…." 코헤이는 진지한 표정으로 고개를 끄덕였다.

"사건이 일어난 건 아십니까?"

"네, 물론이죠…. 친구들 사이에서 소문이 돌았어요."

코헤이는 마키가 반년 전까지 아르바이트하던 햄버거 가게에서 일하고 있다. 학교는 다르지만, 코헤이도 마키와 마찬가지로 대학교 2학년생이다.

토모키는 뒤를 힐끔 돌아보았다. 어떤 단서로 무슨 말을 꺼내면 좋을지 알 수 없었다. 하지만 료는 메모장을 든 채 가만히 있을 뿐, 도와줄 생각은 없어 보였다. 하는 수 없이 다시 코헤이에게로 몸을 돌렸다.

"마키 씨와는 친하셨나요?"

"마키가 아르바이트하던 당시에는 사람들이랑 다 같이 몇 번 논 적이 있는데, 관두고 나서는 딱히…."

"그…. 사건이 일어나기 일주일 전쯤에 마키 씨에게 전화를 거셨었죠? 그때 어떤 대화를 하셨습니까?"

"아르바이트 동료들끼리 회식이 있었거든요. 그래서 오랜만에 마키도 부르려고 했어요."

토모키는 료가 조언한 대로 코헤이의 표정을 세심히 살폈지만, 그 말이 사실인지 전혀 알 수 없었다.

"설마 그게 마지막 통화가 될 줄은…." 코헤이는 침통한 표정을 지었다.

"시신이 히가시닛포리에서 발견됐는데, 뭔가 짚이는 데가 없으십니까?"

이제 제법 긴장이 풀린 것 같다. 반드시 물어야 할 질문이 하나둘씩 머릿속에 떠오른다.

코헤이가 시선을 오른쪽으로 돌렸다. 생각해 보는 모양이다.

"그쪽에 친구가 산다든가, 단골인 가게가 있다든가…. 그런 이야기를 들은 적이 있으신가요?"

"잘 모르겠어요." 코헤이가 미안해하는 얼굴로 대답했다.

"그럼 마키 씨와 사귀었거나 유달리 친하게 지낸 남자는 아십니까?"

"작년까지 같이 아르바이트한 스기타랑 사귀었을걸요. 마키가 새해가 되자마자 아르바이트를 관둬서 그 뒤로는 어떤 남자랑 친하게 지냈는지 잘…."

스기타는 오전에 이미 탐문했었다. 예전에 마키와 사귀었지만 작년 말에 헤어졌다고 했다. 이유는 알 수 없었지만 마키가 갑자기 이별을 통보해 왔다고 했다. 햄버거 가게 아르바이트를 관둔 것에는 그 영향이 있었을지도 모른다. 스기타는 그 뒤로 마키와 연락하지 않았다고 했다.

스기타의 알리바이는 이미 확인됐다. 마키가 살해당한 시각에 스기타는 집 근처 DVD 대여점에서 아르바이트를 하고 있었다.

"그런데…, 차는 있으십니까?"

그 질문에 지금껏 차분하던 코헤이의 표정이 순식간에 변했다.

"저를 의심하시는 건가요?"

"아니요, 아니요. 그렇지 않습니다. 모든 분께 하는 질문입니다." 토모키가 수습하듯이 말했다.

"차는 없어요."

"면허는요?"

코헤이가 고개를 끄덕였다.

"다음은 조금 조심스러운 질문인데요, 이것도 만나는 모든 분께 여쭤보는 거라서…. 월요일 밤부터 다음 날 아침까지 어디에 계셨죠?" 상대의 기분을 더 상하게 하지 않으려고 변명하듯 물었다.

"집에서 자고 있었어요." 코헤이가 쌀쌀맞게 대답했다.

"그 시간에는 보통 그렇죠."

"어떻게 생각해?" 차로 돌아가서 료가 물었다.

"글쎄요…. 료 씨는 어떻게 생각하셨어요?" 뭐라고 답하기가 어려워서 되물었다.

"내가 너한테 물었잖아."

"거짓말을 하는 것 같지는 않았는데…. 게다가 차도 없다고 하고요."

차 없이는 그 장소까지 시신을 옮길 수 없었을 것이다.

"그래?"

"이제 어떻게 할까요?"

시계를 보니 오후 5시가 넘었다. 한 명 더 만나러 가기에는 애매한 시간이다.

"서로 돌아가자."

노곤한 기색으로 좌석에 깊이 기대는 료를 보고 토모키는 차를 출발시켰다.

"회의에서는 네가 보고해 줘."

"네? 어떻게 보고하면 돼요?"

"네가 보고 느낀 대로 보고하는 거지, 뭐."

마치 남의 일처럼 던진 료의 말에 갑자기 마음 깊은 곳에서 불안이 밀려 올라왔다.

'내가 보고 느낀 대로 보고하라고?'

코헤이가 거짓말을 하는 것 같지는 않았다. 하지만 아무 근거도 없이 느낌만으로 내린 결론이었다. 자신이 무언가 엄청난 것을 놓치지는 않았을까.

토모키는 조금 전까지 코헤이와 나눈 대화를 곱씹어 보았다.

차가 없다고 해도 친구나 다른 누군가에게 빌릴 수는 있었을 것이다.

아니, 코헤이에게는 살해 동기가 없다. 게다가 그렇게 슬픈 표정을 짓지 않았나.

하지만 정말 그렇게 단정할 수 있을까. 내가 코헤이에 대해 무엇을 안단 말인가. 슬퍼 보이던 그 얼굴도 연기일지 모른다.

스기타는 마키에게 갑자기 이별을 통보받았다고 했다. 이유는 모른다고도 했다.

혹시 마키가 코헤이와 사귀게 돼서 스기타에게 이별을 고한 것은 아닐까. 코헤이는 겉으로 보기에 꽤 매력적인 남자였다. 지금까지 탐문하면서 마키와 코헤이가 사귀었다는 이야기는 전혀 듣지 못했지만, 주변 사람들에게 알리지 않고 사귀었을 가능성도 있다.

사건 당시, 마키에게는 미츠하루라는 호스트 남자 친구가 있었다. 그렇다면 코헤이와는 그 전에 헤어졌을 것이다.

일주일 전에 한 통화는 정말 술자리에 오라는 내용이었을까. 반년 전에 관둔 마키를 아르바이트 회식 자리에 불렀다는 것이 조금 부자연스럽지 않나. 같이 아르바이트를 한 몇 사람의 말을 들어 보니 마키의 평판은 그다지 좋지 않았다.

사실은 그때 전화해서 마키에게 다시 만나자고 졸랐을지도 모른다. 마키는 처음에는 거절했다가 사건이 일어난 밤에 미츠하루와 크게 싸우는 바람에 다시 코헤이를 만나고 싶어져서….

코헤이와 미츠하루는 스타일이 완전히 다르다. 혼자 남겨진 외로운 밤에 다정한 옛 연인을 만나고 싶어졌을지도 모른다.

월요일 밤에 두 사람이 연락을 주고받은 흔적은 없었다. 하지만 옛 연인이라면 마키는 코헤이의 집 위치 정도는 알았을 것이다. 마키가 예고 없이 찾아갔을 수도 있다.

그리고 둘이 섹스하다가 어떤 계기로 싸우고 코헤이가 실수로 마키를 죽여서….

아니, 그 집에서 죽였다면 엘리베이터도 없는 건물 4층에서 시신을 옮기기는 어려웠을 것이다. 하지만…, 절대 불가능하다고 단정할 수는 없다.

안 되겠다. 머릿속에서 제멋대로 망상이 펼쳐졌다.

전부 자신의 추측, 아니, 창작일 뿐이다. 하지만 정말 그렇게 단언할 수 있을까. 가능성이 전혀 없을까.

코헤이에게는 알리바이가 없다. 하지만 그것은 지극히 일반적인 상황이다. 원래 사람은 밤부터 아침까지 잠을 잔다. 이런 것으로 의심하면, 혼자 사는 사람은 대부분 용의자가 되고 말 것이다.

하지만…, 코헤이는 마지막까지 어서 범인을 잡아 달라는 말을 하지 않았다. 그것은 자기가 의심받고 있을지도 모른다는 불쾌감 때문이 아니었을까.

모르겠다…. 모르겠다….

아무튼 나는 코헤이에 관한 보고는 못 하겠다. 이런 중대한 책임을 맡기다니, 장난으로라도 이럴 수는 없다. 무엇보다 나를 믿지 않는다고 하지 않았었나. 그런데 왜 이런 일을 시킬까.

나 같은 애송이에게—.

"오늘 탐문한 스기타 신지, 마에하라 타모츠, 두 사람은 사건이 발생한 시각에 알리바이가 확인됐습니다. 오카모토 마키와 같은 곳에서 아르바이트하던 카와모토 코헤이는 집에서 자고 있었다고 해서 알리바이는 확인되지 않았습니다."

토모키는 긴장한 채로 보고를 마치고 작게 고개를 숙였다.

"뭐야, 그게 다야?"

자리에 앉으려는 토모키에게 형사과장이 일갈했다.

"아…, 그게…."

강당 안에 있는 모든 사람이 토모키를 쳐다보았다.

"그 코헤이라는 사람한테 얘기를 들어 본 감상은 어떤데?"

"어…, 어땠냐면…, 마, 말하는 내용이 자연스러워서, 거, 거짓말하는 것 같지는…. 저는…, 그치만 다양한 가능성을 생각해 보면…."

횡설수설하고 말았다.

"무슨 말을 하고 싶은 거야!"

형사과장이 토모키를 노려보았다.

정면의 간부들과 주변의 수사관들이 모두 토모키를 빤히 쳐다보았다. 마치 사형장에서 목에 밧줄을 건 죄수의 심정이었다.

"모르겠습니다. 상대가 하는 말이 진실인지 거짓인지…. 진실 같기도 했고, 의심하기 시작하니 끝이 없을 정도로 이런저런 망상이 펼쳐져서…. 저도 모르겠습니다." 토모키는 거의 울 것 같은 얼굴로 대답했다.

"앉아. 다음—."

형사과장이 어이없다는 듯 말하자, 토모키는 의자에 털썩 앉았다.

이어서 수사관들이 차례로 보고했다. 다들 적절하고 명확하게 말하는 것처럼 들렸다.

토모키가 눈물을 삼키는 사이에 회의가 끝났다. 수사관들이 일어나서 토모키를 한 번씩 쳐다보며 강당을 나갔다. 개중에는 웃는 사람도 있었다.

"일부러 괴롭히시는 건가요…?" 토모키가 옆을 보며 중얼거렸다.

료는 정면을 바라본 채 말없이 있었다.

"저 같은 신참한테 이런 일을 떠맡기시다니…."

"신참이어도 형사잖아." 료가 토모키를 향해 고개를 돌렸다. "회의에서 보고하라는 말을 들은 뒤로 자기가 뭔가 엄청난 걸 놓쳤을까 봐 계속 겁이 났지? 네가 뭔가를 간과해서 범인을 놓칠까 봐.

그런데 범인을 잡지 않는 한 그 불안한 마음은 아무리 시간이 흘러도 사라지지 않아. 이 일을 하는 한 늘 그런 마음을 품고 살게돼. 그게 한 발이라도 더 움직이게 만드는 원동력이야.”

료는 지칠 대로 지친 표정이었지만, 시선만큼은 정확히 토모키에게 고정돼 있었다.

“오늘은 이만 집에 간다. 너도 기숙사로 돌아가도 돼. 가끔은 아버지께 전화라도 드려.” 그렇게 말하고 료가 자리에서 일어났다.

토모키는 지친 걸음으로 건물을 나와 방금 들은 료의 말을 떠올리며 휴대전화를 꺼냈다.

‘가끔은 아버지께 전화라도 드려—.’

잠시 고민하다가 역시 그럴 마음이 들지 않아서 휴대전화를 도로 넣었다.

오랜만에 기숙사로 돌아가서 푹 쉴 수 있게 되었건만 마음은 무거웠다. 이 사건이 해결되지 않는 한, 아니, 경찰관으로 사는 한, 계속 이런 마음을 품고 살게 되는 것인가.

그런 하루하루를 나는 견딜 수 있을까. 역시 경찰은 나와 맞지 않는 것이 아닐까. 찾아보면 자신과 잘 맞는 즐거운 직업이 있을 것이다….

일단 밥부터 먹고 나서 기숙사로 돌아가려고 경찰서 건물에서 나왔을 때, 낯익은 여자의 모습을 발견했다.

료의 딸 같았다. 여자는 경찰서 앞에서 어슬렁거리다 토모키와 눈이 마주쳤다.

“료 씨의 따님이시죠?”

토모키가 말을 걸자, 여자는 가볍게 고개를 끄덕였다.

“료 씨는 댁으로 가셨어요.”

“그래요…?”

“뭔가 맡기실 물건이 있으면 제가 받아드릴게요.”

“아니요…”

료의 딸은 머뭇거리다가 입을 닫았다. 하지만 그 자리를 떠날 낌새는 없었다. 경찰서 건물을 힐끔거리고 있었다.

“그럼 이만.”

토모키는 그렇게 인사하고는 단골 라멘 가게가 있는 방향으로 걸음을 옮겼다.

“저기—.”

자신을 불러 세우는 목소리에 뒤를 돌아보았다.

“누구…” 여자가 망설이며 물었다.

“야베 토모키라고 합니다. 닛포리 경찰서 형사인데, 이번 사건에선 료 씨와 파트너로 일하고 있어요.”

“그 여대생 살인사건…”

“네.”

“살해당하기 전까지 피해자의 행적은 밝혀졌나요?”

어린 여자애 입에서 ‘행적’이라는 말이 나오다니. 역시 형사의 딸이구나 싶어서 조금 감탄했다.

“수사 관련 정보를 일반인에게 말해드릴 수는 없어요…. 원래는 그래야 하는데… 사실 아직 밝혀진 게 없어요. 어차피 아버지한테 물어보면 알게 될 테니까 알려 주는 거예요.”

“그래요…. 피해자의 행적이… 중요한 거죠?” 여자는 무언가를 골똘히 생각하는 눈으로 질문을 던졌다.

“네. 그걸 알아내려고 다들 발이 부르트게 뛰어다니는 거니까요.”

“잠깐 시간 좀 내 주실 수 있어요?” 료의 딸이 살짝 고개를 떨구며 말했다.

료의 딸은 자신을 ‘미즈키’라고 소개했다.

그런데 자기가 먼저 카페에 오자고 해 놓고, 주문을 마치고 나서도 계속 고개를 숙인 채 말없이 있었다.

대체 무슨 일일까. 혹시 처음 봤을 때 자신에게 호감을 느껴서 고백하려고 밖에서 기다렸나… 하는 행복한 상상이 토모키의 머릿속에서 펼쳐졌다.

“댄서가 꿈이야?”

긴장을 풀어 주려고 토모키가 말을 걸자, 미즈키가 놀란 눈으로 쳐다보았다.

“료 씨한테 들었어.”

“그런 얘기를 했구나….”

미즈키는 의외라는 듯 중얼거리고는 다시 고개를 숙였다.

“좋겠다, 꿈이 있어서. 나도 스무 살 때로 돌아가고 싶다. 그러면 이런—.” 토모키는 자기도 모르게 직업에 대한 불만을 털어놓으려고 하다가 얼른 입을 닫았다.

“꿈이라고? 너는 그저 어리광 부리고 있을 뿐이야.”

미즈키의 갑작스러운 말에 토모키가 당황했다.

“아빠가 항상 하는 말이에요.”

토모키는 분명 료가 할 법한 말이라고 마음속으로 수긍했다.

“나에 대해 요만큼도 모르면서. 항상 내가 하는 일에 트집을 잡아요.”

혹시 료와 자신이 파트너인 것을 알고 아버지에 관한 푸념을 늘어놓을 목적으로 찾아온 것일까.

"료 씨는 엄격하니까…. 우리 아버지랑도 조금 닮았어." 행복한 상상을 끝낸 토모키가 기운 없이 말했다.

"아뇨. 그런 냉혈한은 그리 흔치 않아요."

미즈키의 말이 상당히 세다.

"료 씨가 엄하다는 건 알겠는데, 냉혈한이라는 말은 아버지한테 좀 지나치지 않아?"

아무리 그래도 료가 조금 불쌍해서 두둔했다.

"냉혈한 맞아요. 엄마를 죽게 내버려뒀으니까."

"죽게 내버려뒀다고?" 불온한 표현에 토모키가 흠칫 놀라 하며 되물었다.

"네. 엄마가 쓰러져서 병원으로 실려 가 생사의 갈림길에 있었는데ㅡ."

미즈키의 이야기에 따르면, 약 2년 6개월 전에 어머니가 집에서 갑자기 쓰러져서 구급차로 병원에 실려 갔다고 한다. 지주막하 출혈로, 의식 불명 상태에 빠져서 료에게 연락했지만 료는 일에서 손을 뗄 수 없는 상황이라며 전화를 끊었다고 했다. 그리고 어머니가 죽고 몇 시간이나 지나서야 료는 뒤늦게 병원으로 달려왔다.

그 이야기를 듣고 정말 너무하다는 생각이 들었다. 물리적으로 방해를 받았다면 어쩔 수 없지만, 스스로 소중한 사람의 마지막 순간을 지키지 않았다니, 토모키로서는 도무지 믿어지지가 않았다.

"엄마는 항상 그 사람을 위해서 최선을 다했는데… 정말 너무하지 않아요?"

이야기하다 보니 그 당시의 분노와 슬픔이 되살아났는지, 미즈키의 눈가가 촉촉해졌다.

어쩐지 상황이 이상해졌다.

다른 때였으면 귀여운 여자아이의 푸념이야 얼마든지 들어 줬을 테지만, 공교롭게도 지금의 토모키에게는 그럴 기력이 없었다.

"미안하지만…. 그런 이야기는 다음에 찬찬히 들어 줄게. 지금은 감당이 안 되는 일 때문에 너무 피곤해서."

계산서를 챙겨서 일어나려고 하는데, 미즈키가 손을 덥석 잡았다.

"오카모토 마키 씨가 어디에 있었는지 알아요."

"뭐?"

지금 미즈키가 무슨 말을 하는 걸까.

"마키 씨는 살해당하기 전에 시부야에 있는 '에키우스'라는 클럽에 있었어요."

어떻게 그런 사실을 미즈키가 안단 말인가.

"네가 만났어?"

일단 그렇게 물어보니, 미즈키는 고개를 가로저었다.

"저는 아니고…, 제 친구가…, 아니, 정확히 말하면 제 남자 친구의 선배가 봤대요."

조금 전까지 남자 친구 그리고 남자 친구의 선배와 셋이서 술을 마시다가, 남자 친구의 선배가 이번에 살해당한 여자와 사건이 일어난 밤에 만났었다는 이야기를 들었다고 했다. 그 선배는 오카모토 마키와 서로 아는 사이인 모양이었다.

"클럽이 있는 건물 계단에서 스쳐 지나간 게 전부라고 했지만…."

"그 선배는 왜 경찰에 연락해서 그 사실을 이야기하지 않았대?"

"남 일이니까 그렇겠죠. 게다가…."

미즈키는 거기까지만 말하고 입을 닫았다. 무언가 말 못 할 사정이 있나 보다.

"그래서, 그걸 아버지한테 말하려고 경찰서에 왔어?"

미즈키는 조금 생각하다가 고개를 가로저었다.

"아빠한테는 말 못 해요. 아니, 말하기 싫어요."

"왜?"

"그 선배는 시부야 클럽에서 디제이로 일하고 있어요. 제 남자 친구도 디제이가 꿈이라 그 선배에게 엄청 신세를 지고 있는데…. 아빠는 댄서나 디제이를 제대로 된 인간이 아니라고 생각해요."

"료 씨가 남자 친구나 그 선배를 만나지 않았으면 했어?"

"저는 선배한테 경찰에 그 얘기를 하는 게 좋지 않겠냐고 말했는데…. 지금은 절대 가기 싫다고 거부해서…."

"혹시 마약 같은 걸 했나?"

짐작해서 물어보니, 미즈키가 작게 고개를 끄덕였다.

"저랑 남자 친구는 안 하는데, 그 선배는 마약을…. 그래서 약기운이 빠지기 전까지는 경찰서에 안 가겠대요. 남자 친구도 저한테 그런 이야기는 하지 말아 달라고 부탁하고…. 근데…."

자긴 그 사실을 경찰에 알리고 싶지만 그렇게 되면 자신과 남자친구가 곤란해진다는 의미인 듯했다.

"새벽 1시쯤에 오카모토 마키 씨는 확실히 '에키우스'에 있었어요. 그것만 요령껏 본부에 전달해 주실 수 있을까요?"

이번에도 '본부'라는, 여자애와는 어울리지 않는 말을 듣고 역시 형사의 딸이라는 생각이 들었다.

어떻게든 미즈키에게 힘이 되어 주고 싶었지만 너무 어려운 문제라 고민됐다. 자신이 그런 보고를 하면 십중팔구 어디서 정보를 얻었냐며 혹독한 추궁이 이어질 것이다.

"부탁드려도 될까요…?"

미즈키가 애원하는 눈빛으로 바라보자, 토모키는 "알았어. 오빠한테 맡겨"라며 허세를 부렸다.

15

료는 개찰구를 빠져나가기 전에 멈춰 서서 가볍게 눈머리를 비볐다.

그저 피로가 쌓였을 뿐일까. 아니면 바로 이것이 머지않아 죽는 자가 보는 광경일까.

후쿠다에게 말기 암 선고를 받은 순간, 자신의 시야에서 모든 색채가 사라졌다. 그 뒤로 남은 것은 흑과 백뿐―.

갑자기 흑백의 세상에 내던져진 그때부터 지금까지 료는 색채 있는 세상이 다시 보이기를 갈구하듯 하염없이 거리를 배회했다.

길을 걷는 사람들. 도로를 달리는 자동차의 물결. 현란하게 빛나는 긴자의 거리. 지금까진 눈여겨본 적 없던 보도 틈에 자란 작은 풀꽃―.

하지만 아무리 눈에 힘을 주고 보아도 자신이 보는 세상에 색채는 돌아오지 않았다.

그리고 나서는 경찰서로 돌아가기 전까지 서점에서 위암에 관한 책을 읽었다.

후쿠다에게서 자신에게 남은 시간을 듣지는 못했지만, 책에 나온 증상과 자신의 증상을 대조해 보니 아마 길게 잡아도 반년이 아닐까 싶었다. 이제부터는 항암 치료를 받으며 하루, 한 시간, 1분…, 조금이라도 수명을 늘릴 수 있나 없나의 싸움이었다.

경찰서로 돌아가서 수사본부가 있는 강당에 들어서자, 조금씩 시야에 색채가 돌아오는 것을 느꼈다.

강당 맨 뒤에 놓인 피해자의 사진과 그 앞에 놓인 꽃. 오카모토 마키가 좋아했다는 '칸나'라는 꽃의 선명한 노란색이 눈에 들어왔다. 늘어선 긴 책상과 철제 의자의 칙칙한 색, 정면에 놓인 화이트보드에 붙은 컬러 사진, 그 모든 것이 오늘 아침까지 자신이 보던 것과 똑같은 색채를 띠고 있었다. 그리고 시야에 색채가 돌아온 것과 함께, 소리가 들리지 않던 귀에도 수사관들이 술렁거리는 소리와 한숨 소리가 들려왔다.

이윽고 시작된 수사 회의에서는 미츠하루를 신문한 내용을 막힘없이 보고했다. 하지만 회의가 끝나고 강당을 나서자, 또다시 시야에서 색채가 사라져 우중충한 세상에 휩싸였다.

'나는 이제 곧 죽는다—.'

그 공포가 료의 몸과 마음을 옭아매서 다른 것은 아무것도 생각할 수 없게 되었다.

경찰서 휴게실 간이침대에 이불을 덮고 누워도 도무지 잠이 오지 않았다.

죽으면 어떤 세상에 가게 될까. 부모를 모두 여읜 미즈키와 켄고는 앞으로 어떻게 될까. 자신이 지금 맡고 있는 일은 누가 이어받을까.

애초에 '죽음'은 대체 무엇일까….

답이 나오지 않는, 그런 끝없는 생각을 거듭하는 사이에 아침이 되어 버렸다.

이틀간 거의 잠자지 못했다. 어서 집으로 돌아가서 조금이라도 침대에서 쉬고 싶었다.

집 앞에 도착해 보니, 거실 창문에서 빛이 새어 나왔다. 초인종을 누르고 누가 문을 열어 주기를 기다릴까 고민했지만, 아직 미즈키와 켄고를 어떤 얼굴로 봐야 할지 몰랐다. 게다가 자신의 얼굴을 보고 두 사람이 자신에게 이상이 생겼다는 것을 눈치챌까 봐 불안했다.

지금의 자신은 아마 이 세상의 끝이라도 본 것처럼 절망을 얼굴에 떡하니 붙이고 있을 것이다. 아무리 안 그런 척하려고 해도, 도저히 숨길 길이 없다.

료는 주머니에서 열쇠를 꺼냈다. 문을 열었지만, 안전 고리가 걸려 있었다. 하는 수 없이 초인종을 누르자 켄고가 나와 안전 고리를 빼고 문을 열었다.

"웬일이야…? 벌써 사건 해결됐어?" 켄고가 의외라는 표정으로 말했다.

"아니, 아직이야… 좀 피곤해서 집에서 쉬려고."

료는 켄고에게서 눈을 피하며 말하고는 신발을 벗었다. 하지만 눈을 피할 필요도 없었다는 듯이, 켄고는 아버지의 얼굴엔 관심이 없다는 듯 바로 거실로 돌아갔다.

료는 욕실로 가서 겉옷을 벗고 일단 얼굴을 씻으려고 세면대 앞에 섰다.

거울에 비친 자신의 얼굴을 보고 흠칫 놀랐다.

두 눈에는 커다란 다크서클. 야윈 뺨에 생기 없는 표정—.

이미 죽은 사람의 얼굴이었다.

료는 찬물을 틀고 세차게 얼굴을 씻었다. 샤워할 기력까지는 없어서 바로 욕실에서 나왔다. 거실로 가 보니, 켄고가 소파에 드러누워서 TV를 보고 있었다.

"미즈키는?"

"오늘은 친구네 집에서 잔댔어." 켄고는 료 쪽을 보지도 않고 대답했다.

"그래…."

평소 같았으면 허락도 없이 외박하는 것을 알고 괘씸하게 생각했을 테지만, 지금은 어쩐지 안도감이 들었다.

"엄마 물은 제대로 갈아 주고 있어?"

료는 문이 활짝 열려 있는 옆방으로 시선을 던졌다.

"내일 할게. 잘 자."

켄고는 그렇게 쌀쌀맞게 대답하고 TV를 끄더니 거실을 나갔다.

료는 작게 한숨을 쉬고 천천히 옆방으로 향했다. 거실에서 빛이 새어 들어올 뿐인 어둑한 방 안에 들어갔다. 불단에서 물그릇을 들고, 부엌으로 갔다. 물을 갈고 냉장고를 열었다. 팩에 든 술을 꺼내 컵에 따라서 물그릇과 함께 방으로 가지고 돌아왔다.

불단에 물그릇을 놓고 그 앞에 책상다리하고 앉았다.

유미코의 사진을 빤히 쳐다보았다.

유미코…. 죽는다는 건 어떤 걸까.

료는 마음속으로 질문했다.

가르쳐 줘. 죽는 건 어떤 느낌이야?

수많은…, 정말 수많은 죽음을 접해 왔는데도, 나는 죽는 게 뭔지 모르겠어.

이쪽 세상에서 말하는 것처럼, 거기에는 천국이나 지옥이 있어?

네 주위에 친구는 있어? 아니면 혼자야?

거기에선 괴로워? 슬퍼? 행복해? 아니면 아무것도 느껴지지 않아?

지금 이 세상에서 보고 느끼는 모든 것을 잃어버려?

내가 죽는 순간에 너도, 미즈키와 켄고도, 모두 잊어버리게 될까?

너는 지금도 나를 기억하고 있을까?

유미코, 가르쳐 줘….

어쩌면 이제 곧 너를 만날지도 모르는데, 나는 마냥 무섭고 무서워….

료는 컵에 담긴 술을 단숨에 들이켰다. 손의 떨림이 멈추지 않았다.

유미코는 아무것도 대답해 주지 않고서, 그저 가만히 료를 바라보고 있었다.

"시부야에 가 보지 않으실래요?"

료는 운전석에 앉은 토모키의 갑작스러운 말이 이해되지 않았다.

"시부야?"

"네. 실은 어제 기숙사로 돌아가서 이것저것 고민해 봤는데요…."

"뭘?"

"피해자가 미츠하루와 헤어지고 나서 어디에 갔을지요."

"근데 왜 시부야야?"

"그게…, 기분 전환하러 어디 클럽에라도 가지 않았을까 싶어서요."

그런 가능성은 굳이 토모키가 말하지 않아도 안다. 실제로 5계 다른 반이 오카모토 마키가 자주 가던 클럽과 술집을 샅샅이 조사했다. 하지만 아직 미츠하루와 헤어지고 나서 시신으로 발견되기 전까지 마키가 어디서 무엇을 했는지는 밝혀지지 않았다.

"제가 여자의 마음을 좀 생각해 봤단 말이죠. 남자 친구랑 크게 싸웠으니, 새로운 곳에 가서 새로운 남자를 찾아보려고 하지 않았을까요? 목록에 있는 클럽은 전부 피해자가 한 번이라도 가 본 적이 있는 곳들이잖아요."

료는 청산유수로 이야기하는 토모키에게 시선을 고정시키고 어쩐지 수상함을 느꼈다.

"그래서 왜 시부야냐고."

"롯폰기 다음은 시부야잖아요."

"그게 말이 되는 대답 같아?"

역시 논리는 없었다.

"시답잖은 소리 그만하고 얼른 본부로 가."

"어제 인터넷으로 이것저것 찾아봤어요. 그랬더니 피해자가 딱 좋아할 만한 클럽이 시부야에 있더라고요. 거기만이라도 잠깐 가 보시죠."

이렇게까지 고집을 부리는 토모키를 보고 료는 수상함을 넘어 확신에 가까운 느낌을 받았다.

'이 녀석은 무언가 숨기고 있다―.'

"알았어."

토모키가 말한 클럽은 사쿠라가오카쵸에 있었다. 시끌벅적한 시부야에서 조금 떨어진 조용한 장소였다. 어둑한 뒷골목에서 '에키우스'라는 간판이 빛나고 있었다.

토모키가 건물 계단을 올라갔다. 료는 그 등에 시선을 고정한 채 뒤따랐다.

계단을 밟을 때마다 위장 쪽에 둔한 통증이 번졌다. 마침내 2층에 도착하자, 앞에 있는 토모키가 가게 문을 열고 안으로 들어갔다.

가게 안에 들어선 순간, 큰 음악 소리와 함께 섬광이 몸을 감쌌다. 현기증이 날 것 같았지만 참으며 안쪽으로 나아갔다.

토모키가 카운터 앞에서 멈춰 서서 이쪽을 돌아보았다. '네가 원하는 대로 해'라고 고개를 끄덕이자, 토모키는 종업원에게 경찰 신분증을 제시하고 대화를 시작했다.

토모키는 종업원 몇 명에게 피해자 사진을 보여 주며 월요일 밤 이 여자가 여기 왔었냐고 물었다. 하지만 모두 모르겠다며 고개를 가로저었다.

"조금 더 자세히 봐주세요. 여기 왔었을 겁니다. 이런 옷을 입었어요."

토모키는 피해자가 입은 옷을 확대해 보여 주며 고집을 부렸다.

"왔을 수도 있지만…. 단골이 아니면 저희도 기억 못 해요." 종업원 한 명이 매정하게 대답했다.

"허탕 쳤네." 토모키가 글썽이는 눈으로 자신을 바라보자 료가 말했다.

료는 손가락을 움직여 밖으로 나오라고 지시했다. 토모키가 인정할 수 없다는 듯이 고개를 저으며 료의 뒤를 따라왔다. 가게를 나온 순간, 료가 토모키의 멱살을 잡고 벽에 밀어붙였다.

"어떻게 된 건지 설명해 주셔야겠어."

료가 노려보자, 토모키는 당황해서 쩔쩔매며 입을 우물거렸다.

"어떻게 된 거냐니요…. 무슨 말씀이세요?"

"너, 뭔가 숨기고 있잖아. 왜 피해자가 여기 왔었을 거라고 생각했지?"

"아니…. 그냥 왠지…. 허탕이었지만…. 어라, 이상하네…." 이젠

횡설수설한다.

"사실대로 말해!" 료는 토모키를 더 강하게 다그치며 호통쳤다.

"아니…. 그게…." 토모키가 고민하는 얼굴로 중얼거렸다.

미즈키에게 연락을 취한 뒤 타카다노바바로 향했다. 미즈키가 아르바이트하는 패밀리 레스토랑 주차장에 차를 세우고 조수석에서 건물을 응시했다.

"너 때문에 시간 버렸다." 료가 운전석에 앉은 토모키에게 시선을 던지며 말을 내뱉었다.

토모키는 가시방석에 앉은 것 같은 표정이었다.

"저기…, 따님을…, 혼내지 말아 주세요." 가냘픈 목소리로 중얼거렸다.

"네가 신경 쓸 일이 아니야."

담뱃갑을 꺼냈을 때, 종업원 전용 문이 열렸다. 미즈키가 나왔다. 자동차 경적을 울리자 미즈키가 깜짝 놀라며 이쪽으로 몸을 돌렸다. 무거운 걸음걸이로 다가온다.

"너는 차나 마시고 있어."

료가 지시하자, 토모키는 조금 안심한 듯 안전벨트를 풀었다. 차에서 내려 미즈키와 눈이 마주치자 겸연쩍은 표정을 짓고는 건물로 향했다. 미즈키는 떨떠름한 표정으로 토모키의 등을 보았다. 료는 자기 쪽으로 시선을 돌린 미즈키에게 운전석에 타라고 손짓했다. 미즈키가 마지못해 문을 열고 료 옆에 앉았다.

"이 차, 냄새나."

미즈키의 말에 료는 무의식적으로 입에 문 담배를 도로 담뱃갑에 넣고 창문을 열었다.

“어떻게 된 건지 설명해.”

료가 말했지만, 미즈키는 고개를 숙인 채 료 쪽을 쳐다보려고도 하지 않았다.

조금 전 토모키에게 한껏 추궁했지만, 토모키는 그저 미즈키에게 들었다고만 말했다.

“네가 피해자를 봤어?”

미즈키는 고개를 가로저었다.

“그럼 누구야?”

“잘 모르는 사람….”

“그 사람한테 직접 얘기를 들었어?”

미즈키는 고개를 숙인 채 아무런 대답도 하지 않았다.

분명 말하고 싶지 않은 사정이 있을 것이다. 경찰과 엮이기 싫어하는 인물, 혹은 자신이 경찰의 딸임을 몰랐으면 하는 인물이 관여된….

“혹시 네 남자 친구야?”

료가 묻자, 미즈키가 천천히 료 쪽으로 고개를 돌렸다.

“남자 친구의 선배….” 작게 중얼거렸다. “신세를 지고 있는 선배라서 내가 이 얘기를 했다는 걸 알면 남자 친구 입장이 난처해져.”

“소중한 사람이냐?”

료는 왜 그런 말을 했는지 자기 자신도 알 수 없었다. 평소처럼 엄하게 다그치면 그만이지 않나. 살인사건 수사와 딸의 남자 친구, 어느 쪽이 더 중요한지는 분명하잖아.

“엄마는…, 왜 아빠랑 결혼했을까….”

불쑥 그런 말이 날아들었지만, 괜히 화제를 돌리려는 의도는 아닌 것 같았다.

"글쎄…. 모르긴 몰라도 아빠가 안정적인 공무원이라는 이유 때문은 아니었을 거야."

"왜?"

"안정을 원했으면 형사의 아내로 사는 길은 선택하지 않았을 테니까."

사귀는 동안에도, 결혼하고 나서도, 매일같이 격무에 시달려서 유미코와 제대로 데이트한 적은 손에 꼽을 정도였다. 하지만 그 한 번 한 번이 지금도 선명하게 떠오를 정도로 인상 깊었다.

지난 추억을 돌이켜 보자, 죽음을 향한 료의 공포심이 약간 누그러들었다. 적어도 유미코와 함께한 자신의 삶이 그리 나쁘지는 않았다고 생각할 수 있어서일까.

"엄마는 아빠의 어디에 끌렸을까."

딸로서는 당연한 의문이리라. 가부장적이고, 일에만 관심을 쏟고, 아내에게는 고생만 시켰다.

"엄마가 어떻게 생각했는지는 모르지만, 아빠가 엄마한테 끌린 이유는 알아."

"뭔데?" 미즈키가 료의 표정을 살피며 물었다.

"다른 사람을 생각해 주는 점. 항상 다른 사람의 아픔을 자기 일처럼 느꼈어. 다정하고 존경할 만한 사람이었어. 너는 엄마를 닮았어."

미즈키 또한 적어도 생판 남인 피해자를 모르는 체하지 못해서 여기까지 왔으니까.

료의 말을 듣고 미즈키의 눈이 반응했다.

"본명은 모르지만, 테츠 씨라는 사람이야… 시부야에 있는 '쿠에르보'라는 클럽에서 디제이로 일해."

"오늘도 거기에 있어?"

료가 묻자, 미즈키는 "아마…" 하며 고개를 끄덕였다.

"고맙다."

클럽 '쿠에르보'에 도착해서 곧바로 종업원에게 테츠가 어디 있
냐고 물었다. 테츠는 디제이 부스에 있었다. 료는 토모키와 함께
그리로 갔다.

"테츠 씨?"

말을 걸었지만, 음악 소리에 묻혀 듣지 못했는지 테츠는 허리를
비틀어 대며 정신없이 레코드판을 돌렸다.

테츠가 돌리는 레코드판 위에 경찰 신분증을 내던졌다. 테츠가
깜짝 놀란 얼굴로 쳐다보았다. 돌아가던 레코드판이 멈추자 클럽
안을 채우던 소리가 작아졌다.

"잠깐 얘기를 좀 나누고 싶은데, 밖으로 나와 주시겠습니까?"

료가 날카로운 눈빛을 보내자 테츠는 분주히 눈동자를 이리저
리 굴렸다. 눈빛이 흔들린다. 약이라도 한 모양이다.

료는 경찰 신분증을 다시 넣고 테츠를 데리고 밖으로 나갔다.

"무…, 무슨 용건이에요…?" 테츠가 당황한 듯 몸을 떨며 말했
다.

"오카모토 마키 씨와 관련해 여쭤볼 게 있습니다. 사건에 대해서
는 아시죠?"

"마키 사건…."

마약 수사라고 완전히 오해한 모양이었다. 표정에 조금 여유가
생겼다.

"마키 씨와 마지막으로 만났을 때를 알려 주시겠습니까?"

"마키랑 마지막으로 만났을 때면…. 벌써 몇 개월은 됐어요."

사건에 깊이 엮이고 싶지 않아서인지, 경찰서에서 신문을 받기 싫어서인지, 시치미를 떼려는 것 같다.

"이상한 감기약이라도 드셨는지 기억력이 감퇴하신 것 같군요. 정 그러시면 경찰서에서 찬찬히 이야기해 주셔도 됩니다."

가볍게 웃으며 말하자, 테츠는 겁먹은 듯 몸을 약간 뒤로 뺐다.

"하지만 안타깝게도 저희가 지금 그만한 여유가 없어서요. 테츠 씨가 아는 걸 여기서 솔직하게 이야기해 주시면 서로 편해질 겁니 다."

테츠는 환각 상태에 있는 뇌세포를 굴려 가며 료의 말이 어떤 의미인지를 필사적으로 생각해 내려는 듯했다.

"마키 씨와 마지막으로 만난 게 언제죠? 솔직하게." 료가 테츠 를 응시하며 물었다.

"생각났어요! 그러고 보니 제일 최근에 만난 게 일주일 전 월요 일 밤이었어요."

참 계산적인 녀석이다.

"확실합니까? 일요일이나 토요일이 아니고, 월요일 밤이었어 요?"

"확실해요. 지난주에는 토요일이랑 일요일에 디제잉이 있어서 밤에 시간이 비어 있는 요일은 월요일뿐이었어요."

테츠는 몇 번이나 크게 고개를 끄덕였다.

"어디서 만났습니까?"

"시부야에 있는 '에키우스'라는 클럽이요. 아니, 정확히 말하면 그 클럽이 있는 건물 계단이요."

료는 조금 전에 다녀온 어둑하고 가파른 계단을 떠올렸다.

"몇 시쯤이었죠?"

"새벽 1시 전이었나? 완전 떡이 돼서 계단에 앉아 있었어요. 말을 걸어 봤는데, 술이 깨면 집에 갈 거라는 식으로 말했어요. 제가 클럽에서 나왔을 때는 이미 없었어요."

"테츠 씨가 클럽에서 나온 건 몇 시였죠?"

"3시쯤이었나?"

"클럽에 있던 손님들 얼굴은 기억납니까?"

"아는 사람들 정도만…."

"테츠 씨가 있을 때 클럽에서 나간 사람을 떠오르는 대로 알려 주시죠."

테츠가 말한 몇 명의 이름을 토모키가 메모했다.

"감사합니다. 또 뭔가 여쭤보러 올 수도 있는데, 오늘은 일단 가 보겠습니다."

료가 말하자, 테츠는 가슴을 쓸어내리는 듯했다.

"죄송합니다…." 운전석에 앉은 토모키가 중얼거리듯 말했다.

너 때문에 시간을 버렸다는 료의 그 말이 아직 신경 쓰이나 보다.

료는 자신이 맞는 말을 했다고 생각하지만, 더 나무랄 마음은 없었다. 만약 자신이 조금 더 대화가 통하는 아버지였다면 미즈키도 이렇게 귀찮은 짓을 벌이지는 않았을 것이다.

테츠에게 이야기를 들은 뒤 다시 '에키우스'로 갔다. 아까는 기억 나지 않는다고 쌀쌀맞게 굴던 종업원들도 료 일행이 확실히 이 여자가 여기에 왔었다고 하자 그제야 사진과 비슷한 얼굴의 여자가 있었던 것을 기억해 냈다.

그녀는 클럽에 들어왔을 때부터 상당히 취해 있었던 모양이다. 같이 온 사람은 없었다고 했다. 그녀에게 말을 건 손님도 기억나지 않는다고 했다.

그러고 한 시간 뒤에 그녀는 클럽을 나갔다. 그 이후에 누구를 만나서 살해당했을까.

아직 모르는 것투성이지만, 그래도 피해자가 그 클럽에 있었다는 사실을 알아냈으니 수사에 큰 진전이 있을 것으로 기대됐다.

경찰서로 돌아가 강당에 들어서자마자 오늘 아침과는 다른 공기가 느껴졌다.

분주하게 움직이는 수사관들을 보고 무언가 큰 성과가 있든지, 아니면 어떤 문제가 생겼으리라고 짐작했다.

효마와 눈이 마주쳤다. 무슨 일이냐고 눈으로 물었지만 효마는 바로 눈을 돌리고 앞에 있는 수사관에게 뭐라 지시를 내렸다.

료는 구석진 자리에서 수사관과 열을 올리고 대화하는 타카스기 계장을 향해 갔다.

"계장님, 무슨 일 있습니까?"

말을 걸자 타카스기가 고개를 들었다.

그 표정을 보고 적어도 좋은 소식은 아님을 알았다.

"방금 아라카와 하천 부지에서 젊은 여자 시신이 발견됐어. 목을 졸려 살해당한 시신이." 타카스기가 말했다.

$$\style{display:inline-block}{⧗}$$

16

긴자 1가에 있는 레스토랑에서 기다리는데, 타카기가 나타났다.

"바쁘실 텐데 죄송해요."

스미노가 일어나서 사과하자 타카기는 괜찮다며 고개를 끄덕이고 맞은편에 앉았다.

"신이치 이야기지?"

타카기가 먼저 말을 꺼내서 스미노는 고개를 끄덕였다.

"그 얼굴을 보니…, 신이치를 만났구나?"

"네. 들었어요."

"그래."

타카기는 괴로운 표정을 지었다.

"신이치가 그 뒤로 병원에 갔나요?"

자신이 도울 수 있는 것은 아무것도 없다는 말을 듣고 신이치의 집을 나온 뒤로 신이치와 연락이 닿지 않았다. 병원에 갔는지 신경이 쓰였다.

"다행히 왔어."

"그렇군요…."

타카기의 말을 듣고 조금 안도했다. 하지만 타카기는 여전히 씁쓸한 표정을 짓고 있었다.

"그 녀석은 조금이라도 오래 살고 싶다는 생각은 안 하는 것 같아."

스미노가 신이치에게 이야기를 들었음을 알고 타카기는 진찰실에서 신이치가 어땠는지 구체적으로 들려 주었다.

신이치는 수명을 하루 늘리는 것보다, 일찍 죽어도 좋으니 하루라도 더 자유롭게 몸을 움직일 수 있게 해 주는 치료를 요구했다고 했다.

스미노와 만났을 때도 신이치는 입원하고 싶지 않다고 말했었다.

"수명을 늘리는 게 당사자에게 꼭 좋다는 생각은 나도 안 해. 항암제 부작용 때문에 괴로워하고 몸을 움직이지 못하는 생활보다는 남은 인생을 조금이라도 의미 있게 보내고 싶다는 마음, 이해해. 그런데 자기 병을 알게 되고 난 뒤의 그 녀석은 어쩐지 사람이 바뀐 것 같은 느낌이라, 그게 마음에 걸려."

"그게 무슨 말이에요?"

"그 녀석은 시한부 선고를 받은 덕분에 새로운 세상에 발을 내디딜 수 있었다고 기뻐했어."

"새로운 세상이요?"

"처음에는 그냥 강한 척하는 거라고 생각했는데, 그 미소가 너무 신경 쓰여."

스미노와 만났을 때도 신이치는 미소를 지었었다.

자신이 시한부임을 알게 됐는데, 어떻게 그런 표정을 지을 수 있는지 스미노도 의아했었다.

"뭔가 이상한 종교에 빠진 게 아니어야 할 텐데…."

스미노는 타카기의 말이 마음에 걸렸다. 신이치가 이상한 종교에 빠졌을 거라 생각하지는 않지만, 신경 쓰이는 것이 있었다.

신이치는 지금까지 잊고 지냈던 기억의 일부를 어떻게 되찾았을까. 혹시 자신에게 남은 시간이 앞으로 얼마 없음을 알게 된 것과 관련이 있을까. 새로운 세상에 발을 내디딜 수 있었다는 것은 잃어버린 기억을 되찾아 가고 있다는 뜻일까.

그런 생각을 하니, 극심한 초조함이 스미노의 몸속에 퍼져 나갔다.

레스토랑 앞에서 타카기와 작별 인사를 하고 걸음을 뗐다.

지난 며칠간 이어지던 생각이 다시 고개를 들었다.

만약 자신에게 시간이 얼마 남지 않았음을 알게 된다면, 자신은 그 시간을 어떻게 보내고 싶어질까.

그런 생각을 하면, 항상 같은 답에 도달했다.

'1분 1초라도 오래 신이치와 함께 있고 싶다—.'

자신이 죽기 직전에 떠올리고 싶은 것은 부모님도, 괴로웠던 결혼 생활도 아니다.

신이치다.

신이치는 어떨까. 신이치는 자신의 인생 마지막 순간이 어떻길 바랄까.

신이치의 인생을 생각하면 가슴이 미어졌다. 신이치는 기억하지 못하지만, 그런 과거를 안고서 그대로 죽게 내버려두고 싶지는 않았다. 살아 있는 동안 신이치가 좀 더 행복했으면 좋겠다.

만약 그때의 광경을 다시 기억해 낸다면 분명 신이치는 절망 속에서 죽어 가게 될 것이다. 그것만은 어떻게든 막고 싶다.

자신은 신이치를 버렸었다. 더없이 진심으로 좋아했지만, 그를 지켜 주지 못했다. 스미노는 이번에야말로 그를 지켜 주고 싶었다.

⧗

17

신이치는 소파에 드러누운 채 추억에 잠겨 있었다.

그것은 1분가량 되는 짧은 기억이었다. 하지만 영원처럼 느껴지는 순간이었다.

어둑한 판잣집 안이었다. 주변에는 낚시 도구가 넘쳐 났다. 바다 냄새와 물고기 비린내가 나는, 대단히 로맨틱한 장소는 아니었지만, 옆에 스미노가 있었다. 이곳은 두 사람의 은신처인 듯했다.

스미노의 뺨에 천천히 손을 가져갔다. 뺨이 떨렸다. 손끝에 부드러운 감촉이 느껴졌다. 스미노가 눈을 감았다. 격렬한 심장 박동을 느끼면서 스미노의 입술에 다가갔다.

초인종 소리에 헉하고 정신을 차렸다.

신이치는 천천히 일어나서 인터폰을 받았다.

"스미노…."

모니터 속 스미노를 보고 동요했다.

스미노는 고개를 푹 숙인 채 말이 없었다. 자신의 말을 기다리는 듯했다.

"무슨 일이야…?"

버튼을 누르고 말하자, 화면 속 스미노가 천천히 고개를 들었다.

"잠깐 대화하고 싶어."

무언가를 결심한 얼굴처럼 보였다.

대화…. 나와 무슨 대화를 하고 싶다는 것일까. 이제 와 스미노와 대화할 주제 따위는 없었다.

아니, 아니다. 스미노와 대화하고 싶다. 스미노 옆에 있고 싶다. 하지만 자신에게는 그럴 자격이 없다.

욕망을 채우려고 두 여자를 죽였다. 주체할 수 없는 허기를 견디지 못하고, 행복한 한순간만을 위해서. 지금의 자신은 스미노가 알던 사카키 신이치가 아니다. 사악한 욕망에 영혼을 잡아먹힌 끔찍한 괴물이다.

"미안한데, 몸이 별로 좋지 않아서…"

그런 괴물이 스미노와 무슨 대화를 하겠나.

"괜찮아?"

스미노가 걱정스럽게 물었지만 대답하지 않았다.

이 이상 대화하면 스미노를 곁에 두고 싶다는 욕구에 저항할 수 없게 될 것이다.

"잠깐만…, 신이치 얼굴을 보고 싶어. 쉬는 데 방해할 생각은 없어. 얼굴만 보고 바로 집에 갈 테니까…"

스미노는 좀처럼 물러서지 않았다. 불안한 표정으로 이쪽을 빤히 쳐다보고 있다.

과거의 기억을 떠올리며 화면 속 스미노의 뺨에 손가락을 댔다. 망설여졌다.

"문 열어 놓을 테니까 들어오고 싶으면 들어와."

그렇게 말하고 현관으로 가서 잠금장치를 풀어 두었다. 그리고 거실로 돌아와 소파에 앉았다.

잠시 후 현관문이 열리는 소리가 났다. 신발을 벗고 다가오는 발소리에 귀를 기울였다. 발소리가 멈췄을 때, 천천히 고개를 돌렸다.

거실 입구에 스미노가 서 있었다. 자신과 눈이 마주치자마자 울 것 같은 표정을 지었다.

"갑자기 찾아와서 미안해…. 몸도 안 좋은데."

그렇게 말하며 스미노는 고개를 떨어뜨렸다.

"심각하진 않아. 그냥 몸이 조금 나른하네. 뭐 마시고 싶으면 알아서 냉장고에서 꺼내 마셔."

스미노를 앞에 두고 긴장해서인지, 조금 피로를 느끼고 소파에 깊숙이 기댔다.

"신이치는 뭐 마시고 싶은 거 있어?"

"그럼 물 좀 줄래?"

스미노는 핸드백을 주방 식탁에 놓고 부엌으로 향했다.

"요즘 잘 먹고 있어?"

부엌 쪽에서 스미노의 목소리가 들렸다. 그 부엌을 봤으면 걱정될 만도 하다. 요즘은 식사라고 해 봤자 젤리 음료 정도만 섭취한다. 그것조차 먹기 힘들 때도 있다.

"식욕이 없어." 일부러 무뚝뚝하게 대답했다.

스미노는 부엌에서 컵을 들고 와서 신이치 앞에 놓았다. 그대로 소파 옆에 있는 작은 의자에 앉았다.

"뭐라도 만들어 줄까? 죽 같은 건 먹을 수 있지 않아?"

"괜찮아."

신이치는 스미노에게서 시선을 피하듯 컵에 담긴 물을 마셨다.

"민폐인 건 알아. 하지만…." 스미노가 말끝을 흐렸다.

"동정은 필요 없어. 전 남자 친구를 동정하는 마음은 이해하지만."

"동정하는 거 아니야!"

스미노의 강한 말투에 신이치는 조금 놀랐다.

"동정이 아니야…. 그날 한 말, 후회하고 있어…."

"그날 한 말?"

"와카츠키 보육원에 갔다가 돌아오는 길에…."

거기까지만 말하고 스미노는 고개를 푹 숙였다.

'신이치랑은 이제 만나지 않는 게 좋겠어—.'

자신이 내내 가슴속에 품어 온 마음을 말로 표현했건만, 스미노는 받아 주지 않았었다. 겨우 2주 전인데, 훨씬 오래된 일처럼 느껴졌다.

"내내 후회했어. 그때 왜 신이치의 품에 뛰어들지 못했을까 하고…. 왜 내 감정에 솔직하지 못했을까 하고…."

"옳은 결정이었어."

신이치가 말하자, 스미노는 천천히 고개를 들었다.

"나는 이제 곧 죽어. 이 세상에서 사라져."

그 말에 스미노는 괴로운 듯 얼굴을 일그러뜨렸다.

신이치는 스미노의 눈을 빤히 쳐다보았다.

"그때 내 품에 뛰어들었으면 우리 둘 다 괴로웠을 거야."

그렇다—. 스미노는 남자 친구가 죽음을 선고받아서 괴로웠을 것이고, 신이치는 마음속 검은 욕망을 충족시키지 못한 채 죽어 버렸을 것이다.

"나는…, 이미 괴로워. 신이치가 이 세상에서 사라져 버린다니…. 그런 생각을 하기만 해도…." 스미노의 눈에서 눈물이 흘러넘쳤다. "이런 건 싫어. 이렇게 끝내는 건 못 하겠어…."

"그런 감정은 언젠가 사라져. 내가 죽으면 나는 머지않아 사람들의 마음속에서 사라져 버릴 거야. 인간의 죽음은 그런 거야."

"그래서 일찍 죽어도 된다고 생각하는 거야?!" 스미노가 감정을 터뜨리듯 소리쳤다.

처음 보는 스미노의 사나운 표정에 신이치는 기가 꺾였다.

"수명을 하루 늘리기보다는 하루라도 더 몸을 움직이게 해 달라고 했다며?"

타카기에게 들었나 보다. 정말 말 많은 주치의다.

"내가 뭔가 할 수 있는 일은 없을까? 신이치가 살아 있는 동안 하고 싶은 일이 있으면, 내가 조금이라도 돕고 싶어."

스미노는 무슨 말을 하는 것인가. 자신을 돕는다는 것은 살인에 힘을 보탠다는 뜻이다. 있어서는 안 될 일이다.

"필요 없어." 신이치는 고개를 가로저었다.

'이제 그만 돌아가—.' 그렇게 말하려 하는데, 스미노가 갑자기 의자에서 일어나 신이치를 끌어안았다.

예상치 못한 스미노의 행동에 신이치는 당황해서 말을 잃었다.

"조금이라도 오래 신이치 옆에 있게 해 줘. 하루라도, 한 시간이라도, 1분이라도, 1초라도 오래…. 신이치 옆에 있고 싶어. 어릴 때부터 계속 좋아해 온 사람과…."

스미노가 신이치의 가슴에 얼굴을 묻고 꼭 껴안은 팔에 힘을 주었다. 신이치는 희미한 아픔과 그리운 온기에 감싸였다.

스미노의 몸을 떼어 냈다.

이대로 스미노와 맞닿은 채 있고 싶다. 하지만 이대로 몸을 맡기면, 늘 그랬듯 격렬한 욕망에 휩싸일지도 모른다.

앞에 있는 여자를 죽이고 싶다는 욕망에—.

"무서워. 또 그때 같은 짓을 저지를까 봐…."

"나는 전혀 안 무서워. 누구보다 신이치를 잘 아니까."

스미노가 벌겋게 충혈된 눈으로 신이치를 응시했다. 신이치는 천천히 손을 뻗어서 스미노의 뺨을 만졌다. 눈물 자국을 손끝으로 다정하게 닦았다.

"나 진짜 나빴지…. 첫 키스를 잊어버리다니."

그렇게 말하자, 스미노의 눈이 반응했다.

"신이치, 내가 지켜 줄게."

스미노는 눈을 감더니 얼굴을 가까이 가져와 입술을 포갰다.

18

소란스럽던 강당에 서늘한 고요가 감돌았다.

강당에 들어온 수사 1과장과 경찰서장, 그리고 간부들이 정면에 있는 책상을 향해 걸어왔다. 다들 험악한 표정이다.

"차렷!"

호령과 함께 수사관들이 일어섰다.

"경례!"

수사관들이 착석하자, 수사 1과장이 험악한 표정을 유지하며 말하기 시작했다.

"지금부터 수사 회의를 시작한다. 우선은…, 이미 아는 사람도 있겠지만, 안타까운 소식을 전해야겠다. 이번 사건에 관한 설명은 형사과장이—."

수사 1과장의 말에 형사과장이 일어섰다.

"사흘 전인 19일 오후 6시 35분, 키타구 아카바네에 있는 아라카와 하천 부지 수풀에 여자 시신이 있다고 경찰에 신고가 들어왔다—."

신고자는 근처에서 노숙하는 남자였고, 출동한 경찰이 여자의 시신을 확인했다.

피해자의 이름은 타나카 쇼코. 25세 직장인이다.

사법 해부 결과 사인은 경부 압박에 의한 질식사. 경부에 목을 졸린 흔적이 있는 것으로 보아 범인에게 손으로 목을 졸려 살해당한 것으로 추정됐다.

발견됐을 때 피해자의 옷은 흐트러져 있었고, 성교한 흔적이 있었다고 한다. 다만 피해자의 질 안에서 정액은 검출되지 않았다.

"피해자의 옷과 손톱에서 피해자 것이 아닌 모발과 피부 조각이 검출됐다. 대조해 본 결과, 13일에 히가시닛포리에서 시신으로 발견된 오카모토 마키 씨의 인조 손톱에서 검출된 DNA와 일치하는 것으로 확인됐다."

그 말에 강당 안에는 술렁임과 한숨이 교차했다.

"사망 추정 시각은 17일 밤부터 이튿날 새벽까지다."

료는 눈을 감았다.

17일이면 후쿠다에게서 말기 암 선고를 받은 날이다.

자신이 시한부 선고를 받고 망연자실해 있을 그때, 자신의 수명 따위 생각해 본 적도 없을 앞날이 창창한 젊은 여자가 무참히 살해당했다.

그렇게 생각하니, 무어라 말할 수 없는 애통함을 느꼈다.

"다음으로 주변인 조사반—."

수사 1과장의 말에 눈을 뜨자, 새로 수사본부에 합류한 3계 수사관이 일어나서 보고를 시작했다.

"피해자 타나카 쇼코는 유라쿠쵸에 있는 코에이 트래블이라는 여행 회사에 다녔습니다. 자택은 코지마치에 있는 원룸이었고, 혼자 살았습니다. 17일 피해자의 행적은…, 오후 7시 15분경까지 회사에 있었던 것이 확인됐습니다. 그 이후 동료와 회사를 나왔지만 역 앞에서 헤어졌다고 합니다. 현재까지는 그게 피해자가 마지막으로 목격된 정보입니다."

타나카 쇼코는 평소에는 유라쿠쵸에서 지하철을 타고 귀가했지만, 그날은 동료에게 볼일이 있다고 말한 뒤 JR 유라쿠쵸역 방향으로 갔다고 한다.

"피해자의 지갑에 들어 있던 교통카드 사용 내역을 조사해 보니, 마지막으로 사용한 것은 17일 오후 7시 42분으로 킨시쵸역에서 내렸습니다."

17일 저녁, 킨시쵸역에서 내린 타나카 쇼코는 몇 시간 후에 살해당했다. 그리고 이틀 가까이 지나서야 시신이 발견되었다.

"피해자의 주변인들을 조사해 가며 피해자가 왜 킨시쵸에 갔는지도 알아보고 있습니다."

수사관이 가볍게 목례하고 자리에 앉자, 수사 1과장이 일어섰다.

"타나카 쇼코 살인사건을 담당하는 3계와 아카바네 관할 경찰서를 오늘부터 이 수사본부에 통합한다. 3계, 5계, 아카바네 경찰서, 닛포리 경찰서 수사관들은 신속히 협력해서 반드시 범인을 잡도록. 절대 다음 피해자를 만들지 마!" 강당에 있는 수사관 전원에게 호령했다.

그 뒤엔 형사과장이 새롭게 반을 구성했고, 앞으로의 수사 방침이 전달되었다.

료와 토모키는 계속해서 오카모토 마키에 관한 수사를 맡게 됐다.

료가 자료를 가방에 넣고 일어서려고 할 때, 효마가 다가오는 모습이 보였다.

"가자." 료는 토모키에게 말하고 일어나 효마에게서 등을 돌렸다.

"틀렸네?"

도발하는 말이 날아오자, 료는 참지 못하고 뒤를 돌아보았다.

"오카모토 마키를 살해한 놈과 타나카 쇼코를 살해한 놈이 동일인이면, 범인이 두 사람을 동시에 아는 면식범일 가능성은 낮잖아? 쾌락 살인이나 강간을 목적으로 저지르는 무차별 범행이라고 보는 게 자연스럽지."

효마가 말한 대로였다. 여대생인 오카모토 마키와 직장인인 타나카 쇼코. 나이도, 직업도, 사는 곳도 모두 다른 두 사람을 동시에 아는 주변인의 범행일 가능성은 지극히 낮다.

하지만 그것은 지금이니까, 새로운 피해자가 나와 버린 지금이니까 할 수 있는 말이다.

"형사의 감인지 뭔지, 거기에 휘둘리면 곤란하지." 효마는 그렇게 내뱉고 자기 자리로 돌아갔다.

"가자." 료는 둘의 대화를 지켜보던 토모키를 데리고 강당을 나갔다.

"취재 차량이 계속 늘어나네요."

경찰서 밖의 상황을 살피며 토모키가 운전석에 올라탔다.

20대 초반의 어린 여자가 연달아 비슷한 수법으로 살해당했다. 동일범일 가능성이 크다는 본부의 발표가 나고 나서 전 언론은 이를 머리기사로 보도했다.

"시부야로 가실 거죠?"

료가 대답하기도 전에 토모키가 차를 출발시켰다.

료는 가방을 열어 사진 몇 장을 꺼냈다. 편의점 CCTV 영상을 프린트한 사진들이다.

살해당하기 전 마키가 어디에 있었는지 밝혀진 다음 날부터 수사관들은 '에키우스' 주변에서 탐문을 시작했다. 그러다가 가까운 편의점 CCTV에 마키로 추정되는 인물의 모습이 찍혀 있음을 발견했다. 편의점 앞을 휘청거리며 걷는 여자가 찍힌 영상이었다. 가게 안을 찍는 CCTV에 잡힌 것이라 여자의 얼굴은 또렷하지 않았다. 하지만 복장이나 머리 모양이 시신 발견 당시 마키와 비슷했다.

료는 곧바로 이 여자가 마키인지 확인하고 싶었지만, 그 시간대에 일한 아르바이트생이 해외여행을 떠나 없었다. 오늘 아침 7시 비행기로 나리타 공항에 도착한 아르바이트생과 연락이 닿아서 이제 막 이야기를 들으러 온 참이었다.

편의점에 들어서자 그저께 만난 점장이 계산대에 서 있었다.

"지금 있습니까?"

료가 인사하며 묻자, 점장이 고개를 끄덕였다.

"방에서 기다리고 있어요."

점장은 계산대를 나와 료 일행을 뒤쪽 방으로 안내했다.

1.5평 남짓한 공간에 책상이 있었고, 그 위에 모니터와 전자 기기가 놓여 있었다. 책상 앞에는 20대 초반으로 보이는 남자가 앉아 있었다. 옆에는 여행용 캐리어 가방이 놓여 있었다.

"이 친구가 그때 계산대에서 일한 카토입니다."

점장이 소개하자, 카토가 앉은 채로 고개를 꾸벅했다.

"경시청에서 나온 아오이 료와 야베 토모키라고 합니다. 해외여행에서 방금 돌아오셨다는데, 죄송하게 됐습니다."

"아니에요. 살인사건과 관련돼 있다는 얘기를 듣고 시차 때문에 멍하던 게 싹 사라졌어요."

점장이 카토 앞에 철제 의자 두 개를 나란히 놓았다. "공간이 좁으니 저는 일단 나가겠습니다"라고 하며 방에서 나가려고 하는 점

172

장을 료가 불러 세웠다.

"이걸 써도 될까요?"

료가 책상 위에 있는 녹화 영상 재생 장치를 가리켰다.

"쓰셔도 됩니다. 조작법은 아시나요?"

"네. 전에 배웠습니다."

점장이 방에서 나가자, 료는 "몇 가지 여쭤보고 싶은데요"라고 말하며 의자에 앉았다.

카토가 고개를 끄덕이는 것을 보고 료는 가방에서 사진을 꺼냈다.

"우선 이 여자를 기억하십니까?" 료가 편의점 밖에 있는 여자를 가리키며 물었다.

"아, 그러고 보니…, 술 취한 여자가 매장 앞에 있는 걸 본 기억이 나요. 쪼그려 앉아서 머리를 쥐어뜯으며 토하는 것 같았어요."

료는 마키의 얼굴 사진과 시신 발견 당시 입고 있던 옷 사진을 꺼냈다.

"이 여자가 맞나요?"

카토는 책상 위에 깔린 사진 몇 장을 번갈아 가며 보았다.

"음, 솔직히 잘 모르겠어요. 잠깐 밖에 나갔을 때 언뜻 보긴 했는데, 저를 등지고 쪼그려 앉아 있어서 얼굴이 전혀 안 보였거든요…. 근데 옷은 이거랑 비슷했던 것 같아요."

료는 일어나서 책상 위에 놓인 모니터와 녹화 영상 재생 장치를 만졌다.

"이 부분입니다."

모니터에 편의점 앞을 휘청거리며 걷는 여자의 모습이 보이기 시작했다. 여자는 조금 가더니 전봇대를 손으로 짚고 쪼그려 앉았다. 하지만 그 뒤엔 매장 내 잡지 선반에 가려져서 여자의 모습이 보이지 않았다. 잠시 후 모자를 쓴 남자가 여자 쪽으로 다가갔다. 여자 옆에서 몸을 웅크렸는지, 남자의 모습도 보이지 않게 되었다. 여자의 상태를 살피고 있는 남자의 모습이 상상됐다.

잠시 후 남자가 일어나서 편의점 안으로 들어왔다. 모자에 선글라스, 마스크까지 쓰고 있었다.

"이 남자군요…." 토모키가 중얼거렸다.

키는 180센티 정도다. 선글라스와 마스크를 쓰고 있어서 나이는 확실히 알 수 없었다. 체격을 보면 20대에서 40대 사이일까.

다른 각도에서 찍힌 영상과 번갈아 가며 봤다. 남자는 냉장고에서 생수를 골라 계산대로 향했다. 계산을 마치고 재빠르게 밖으로 나갔다. 그러자 카토가 남자를 쫓아서 매장을 나갔다.

"아까 잠깐 밖에 나갔을 때라고 말씀하신 게 이때죠?"

료가 일시 정지 버튼을 누르고 묻자, 카토가 고개를 끄덕였다.

"네, 맞아요."

"왜 나가셨죠?"

"거스름돈을 잘못 줘서 말을 걸었는데, 못 들었는지 그냥 가길래 쫓아갔어요."

"말을 걸었는데…. 뭔가 서두르는 것 같았나요?"

"글쎄요, 그건 잘…. 어깨를 두드리니까 그제야 돌아보더라고요."

그때 남자의 모습은 카토에 가려져서 거의 보이지 않았다. 하지만 손을 얼굴에 올려 선글라스를 벗는 것처럼 보였다.

"이때 남자가 선글라스를 벗었습니까?"

"네."

무언가 료의 마음에 걸렸다.

"그럼 남자의 마스크 윗부분 얼굴을 보셨겠군요. 특징을 알려 주시겠습니까?"

"특징이랄 게…. 확실한 건 저보다 나이가 많은 것 같았어요. 30대에서 40대 정도…. 지쳐 보이는 눈으로 저를 쳐다봤어요."

"왜 선글라스를 벗었을까요?" 료는 마음에 걸리던 것을 물어보았다.

"글쎄요…. 그냥 자연스럽게 벗은 거 아닐까요? 이 근처는 밤이 되면 꽤 어둡거든요."

만약 이 남자가 범인이라면, 편의점에 들어갈 때 선글라스를 낀 이유는 알겠다. 그런데 그렇다면, 아르바이트생 앞에서 왜 선글라스를 벗었을까.

"한 가지 가능성 차원에서 여쭤보겠습니다. 이 사람이 귀가 불편하다는 느낌은 없었습니까?"

"잘 모르겠어요. 말을 걸어도 못 알아차리기는 했지만, 정신을 놓고 있었나 싶기도 하고…. 게다가 '거스름돈 10엔 잘못 드렸어요. 죄송합니다'라고 말했더니, '모금함에 넣어 주세요'라고 하더라고요. 제가 10엔을 건네기 전에요."

"그렇군요. 그 뒤에 이 남자가…."

"쪼그려 앉은 여자한테 생수를 건넸어요."

"그러고 나서 둘이서 걸어갔습니까?"

"네."

"번거롭게 해서 죄송하지만, 추후 이 남자 몽타주 만드는 일에 협조해 주실 수 있을까요?"

"솔직히 정말 자신 없는데…."

카토는 깊은 한숨을 쉬었다.

편의점을 나와서, 료는 여자가 쪼그려 앉아 있던 전봇대에 시선을 던졌다.

휴대전화를 꺼내 본부에 연락했다. 카토에게 들은 이야기를 타카스기 계장에게 전하며 감식반을 불러 달라고 요청한 뒤 전화를 끊었다.

"그 남자, 수상하죠?"

토모키의 말에 료가 토모키를 쳐봤다.

"어. 마스크 윗부분만이라도 확실한 몽타주가 만들어지면 좋을 텐데…."

하지만 조금 전 카토의 반응을 떠올리며 큰 기대는 하지 않는 것이 좋겠다고 생각했다.

"그런데…, 아까 카토 씨한테 그 남자가 귀가 불편하다는 느낌은 없었냐고 왜 물어보셨어요?"

"이야기를 들으면서 부자연스러운 느낌 못 받았어?"

료가 반문하자, 토모키는 모르겠다며 고개를 가로저었다.

"그 남자가 범인이면, 굳이 아르바이트생 앞에서 선글라스를 벗은 이유가 뭘까."

료가 그렇게까지 말했는데도 토모키는 모르겠는 모양이다.

"상대의 입 모양을 읽기 위해서였을 수 있어. 보청기를 끼고 있으면 눈에 띄니까, 편의점에 들어가기 전에 빼지 않았을까?"

"그렇군요! 이제야 범인의 윤곽이 보이는 것 같아요!" 토모키가 흥분하며 말했다.

"기뻐하기에는 아직 일러." 가볍게 나무랐지만, 료 자신도 큰 진전이라고 생각했다.

하지만 그것과는 반대로 료의 몸은 비명을 질렀다. 조금 전부터 올라오는 구역질은 전혀 잠잠해질 기미가 없었고, 걸음을 내딛는 것조차 힘들었다.

"잠깐 쉬었다 가실래요?" 토모키가 뒤에서 말을 걸었다.

"그러자."

료는 고개를 끄덕이고 근처에 있는 카페로 향했다.

"료 씨…. 병원에 다녀오시는 게 좋지 않겠어요?"

앞에 앉은 토모키가 료 쪽으로 몸을 내밀며 물었다.

"병원? 왜?" 시치미를 뗐다.

"몸이 너무 안 좋으신 것 같아서요."

토모키는 료를 빤히 쳐다보았다.

"여름이라 진이 빠져서 그래. 별일 아니야."

료는 토모키의 시선을 피하며 컵에 든 물을 천천히 입에 머금었다.

"저를 뭘로 보시는 거예요? 이만큼 같이 다니다 보면 단순히 피로 때문이 아닌 것 정도는 눈치챘다고요. 너무 늦기 전에 꼭 병원에 가 보세요."

그 말에 료는 쓴웃음을 지었다.

'이미 늦었어—.'

"아버지한테는 연락드렸어?"

료가 화제를 돌리고 싶어서 묻자, 토모키는 고개를 가로저었다.

"이 사건이 해결되면 본가에 가 보려고요. 오랜만에 아버지가 만든 크로켓 빵이 먹고 싶어요. 여기 빵은 뭔가 부족해요."

그렇게 말하며 토모키는 앞에 있는 샌드위치를 한입 베어 물었다.

"그래? 나도 먹어 보고 싶다." 료가 포크로 샐러드를 뒤적이며 말했다.

"다음에 댁으로 가져다드릴게요. 댁에서 식사는 어떻게 하세요?"

"보통 배달시켜 먹어. 재작년 봄에 아내가 세상을 떠나서."

"그렇군요…."

료는 토모키의 표정이 어두워지는 것을 느꼈다.

"미즈키한테 들었어?"

토모키가 못 들은 척하며 샌드위치에 손을 뻗었다.

"미즈키가 나에 대해서 뭐라고 하더냐?"

여전히 대답하지 않았다.

"가족을 나 몰라라 하는 냉혈한이래?"

"그, 그런 말은…."

토모키는 말하다 사레가 들렸다. 정답인가.

그날, 범인을 체포하고 병원으로 달려가 보니, 유미코는 이미 죽어 있었다. 그 자리에 있던 미즈키와 켄고가 자신을 맹렬히 비난했다.

생각해 보면 그날부터 아버지와 자식 사이의 거리가 걷잡을 수 없이 벌어졌다.

늘 가족을 소중히 생각해 왔다. 그 마음에 거짓은 없다. 하지만 소중히 대했냐고 묻는다면, 자신이 없었다. 생각하는 것과 행동하는 것은 다른 문제니까.

나는 가족을 소중히 대해 왔을까.

유미코를, 미즈키를, 켄고를, 나는 소중히 대해 왔을까.

아니, 적어도 미즈키와 켄고는 아버지가 그래 왔다고 생각하지 않을 것이다.

두 녀석에게 나는 괴팍한 아버지일 뿐이다. 가정을 돌보지 않고 오직 일만 보고 사는 아버지.

실제로 나는 그렇게 낙인찍혀도 어쩔 수 없는 행동을 해 왔다.

그 벌을 지금 받는 것이다.

이제 곧 이 세상에서 사라질 텐데, 남은 시간에 미즈키와 켄고에게 무엇을 해 줘야 좋을지, 무엇을 전하면 좋을지 전혀 모르겠다.

그 전에 내 상태를 전할 용기조차 없다.

저녁에 료 일행은 '에키우스'로 향했다.

가파른 계단을 천천히 올라가서 클럽 문을 열었다.

점장과 종업원들에게 편의점 CCTV에 찍힌 남자의 사진을 보여 주었다.

"이런 복장의 남자를 그날 밤 클럽에서 보셨습니까?"

바에서 칵테일을 만들고 있던 여자가 남자의 모자에 달린 마크가 낯익다고 대답했다.

"복장도 이런 느낌이었던 것 같은데. 근데 마스크랑 선글라스는 안 하고 있었어요." 여자가 말했다.

"남자가 온 게 몇 시쯤이었죠?"

"아마…, 12시쯤이었을 거예요. 휴게 시간이 끝나고 돌아왔을 때 딱 음료를 주문받았거든요."

여자의 말에 따르면, 그 남자는 오렌지 주스를 주문했다고 한다. 춤을 추지도, 누군가에게 말을 걸지도 않고 그저 댄스 플로어에서 춤추는 사람들을 가만히 보고 있었다고 한다.

“그 남자는 여기에 얼마나 있었죠?”

“거의 바로 나갔을걸요? 조금 지나니까 안 보였어요.”

“한 시간쯤 있었나요?”

료가 묻자, 여자는 생각하며 “그 정도 되려나…”라고 모호하게 대답했다.

“얼굴은 기억하십니까?”

“이런 조명 아래서 본 거라 잘은….”

“몽타주 제작에 협조해 주실 수 있겠습니까?”

“죄송해요…. 그렇게까지는 자신 없어요.”

여자는 고개를 가로저었다.

하긴, 이런 어둠과 섬광 속에서 상대방의 얼굴을 단시간에 기억하기는 어려울 것이다.

“그렇군요. 또 그 남자에 관해서 기억나는 건 없나요?”

“목소리요.”

“목소리?” 료가 되물었다.

“네. 목소리가 아주 인상적이었어요.”

“어떤 식으로 인상적이었죠?”

“엄청 부드러웠달까…. 다정했어요.”

“다정한 목소리….”

“그런 목소리를 가진 사람이 그런 사건을 저지른 게 맞다면 좀 충격이네요.”

갑자기 료의 위장 속에서 무언가가 날뛰었다. 격렬한 욕지기에 휩싸여서 반사적으로 손을 입에 가져다 댔다.

“잠시만—”

료는 바로 자리를 떠나 화장실을 찾았다. 화장실 칸에 들어가서 변기에 얼굴을 박고 토를 했다. 하지만 위액밖에 나오지 않았다.

위 속에서 무언가 끔찍한 것이 꿈틀거렸다.

'제기랄―. 제기랄―.'

괴로움에 배를 손으로 움켜쥤다. 손톱을 세우고 강하게 쥐어뜯었다. 시야가 눈물로 흐려졌다.

이 녀석을…, 이 녀석을 몸 밖으로 긁어내고 싶다.

하다못해 범인을 잡을 때까지만이라도―.

⧖

19

강당에 들어오는 료의 모습이 보였다.

"괜찮으세요?" 토모키가 옆에 앉는 료에게 말을 걸었다.

"괜찮아."

료는 그렇게 말했지만, 괜찮을 리가 없었다.

클럽에서 이야기를 듣는 도중에 갑자기 화장실에 가더니 30분 넘게 돌아오지 않았었다. 마침내 돌아왔을 때는 얼굴에 땀이 흥건했고 눈도 충혈돼 있었다. 서로 돌아와서도 계속 화장실에만 틀어박혀 있는 것 같았다.

"그러니까 병원에 가시는 게…"

"시끄러워!"

료가 호통을 쳐서 움찔했다.

처음 만난 날 본 그 난폭한 눈으로 자신을 노려보았다.

"죄송합니다."

자신한테는 잘못이 없는데, 반사적으로 사과하고 말았다.

"오늘은 네가 보고해."

"알겠습니다…"

"그리고 회의 내용을 메모해 줘. 부탁한다."

료는 그렇게 말하고 정면에 시선을 고정했다.

수사관들이 하나둘 자리에 앉았다. 간부들이 다 모이자, 심야 수사 회의가 시작되었다.

"주변인 조사 1반—"

형사과장이 부르자 토모키가 잽싸게 일어섰다.

"지난 20일 수사 회의에서 보고드린 편의점을 찾아 아르바이트 생에게 이야기를 들었습니다. 아르바이트생이 여자의 얼굴은 보지 못해서 CCTV에 찍힌 여자가 오카모토 마키 씨라는 확인은 받지 못했습니다. 하지만 복장은 비슷했다고 했습니다. 다음으로, CCTV에 찍힌 남자를 조사했습니다. 생수를 산 뒤에 여자와 같이 걸어갔다고 하니, 일행이었을 것으로 추측됩니다. 또 이 남자가 쓰고 있던 모자와 비슷한 모자를 쓴 사람이 당일 밤 '에키우스'에서도 목격되었습니다."

거기까지 발표하자, 강당 안이 술렁거리기 시작했다.

"그리고 이 남자는 귀가 들리지 않거나 불편한 것으로 추측됩니다."

"왜지?"

형사과장이 묻자, 토모키는 료가 자신에게 설명한 걸 똑같이 이야기했다.

그러자 앞쪽에 있던 수사관이 자리에서 일어나 토모키를 향해 몸을 돌렸다. 료의 동기, 효마라는 사람이었다.

"그건 네 추측이냐?"

토모키는 날카로운 시선을 받고서 덜컥 겁이 났다.

"아니." 료가 힘든 표정을 지으며 일어섰다. "내 추측이야."

"근거는?"

"방금 보고한 대로야. 그리고 이 남자는 귀가 좋지 않아서 평소에는 보청기를 낄 가능성이 커. 이비인후과나 보청기 업체에 수사관을 보낼 필요가 있어."

"방금 말한 보고가 근거라고? 그런 제안을 할 거면 더 구체적인 증거를 대!"

료와 효마가 서로를 노려보았다. 사이에서 불꽃이 튈 것 같았다.

"또 그 형사의 감인지 뭔지야? 그런 정체 모를 감에 기대서 수사력을 분산시킬 여유가 지금 있다고 생각하나?"

료는 대답하지 않고 효마를 계속 노려보았다.

"어떻게 생각하십니까?" 효마가 현명한 판단을 요구하듯 앞에 있는 간부들에게 물었다.

"확실히 일리는 있지만…. 그쪽으로 수사력을 분산시키면 수사 속도가 느려질 거다. 게다가 아직 추론에 지나지 않아."

형사과장의 말에 만족한 듯 효마는 입꼬리를 올리며 자리에 앉았다. 료는 토모키에게만 들릴 만큼 작은 소리로 혀를 차고 두 손으로 책상을 짚으며 천천히 앉았다.

"계속해." 형사과장이 말했다.

"네. 남자의 특징은 키 180센티 정도에 마른 체형입니다. 나이는 30대에서 40대 같다고 목격자가 증언했습니다. 얼굴은 잘 기억나지 않는다고 했습니다. 다만 목소리에 특징이 있었다고 합니다."

"어떤 특징?"

"부드럽고 다정한 느낌… '세계의 풍경'에 나오는 성우 목소리와 아주 비슷하다고 했습니다."

TV에서 하는 여행 프로그램 이름을 꺼냈다. 몸 상태가 나빠 보이는 료 대신 자신이 어떻게든 해야 할 것 같아서, 여자에게 끈질기게 질문해서 답변받은 내용이었다.

"좋아. 다음―!"

형사과장이 크게 고개를 끄덕였다.

지난번 보고는 엉망이었지만, 그 실패를 오늘 만회한 것 같다.

토모키는 자리에 앉아서 이어지는 보고 내용을 노트에 받아 적었다. 옆을 힐끔 보니, 료는 여전히 정면에 시선을 고정하고 있었다. 이를 악물고 무언가를 견디는 듯 보였다.

앞쪽에 있는 효마가 자리에서 일어나 보고를 시작했다.

"지난번 보고 이후 새롭게 알아낸 피해자 타나카 쇼코의 행적을 보고하겠습니다. 우선 17일 밤 8시경, 킨시쵸역 근처 백화점에서 피해자의 모습이 확인됐습니다—."

백화점 직원의 이야기에 따르면, 타나카 쇼코는 가방 매장에 한동안 머물렀다고 한다. 가방 하나를 마음에 들어 했지만 공교롭게도 수중에 돈이 없어서, 사흘 뒤에 다시 올 테니 잘 보관해 달라고 직원에게 부탁했다고 한다.

"타나카 쇼코와 관련해 몇 가지 걸리는 점이 있습니다. 타나카 쇼코의 월급은 실수령액 20만 엔 정도였는데, 월세는 12만 엔으로 고액이었습니다. 또 동료들의 이야기에 따르면 옷과 가방도 꽤 고가인 물건을 많이 가지고 있었다고 합니다. 소유한 신용카드도 한도액을 최대까지 채워서 쓰고 있었습니다. 다만 카드 회사에 확인해 보니 상환은 연체하지 않고 제때 했다고 합니다. 시즈오카에 사는 부모님은 딸이 대학교를 졸업한 뒤로 일절 돈을 보내지 않았다고 하니—."

대체 그 돈은 어디에서 났을까.

타나카 쇼코는 꽤 미인이던데, 부자 남자 친구라도 있었을까.

"직장 동료들과 지인들에게 이야기를 들어 봤습니다만, 타나카 쇼코와 교제하던 남성, 혹은 돈을 대 주던 남성이 있었는지는 알아내지 못했습니다. 그리고 타나카 쇼코는 백화점 직원에게 사흘 뒤, 즉 20일에 돈을 가져오겠다고 했는데, 회사 월급날은 25일이었습니다. 이러한 점을 생각해 보면—."

"부업을 하고 있었을 가능성이 크다?" 형사과장이 말했다.

"그렇습니다. 퇴근 후 유흥업소에서 일했을 수도 있고, 좀 더 가볍게 그때그때 성매매를 했을 수도 있습니다. 그러던 중에 범인과 만났다고 하면 말이 됩니다. 일단 피해자의 휴대전화를 확인해 본 결과 만남 사이트에 접속한 흔적은 없었습니다."

성매매라면 범인은 아마 전화방을 이용했을 것이다. 만남 사이트는 꼬리를 잡히기 쉽다.

"그리고 살해 장소는 에도가와구 코마츠카와 주변으로 추측됩니다. 타나카 쇼코의 휴대전화 전파가 마지막으로 확인된 곳이 그 주변이었고, 17일 밤 11시경부터 전파가 잡히지 않게 됐습니다. 다시 말해, 범인이 그 시간대에 피해자를 살해한 뒤 휴대전화 전원을 끈 것으로 보입니다. 그리고 거기서 키타구 아카바네 하천 부지까지 시신을 옮겼을 것으로 추정됩니다."

만약 그렇다면, 17일 밤 11시부터 시신이 발견된 19일 저녁 사이 정확히 언제 범인이 시신을 유기했는지 추려 내기는 어렵다. 당연히 목격 정보를 찾는 데에도 지장이 있을 것이다.

이야기를 듣다 보니 희미하게나마 범인의 윤곽이 보였다.

첫 번째 범행에서는 '에키우스' 건물 계단에서 술에 취한 오카모토 마키를 꾀어냈다. 그야말로 충동적인 범행으로 보인다. 하지만 두 번째 범행에서는 가능한 한 자신의 흔적을 남기지 않으려고 애쓴 것이 엿보인다. 수법이 진화하고 있다.

그렇다면 이 범인은 또다시 범행을 저지를 심산이다.

토모키는 강당 안의 열기에 휩싸여 등에 식은땀이 흐르는 것을 느꼈다.

"오늘도 집에 갔다 온다."

수사 회의가 끝나자, 료가 그렇게 말하며 일어섰다.

"수고하셨습니다."

토모키는 힘없는 걸음걸이로 출구를 향해 가는 료의 등을 바라보았다.

누가 어깨를 두드려서 돌아보았다. 뒤에 효마가 서 있었다.

"너도 고생이다. 저런 건 본받지 않는 게 좋아."

그렇게 말하며 효마는 료 쪽으로 턱짓했다.

토모키는 바깥 공기를 마시고 싶어서 1층으로 향했다.

"토모키."

누가 말을 걸어서 돌아보니, 경무과 방 앞에 안도가 서 있었다.

"한 판 둘까?"

안도의 제안에 씩 웃으며 토모키는 경무과 방으로 들어갔다.

시간도 잊은 채 안도와 장기를 두는데, 한 가지 묻고 싶은 것이 떠올랐다.

"안도 씨, 수사 1과의 료 씨를 아세요?"

"어, 알지. 관할서 형사과에 있었을 때 내 부하였어."

"그랬어요?"

토모키는 아까 강당에서 본 광경을 떠올렸다. 수사 1과 5계 사람들의 인물 관계를 엿볼 수 있었다.

특히 료와 효마는 견원지간 같았다. 효마는 료가 수사 회의에서 제안한 것을 도마 위에 올리고 열렬히 비난했다. 료한테는 형사의 감 운운하며 사람들의 이목을 끌려고 하는 잘못된 경향이 있다고 했다. 그리고 아무리 동갑이라고 해도, 계급이 위인 자신이 하는 말에 매번 반항한다며 정말 상대하기 힘들다고 푸념했다. 앞에 있던 수사관들이 효마의 이야기에 고개를 끄덕이던 것으로 보아, 료는 5계 안에서도 고립무원 상태인 듯했다. 미츠하루를 함께 체포한 카타기리만 유일하게 효마 무리와 거리를 두는 모습이었다.

딸에게도 미움받고, 가족보다 우선시한 직장에서도 아군은 거의 없다. 사람들이 료에 대해 불평하는 말을 듣다 보면 어쩐지 료가 딱해져서 그 자리에 있기가 괴로웠다.

"그렇게 어려운 수는 아닌 것 같은데."

안도의 말에 정신을 차렸다. 말을 손에 쥔 채 한참 장기판을 보고 있었다. 아마 복잡한 표정이었을 것이다.

"료 씨는 어떤 사람이에요?"

"그건 왜?" 안도가 반문했다.

토모키는 효마와 5계 수사관들이 료에 대해 한 이야기를 안도에게 말했다.

"사람들이 료 씨를 본받지 않는 게 좋다고 해서…. 제가 앞으로 료 씨를 어떻게 대해야 하나 고민돼요."

"보기에 따라서 견해가 달라질 수 있지. 5계 안에서는 어떤지 모르겠지만, 다른 계에서는 5계의 사냥개로 불린다고 하더라."

"5계의 사냥개…."

"사건의 단서를 찾아내는 천부적인 후각과 범인을 잡고자 하는 집념 때문에 그렇게 불린다나."

"그렇군요."

"그러니까 너도 너 자신의 견해에 따르면 되지 않을까?"

안도가 웃었다.

20

이렇게 갑작스럽게 결근을 한 건 경찰이 되고 나서 처음 있는 일이었다.

료는 병원으로 향하며 분통함을 곱씹었다.

지난주 목요일, 귀가하는 도중에 주치의 후쿠다에게 연락이 왔다. 가능한 한 빨리 치료 방침을 논의하고 싶다는 내용이었다.

도저히 휴가를 낼 만한 상황이 아니었다. 하지만 후쿠다의 절박한 목소리에 료는 망설이다가 연휴 다음 날인 월요일에 병원에 가겠다고 하고 전화를 끊었었다.

어제까지 수사에 거의 진전이 없었다. 유일한 진전이라고는 '에키우스' 근처 편의점 CCTV에 찍힌 여자가 오카모토 마키임이 확인된 것 정도였다.

피해자가 괴로운 듯 머리를 쥐어뜯고 있었다는 카토의 말을 토대로 전봇대 주변에 떨어져 있는 모발을 채취해서 DNA 분석을 맡긴 덕분이었다.

이제 그 남자가 범인일 가능성은 더욱 커졌다.

아침에 일어나서, 오늘 하루 수사에 참여할 수 없다는 안타까운 마음을 억누르며 본부에 결근하겠다고 연락했다. 타카스기 계장은 무척 놀란 것 같았다. 다른 사람은 몰라도 타카스기에게만은 사정을 이야기할까 고민했지만, 결국 말이 입 밖에 나오지 않았다.

아이들에게도 그랬다. 자신이 처한 상황과 하는 생각을 어떻게 전하면 좋을지 전혀 감이 오지 않았다. 자신이 앞으로 무엇을 하려는 건지도—.

"오셨군요." 료의 얼굴을 보고 후쿠다가 안심한 듯 말했다. "앞으로 어떻게 치료할지 찬찬히 논의해 보죠. 저도 최선을 다하겠습니다."

"죄송하지만, 찬찬히 이야기할 수는 없겠습니다."

료가 말하자, 후쿠다가 고개를 갸웃했다.

"제가 원하는 건 딱 하나입니다. 남은 얼마 안 되는 시간 동안 멀쩡하게 일할 수 있는 몸으로 있고 싶습니다. 그뿐입니다."

"그게 무슨 말씀이세요?"

후쿠다의 표정이 순식간에 험악해졌다.

"일을 하는데 몸이 마음처럼 움직여 주지 않습니다. 답답해 미칠 지경입니다. 조금만—."

"설마 이대로 일을 계속하겠다는 말씀이세요?" 후쿠다가 료의 말을 자르며 말했다.

"네."

료가 고개를 끄덕이자, 후쿠다는 믿을 수 없다는 표정으로 몇 번이나 고개를 저었다.

"지금 환자분은 도저히 형사라는 험한 일을 견딜 수 있는 상태가 아닙니다. 어서 일을 그만두고 조금이라도 편하게—."

"이미 결정했습니다." 이번에는 료가 후쿠다의 말을 막았다.

"왜…, 왜 그렇게까지."

후쿠다가 말을 멈추고 잠시 료의 눈을 뚫어져라 쳐다보았다.

"그럼 지금 담당하시는 건 어떤…."

"TV에서 한창 말이 많은 사건입니다." 료가 대답했다.

"여자 두 명이 살해당한 사건이군요."

"그렇습니다."

"정말 끔찍한 사건이죠. 료 씨가 본인 목숨을 바치면서까지 사명감에 불타는 마음도 이해를 못 하는 건 아닙니다. 하지만 왜 그렇게까지 해야 하죠? 그 사건을 수사하는 사람이 료 씨만 있는 건 아니잖아요. 료 씨 말고도 많이 계시잖습니까."

"글쎄요…. 이기적인, 형사로서의 긍지 때문이라는 말밖엔 안 떠오르네요."

"그게 자제분들과 보내는 남은 시간보다 소중한 겁니까?"

료는 아무 답도 할 수 없었다.

"료 씨는 우리 같은 일반인은 상상할 수조차 없는 가혹한 세상을 지금까지 봐 오셨겠죠. 짐승 같은 살인자와 무참히 살해당한 피해자와 절망하는 유족들을… 어떤 의미에서는 이 세상에서 가장 끔찍한 것들을 봐 오셨을 겁니다."

그렇다. 형사가 되고 나서 늘 그런 어두운 세상을 돌아다녔다.

후쿠다가 말한 것처럼 거기에는 무참히 살해당한 피해자들과 슬픔에 잠긴 유족들의 통곡과 흉악하고 교활한 범죄자들밖에 없었다. 인생의 절반이 넘는 시간 동안 그런 세상에 잠겨 살았다.

"이제 충분하잖아요. 모진 말이지만, 환자분에게 남은 시간은 그리 길지 않습니다. 하다못해 생의 마지막 순간을 조금 더 편안하고 의미 있게 만드세요. 제가 이렇게 간청드립니다."

"알고 있습니다. 하지만… 선생님, 제발 부탁드립니다."

오직 그런 어둠 속에서만 나아갈 길이 보인다. 비록 이 범인을 잡는다고 해서 자신의 인생에 빛 따위 비쳐 들지 않을 것임을 아는데도.

"자제분들께는 어떻게 설명하실 거죠?"

후쿠다는 여전히 받아들이지 못하는 것 같았다.

"아직 생각 안 해 봤습니다." 료가 솔직하게 말했다.

병원을 나와서 휴대전화를 꺼냈다. 미즈키에게 전화를 걸었다.

"여보세요…"

미즈키가 전화를 받았다. 기분 탓인지, 목소리가 조금 잠긴 것처럼 들렸다.

"나야. 오늘 저녁에 시간 비워 놔."

"뭐야, 이렇게 갑자기…. 미안하지만 오늘은 좀 힘들어."

"가끔은 아빠가 하라는 대로 좀 해 줘."

"항상 아빠가 원하는 대로만 하면서!" 미즈키가 분노하며 받아쳤다.

"그러게. 하지만 이번에 정말 마지막으로, 아빠 원하는 대로 하게 해 줘. 6시에 카사이역에서 기다리마."

그렇게 말하고는 전화를 끊었다. 이어서 켄고의 휴대전화에도 전화를 걸었다.

카사이역 개찰구를 빠져나가자, 미즈키와 켄고가 서 있었다.

"미안하다. 오래 기다렸지?"

료는 가볍게 한 손을 들어 보이며 웃었다.

"대체 무슨 일인데? 왜 갑자기 불러내? 나 내일 아침에 중요한 일 있어." 미즈키가 불평했다.

"일단 서두르자."

료는 그렇게 말하며 택시 승강장으로 향했다. 미즈키와 켄고를 택시에 태우고 그 옆에 앉았다.

"디즈니랜드로 가 주세요."

료가 운전석을 향해 말하자, "뭐—?" 하며 놀란 미즈키와 켄고가 서로 눈을 주고받았다.

"아빠 잠깐만…. 이건 또 무슨 장난이야?"

이렇게 근처에 있는데도 료는 평생 디즈니랜드에 가 본 적이 없었다. 미즈키와 켄고가 수상하게 생각하는 것도 당연하다.

"이 시간이면 조금은 놀 수 있겠지."

디즈니랜드 입구에서 내려 매표소로 뛰어갔다. 켄고는 들뜬 표정으로 료를 따라왔지만, 미즈키는 입구 앞에 우두커니 서 있었다.

입장하자, 번쩍거리는 세상이 료의 눈앞에 펼쳐졌다.

"저거, 롤러코스터 타자." 켄고가 놀이기구를 가리켰다.

"아빠는 못 타. 미안하지만 둘이서 다녀올래? 나는 여기서 기다릴게."

"누나, 가자."

켄고는 미즈키를 재촉하며 사람들이 만든 대기 줄로 향했다. 미즈키가 료 쪽을 돌아보았다. 손을 흔들어 주자, 기이한 생물이라도 목격한 것 같은 표정으로 고개만 연신 갸웃거린다.

그 뒤엔 셋이서 놀이기구를 즐겼다. 처음에는 퉁명스럽던 미즈키도 어느새 즐겁게 웃기 시작했다.

"일렉트리컬 퍼레이드가 시작된대. 보러 가자." 켄고가 사람들 무리를 가리키며 말했다.

"뭐? 뭐야, 그건…?"

료가 이해하지 못해서 묻자, 켄고는 "일단 가 봐"라고 하며 걸어 나갔다.

잠시 기다리자, 맞은편에서 빛의 소용돌이가 다가왔다. 주변에서 환호성이 터졌다.

료는 알록달록한 빛에 감싸인 호화로운 퍼레이드에 어안이 벙벙했다.

'이런 세상도 있구나—.'

잠시 꿈같은 빛의 광경에 넋을 잃었다. 옆을 보니, 두 사람도 눈부신 세상에 푹 빠져 있었다.

"다 같이 왔으면 좋았을 텐데…." 미즈키가 퍼레이드를 바라보며 중얼거렸다.

아마 엄마를 생각하고 있을 것이다.

"엄마도 함께야."

그 말에 미즈키가 료를 돌아보았다. 어안이 벙벙하다는 듯 료를 쳐다보았다. 료는 유미코의 사진을 넣은 겉옷 안주머니 위에 손을 얹었다.

그렇지? 우리가 보는 광경을 유미코도 똑같이 보고 있지?

료는 마음속으로 유미코에게 물으며 다시 빛 쪽으로 고개를 돌렸다.

"켄고, 너 지금은 어느 포지션이냐?" 샐러드를 입에 넣으며 료가 물었다.

"수비수."

"시합 나갈 수 있어?"

"응. 다음 주에 시합 있어."

"내년에는 진로를 정해야 하잖아. 어떻게 하고 싶어?"

"으음, 전혀 못 정했는데…."

정말이지, 전혀 미덥지 못하다. 하지만 오늘은 잔소리하지 않기로 다짐한 터라 아무 말도 하지 않았다.

미즈키 쪽으로 시선을 돌려 보니, 음식에 거의 손을 대지 않았다.

"무슨 일 있어? 음식이 그대로인데." 료가 미즈키 앞에 놓인 접시를 가리키며 물었다.

"배불러."

"아깝게."

"아빠도 다 남겼잖아."

그 말을 들으니 반박할 수가 없었다.

"내일 오디션이 있어서 먹으면 안 돼."

"오디션?"

처음 듣는 이야기였다. 고등학교를 졸업한 뒤로 미즈키는 자기 이야기를 거의 하지 않았다.

"VIVI 백댄서."

"비비가 뭔데?"

"비비가 아니라 VIVI."

미즈키가 손가락으로 V, I, V, I를 그렸다.

"VIVI도 몰라?"

어이없다는 표정이다.

"누나, 아빠가 그걸 어떻게 알겠어? 아는 거라곤 전국 지명 수배자 정도일걸?"

켄고가 말하자, 미즈키가 "맞네" 하며 웃었다.

"그 오디션에 합격하면 어떻게 되는데?" 료가 물었다.

"VIVI의 전국 투어 콘서트에서 백댄서로 춤을 춰. 1년 동안 100

번 넘게 공연이 있어.”

“VIVI가, 가수야?”

“응.”

이야기를 들어 보니 일본에서 가장 인기 있는 팝 가수라는 것 같았다.

“어떤 노래를 불러? 아빠도 들어 본 적이 있으려나?”

미즈키가 가방에서 이어폰을 꺼내 건넸다. 귀에 꽂자, 음악이 흘러나왔다.

요즘 젊은이들 음악은 제대로 들어 본 적이 없었는데, 귀에 흘러 들어오는 멜로디에 순식간에 마음을 빼앗겼다. 단지 자신이 시한부임을 알게 된 후로 툭하면 감상에 빠지는 상태가 돼서 그런 것일까.

료는 눈을 감았다. 음악을 들으며 무대에서 춤추는 미즈키의 모습을 상상해 보았다. 참을 수 없이 눈물이 흐르려고 해 귀에서 이어폰을 뺐다.

“어서 직접 벌어서 먹고살 수 있게…. 오디션 힘내라.”

료는 그렇게만 말하고 “화장실 갔다 올게” 하며 자리를 떴다.

“아빠.” 미즈키가 불러 세웠다.

“왜?”

료는 눈물이 나오지 않게 눈머리를 손가락으로 누르며 뒤를 돌아보았다.

“그 사건은 해결됐어?” 미즈키가 물었다.

조금이지만 자신도 엮여 있어서 신경이 쓰이는 모양이다.

“아직.”

“그럼…. 왜 갑자기 디즈니랜드에 올 생각을 했어?” 미즈키의 얼굴에 다시 의아함이 번졌다.

"그냥, 쉬러."

마지막이 될지도 몰라서— 라는 말은 할 수 없었다.

이튿날 강당에 들어서자, 수많은 시선이 쏠렸다.

료는 신경 쓰지 않고 맨 구석 자리로 향했다. 수사관과 대화하던 타카스기 계장이 료를 발견하고 손을 들었다.

"료, 몸은 좀 어때?" 타카스기가 물었다.

"어제는 죄송했습니다. 이제 괜찮아요."

"그래. 다행이다. 오늘부터 너는 타나카 쇼코 수사에 합류하게 될 거야."

"킨시쵸 쪽에서 일어난⋯."

"그래. 시부야보다 그쪽이 파고들기 쉬울 거라고 위에서 판단해서 수사관을 늘리기로 했어. 카타기리랑 같이 킨시쵸 주변에서 타나카 쇼코의 행적을 조사해 줘."

"알겠습니다."

료는 그렇게 말하고 토모키의 옆자리로 향했다.

"아주 의욕이 넘치시네."

효마가 비꼬는 말이 귀에 들어왔지만, 무시했다.

"좋은 아침입니다. 이제 괜찮으세요?" 토모키가 자리에서 일어나 물었다.

"그래, 괜찮아."

"이거, 어제 내용이에요."

자리에 앉자 토모키가 노트를 내밀었다. 펼쳐 보자, 어제 한 수사 회의 내용이 자세히 적혀 있었다. 수사 회의가 시작되기 전에 대강 노트를 훑어보았다.

편의점을 떠난 뒤의 오카모토 마키와 남자의 행적은 여전히 밝혀지지 않았다. 그리고 두 번째 피해자인 타나카 쇼코도, 킨시쵸역 근처 백화점에서 목격된 뒤의 행적을 전혀 알 수 없었다. 그저께 이후로 수사에 아무런 진전이 없다.

"고맙다."

토모키에게 노트를 돌려주자마자 간부들이 들어와서 아침 수사 회의가 시작되었다.

수사관의 수가 늘어서 본부 안에는 답답한 공기가 낮게 깔려 있었다.

수사 회의는 오늘이야말로 범인을 밝혀낼 성과를 가져오라는 수사 1과장의 서슬 퍼런 일갈로 끝났다.

"주차장 좀 찾아봐." 료가 운전석에 앉은 토모키에게 말했다.

토모키는 고개를 끄덕이고 킨시쵸역 근처에 있는 주차장으로 차를 몰았다.

"이제 어떻게 할까요?" 토모키가 차를 세우고 물었다.

"일단 여기서 기다린다."

료는 휴대전화를 꺼냈다. 카타기리에게 연락해서 자신들이 있는 주차장의 위치를 알렸다. 전화를 끊고선 잠시 눈을 감았다. 카타기리 일행이 도착할 때까지 수사 순서를 정리해 두고 싶었다.

"아까 그 노트, 갖고 있어?"

료가 눈을 떴다.

"네."

토모키는 뒷좌석에 둔 가방에서 노트를 꺼냈다.

료는 토모키에게 받은 노트를 펼쳤다.

노트에는 어제 내용뿐만 아니라 지금까지 한 모든 수사 회의의 내용이 꼼꼼히 적혀 있었다.

타나카 쇼코 사건에는 '성매매?'나 '전화방?'처럼 자기 나름의 추측이 적혀 있었다.

마냥 얼간이 같은 놈인 줄 알았는데, 의외로 성실한 면이 있는 것 같다.

료는 노트를 훑어보면서 두 번째 사건에 관한 사항을 머릿속에 정리했다.

피해자인 타나카 쇼코의 시신이 발견된 것은 19일 오후 6시 반경. 키타구 아카바네 아라카와 하천 부지에서였다. 사망 추정 시각은 17일 밤부터 18일 새벽까지. 타나카 쇼코는 17일 밤 8시경에 킨시쵸역 근처 백화점에서 목격되었다. 현재는 그 목격 정보가 마지막 정보다.

피해자의 휴대전화 전파가 마지막으로 확인된 위치는 에도가와구 코마츠카와 주변이다. 킨시쵸에서 코마츠카와까지는 그리 멀지 않지만, 걸어서 갈 만한 거리는 아니다. 그녀가 코마츠카와에 갔다면 킨시쵸에서 차를 타고 이동했으리라고 추측하는 것이 자연스럽다.

타나카 쇼코는 왜 코마츠카와에 갔을까. 아직 그녀와 코마츠카와 간의 연결 고리는 밝혀지지 않았다. 그뿐만 아니라, 킨시쵸와의 연결 고리도 마찬가지였다.

어제까지의 수사에서 킨시쵸 주변 술집과 유흥업소를 탐문했지만 타나카 쇼코가 일했다는 정보는 나오지 않았다.

노트에 적힌 '성매매?'라는 글자가 눈에 들어왔다.

"너는 성매매라고 생각해?"

료가 묻자, 토모키는 한 박자 쉬고 나서 고개를 끄덕였다.

"왜?"

"왜냐고요…? 형사의 감…" 토모키가 헉하고 말을 삼켰다.

"괜찮아. 네 생각을 말해 봐." 료가 재촉했다.

"킨시쵸라는 장소가… 아무래도…."

"장소가 뭐?"

"피해자는 코지마치에 살았잖아요. 만약 술집에서 일한 거면 다른 지역을 선택했을 것 같아서요. 그런데 코지마치면 아카사카나 롯폰기가 가깝잖아요? 킨시쵸까지 갔다는 게 아무래도 부자연스러워요."

듣고 보니 토모키가 말한 대로였다.

"게다가 교통카드 사용 내역을 보니까 타나카 쇼코는 보통 일주일에 한 번 정도 킨시쵸에 갔어요. 일주일에 한 번만 일하게 해 주는 곳은 없을 거라고 단정하기는 힘들지만, 그래도 일하는 횟수가 조금 적지 않나 싶어서…."

토모키의 말에 료는 고개를 끄덕였다.

"코지마치에 살고 유라쿠쵸에서 일하는 타나카 쇼코한테는 킨시쵸가 놀거나 쇼핑하러 갈 만한 곳은 아니었을 것 같아요. 하지만 만약 성매매를 했다면, 최대한 자기와 관련이 없는 지역을 선택했겠죠. 타나카 쇼코에게 킨시쵸는 그런 곳이 아니었을까요? 물론 어디까지나 제 감이지만…."

토모키는 '감'을 강조했다.

"성매매 방식을 생각해 본다면, 전화방일 가능성이 크려나?"

료는 그게 자신의 '감'이라는 것을 굳이 언급하지 않았다.

"아무래도 그렇지 않을까요? 만남 사이트도 있고, 이것저것 있지만, 타나카 쇼코의 휴대전화에는 그런 흔적이 전혀 없었으니까요. 게다가 개인 휴대전화나 인터넷은 조금 무섭잖아요."

"전화방은 안전하고?"

"그렇지는 않지만…. 적어도 만나기 전까지는 자기 정보를 드러내지 않아도 되니까요. 자기 번호를 노출하지 않아도 되고, 약속을 잡게 되더라도 일단 멀리서 상대방을 확인하고 실제로 만날지 말지 정할 수도 있죠." 토모키는 전화방이 돌아가는 구조를 역설했다.

"가 봤냐?"

료가 묻자, 토모키의 표정이 굳어졌다.

"대학생 때 몇 번…."

토모키가 부끄러워하며 멋쩍게 웃었다.

노크 소리가 들려서 창밖을 내다봤다. 카타기리와 그의 파트너인 호리가 서 있었다. 료가 들어오라고 손으로 신호를 보내자 둘은 차 문을 열고 뒷좌석에 탔다.

"일단 오늘 하루 나눠서 킨시쵸 주변 전화방을 돌아보자. 17일 밤부터 다음 날 새벽 사이 전화방을 이용한 키 180센티, 마른 체형, 30대 중반으로 보이는 남자의 목격 정보를 찾아. 그리고 목소리에 특징이 있어. '세계의 풍경' 성우… 라고 했지?"

료가 토모키에게 눈짓하자, 토모키는 살짝 기쁜 표정을 지었다.

"반장님이 말한 귀에 장애가 있을 가능성도 염두에 두고 조사해 보겠습니다."

카타기리의 미소에 료는 고개를 끄덕였다.

"그리고 이 일대 전화방을 이용하는 남녀가 실제로 만날 때 주로 가는 장소도 확인해 줘."

료는 카타기리와 함께 지도를 보며 각자 맡을 지역을 분담한 뒤 차에서 내렸다.

주차장에서 나가자, 앞에 있는 상가 건물에 걸린 '전화방' 간판이 보였다.

료와 토모키는 곧바로 상가 건물로 들어가 엘리베이터를 탔다. 전화방이 있는 4층에서 문이 열리자, 프런트에 서 있던 중년의 남자가 "어서 오세요"라고 말을 걸었다.

남자는 료와 토모키를 보고 조금 의심스러운 표정을 지었다. 아무래도 직업상의 감으로 손님이 아님을 바로 눈치챈 모양이다.

엘리베이터에서 내려 남자 쪽으로 향하며 료가 윗주머니에서 경찰 신분증을 꺼냈다.

"경시청에서 나온 아오이 료와 야베 토모키라고 합니다. 잠시 대화를 나누고 싶은데요."

경찰 신분증을 제시하자, 남자의 안색이 변했다.

"뭐죠…?"

남자가 노골적으로 불쾌한 표정을 지었다.

털어 보면 먼지가 나올지도 모르지만, 우리가 원하는 것은 그런 것이 아니다.

"수사 1과에서 나왔습니다. 살인사건을 수사하고 있습니다."

업소 단속과는 관련이 없음을 처음부터 드러냈다.

"살인사건이요?"

예상대로 남자는 관심을 보이듯 몸을 살짝 앞으로 기울여 왔다.

"이곳 손님과 관련해서 여쭤보고 싶은 게 있습니다."

"네."

“여기 CCTV는 있습니까?” 물으면서 료가 주변을 둘러보았지만 CCTV는 보이지 않았다.

“아니요, 없습니다.”

“그렇군요. 그럼 17일 밤에도 여기 계셨습니까?”

“17일…”

“지지난주 토요일입니다.”

“네, 토요일이면 저녁 6시부터 제가 프런트에 있었습니다.”

“그때 이런 손님이 오지 않았나요?”

료는 편의점 CCTV에 찍힌 남자의 사진을 보여 주며 특징을 설명했다.

“글쎄요…. 손님이 오면 꼭 프런트에서 마주치기는 하는데, 단골들 말고는 별로 기억이 안 나서…” 남자가 난처하다는 듯 말했다.

“손님들에게 신분 확인은 하고 있습니까?”

“뭐, 형식상 이름과 나이 정도는 물어보고 적어 놓습니다.”

“신분증 확인은 안 한다는 거죠?”

“네.”

남자의 대답에 료는 작게 한숨을 쉬었다. 당연히 진짜 이름과 나이를 적었을 리가 없다.

“이 주변에 전화방이 몇 개나 있죠?”

딱히 더 물어볼 것이 없을 듯해 물어보았다.

“세 본 적은 없는데, 꽤 있을걸요.”

료는 남자에게 고맙다는 인사를 하고 가게를 뒤로했다.

“앞으로 갈 길이 험난하네요….”

“이 잡듯 뒤지는 수밖에 없어.”

엘리베이터에서 내려 상가 건물을 나온 료와 토모키는 곧바로 다음 가게를 찾았다.

오후 2시가 되어서 료 일행은 잠시 수사를 중단하고 역 앞 카페로 향했다. 탐문 중간에 카타기리에게 연락해 2시에 카페에서 만나 정보를 교환하기로 했었다.

카페에 들어가 보니, 구석 자리에서 카타기리와 호리가 기다리고 있었다. 테이블에 물만 놓여 있는 것을 보니 방금 도착한 모양이다.

"수고가 많으십니다."

카타기리와는 오래 알고 지낸 사이라서, 료는 카타기리가 그렇게 말하며 짓는 표정만으로도 성과가 있는지 없는지 대충 알 수 있었다.

허탕을 친 모양이다.

"너희도 수고 많다."

료는 카타기리의 맞은편에 앉았다. 카타기리도 료의 얼굴을 보고 저쪽도 별다른 성과가 없음을 눈치챘다.

"일단 점심을 먹죠. 배고픈 상태로는 제대로 못 싸우잖아요."

카타기리가 테이블에 놓인 메뉴판을 펼쳐서 모두에게 보여 주었다.

"그럼 저는 이 햄버그스테이크 런치요." 토모키가 기다렸다는 듯 말했다.

카타기리와 호리는 토모키와 같은 메뉴를 시켰다. 햄버그스테이크 런치 세 개에 료는 샐러드와 아이스티를 주문했다.

샐러드가 앞에 나왔는데도 전혀 식욕이 돋지 않았다. 료는 샐러드 포크를 가만히 든 채로, 맛있게 햄버그스테이크를 먹는 이들을 바라보았다.

보기만 해도 속이 거북해져서 힘들었다.

"반장님…. 괜찮으세요?" 그런 료의 상태를 눈치챘는지 카타기리가 물었다.

"괜찮아. 괜히 걱정하게 했나 보다."

"반장님이 병결이라는 얘기를 듣고 얼마나 놀랐는데요. 다들 폭설이라도 내리는 거 아니냐고 했다니까요."

"그랬으면 좋았을 텐데. 9월도 거의 끝나 가는데 며칠째 이렇게 폭염이니 몸이 남아나지를 않아."

"그러게요. 그래서 어디가 안 좋아지신 거예요?"

"그냥 피곤해서 그래."

료가 그렇게 대답하자, 토모키가 힐끔 쳐다보았다. 료는 그 시선을 못 본 체하고 기력을 쥐어짜 가며 샐러드를 조금씩 입에 넣었다.

구역질이 올라왔지만, 조금이라도 먹어야 처방받은 항암제를 복용할 수 있었다. 후쿠다의 말에 따르면 항암제를 복용하며 어찌어찌 버티는 수밖에 없다고 했다.

그리고 빈혈을 조심하라고 했다. 암에 의한 식욕 부진으로 전신의 혈액 순환이 나빠져서 빈혈이 생기는 경우가 많다고 했다.

억지로 샐러드를 다 먹고 주머니에서 약을 꺼냈다.

앞으로 얼마나 몸이 버텨 줄까.

여자 두 명을 죽인 범인을 이 손으로 잡기 전까지 몸이 버텨 줄까.

료는 손바닥 위에 놓인 약을 잠시 바라보다가 입 안에 넣었다.

21

유라쿠쵸선 승강장으로 내려간 스미노는 때마침 들어온 신키바행 전철을 탔다.

오늘은 평소보다 짐이 많았다. 어깨에 멘 커다란 가방 안에는 앞치마와 혹시 몰라서 챙긴 내일 입을 옷이 들어 있었다.

지난 며칠 동안 스미노는 일이 끝나면 토요스에 있는 신이치의 아파트에 갔다. 신이치에게 음식을 만들어 주기 위해서였다. 신이치는 이따금 괴로운 표정을 지으면서도 스미노가 만든 음식을 맛있다며 먹어 주었다. 식사를 마치면 신이치는 조금 지친 기색으로 소파에 누웠다.

그런 신이치의 모습을 보면서 주변을 정리하다 보면 항상 거의 막차 시간이 되었다. 신이치는 그만 집에 가라는 말도, 자고 가라는 말도 해 주지 않았다.

'조금이라도 오래 신이치 옆에 있고 싶다—.'

그것이 자신이 원하는 것이지만, 이대로 눌러앉듯 신이치의 집에서 묵을 용기는 없었다.

하지만 그것도 어제까지다. 오늘이야말로 신이치에게 자고 가도 되냐고 물을 생각이었다.

스미노는 자신의 귓가에 손을 댔다. 열아홉 살 생일에 신이치가 선물해 준 탄자나이트 귀걸이를 차고 있었다. 대학을 졸업하고 나서 한 번도 차지 않았었다.

신이치의 생일은 스미노보다 일주일 늦은 12월 21일이다. 14년 전 생일에는 손목시계를 선물했었다. 학생이라서 저렴한 것밖엔 사지 못했지만, 신이치는 무척 기뻐하며 매일 차고 다녔다.

올해는 무슨 일이 있어도 신이치의 생일을 함께 보내고 싶다. 마지막이 될지도 모르는 그의 생일을 힘껏 축하해 주고 싶었다.

요즘은 밤늦게까지 인터넷을 뒤진다. 신이치가 앓고 있는 '보만 4형 위암'이라는 병에 관한 정보와, 어떤 식사나 생활을 해야 조금이라도 오래 살 수 있는지를 구체적으로 알고 싶어서였다.

토요스역에 내려서 아파트에 가기 전에 마트에 들러 장을 봤다. 장바구니를 들고 가게 안을 이동하며 몸에 좋은 저녁 메뉴를 고민했다.

신이치는 현재 타카기의 권유에 따라 캡슐 형태의 항암제를 복용하고 있다. 타카기의 설명에 따르면, 그 약을 먹는다고 암이 낫지는 않는다고 했다. 하지만 먹지 않는 것보다는 먹어야 조금이라도 더 오래 살 수 있다고 했다.

하지만 신이치는 그 약의 부작용을 싫어했다. 신이치의 몸과는 맞지 않는지, 약을 복용하면 설사가 멈추지 않는다고 했다.

그래도 스미노는 신이치에게 약을 먹으라고 권유했다. 부작용 때문에 힘들겠지만, 신이치가 조금이라도 오래 살아 줬으면 했다.

오늘 저녁은 소화가 잘되는 죽과 흰살생선 조림을 만들기로 했다.

마트를 나와서 서둘러 신이치의 아파트로 향했다.

아파트 입구에 도착해 가방에서 열쇠를 꺼내 잠금장치의 열쇠 구멍에 넣었다.

열쇠는 어제 신이치에게 받았다. 문을 열어 주러 인터폰이 있는 곳까지 움직이기가 힘들다고 했다.

열쇠를 돌리자 앞에 있는 공동 현관 유리문이 열렸다.

"스미노."

건물 안으로 들어가려고 하는 순간, 뒤에서 사나운 목소리가 스미노를 불러 세웠다.

뒤를 돌아보니, 아야코가 서 있었다. 스미노는 말문이 막혔다.

"어떻게 된 거야?"

아야코는 무서운 표정으로 스미노를 노려보았다.

"네가 왜 신이치네 집 열쇠를 갖고 있어?"

스미노는 대답할 수 없었다.

"나를 배신했구나."

스미노는 뭐라고 말해야 할지 알 수 없어서 고개만 저었다.

"일단 진정하고…, 얘기 좀 하자."

스미노는 아야코를 설득해 초고층 아파트 근처에 있는 강변 산책길로 데리고 갔다.

"어떻게 된 건지 설명해!"

아야코는 행인들의 눈도 개의치 않고 격분했다.

"어쩐지 요즘 신이치한테 아무리 연락해도 답이 전혀 없더라. 왜 연락을 안 주는지 신이치한테 직접 물어보러 와 봤더니…"

신이치의 병을 알게 된 그때부터 모든 상황이 변해 버렸다.

"미안해…, 아야코. 배신할 생각은 없었는데…. 근데…"

스미노는 그 말밖에 할 수 없었다.

"너는 옛날부터 그랬지. 혼자 깨끗한 척은 다 하면서, 사실은 속이 시커먼 년이지."

아야코의 말에 스미노는 충격을 받았다.

"대학 졸업하자마자 신이치를 매정하게 버리고 사장 아드님이랑 결혼한 주제에, 이제 와 부자가 된 신이치를 꼬셔서 다시 잘해 보시겠다? 게다가 10년도 더 된 친구 뒤통수까지 치면서. 그 예쁘장한 얼굴로, 하는 짓이 야비해서 정말 못 봐주겠다.”

그게 아니다. 아야코가 그렇게 생각해도 어쩔 수는 없지만, 자신은 신이치를 그런 식으로 보지 않는다.

그저 같이 있고 싶을 뿐이다. 조금이라도 더 오래 신이치와 함께 있고 싶을 뿐이다.

“어떻게 생각하든 상관없어.”

스미노가 의연하게 말하자, 아야코가 스미노의 뺨을 때렸다.

“뻔뻔하긴. 나쁜 년.” 침이라도 뱉을 것 같은 기세였다.

“아야코, 나는 신이치 곁에 있고 싶을 뿐이야.”

그렇다. 신이치의 남은 인생을 함께 보낼 수만 있다면, 그것만으로도 충분하다. 그것 말고는 바라는 게 없고, 그로 인해 무언가를 잃는다고 해도 어쩔 수 없다.

“갈게.”

스미노는 증오가 담긴 아야코의 시선을 뿌리치고 아파트로 향했다.

엘리베이터에서 내려서 4507호로 향했다.

초인종을 누르고 나서 열쇠로 문을 열었다. 문을 열기 전에 잠깐 손수건으로 눈물을 닦았다.

“신이치…”

신발을 벗고 현관으로 들어가서 신이치를 불렀다. 그다음 말이 어려웠다. ‘안녕’도 이상하고 ‘실례하겠습니다’도 이상하다.

하지만 ‘다녀왔어’라고는 아직 말할 수 없었다.

거실에 들어서자, 소파에 누워 있는 신이치가 보였다.

신이치는 무리해서 일어나려고 하지는 않고, 스미노 쪽으로 고개를 돌려 희미하게 미소 지었다.

"생각보다 늦었네."

신이치가 스미노의 얼굴을 빤히 보았다.

"마트 계산대에 사람이 좀 많더라고."

눈물은 확실히 닦았다. 하지만 신이치의 시선은 마치 자신이 방금 겪은 일을 다 안다는 듯 다정했다.

'너는 아야코가 말하는 것처럼 나쁜 여자가 아니야―.'

'나는 알아―.'

마치 그렇게 말해 주는 듯한 시선이었다.

"바로 저녁 준비할게. 오늘은 소화가 잘되게 흰살생선 조림이랑 죽이야."

스미노는 신이치에게서 시선을 돌리며 부엌으로 향했다.

계속 그런 다정한 눈빛을 받다가는 울음이 터질 것만 같았다.

저녁 준비를 마치고 테이블에 마주 앉아서 같은 음식을 먹었다.

신이치는 조금씩이지만 생선조림과 죽을 입에 넣고 맛있다고 말해 주었다.

생선조림도 나쁘진 않지만, 신이치가 먹을 걸 생각해서 조금 새로운 음식을 만들고 싶어졌다.

신이치는 굳이 따지자면 생선보다 고기를 좋아했다. 지금은 어떤지 모르지만, 적어도 두 사람이 사귀던 대학 시절에는 돼지고기 생강구이나 햄버그스테이크 같은 고기 요리를 즐겨 먹었다.

처음으로 신이치의 집에 갔을 때, 스미노는 햄버그스테이크를 만들려고 했었다.

역 앞에서 만난 스미노와 신이치는 가까운 마트에서 장을 봤다. 신이치의 집에 도착해서는 같이 TV를 보며 수다를 떨다가 음식 준비를 시작했다. 스미노는 한 공간에 단둘이 있는 것이 너무 긴장됐다. 재료 손질을 마치고 막 고기를 구우려고 할 때, 뒤에서 신이치가 스미노를 끌어안았다. 신이치는 스미노에게 입맞춤하고 침대로 데리고 갔다.

그다음에 그런 일이 일어날 줄은 꿈에도 몰랐다.

죽어―. 죽어―.

멈추지 않고 목을 조여 오는 신이치의 머리를 어쩔 수 없이 시계로 내리쳤다. 너무 충격적이어서 밖으로 뛰쳐나갔지만, 마치 악마에 쒼 것 같은 신이치의 고성을 떠올리며 스미노는 어쩌면 자신의 탓이 아닐까 생각했다.

예전에 자신이 그런 말을 해 버려서.

그런데도 자신은 신이치를 버리고 도망쳐 버렸다. 테라도마리에서 지내던 그때처럼.

"잘 먹었어."

신이치의 목소리를 듣고 스미노는 미소를 보냈다.

"미안해…. 맛은 있는데…."

접시에는 음식이 반 이상 남아 있었다. 하지만 어제보다는 많이 먹은 것 같다.

"알아. 무리하지 마. 물 가져올게."

스미노가 컵에 담긴 물을 건네자, 신이치는 조금 싫은 표정을 지으면서도 약을 먹었다. 그 모습을 확인하고 스미노는 식기를 부엌으로 가져가 설거지했다.

거실로 가 보니, 신이치는 소파에 누워서 TV를 보고 있었다. 어디서 본 기억이 있는 영화였다.

사귀던 당시 둘이서 본 로맨스 영화였다.

"같이 볼래? 난 기억이 전혀 안 나." 신이치가 스미노 쪽을 돌아보며 물었다.

그야 그럴 만도 하다. 로맨스는 지루했는지, 신이치는 중간부터 잠들어 버렸으니까.

"또 자는 거 아니야?"

"그럴지도 몰라." 신이치가 씁쓸하게 웃었다.

스미노는 소파에 앉아서 신이치의 머리를 들어 자신의 무릎을 베게 했다.

머리카락을 가볍게 쓰다듬으며 신이치의 얼굴을 바라보았다. 조금 전까지 괴로워 보이던 표정이 조금 편안해 보이는 것 같았다.

"그거…."

스미노를 올려다보던 신이치가 천천히 손을 뻗어서 스미노의 귀를 만졌다.

알아본 모양이다.

"나도…, 스미노한테 받은 손목시계, 계속 차고 있어." 신이치가 미소 지었다.

"오늘, 자고 가도 돼?" 용기를 내서 신이치에게 물었다.

신이치는 스미노의 눈을 바라보며 고민하는 것 같았다. 살짝 겁먹은 듯한 눈빛을 보내다가 천천히 고개를 끄덕였다.

"침실 맞은편에 손님용 방이 있어. 침대도 있으니까 거기서 자고 가." 스미노에게서 시선을 돌리며 신이치가 말했다.

⧗

22

침대에 누워도 좀처럼 잠이 오지 않았다.

신이치는 협탁에 놓인 조명을 켰다. 맞은편 방에서 스미노가 자고 있다. 그렇게 생각하자, 마음이 진정되지 않아서 잠이 오지 않았다.

신이치는 지금 스미노와 함께하고 있다는 행복에 휩싸여 있다.

조금이라도 더 오래 이 행복에 빠져 있고 싶다는 일념으로 몸에 맞지 않는 항암제도 참아가며 복용하고 있다.

하지만 행복을 만끽하면서도 동시에 주체할 수 없는 불안에 시달렸다.

지난 며칠간 무시무시한 꿈을 꾸었다.

스미노의 눈앞에서 자신의 손에 수갑이 채워지는 꿈이었다.

이 손으로 여자 두 명을 죽인 것은 지울 수 없는 사실이다.

스미노가 곁에 없을 때는 경찰에 잡힐지도 모른다는 불안감은 거의 느끼지 않았었다. 그런데 지금은 너무 무서워서 견딜 수 없었다. 경찰 수사망이 서서히 자신에게로 좁혀지고 있는 것은 아닐까 걱정하며 그 그림자에 두려움을 느꼈다.

노크 소리가 나서 정신을 차렸다.

"네." 신이치가 문을 향해 말했다.

"나…"

귓가에 스미노의 목소리가 들렸다.

신이치는 침대에서 일어나 천천히 다가가서 문을 열었다.

앞에 스미노가 서 있었다.

"미안해…. 자고 있었어?"

스미노는 고개를 떨어뜨렸다.

"아니, 안 자고 있었어. 왜?"

신이치는 애써 다정한 목소리로 물었다.

"신경 쓰여서…."

"신경 쓰여서?"

"아까…, 가위에 눌렸었잖아."

신이치는 스미노의 무릎을 베고 소파에서 영화를 보다가 자기도 모르게 잠들어 버렸었다. 그때 또 그 꿈을 꿨다.

스미노의 눈앞에서 경찰이 자신의 손에 수갑을 채우는 꿈.

그것 때문에 꽤 심하게 가위에 눌렸었나 보다. 스미노가 몸을 흔들어 눈을 떴는데도, 한동안 꿈과 현실이 구별되지 않아서 심하게 떨었다.

"최근에 이상한 꿈을 자주 꿔." 신이치가 말했다.

"어떤 꿈?"

"스미노가 사라지는 꿈."

신이치는 거짓말을 했다.

"아니, 내가 사라지는 꿈. 아무도 없는 어딘가로 가 버리는 꿈…."

말한 순간, 스미노가 신이치를 끌어안았다.

"같이 자도 돼?"

신이치는 고개를 끄덕이고 스미노를 침실에 들였다. 둘은 그대로 침대에 누웠다. 스미노가 신이치를 껴안았다. 입맞춤을 나눴다. 신이치의 가슴에 스미노의 부드러운 가슴이 닿았다. 심장이 격렬하게 뛰자, 거기서 움직임을 멈췄다. 신이치는 스미노의 몸을 천천히 밀어냈다.

"미안해."

신이치가 말하자, 스미노는 "괜찮아"라고 하며 고개를 저었다.

신이치는 협탁에 놓인 조명을 끄고 스미노에게 팔베개를 해 주었다.

얼마나 시간이 흘렀을까.

스미노의 새근거리는 숨소리가 들려서 옆을 보았다. 신이치의 품 안에서 스미노가 자고 있다. 귀엽게 잠든 얼굴이다. 신이치는 어스름 속에서 스미노의 잠든 얼굴을 응시했다. 다른 손으로는 스미노의 머리카락을 다정하게 쓸었다. 손가락 끝을 머리카락에서 이마, 뺨, 입술로 움직였다.

손가락 끝이 스미노의 턱, 스미노의 목덜미…에 닿은 순간, 격렬한 욕망이 솟구쳐 올라왔다.

'죽이고 싶다―. 이 목을 힘껏 조르고 싶다.'

억누를 수 없는 그 욕망에 신이치는 당황스러웠다.

'어째서…, 어째서…!'

자신은 스미노를 이렇게나 사랑하는데. 그런데 어째서 이런 짓을 저지르고 싶어지는 것일까.

하지만 그런 마음과는 반대로 몸이 멋대로 반응했다.

신이치는 스미노의 머리 밑에서 팔을 뺐다. 두 손을 스미노의 가녀린 목으로 천천히 가져갔다.

'그만해―, 그만하라고―!'

신이치는 몸을 지배하는 욕망에 필사적으로 저항했다. 스미노의 잠든 얼굴을 정면으로 보면서 입술을 깨물었다. 너무 세게 문

탓에 입안에 피 맛이 퍼졌다.

'여기서 나가야 한다—.'

신이치는 스미노의 목에서 간신히 손을 떼고 여세를 몰아 침대에서 일어났다. 곧바로 침실 밖으로 뛰쳐나갔다.

하지만 스미노의 곁을 벗어나서도 마음속에 둥지를 튼 욕망은 잦아들지 않았다.

한번 그 욕망이 몰아치니, 자신의 이성으로는 도저히 막을 수 없었다.

'어서 여기서 나가야 한다—.'

침실로 돌아가서 스미노가 깨지 않도록 조심스럽게 옷방으로 들어갔다. 적당한 옷으로 갈아입고 서랍에서 가발을 꺼냈다. 꺼낸 가발을 가방에 넣고 밖으로 나갔다.

주차장으로 가서 갓 뽑은 국산 차에 올라탔다. 떨리는 손으로 시동을 걸었다.

이제 어떻게 해야 할까….

일단 어디든 좋다. 이 주체할 수 없는 갈증을 채울 수 있는 장소로 가야 한다.

신이치는 피를 말리는 격렬한 허기로부터 도망치기 위해 액셀을 밟았다.

$$\unicode{x23F3}$$

23

조수석으로 시선을 던져 보니, 의외의 광경이 눈에 들어왔다.

휴대전화 화면을 들여다보며 료가 살짝 웃고 있었다. 지금까지 한 번도 본 적 없는 표정이었다.

"무슨 일 있으세요?" 토모키가 자기도 모르게 물었다.

"딱히. 아무 일도 없어. 그런데 너, 비비라고 아냐?" 료가 휴대전화를 내리고 물었다.

"비비요⋯?"

토모키가 아는 것 중에 '비비'와 비슷한 발음이 나는 것은 가수 VIVI밖에 없었다. 하지만 설마 료가 VIVI를 물었을 것 같지는 않았다.

"음식이에요?"

"아니, 가수래."

"아⋯. VIVI요? 알아요."

"유명해?"

"국내에서는 모르는 사람이 더 적을걸요."

"그럼 그중에 한 명이 나네."

료가 쓴웃음을 지었다.

"근데 VIVI가 왜요?"

"방금 미즈키한테 메시지가 왔는데, 그 사람 전국 투어에서 백댄서를 하게 됐대."

댄서가 꿈이라던 그녀가 VIVI의 백댄서가 됐다—.

"이야, 대단하네요!" 토모키는 자기도 모르게 환호성을 질렀다.

"근데 나는 그게 얼마나 대단한 건지 감이 안 와. 그래서 뭐라고 답장을 해야 할지…"

료가 그렇게 말하면서 휴대전화를 쳐다보았다.

"아주 악명 높은 연쇄 살인범을 체포한 거랑 비슷한 정도로 대단할걸요."

토모키가 말하자, 료가 쳐다보았다.

딸의 일에 그런 비유를 들어서 화났나 하고 불안해졌다.

"그래…? 엄청 대단한 일이네."

료가 미소 지었다.

주차장에 차를 대고, 토모키와 료는 어제에 이어 킨시쵸 주변 전화방을 탐문하러 돌아다녔다.

료는 힘들어 보였다. 토모키는 료의 초췌한 얼굴과 휘청거리는 걸음걸이를 보며 입원이 필요한 병이 아닐까 걱정했다.

몸 상태가 완전히 회복될 때까지 쉬어야 하지 않나 하고 생각했다.

지금 자신들은 살인범을 잡는다는 중요한 일을 하고 있기는 하다. 하지만 어디까지나 일일 뿐이다. 형사든 회사원이든 댄서든 제빵사든, 심지어는 총리라고 해도 직업은 직업일 뿐이다. 그리고 직업인 이상, 자신을 대신할 사람은 얼마든지 있다.

순간, 빵을 반죽하는 아버지의 모습이 토모키의 뇌리를 스쳤다. 겨우 일 때문에 그렇게까지 몸을 혹사시켜야 할까.

그리고, 소중한 가족이 쓰러졌을 때 병원에 가는 것보다 일을 우선시하는 게 맞을까.

전화방 간판을 발견하고 상가 건물로 들어갔다. 엘리베이터가 없어서 계단으로 향했다. 계단 앞에 도착하자, 료의 한숨 소리가 들려왔다. 경사가 가파른 계단이었다. 전화방은 이 계단을 올라 3층에 있다.

"저 혼자 다녀올까요?"

토모키가 말하자, 료는 무슨 말을 하는지 모르겠다는 표정을 지으며 계단을 오르기 시작했다.

료는 계단 하나하나를 지르밟듯이 천천히 올라갔다. 토모키는 료의 뒤를 따르며 걱정스럽게 그 다리를 쳐다보았다. 가까스로 3층까지 올라가자, 료는 숨이 턱에 닿은 듯했다. 전화방 간판이 걸린 문을 열고 안으로 들어갔다.

"어서 오세요."

프런트 안쪽에서 젊은 남자가 둘을 맞이했다.

"경시청에서 나왔는데, 잠시 말씀 좀 여쭙겠습니다." 토모키가 료 대신 경찰 신분증을 제시하며 말했다.

"경찰…?"

경찰 신분증을 보자 남자는 당황한 표정을 지었다.

"17일 밤 이곳을 방문한 손님에 관해 여쭤보고 싶은데요."

"17일…."

"지지난주 토요일 밤입니다. 그때도 프런트에서 일하셨습니까?"

"네."

토모키는 오카모토 마키와 함께 간 남자의 특징을 들려준 다음 그런 사람이 오지 않았었냐고 물었다.

"그렇게 듣기만 해서는…." 남자가 난처한 표정을 지었다.

어디를 가서 물어봐도 매번 비슷한 반응이다.

"목소리에 특징이 있는데…. 혹시 '세계의 풍경'이라는 TV 프로그램을 아십니까?"

토모키가 묻자, 남자가 고개를 끄덕였다.

"좋아해서 꽤 자주 봐요."

"거기서 성우를 하는….'

이름이 떠오르지 않는다.

"쿠마가이 토시키!" 남자가 말을 받듯 대답했다.

"네, 아마 그럴 거예요."

"저 그 사람 왕팬이에요. 은근한 멋이 있거든요."

"그렇군요. 그 사람과 목소리가 비슷합니다. 말투라고 할까요…, 그 사람처럼 부드러운 느낌입니다."

남자의 시선이 고정됐다.

"있었어요, 그런 사람."

남자의 말에 토모키와 료가 눈빛을 주고받았다.

"진짭니까?" 료가 물었다.

"목소리가 꽤 비슷하다고 생각한 기억이 나요."

"혹시 그 손님이 보청기를 끼고 있었습니까?"

"보청기요?"

"귀에 끼는 거요." 료가 자기 귀를 가리키며 말했다.

"글쎄요. 목소리는 인상적이어서 기억나는데, 거기까지는….'

토모키는 천장을 올려다보았다. 프런트 위쪽에 CCTV가 달려 있었다.

"그때 영상은 남아 있나요?" 토모키가 물었다.

"점장님한테 물어봐야 알 수 있어요."

"점장님은 지금…?"

“사무실에 있어요.”

“불러 주실 수 있습니까?”

토모키가 부탁하자, 남자는 전화로 사무실에 연락했다.

15분쯤 기다리자, 정장을 입은 중년 남자가 왔다. 작은 가방에서 DVD 한 장을 꺼냈다.

“17일 밤 영상입니다.”

프런트에 있는 컴퓨터에 DVD를 넣고 재생했다. 빠르게 재생하면서 화면을 보던 남자가 “아” 하고 목소리를 높였다.

토모키와 료가 동시에 모니터를 들여다보았다.

그다지 선명하지 않은 흑백 영상이었다. 캡 모자를 쓴 장발 남자의 모습이 찍혀 있었다. 선글라스를 끼고 수염을 길렀다.

“9시 반쯤에 와서 30분 정도 있다가 나갔네요.”

장발이라서 귀에 보청기를 꼈는지는 알 수 없었다. 인상도 편의점 남자와 동일 인물인지 확신이 서지 않았다. 다만 복장으로 보아 한 가지만은 단언할 수 있었다.

‘이 녀석은 변장을 했다—.’

모니터를 보던 료가 토모키 쪽으로 눈을 돌렸다. 잠시 두 사람의 시선이 교차했다.

형사의 감은 료에게 무어라 말하고 있을까. 혹시 토모키에게도 형사의 감이 있는 거라면, 그 감은 이 녀석이 범인이라고 말하고 있었다.

“이 남자가 어느 방으로 들어갔죠?” 료가 물었다.

“아마⋯.”

프런트를 보는 남자가 장부를 펼쳤다. 손님의 이름과 이용한 방이 적혀 있었다.

“3호실이네요. 이름은 ‘야마다 타츠야’로 돼 있어요.”

“죄송하지만, 몇 시간만 손님을 받지 말아 주시겠습니까?”

감식반을 부르려는 모양이다.

“일단 서에 연락하자.” 료가 토모키에게 말했다.

료는 남자와 점장에게 고맙다는 인사를 하고 가게를 나왔다.

토모키도 료를 쫓아 밖으로 나왔다. 뒤쫓던 등이 순간 휘청거리나 싶더니, 료가 그대로 계단에서 발을 헛디뎠다. 연달아 계단을 굴러 2층 계단참까지 떨어졌다.

“료 씨!”

쓰러진 채 꿈쩍도 하지 않는 료를 향해 토모키가 소리쳤다.

⧗

24

머리에 둔한 통증이 느껴져서 천천히 눈을 떴다.

눈 부신 빛이 시야에 비쳐 들었다. 천장의 형광등이 눈에 들어왔다.

'여기가 어디지…?'

낯선 광경에 불안을 느끼며 주변을 둘러보았다. 흰 가운을 입은 남자가 침대 옆에 서 있었다. 그 뒤에는 토모키가 있었다. 아무래도 병실인 것 같다.

"정신이 드세요?" 흰 가운을 입은 남자가 말을 걸어왔다.

"내가 왜 여기 있는 거야?"

토모키에게 물으려고 료가 상반신을 일으켰다. 온몸에 통증이 번졌다.

"무리하지 마세요."

흰 가운을 입은 남자가 료를 제지했다.

"수사 중에 계단에서 구르셨어요." 토모키가 말했다.

그 말을 듣고 그제야 기억이 돌아왔다.

킨시쵸에 있는 전화방. CCTV 영상에서 범인으로 보이는 남자를 발견했다. 본부에 연락하려고 가게에서 나온 순간 계단에서 발을 헛디뎠다.

"감식반은?" 해야 할 일이 떠올라 물었다.

"본부에 이미 연락했어요. 안심하세요."

"그래. 이제 서로 돌아가자. 수사 회의에 가야지."

아픈 몸을 이끌어 담요 밖으로 나가려는데, 의사가 막았다.

"당분간 가만히 계세요. 갈비뼈와 왼손 손가락 두 개가 골절됐습니다. 머리를 부딪히셨으니 정밀 검사도 필요하고요. 입원하셔야 합니다."

의사의 말을 듣고 손을 감싼 깁스를 뒤늦게 알아차렸다.

"하지만…."

"제가 지금 바로 서로 가서 수사 회의에 참석할게요. 걱정하지 마세요."

"부탁한다."

토모키가 고개를 끄덕였다.

병실을 나가는 토모키를 료가 불러 세웠다.

"미안한데…, 미즈키한테 연락해서 갈아입을 옷 좀 가져다 달라고 해 줄래? 너무 요란 떨지는 말고."

그리고 미즈키의 휴대전화 번호를 불러 주자, 토모키가 수첩에 받아 적고서 의사와 함께 병실에서 나갔다.

료는 눈을 감았다.

정말이지 얼빠진 실수를 저질렀다.

분했지만, 달리 어쩔 도리가 없어서 밀려오는 잠에 그대로 몸을 맡기기로 했다.

노크 소리에 눈을 떴다.

시계로 눈을 돌려 보니, 밤 10시가 지나 있었다. 세 시간 정도 잔 모양이다.

"네."

대답하자, 문이 열리고 미즈키가 들어왔다. 자신과 눈이 마주치자 미즈키는 놀란 듯 눈을 동그랗게 떴다.

"대체 무슨 사고를 친 거야…?"

"그냥 빈혈 때문에. 일하던 중에 현기증이 났어. 하필 그때 장소가 계단이라 좀 굴렀어."

"이렇게 크게 다친 줄은 몰랐어. 토모키 씨가 별일 아니라고 했단 말이야. 얼마나 입원해야 해?"

미즈키가 가까이 다가와서 침대 옆에 가방을 놓았다.

"검사만 끝나면 바로 퇴원할 수 있어."

"그래…. 나 이제 공연 리허설 때문에 바빠지니까, 쓸데없는 걱정 끼치지 마."

"미안하다."

료가 말하자, 미즈키는 그 이상은 할 말이 없다는 듯 등을 돌리고 문으로 향했다.

"미즈키." 불러 세웠다.

"축하한다. VIVI의 백댄서가 되는 게 연쇄 살인범을 체포한 것만큼 대단한 일이라고 토모키가 그러더라."

"그런 비유는 좀…. 그래도 고마워. 다음은 아빠 차례야."

미즈키가 미소 지었다.

"그래. 어서 퇴원해서 분발할게."

$$\unicode{x29D6}$$

25

"토모키."

경찰서로 돌아가자, 접수대에 있던 안도가 불러 세웠다.

"료가 사고를 당했다며? 괜찮은 거야?" 안도가 걱정스러운 표정으로 물었다.

"네…. 빈혈이 있었는지 계단에서 발을 헛디뎠어요. 옆구리 갈비뼈랑 왼손 손가락이 부러졌고, 머리도 부딪혀서 일단 당분간 입원해야 한대요."

"그래? 료가 그런 사고를 당하다니, 웬일이지?"

료는 그냥 피로 때문이라고 말했지만, 지난 며칠간 초췌하기 그지없던 얼굴과 힘없는 몸 상태로 보아 단순한 피로는 아닌 것 같았다. 무언가 큰 병에라도 걸린 것이 아닐까, 그런 생각을 하던 차에 사고가 났다.

이제 입원했으니 본인이 싫어도 진료받게 될 것이고, 쉴 수도 있을 것이다. 이번 사고는 료처럼 완고한 사람에게는 오히려 다행이었을지도 모른다.

"죄송합니다. 이제부터 수사 회의가 있어서요."

토모키는 안도에게 인사하고 계단으로 향했다.

"다음—."

형사과장의 호명에 토모키가 일어섰다.

"오늘 탐문한 킨시쵸 전화방에서 한 남자에 관한 목격 정보를 얻었습니다. 남자는 17일 밤 9시 반쯤 가게에 들어왔다가 약 30분 만에 나갔습니다. 남자는 키 180센티 정도에 마른 체형입니다. 그리고 시부야에서 오카모토 마키와 같이 이동한 것으로 추정되는 남자와 마찬가지로, '세계의 풍경'에 나오는 성우와 목소리가 비슷하다는 증언이 나왔습니다."

토모키가 앞에 놓인 사진을 집어 들었다. 전화방 CCTV에 찍힌 남자의 사진이다.

"나눠 드린 사진에서 보이듯이, 전화방에 들어온 남자는 선글라스를 끼고 캡 모자를 썼으며 장발이었습니다. 하지만 변장이라고 한다면 13일 새벽 시부야에서 목격된 남자와 동일인일 가능성이 크다고 봅니다."

토모키는 거기까지 보고하고 의자에 앉았다.

"이와 관련해서 제가 추가로 보고하겠습니다."

강당 앞 간부 자리에 앉아 있던 타카스기 계장이 일어섰다.

"토모키 수사관에게 연락을 받고 감식반과 함께 그 전화방에 다녀왔습니다. 채취한 모발 중에 범인의 DNA와 일치하는 것이 있는지 현재 조사 중입니다. 그리고… 오늘 아오이 료 수사관이 사고로 부상을 입었습니다."

타카스기가 보고하자, 앞에 앉은 효마가 뒤를 돌아보았다.

토모키 옆의 빈자리를 응시하며 한숨을 내쉬고 고개를 저었다.

"큰 문제는 없다고 하는데, 며칠은 입원해 있어야 한다고 하니 담당 수사관을 임시로 변경하겠습니다."

수사 회의가 끝나자 효마가 토모키 쪽으로 다가왔다.

"무슨 사고인데?" 효마가 앞에 서서 물었다.

무시하고 강당에서 나가려고 했지만, 효마가 내뿜는 위압감에 다리가 얼어붙었다.

"현기증이 나는 바람에 계단에서 굴렀어요."

"한심한 놈." 효마가 코웃음을 쳤다.

토모키는 고개를 숙였다. 자신에게 대단한 의리는 없었지만, 같은 일을 하는 동료에게 이런 태도를 보이는 효마가 괘씸했다.

"이제 그 녀석 얼굴을 안 봐도 되니까 속이 다 시원하네."

"저는 이만…"

토모키는 효마에게 고개 숙여 인사하고 출구로 향했다.

"어이, 토모키."

자신을 부르는 소리에 고개를 돌렸다. 카타기리와 호리가 다가왔다.

"반장님은 괜찮으셔?" 카타기리가 걱정스러운 얼굴로 물었다.

"네… 뭐…"

그렇게 대답할 수밖에 없었다.

"같이 밥 먹으러 갈래?"

토모키의 표정에서 무언가를 읽었는지, 카타기리가 계단 쪽을 손가락으로 가리키며 말했다.

"그러고 보니…, 3년 전에도 한 열흘 정도 입원하신 적이 있었어." 토모키가 최근 료의 몸 상태가 마음에 걸렸다고 털어놓자, 카타기리가 떠올랐다는 듯 말했다.

"무슨 병이었어요?" 토모키가 젓가락을 멈추고 물었다.

"위궤양이라셨어."

"그래요?"

"사실 나도 요즘 반장님 상태가 마음에 걸렸어. 8월 중순쯤부터 가끔 힘들어 보이실 때가 있었거든."

"한 달도 더 전부터요? 병원에는…?"

"그땐 이케부쿠로에서 일어난 살인사건을 수사하느라 바빠서 못 가셨을걸."

"그냥 쉬면 되는 거 아닌가요?"

"그런 사람이 아니라서."

카타기리는 쓴웃음을 지으며 맥주에 입을 댔다.

"한 가지 여쭤보고 싶은데요…."

"뭔데?"

"료 씨랑 효마 씨는 왜 그렇게 사이가 나쁘죠? 같은 계에서 일하는 동료잖아요."

"그냥 서로 안 맞아. 나도 5년 전에 5계에 들어온 거라 그보다 전에 있었던 일은 잘 모르지만."

카타기리의 이야기에 따르면, 효마가 5계에 들어온 10년 전부터 두 사람은 마음이 맞지 않았다고 했다.

동갑이기는 하지만 료는 자신의 수사 1과 경력이 더 길다는 자부심이 있었고, 효마는 자신의 계급이 위라는 생각이 있어서, 사건에 대한 견해와 수사 방침으로 빈번히 대립했다고 한다.

"처음부터 사이가 좋지 않았지만, 결정적으로 관계에 금이 가게 된 사건이 있었어."

"어떤…."

"재작년에 일어난 묻지 마 살인사건 기억나? 오모테산도에서 네 명이 살해당한."

그 사건이라면 또렷이 기억한다. 황금연휴로 붐비는 대낮 거리에서 20대 남자가 행인들에게 연달아 칼을 휘둘렀다.

사형당하고 싶어서 사건을 일으켰다고 했다.

신문을 받으며 그렇게 의기양양하게 떠드는 범인에게 료는 격분해서 주먹을 휘둘렀다고 한다.

세간에 공연히 알려지지는 않았지만, 범인은 그 이후 일절 입을 열지 않아서 아무런 진술도 듣지 못하게 됐다고 한다.

"효마 주임님은 그때 반장님의 행동에 격노했어. 범인한테 벌을 주는 건 우리 일이 아니라고. 자기 분을 통제하지 못하고 팀의 화합을 깨뜨리는 놈은 필요 없다고 하셨지. 그전까지 반장님에게 신뢰를 보이던 다른 수사관들도 주임님 말에 동조해서…."

그래서 료가 5계 안에서 사면초가의 상황에 놓였다는 것인가.

확실히 효마의 말은 이해된다. 경찰관으로서 정론이다. 하지만 그런 행동을 할 수밖에 없었던 료의 심경도 이해하지 못할 것은 없었다.

재작년 황금연휴면 료가 아내를 잃고서 얼마 되지 않았을 때다. 그래서 다른 사람의 목숨을 하찮게 여기는 인간을 용서할 수 없다는 분을 억누르지 못했는지도 모른다.

"료 씨는 경위라고 하던데…, 그렇게 경력이 긴데 왜 아직 경위죠?" 토모키가 이참에 의아하게 생각하던 것을 물었다.

"승진 시험을 준비할 시간에 조금이라도 더 현장을 뛰어다니고 싶어서였을걸. 그런 사람이니까."

그런 료에게 경의를 표하고 싶어서 자신은 '반장'으로 부르고 있다고 카타기리가 덧붙였다.

"맥주 하나 더 시킬까?"

카타기리가 빈 맥주병을 들고 물었다.

“아니요…. 저는 이만 가 보겠습니다.”

토모키는 그렇게 말하고 일어났다.

그대로 료가 입원해 있는 병원으로 가야겠다는 마음이 들었다.

다른 사람도 아니고 료다. 분명히 수사의 진척 상황과 오늘 한 수사 회의 내용이 궁금할 것이다.

병원 복도를 걷는데, 맞은편에서 걸어오는 미즈키가 보였다.

얼굴을 마주하는 것은 패밀리 레스토랑 주차장에서 만난 뒤로 처음이었다. 조금 어색했지만, 의외로 미즈키는 웃으면서 토모키에게 다가왔다.

“아까 연락 주신 거 감사해요.”

“아버지 상태는 좀 어때? 나는 료 씨가 눈을 뜨자마자 경찰서로 복귀해서 제대로 대화를 못 했거든.”

“이렇게 바보 같은 사고를 쳐서 쑥스러운지 평소랑은 달리 나긋나긋해요.”

“그래?”

“아빠한테 다정한 말을 들으니까 왠지 모르게 거북해요.”

“그럴 수 있지…, 료 씨한테 들었는데 VIVI의 백댄서가 됐다면서? 대단하네.”

“오늘 딱 오디션 합격 공지가 떴어요. 이런 날에 아빠가 이렇게 될 줄은 상상도 못 했지만. 어쩌면 아빠의 운을 제가 가져다 써 버렸나 봐요.” 미즈키가 장난스럽게 웃어 보였다.

병실 문을 노크하려고 한 순간, “혹시 재발한 거야?”라는 남자의 목소리가 들렸다.

안도였다. '재발'이라는 단어를 듣고, 토모키는 노크하려던 손을 자기도 모르게 뒤로 뺐다.

"그냥 현기증이었어요."

료의 목소리가 들렸다.

"잠깐이지만 내가 네 상사였어. 목소리만 들어도 뭔가 숨기는 게 있다는 거 정도는 알아."

"제가 졌네요. 아무한테도 말하지 말아 주세요."

잠시 침묵이 흘렀다.

"위암 말기라네요."

"본부에 있을 때가 아니잖아. 입원해서 수술을 받든가 해야…."

"이미 그럴 수 있는 상태가 아니에요. 이미…, 늦었어요. 아마 몇 개월 정도 남았을 겁니다."

그 말에 토모키는 심한 충격을 받았다.

위암 말기에, 앞으로 몇 개월밖에 남지 않았다고?

"미즈키랑 켄고는 알아?"

"아직 말하지 못했어요. 아니, 뭐라고 말해야 할지 도무지 모르겠습니다. 유미코도 떠났는데, 저까지 이렇게 된 걸 알면 그 녀석들은 이제 어떻게…."

"그래도 확실히 말해야지. 유미코 씨 때는 너무 갑작스러웠어. 미즈키하고 켄고는 어머니한테 작별 인사도 못 해서 한스러웠을 거야. 아버지한테도 그런 마음을 가지게 할 거야?"

"알겠습니다…."

"아무튼 휴직해. 그리고 남은 시간을 아이들과 최대한—."

"휴직은 안 합니다. 퇴원하면 바로 본부로 돌아갈 거예요."

"무슨 소리를 하는 거야!"

온화하던 안도의 말투가 조금 거칠어졌다.

"지금 쫓고 있는 범인을 잡을 때까지는 관두지 않을 겁니다. 유미코와 약속했어요."

"유미코 씨가 네가 그러기를 바랄 거라고 생각해?"

"모르겠습니다. 어쩌면 그냥 도망치고 있는 걸지도 모르죠. 그 녀석들을 보고 있는 게 힘들어서…. 하지만 그러기로 결정했습니다. 저는 죽을 때까지 형사로 있을 겁니다."

"아직도 그 일에 연연하는 거야?"

"맞습니다. 사실 저도, 유미코도, 계속…."

"머리를 조금 식히고서 다시 생각해. 어찌 됐건 지금 상태로는 본부에 돌아와도 짐만 될 뿐이야."

갑자기 병실 문이 열리더니 안도가 나왔다.

안도는 토모키와 눈을 마주치고 놀랐다. 토모키가 시선을 피하자, 이번에는 침대에서 이쪽을 보고 있는 료와 눈이 마주쳤다.

"죄송합니다. 엿들을 생각은 없었는데…."

토모키는 안도 옆을 지나서 침대로 다가갔다. 가방에서 오늘 회의에서 받은 수사 자료를 꺼내 침대 옆 협탁에 두었다.

"이걸 전해 드리러…."

그 이상 할 말이 없었다. 료를 보는 것마저도 괴로웠다.

토모키는 아무 말도 하지 않고 걸음을 돌려 문으로 향했다.

"토모키." 료가 토모키를 불러 세웠다.

뒤돌아보자, 침대 위에서 료가 날카로운 시선으로 토모키를 빤히 쳐다보았다. 그러다 천천히 오른손 검지를 자신의 입술로 가져갔다.

"아무한테도 말하지 마."

⧗

26

휴대전화 벨 소리에 스미노는 헉하고 눈을 떴다.

서둘러 테이블 위에 있는 휴대전화를 집어 들었다. 메시지가 와 있다. 하지만 회사 동료에게서 온 것이었고, 신이치가 보낸 것이 아니었다. 휴대전화를 쥔 손에서 힘이 빠져나갔다.

시계를 보니, 벌써 밤 11시가 넘었다.

신이치는 대체 어디에서 무얼 하고 있을까.

휴대전화를 쳐다보며 초조함에 시달릴 수밖에 없는 자신이 한심했다.

오늘 아침 눈을 떠 보니, 침대 옆자리에 있어야 할 신이치가 없었다. 처음에는 먼저 깨서 거실로 나갔나 했지만, 집 안을 아무리 찾아봐도 신이치는 없었다.

자신에게 말 한마디도 하지 않고 외출하다니….

불안이 점점 불어나서 신이치의 휴대전화로 몇 번이나 전화를 걸고 메시지도 보내 봤지만, 아무런 답도 받지 못한 채 이 시간이 되었다.

대체 무슨 일일까.

스미노는 울리지 않는 휴대전화를 쳐다보며 내내 생각했다.

혹시 신이치는 사실 스미노가 거추장스러웠던 것이 아닐까.

스미노는 조금이라도 오래 신이치와 함께 있고 싶었다. 신이치도 그러기를 바랄 거라고 굳게 믿었다. 그래서 매일같이 이렇게 신이치의 집을 찾아왔는데, 그게 귀찮았던 걸까.

남은 시간 동안 신이치와 되도록 오래 함께 있고 싶다는 생각이 스미노의 머릿속에 든 전부였지만, 신이치는 자신에게 남은 시간을 다르게 보내고 싶었을지도 모른다.

신이치의 마지막 순간까지 함께 있고 싶다는 바람은 그저 자신의 이기적인 마음이었을까—.

그렇게 생각하자, 어젯밤 신이치의 침실을 찾아간 자신의 행동이 갑자기 부끄럽게 느껴졌다.

현관 쪽에서 소리가 들렸다.

놀란 스미노는 바로 소파에서 일어나 거실을 지나 현관으로 향했다.

문을 열고 들어온 신이치와 눈이 마주쳤다. 그런데 신이치가 조금 어색해하며 시선을 피했다.

"왔어?"

스미노가 말하자, 신이치는 가볍게 고개를 끄덕인 뒤 신발을 벗고 안으로 들어왔다. 아래를 보니 신이치의 가죽 구두가 진흙 같은 것으로 지저분해져 있었다.

신이치는 스미노의 눈을 피하며 옆을 그냥 지나쳤다.

순간, 싸구려 향수 냄새가 스미노의 콧속에 흘러들어 왔다.

뒤돌아보니 신이치는 지친 듯 등을 구부정하게 구부린 채 거실을 향해 갔다.

"일단 샤워 좀 할게."

신이치는 열쇠 지갑을 거실 테이블 위에 던지고서 욕실로 갔다.

그 등을 바라보며 스미노는 아무 말도 하지 못했다.

'대체 뭐가 어떻게 된 거지?'

어제까지와는 완전히 딴판으로 자신을 대하는 그 어색한 태도가 신경 쓰였다.

게다가 방금 그 향수 냄새. 혹시 이런 식으로 일부러 티를 내는 것일까.

신이치는 다정한 성격이라 실은 자기가 찾아오는 게 귀찮은데도 직접 말하지 못하는 것일지도 모른다. 그래서 자신이 눈치챌 수 있게 티를 내려는 것일까.

문득 테이블 위에 놓인 열쇠 지갑이 눈에 들어왔다. 열쇠 네 개가 걸려 있었다. 하나는 자신이 받은 것과 같은 이 집 열쇠다. 다른 두 개는 차 열쇠인 것 같다. 네 번째 열쇠는 무슨 열쇠일까.

어디 다른 집 열쇠일까.

이해하기 힘든 상황 탓인지 자기도 모르게 그런 엉뚱한 생각이 머릿속에 떠올랐다.

욕실에서 신이치가 나왔다. 목욕 가운으로 갈아입은 상태였다. 스미노와 눈이 마주쳤다. 하지만 신이치는 아무 말도 하지 않고 계단을 올라갔다.

계단 위에서 방문이 닫히는 소리가 들리자 스미노는 소파로 향했다. 휴대전화를 들고 막차 시간을 찾았다. 20분 뒤인 11시 54분이다. 아직 탈 수 있다.

스미노는 가방을 챙겨 거실을 나갔다. 그런데 현관으로 향하던 중에 멈춰 섰다. 역시 신이치에게 아무 말도 하지 않고 집에 가 버리는 것은 좋지 않다는 생각이 들었다. 인사라도 하고 돌아가야겠다고 생각했다.

2층 침실로 가서 문을 노크했다.

"열어도 돼?"

스미노가 묻자, "어…"라는 대답이 돌아왔다.

문을 열자, 침대 위에서 상반신을 일으키고 앉은 신이치가 스미노 쪽을 보았다.

"오늘은 집에 갈게."

스미노가 말하자, 신이치의 눈빛이 강해졌다.

"그리고…, 혹시 내가 민폐였다면 확실히 말해 줘."

"민폐?"

신이치는 스미노의 눈치를 살피려는 듯이 스미노의 얼굴을 보았다.

"내가 여기에 있는 게…."

스미노가 고개를 살짝 떨어뜨렸다.

"미안해."

신이치의 말에 다시 고개를 들었다.

"그런 거 아니야…. 스미노가 옆에 있어 주는 걸 민폐라고 생각한 적 절대 없어."

신이치의 목소리가 변명하는 어린아이처럼 가냘파졌다.

"왠지 갑자기 무서워져서 그랬어…."

"무서워?" 스미노가 다정한 목소리로 물었다.

"응. 나도 어떻게 해야 할지 모르겠어. 혼자 있는 것도 무서워. 하지만 소중한 사람과 함께 있는 건 더 무서워. 죽는 게…, 죽는 게 너무 무섭게 느껴져서일까?"

신이치가 겁먹은 듯 몸을 떨었다.

스미노는 침실 안으로 들어가 신이치에게 다가갔다. 침대에 걸터앉아서 옆에 있는 신이치의 머리카락을 부드럽게 쓰다듬었다. 그것 말고는 자신이 해 줄 수 있는 것이 아무것도 떠오르지 않아서 안타까웠다.

"미안해. 내가 너한테 상처를 줬다면…, 용서해 줘. 가지 마. 내 곁에 있어 줘…" 용서를 구하듯 신이치가 고개를 폭 숙인 채 중얼 거렸다.

"응. 그냥 신이치가 걱정됐을 뿐이야."

그렇게 말하자, 신이치가 스미노를 끌어안았다.

스미노의 몸을 강하게, 강하게, 끌어안았다. 잠시 후 신이치가 열 렬히 스미노의 입술을 탐했다. 스미노도 거기에 응했다.

신이치는 거칠게 스미노의 옷을 벗겼다. 브래지어를 벗겨 내고 격렬하게 가슴을 빨았다.

스미노는 눈을 감고 신이치의 따뜻한 손이 하는 대로 몸을 맡겼 다.

"스미노…"

이윽고 신이치의 뜨거운 것이 스미노의 안에 들어왔다. 거친 호 흡과 함께 자신의 안쪽 깊숙한 곳을 치고 올라왔다.

몇 년 만의 감각인가. 쾌감과 함께 희미한 두려움이 스미노의 마음 한구석에서 솟아났다. 열아홉 살 때, 처음으로 신이치가 자 신 안에 들어왔을 때의 감각—.

인간은 성욕을 채우기 위해서라면 악마로도, 짐승으로도 변모 하는 생물임을 안다. 열아홉 살이 되기 전까지 스미노는 섹스를 어쩐지 소름 끼치는 행위로 생각했었다. 하지만 신이치에게 안기 고 나서부터는 그런 생각이 눈 녹듯 사라졌다. 아픔을 견디면서도 신이치와 하나가 될 수 있어 행복했다.

지금도 이렇게 신이치에게 안겨서 행복을 느끼고 있다.

하지만 몸의 쾌감이 커질수록 마음 한구석에 싹튼 두려움도 조 금씩 증식해 갔다.

신이치의 손에서 느껴지는 온기가 가슴에서 목덜미 근처로 다가왔다.

순간 신이치에게 목을 졸렸을 때의 감각이 되살아났다. 그때 스미노가 눈을 떴을 때, 신이치는 무시무시한 표정으로 자신을 노려보며 "죽어…. 죽어…"라고 중얼거리고 있었다.

무섭다…. 눈을 뜨기가 무섭다….

하지만 두 번 다시는 신이치의 손을 놓지 않을 것이다.

스미노는 자신의 목덜미에 있는 신이치의 손에 손을 얹었다.

그리고 천천히 눈을 떠 보니, 신이치가 빤히 쳐다보고 있었다.

"스미노…. 스미노…. 사랑해…."

신이치는 사랑스러운 눈빛으로 자신을 보며 격렬하게 허리를 움직였다.

더는 아무것도 생각할 수 없었다. 생각할 필요도 없었다. 스미노의 몸 안이 온기로 가득 채워짐과 동시에 머릿속이 새하얘졌다.

눈이 떠지자, 곧바로 옆을 보았다.

신이치가 새근거리며 기분 좋게 자고 있다.

신이치의 머리카락을 쓰다듬으며 잠든 그 얼굴을 잠시 찬찬히 뜯어보았다. 가슴속에서 사랑이 넘쳐흐른다. 문득 신이치의 목덜미가 신경 쓰여서 얼굴을 가까이 가져갔다. 신이치의 목덜미에 손톱으로 할퀸 것 같은 상처가 나 있었다. 자신은 그런 짓을 한 기억이 없다.

"좋은 아침." 눈을 뜬 신이치가 미소 지으며 말했다.

"좋은 아침." 스미노는 대수롭지 않은 의문을 떨쳐 내며 미소로 답했다.

"지금 몇 시야?"

"아직 6시쯤이야." 스미노가 시계를 보고 대답했다.

회사에 갈 준비를 해야 한다. 그 전에 신이치의 아침밥을 만들고 갈 것이다.

"나는 회사에 가야 해. 신이치는 푹 쉬고 있어." 스미노가 옷을 입으며 말했다.

"응, 그럴게. 어제는 뭔가 피곤했어…. 근데 행복한 하루였어."

스미노에게도 그랬다. 첫사랑인 사람과 마침내 진정으로 이어진 날이었다.

"있잖아, 스미노."

방을 나가려고 하는데, 신이치가 불러서 뒤돌아보았다.

"스미노네 언니는 잘 지내셔?"

신이치의 말에 스미노는 동요했다.

"응. 본가에서 온천 여관 일을 돕고 있어." 스미노는 가슴속에서 퍼져 가는 동요를 들키지 않으려고 애쓰며 대답했다. 계단을 내려가면서 불길한 상상이 커져 갔다.

신이치가 언니에 대해 물은 적은 처음이었다. 물론 신이치는 자신에게 언니가 있다는 사실을 알았다. 그런 충격적인 광경을 목격했을 때도 언니와 함께였으니까.

하지만 대학교에서 재회한 신이치는 스미노의 언니를 기억하지 못했다. 당연히 그때의 기억도.

샤워를 하고 부엌에 가서 신이치의 아침밥을 준비했다. TV 뉴스에서는 여전히 흉흉한 사건만 보도되었다.

타나카 쇼코라는 직장인 여성이 목을 졸려 살해당한 사건이다. 이 여자 전에는 여대생이 동일범에게 동일 수법으로 살해당했다.

첫 번째 사건이 발생하고 2주 넘게 지났지만, 범인은 아직 잡히지 않았다고 한다.

두 피해자에게서 접점이 발견되지 않은 것으로 보아 무차별적으로 여자를 공격하는 쾌락 살인마의 소행이라는 듯했다. 이런 유형의 범죄자는 자신의 욕망을 억누르지 못하고 계속 범행을 거듭하는 위험성이 있으니 조심해야 한다고, 해설자로 나온 전직 형사가 설명했다. 그리고 여대생과 직장인 여성을 살해한 범인이 동일 인물로 밝혀질 수 있었던 건 두 피해자의 손톱에서 검출된 피부 조각의 DNA가 일치했기 때문이라고 한다.

피해자는 둘 다 정면에서 목을 졸려 살해당했다. 죽어 가는 순간, 괴로움에 범인의 목과 얼굴을 할퀴어서 손톱에 피부 조각이 남는 경우가 적지 않다고 했다.

그 피해자들은 얼마나 무섭고 괴로웠을까.

그 여자들은 범인이 목을 조르기 전까지 자신이 죽으리라고는 상상조차 하지 못했을 것이다.

아마 삶의 행복한 순간들을 회상하지도 못한 채, 죽고 싶지 않다는 생각만을 남기며 살해당했을 것이다.

끔찍하다——.

왜 이렇게 매일같이 사람이 살해당하는 것일까. 정말 이해할 수 없다고 생각한 순간, 사람을 죽이고 싶다는 심리가 자신의 마음 한구석에도 있었음을 깨닫고 마음이 무거워졌다.

그때, 초등학교 6학년이던 스미노는 사람을 죽이게 돼도 어쩔 수 없는 상황이 있다는 생각을 했다.

27

노크 소리가 들려서 료는 "네"라고 대답했다.

문이 열리고 후쿠다가 병실에 들어왔다.

"몸은 좀 어떠세요?" 후쿠다가 료의 얼굴을 살피며 물었다.

"별문제 없습니다."

료는 침대 위에서 상반신을 일으켰다. 갈비뼈 근처에 통증이 번졌지만, 티가 나지 않도록 최대한 열심히 미소를 지었다.

료의 얼굴을 살피던 후쿠다는 다 안다는 듯 씁쓸한 표정으로 고개를 흔들었다.

"대체 언제쯤 퇴원할 수 있죠?" 료가 내내 품고 있던 불만을 토로했다.

킨시쵸 병원으로 실려 간 다다음 날에 이 병원으로 옮겨졌다. 계단에서 굴러서 입원한 지는 3주가 지났다. 료는 어서 퇴원하고 싶다고 졸랐지만, 후쿠다는 이런저런 이유를 갖다 붙이며 시간을 끌었다.

"지금 상태로 퇴원해 봤자 또 쓰러질 게 뻔합니다. 집에서 조용히 요양할 거면 몰라도, 바로 직장으로 복귀하는 건 인정 못 합니다." 후쿠다가 의연한 말투로 말했다.

"이런 식으로 환자가 원하는 걸 들어주지 않을 거면 저는 다른 병원으로—"

"그러니까—." 말썽을 부리는 아이를 타이르듯 후쿠다가 료의 말을 막았다. "료 씨의 의사를 존중하지 않겠다는 말이 아닙니

다. 그렇게 직장으로 복귀하고 싶으시다면, 저한테 그걸 막을 권리
는 없죠. 저는 료 씨와 비슷한 나이대지만 료 씨를 존경합니다. 자
신의 일에 남다른 의욕을 지닌 프로라고 생각합니다. 아니, 의욕
이라는 말로도 부족합니다. 거의 집념에 가깝죠. 하지만 냉정하게
말씀드리자면, 지금 당장 직장으로 복귀한다 해도 그건 그저 료
씨의 자기만족일 뿐입니다. 제대로 하는 것 없이 주변에 폐만 끼칠
걸요."

후쿠다의 냉정한 말이 료의 가슴을 후볐다.

"제가 료 씨라면 쉴 겁니다. 적어도 제대로 일할 수 있는 상태가
될 때까지는요. 그러지 않으면 수술 도중에 쓰러져서 환자를 죽게
만들지도 모르니까요. 그런 건 프로가 아닙니다."

"몸 상태가 좋아지면 퇴원시켜 주실 겁니까?" 확답을 구하듯
료가 물었다.

"그 전에 범인이 잡히는 게 제일인데…." 후쿠다가 말끝을 흐렸
다.

"그건 저도 같은 마음입니다."

"그런데 아드님은 자주 오는 것 같던데, 따님은….”

"바쁜가 봅니다." 료는 웃으며 대답했다.

요즘 VIVI의 콘서트 리허설로 무척 바쁜 것 같다. 켄고에게 들
은 바로는 집에서 거의 얼굴을 못 볼 정도로 늦은 시간까지 연습
한다고 했다.

"그렇군요…. 그럼 나중에 다시 오겠습니다."

후쿠다는 조금 씁쓸한 얼굴로 병실을 나갔다.

문이 닫히자, 료는 침대 식탁에 놓인 노트북을 열었다. 켄고에게
부탁해서 집에 있는 걸 가져왔다.

클릭해서 사진 한 장을 화면에 띄웠다. 편의점 아르바이트생인 카토에게 협조를 받아 만든 몽타주였다. 마스크와 모자 사이로 엿보인 남자의 눈매만 그려진 몽타주다. 눈 밑에 큰 다크서클이 있고 쾡한 눈이었다.

얼마 전에 세면대 앞에 섰다가 거울 속에서 본, 이미 죽은 사람 같은 눈과 비슷했다.

다음으로 음악 플레이어를 열고 이어폰을 귀에 꽂았다. 재생 버튼을 누르자, '세계의 풍경' 내레이션이 들려왔다. 이것도 켄고에게 녹음해 달라고 부탁했다.

료는 몽타주를 보면서 이어폰에서 흘러나오는 목소리에 집중했다. 쿠마가이 토시키라는 성우라는데, 다른 데서는 들은 기억이 없었다. 확실히 한 번 들으면 잊히지 않는 인상적인 목소리와 말투였다.

료는 입원해서 처음 이 목소리를 들었을 때, 예전에 어디선가 비슷한 목소리를 들은 적이 있다는 생각이 들었다. 이 프로그램도, TV도 아닌 다른 곳에서였다.

'어디였더라…'

그리 오래되지는 않은 것 같은데, 아무리 생각해 내려고 해 봐도 떠오르지가 않았다.

몇 번이나 반복해서 들어 봤지만 오늘도 결국 생각나지 않는다.

하는 수 없이 플레이어를 닫고 이번에는 인터넷을 켰다.

'세계의 풍경' 내레이션을 듣고 뉴스 사이트 몇 군데를 확인하는 것. 입원하고 나서부터 쭉 반복하는 일과였다.

뉴스 중에서도 특히 여성의 시신을 유기한 사건이 발생하지는 않았는지 주의 깊게 확인했다.

오카모토 마키 사건이 발생한 것은 9월 13일 새벽. 타나카 쇼코 사건이 발생한 것은 9월 17일. 타나카 쇼코 사건이 발생한 지 벌써 한 달이 지났다. 이 사건의 범인이 자신의 욕망에 충실한 쾌락 살인범이나 강간범이라면, 이미 다음 살인을 저질렀을 가능성이 크다.

타나카 쇼코의 사건 이후에 일어난 시신 유기 사건은 두 건이었다. 한 건은 10월 4일에 치치부의 산림에서 시신이 발견된 사건. 오카모토 마키와 타나카 쇼코처럼 손으로 목을 졸려서 사망한 시신이었다. 신원은 아직 밝혀지지 않았다. 시신 발견 당시에 이미 사망한 지 일주일 이상 경과한 상태였다고 한다.

다른 한 건은 열흘 전인 10월 9일에 사이타마 이루마가와의 하천 부지에서 시신이 발견된 사건이다. 피해자의 가족이 실종 신고를 한 기록이 있어서 이쪽 신원은 밝혀졌다. 사인은 손으로 목을 졸린 질식사였지만, 52세로 앞선 두 피해자와는 나이 차이가 컸다.

피해자 여성들은 둘 다 전라로 이불에 싸인 채 유기되었다고 한다.

치치부 사건과 이루마가와 사건 모두 사이타마현 경찰이 수사하고 있다. 닛포리 경찰서의 수사본부에서는 이 사건들이 앞선 사건들과 동일한 범인이 저지른 범행이라고 보지 않는 듯했다.

오카모토 마키와 타나카 쇼코에게서 검출된 범인의 DNA와 일치하지 않았는지, 아니면 애초에 피해자의 것이 아닌 DNA가 검출되지 않았는지, 뉴스에서는 보도되지 않았다.

노크 소리가 나서 료는 노트북 화면에서 눈을 떼고 문 쪽을 보았다.

"들어오세요."

료가 말하자, 문이 열리고 의외의 인물이 얼굴을 내밀었다.

미즈키가 조금 주저하며 병실 안으로 들어왔다.

"어쩐 일이야?"

"이쩐 일이냐니…. 어떤지 보러 왔지."

미즈키가 멋쩍어하며 병실을 둘러보았다.

"이 병원으로 옮겼다고 어제 켄고한테 들었어. 왜 나한테 알려주지 않았어?"

불만스러운 표정이었다.

"콘서트 리허설로 바쁘잖아. 입원은 했지만 대단한 일도 아니고, 번거롭게 하기도 싫었어."

미즈키는 그렇게 대답하는 료의 얼굴을 빤히 쳐다보았다.

"아빠는 꽃 같은 건 안 좋아할 것 같아서…."

미즈키가 침대로 다가와 가방에서 CD를 꺼내 건넸다. 앨범 재킷을 보니, VIVI의 CD 같았다.

"고맙다. 입원 생활도 이제 지겹던 참인데."

료는 CD를 침대 식탁에 놓인 노트북 옆에 두었다.

미즈키가 철제 의자를 들고 와서 침대 옆에 놓았다. 의자에 앉아 료에게 시선을 던졌다.

료는 미즈키와 눈을 맞추기가 망설여졌다.

"여기…, 예전에 아빠가 입원한 적 있는 병원이지?"

그때는 미즈키와 켄고에게 자신이 위암이라는 사실을 말하지 않았었다. 위궤양으로 입원했다고만 했었다.

"왜 이 병원으로 옮겼어?" 미즈키가 의아해하며 물었다.

"아는 의사 선생님이 계셔서."

"아빠는 빈혈 때문에 다친 거 아니야? 검사가 끝나면 바로 퇴원할 수 있다고 했잖아. 벌써 3주나 지났어."

미즈키가 빤히 쳐다보았다. 료는 견디지 못하고 시선을 피했다. 말없이 벽만 뚫어져라 바라봤다.

"아빠…. 지난달에 같이 디즈니랜드에 갔었지? 지금까지는 그런 적 없었잖아. 수사 도중에 집에 와서 어디 놀러 간 적…. 그때는 쉬고 싶어서라고 했지만, 아빠는 수사가 끝나기 전에는 절대 그러지 않는 사람이잖아."

핵심을 찌르는 날카로운 신문이었다.

"대체 뭘 숨기고 있는 거야? 아빠는 내 목소리를 듣기만 해도 거짓말인지 알 수 있다며? 나도 아빠를 보면 알아."

더는 함구할 수 없을 것 같다.

료는 눈을 감고 크게 숨을 뱉었다. 그러고 바로 눈을 떠 미즈키를 똑바로 쳐다보았다.

"미즈키, 지금부터 내가 하는 말 잘 들어."

그 말에 미즈키의 마음이 크게 요동치는 것이 보였다.

"아빠는 위암이야."

료가 말하자, 미즈키의 눈이 휘둥그레졌다.

"얼마나 입원해야 해? 얼마나 있으면 나을 수…."

"기껏해야 몇 개월 살 수 있어."

미즈키는 충격을 받은 듯 손으로 입을 막았다.

"거짓말…."

"거짓말이 아니야. 사실이야. 미즈키…, 네가 누나니까 앞으로 켄고를 잘 보살펴 줘."

하지만 료가 무슨 말을 해도 미즈키의 귀에는 닿지 않는 듯했다.

"너는 자기 일만 열심히 하면 돼. 인생을 걸 수 있는 일을 만난 너를 아빠는 자랑스럽게 생각한다."

"무슨 소리를 하는 거야… 당연히 일은 그만둬야지. 그런 얘기를 듣고 내가 어떻게 춤을 춰?"

"어렵게 잡은 기회잖아."

"앞으로 여러 가지로 힘들어질 거잖아. 병원도 매일 와야 할 거고, 아빠가 우리와 있을 수 있는 시간을 조금이라도—."

"아빠는 퇴원하면 직장으로 복귀할 거야." 료가 미즈키의 말을 자르듯 말했다.

미즈키는 무슨 말인지 모르겠다는 눈으로 료를 바라보았다.

"지금 쫓는 범인을 잡을 때까지 형사 일을 계속할 거야."

"가족보다 일이 중요하다는 말이야?"

미즈키의 표정이 조금씩 험악해졌다. 슬퍼 보이던 눈빛이 이제는 칼날처럼 날카로워져서 료를 위압했다.

"아니야."

"아빠는…, 아빠는 정말 자기만 아는 사람이야. 그럴 거면 계속 혼자 살지 그랬어? 그랬으면 나도 켄고도…, 엄마도 이렇게 슬프지는 않았을 텐데."

료의 가슴속에서 격렬한 통증이 번졌다.

28

　토모키는 츠키지역 개찰구를 빠져나와 역사 안에 있는 주변 지역 안내도를 찾았다.

　병원과 가까운 역 이름은 안도에게 들었지만, 병원의 정확한 위치는 알아보지 못한 채 여기까지 왔다. 안내도를 확인해 보니 료가 입원한 병원은 걸어서 5분 정도 걸리는 듯했다.

　병원을 옮긴 지 꽤 됐다고 들었다. 하지만 좀처럼 병문안을 올 수 없었다. 매일 정신없이 일에 쫓기기도 했지만, 그보다는 료의 얼굴을 보기가 힘들었다.

　위암 말기라 살날이 얼마 남지 않았다는 료를 대체 어떤 얼굴로 봐야 좋을지 알 수 없었다.

　하지만 나흘 전부터 수사에 진전이 생긴 것을 료에게 꼭 전하고 싶다는 마음이 망설임을 이겼다.

　킨시쵸 전화방에서 범인의 DNA가 검출된 후로 수사는 암초에 걸린 상태였다. 그 이상은 범인을 목격한 정보도 나오지 않았고, 새로운 단서도 나오지 않은 상태로 부질없이 시간만 흘러갔다. 첫 번째 사건인 오카모토 마키의 시신이 발견되고 나서 벌써 한 달이 넘게 지났다. 수사본부 안에는 신참인 토모키도 확실히 느낄 정도로 침체되고 불쾌한 공기가 감돌았다.

　그런 상황을 반전시킬 정보를 수사 1과장이 전달했다.

　5일 전 심야에 한 여자가 어떤 남자에게 살해당할 뻔했다고 경찰에 신고가 들어왔다고 한다.

피해 여성은 스기모토 카나라는 25세 편의점 점원이었다. 카나는 그날 밤 만남 사이트에서 알게 된 남자와 키치죠지역 근처에서 만나기로 했고, 약속 장소에 나온 남자의 차를 탔다고 했다.

차를 타자, 남자는 카섹스를 하고 싶다고 카나에게 말을 꺼냈다. 10만 엔을 주겠다는 제안에 카나는 승낙했고, 카섹스를 할 수 있는 장소를 찾아서 남자와 드라이브를 하기로 했다.

남자는 마치다시에 있는 인적 없는 길가에 차를 세웠다.

카나가 10만 엔을 받아서 지갑에 넣자, 갑자기 남자가 카나의 몸을 덮치며 목을 졸랐다. 카나는 필사적으로 저항해 가까스로 차에서 내려, 숲속으로 들어가 정신없이 도망쳤다. 숲속을 헤매며 경찰에게 신고하려고 했지만, 휴대전화가 들은 핸드백을 차 안에 두고 온 상태였다. 숲을 빠져나와 도로에 도착해서야 공중전화로 경찰에 신고했다.

카나의 이야기에 따르면, 상대는 마른 남자였다고 했다. 30대 정도로 보였지만 확실한 건 아니라고 했다. 차 안이 어두웠고 남자가 감기에 걸렸다며 시종일관 마스크를 쓰고 있었기 때문이었다. 감기라는 말은 사실이었는지, 목소리가 걸걸했다고 했다.

검토해 본 결과, 범행의 유사성과 범인의 특징으로 보아 오카모토 마키와 타나카 쇼코가 살해당한 사건과 동일범일 가능성이 있어서 본부가 이 사건을 담당하기로 했다고 수사 1과장은 설명했다.

사건 발생 당시 비가 왔고, 카나도 숲속을 기듯이 도망쳤기 때문에 범인의 DNA를 검출하기는 어려운 상황이었다.

범인이 만남 사이트에 접속한 휴대전화의 명의자는 이미 찾았다. 요시오카 히데토라는 20세 대학생이다. 요시오카 히데토는 용

돈벌이로 휴대전화 몇 대를 계약해서 불법 업자에게 팔아넘겼다며 혐의를 부인했다. 사건이 발생한 시간대에 알리바이가 있었던 것도 히테토의 주장을 뒷받침했다.

따라서 본부는 지난 닷새간 수사관 대부분을 동원해서 카나가 탔다는 차의 주인을 필사적으로 찾았다.

카나는 남자의 차량 번호를 기억하지 못했지만, 진술을 거듭하다 보니 차종은 추려졌다. 하지만 국내에 몇십만 대는 있는 흔한 차였다. 카나는 차 색상이 검은색이나 남색이었다고 했지만, 그렇다고 해도 도쿄에 등록된 것만 4만 대가 넘었다. 그 차들을 일일이 조사하는 것은 생각만 해도 정신이 아찔해지는 일이다.

유일한 단서라고 할 만한 것이 범퍼에 흔적이 있었다는 점이다. 범퍼 오른쪽에 긁힌 자국이 있었다고 카나는 증언했다.

수사본부에서는 그런 흠집이 있는 해당 차종을 목격했으면 연락을 달라고 전국의 카센터와 중고차 딜러에게 의뢰했다. 하지만 지난 닷새간 진행된 수사에서는 이렇다 할 결과가 나오지 않았다.

꽃집 앞을 지나다가 멈춰 섰다. 병문안 선물로 꽃이라도 사 갈까 고민했지만, 그런 것은 료와 어울리지 않는다고 고쳐 생각했다.

그 대신 지난 사흘 치 수사 회의 내용을 기록한 노트와 수사 자료 사본을 선물로 챙겨 놓았다. 료는 틀림없이 이 선물을 더 기뻐할 것이다.

병원에 들어서자마자 접수대로 향했다. 복도를 걷는데, 맞은편에서 익숙한 사람이 다가오는 모습이 보였다.

미즈키다.

살짝 고개를 숙인 채 걸어오고 있지만, 확실하다. 마침 잘됐다. 미즈키에게 료의 병실을 물어봐야겠다.

"안녕."

토모키가 말을 걸자, 미즈키는 깜짝 놀라며 고개를 들었다.

"토모키 씨…. 안녕하세요."

피곤한지 기운이 없어 보였다.

"아버지 뵈러 왔어?"

"네…. 리허설이 바빠서 좀처럼 못 왔는데, 어떻게 시간이 나서…. 토모키 씨도 병문안하러 오셨어요?"

토모키는 고개를 끄덕였다.

"몇 호실이야?"

"503호실이요."

"료 씨는 건강해 보여?"

"네. 여전해요. 일이 바쁘실 텐데, 감사합니다."

"수사 진행 상황이 신경 쓰이실 것 같아서."

"아마 그렇겠죠. 가족보다 일이 중요한 사람이니까."

어쩐지 말투에서 돋친 가시가 느껴졌다.

료는 자신의 병을 자녀들에게 말했을까. 혹시 말하지 않은 상황이라면…. 이렇게 미즈키를 마주 보고 있으니 죄책감이 들 것 같았다.

"그런데…, VIVI는 어떤 사람이야?"

꼭 묻고 싶은 질문은 아니었지만, 기분을 전환하고 싶었다.

"좋은 사람이에요. 저희 백댄서들한테도 엄청 다정해요."

"콘서트 보러 갈게. 아, 물론 일이 없으면."

"감사합니다. 그럼 이만."

미즈키는 가볍게 고개를 꾸벅하고 걸음을 뗐다.

토모키도 엘리베이터를 향해 가려고 하는데, 미즈키가 불러 세웠다.

"아빠가 본부로 돌아가면 알려 주실 수 있나요?"

미즈키의 말에 고개를 끄덕이고 엘리베이터로 향했다.

503호실에 가 봤지만, 료는 없었다. 검사라도 받는 중인가 싶어서 1층 로비로 갔다.

토모키는 매점에서 주간지를 사고 있는 료를 발견했다.

$$\text{29}$$

"얼굴색이 꽤 좋아졌네."

타카기의 말에 신이치는 살짝 미소를 만들며 고개를 끄덕였다.

"약은 어때? 부작용은 힘들지 않아?"

"솔직히 말하면, 설사가 멈추지 않을 때가 있어서 좀 힘들어요."

"그래. 약은 좀 더 고민해 보자. 그런데 생각보다 체중이 별로 줄지 않아서 마음이 놓인다."

"동거인 덕분인가 봐요."

"동거인?" 타카기가 흥미롭다는 듯이 물었다.

"스미노가 요리를 만들어 주거든요."

신이치가 대답하자, 타카기가 "그래?" 하며 활짝 웃었다.

"둘 다 제자리를 찾아갔구나."

"네. 지금 제집에서 같이 살고 있어요. 스미노가 여러모로 고민해 가면서 매번 밥을 차려 줘서…, 식생활이 안정된 덕분인지 몸 상태가 크게 나쁘진 않아요."

"그래. 그 이야기를 들으니까 더 마음이 놓인다."

"죄송했어요…."

신이치가 눈앞에 있는 타카기에게 진심으로 고개를 숙였다.

"무슨 소리야, 갑자기?"

"타카기 선배한테 여러모로 걱정을 끼친 것 같아서요."

"누구든 이런 상황에는 이성을 잃게 되지. 차분한 게 오히려 부자연스러워. 솔직히 말하면 네가 자포자기할까 봐 조금 걱정됐는데, 마음이 안정을 찾은 것 같네."

"네."

안정을 찾았다기보다는 균형을 잡을 수 있게 됐다. 자신 안에 깃든 욕망의 균형을.

계기는 세 번째 여자를 죽인 것이었다.

신이치는 그때 옆에서 잠든 스미노를 향한 살의를 도무지 억누르를 수 없어 도망치듯 집을 뛰쳐나와 주차장으로 향했다. 차를 타고 일단 카마타로 갔다. 뒷골목에서 사냥감을 찾는데, 한 여자가 말을 걸어왔다. 50세 안팎의 꾀죄죄한 여자였다. 사는 집도 없이 거리를 배회하며 몸을 팔아 하루하루 먹고사는 것 같았다.

전혀 구미가 당기지 않았지만, 자신을 덮쳐 오는 허기를 채우는 게 급선무라 여자를 꾀어 차에 태웠다.

하지만 꾀죄죄한 중년 여자를 안았다는 자신의 낙담을 뒤엎듯, 그 여자를 죽였을 때 찾아온 쾌감은 지난 두 사람을 죽였을 때와는 비교도 안 될 만큼 엄청났다.

그러고 나서 집으로 돌아가 스미노를 안았을 때는 자신 안에 깃든 욕망으로 괴롭지 않았다. 그 여자를 죽였을 때 얻은 쾌감이 너무 커서 욕망을 잠재울 수 있었던 것 같다.

그런 여자를 죽이면서 어떻게 그렇게 큰 쾌감을 얻었는지는 전혀 이해되지 않았지만, 그때부터 신이치는 그 나이대 여자를 노리기로 했다.

그 덕분인지 이제는 스미노를 앞에 두고서도 죽이고 싶다는 욕구에 휘둘리지 않게 되었다.

"다음 주에 또 올게요."

신이치는 감사 인사를 하고 진찰실을 나왔다. 처방전을 받으러 접수대로 향했다. 그러더니 접수대 앞 대기석을 보고 멈춰 섰다. 언젠가 본 기억이 있는 사람이 의자에 앉아 있었다. 남자의 뒷모습을 잠시 바라보다가 기억이 났다. 전에 진찰실을 나와서 쓰러질 뻔했던 남자다.

그때 신이치는 잽싸게 남자의 팔을 붙잡았었다. 남자가 마치 세상이 끝난 듯 절망적인 표정을 짓고 있던 것이 생생하게 기억났다.

남자는 환자복을 입고 있었다. 옆에 앉은 양복 차림의 젊은 남자와 무어라 대화를 나눴다.

환자복 차림인 것으로 보아, 이 병원에 입원한 상태인 듯하다. 그때 저 남자의 절망적인 표정을 보고 자신처럼 시한부 선고라도 받았나 생각했었다. 야윈 모습을 보니 틀린 생각은 아니었나 보다.

자신의 추리가 얼마나 들어맞았는지 궁금해져서 조금 흥미가 동했다. 신이치는 접수대에 놓인 잡지를 챙겨서 천천히 남자 쪽으로 다가가 바로 뒤 의자에 앉았다.

잡지를 펼쳐서 읽는 척하며 눈앞에 있는 남자들의 대화에 귀를 기울였다.

"치치부와 이루마가와에서 발견된 건 어떻게 됐어?"

환자복을 입은 남자가 말하는 소리가 들렸다.

"들어온 정보에 따르면 DNA나 지문은 전혀 나오지 않았대요." 양복 차림의 젊은 남자가 작은 소리로 말했다.

'DNA? 지문?'

대체 앞에 있는 남자들은 무슨 이야기를 하는 것일까.

"본부에서는 동일범으로 보지 않아?"

"손으로 목을 조른 살해 방식은 똑같지만, 이루마가와 쪽 피해자는 52세로 오카모토 마키나 타나카 쇼코랑 나이 차이가 꽤 나거든요. 치치부 쪽 피해자도 신원은 아직 밝혀지지 않았지만, 40에서 50대로 추정되는 것 같습니다."

거기까지 듣고 확신했다. 앞에 있는 이 남자들은 연쇄 살인 사건의 범인을 쫓는 형사들이다.

이 무슨 기구한 우연인가.

신이치는 잡지를 든 손이 떨리는 것을 필사적으로 참았다.

"게다가 시신 유기 방법도 이전 사건과는 많이 달라요." 양복을 입은 남자가 말했다.

"뭐가 다른데?"

"용의주도하게 자기 흔적을 지웠거든요. 이전 두 사건의 범인은 뒷마무리를 철저하게 하는 편은 아니었잖아요. 그래서 본부에서는 사이타마 사건은 쾌락 살인이 아니라 가까운 사람이나 지인이 저지른 범행으로 추측하는 것 같아요."

"킨시쵸 전화방은 어떻게 됐어?"

"극소량이지만 동일한 DNA가 검출됐어요. 틀림없습니다. 그 CCTV에 찍힌 남자가 오카모토 마키와 타나카 쇼코를 죽인 범인이에요."

그 이야기를 듣고 신이치의 심장이 크게 요동쳤다. 수사망이 벌써 거기까지 미쳤다니. 바로 뒤에 범인이 있었지만 지금 뒤돌아본들 눈치채지는 못할 것이다. 그때 꽤 신경 써서 변장했으니까. 괜찮다. 나는 절대 잡히지 않는다.

"세계의 풍경…이랬지."

환자복을 입은 남자의 말에 "그렇죠" 하며 양복을 입은 남자가 고개를 끄덕였다.

세계의 풍경? 무슨 말이지?

"료 씨…, 한 가지 여쭤봐도 될까요?"

"뭐?"

"이 범인은 재활용도 안 되는 인간쓰레기잖아요. 그런 놈을 잡기 위해서 삶의 마지막 시간을 쓰는 게 정말 가치 있을까요?"

인간쓰레기…. 그런 소리를 쉽게 지껄이는 너는 삶의 진정한 가치를 안다는 건가?

"저희가 반드시 잡겠습니다. 그러니까…, 료 씨는 남은 귀중한 시간을 조금 더 소중히 써 주세요. 마지막의 마지막까지 이런 진흙탕 같은 세상에 빠져 계실 필요는 없습니다."

"나는 범인이 체포되는 걸 이 눈으로 똑똑히 지켜볼 거야. 결국 사형대에 올라갈 그놈에게 꼭 해 주고 싶은 말이 있거든."

남자의 말을 듣고 신이치의 등에 소름이 돋았다.

양복을 입은 남자가 일어서려고 하자, 환자복을 입은 남자가 "한 가지 더"라고 말하며 손으로 제지했다. 양복을 입은 남자가 다시 자리에 앉았다.

"방금 얘기한 차 말인데, 범인이 청각 장애인이면 운전면허 취득할 때 기록이 남았을 거야. 그걸로 차를 추려 나가는 게 좋지 않겠어?"

"오늘 수사 회의에서 제안해 보겠습니다. 그런데…."

청각 장애인. 신이치는 재빨리 귀에서 보청기를 뺐다.

경찰이 거기까지 파악하고 있을 줄이야.

그 뒤로 남자들은 목소리를 낮췄다. 자신에 대해 어디까지 알아냈는지 더 들을 수 없어서 당혹스러웠다. 앞으로 가서 입 모양을 읽는 것도 생각해 봤지만 꺼려졌다.

잠시 후, 두 남자가 자리에서 일어났다. 환자복 차림의 남자는 양복을 입은 남자를 병원 출구까지 배웅하고 엘리베이터로 향했다. 신이치는 두 사람의 모습이 완전히 사라지는 것을 확인한 뒤 보청기를 껐다.

자기 차례를 기다리며 조금 전 남자들이 나눈 대화를 머릿속에서 곱씹었다.

인간쓰레기인 범인을 잡기 위해서 삶의 마지막 시간을 쓰는 것이 정말 가치 있냐고, 양복을 입은 남자가 물었었다.

다시 말해, 신이치가 생각했던 것처럼 그 '료 씨'라는 형사는 죽을병에 걸린 시한부라는 뜻이다.

재미있다—.

시한부라는 것을 알고 나서 사람을 죽이고 싶다는 오래된 염원을 이룬 자신과 목숨이 다할 때까지 그 범인을 잡으려 하는 형사.

정말이지, 재미있는 만남이라는 생각에 자기도 모르게 소리 내어 웃고 말았다.

'나는 범인이 체포되는 걸 이 눈으로 똑똑히 지켜볼 거야. 결국 사형대에 올라갈 그놈에게 꼭 해 주고 싶은 말이 있거든.' 그 형사는 그렇게 말했다. 하지만 내가 사형대에 올라갈 일은 없다. 그 무렵에는 이미 죽었을 테니까.

아니, 나는 잡히지 않을 것이다. 절대 잡힐 수 없다.

조금 전까지는 그렇게 차분했는데, 그 욕망이 급격히 솟구치는 것을 느꼈다.

그 남자들 때문일까.

오늘은 진찰이 끝나면 바로 아파트로 돌아가려고 했는데….

신이치는 자신의 욕망에 먹이를 주기 위해 머릿속으로 앞으로의 계획을 세웠다.

⧗

30

료는 갈아입을 옷을 가방에 넣고 옷장에서 겉옷을 꺼내 걸쳤다.

손목시계를 찼다. 금속이 스치는 거슬리는 소리에 손목으로 시선을 던졌다가 자기도 모르게 숨을 삼켰다.

손목에 찬 시계가 헐거웠다.

그것을 보고 억지로 후쿠다에게 퇴원 허가를 받아 낸 자신의 의지가 조금 꺾일 뻔했다.

후쿠다는 마지막까지 반대했다. 하지만 입원하고 나서 무려 5주나 이렇게 답답하게 지내고 있으니, 이러다 마음이 죽어 버릴 것 같다고 호소했다.

오카모토 마키 사건이 발생한 지 한 달 반 넘게 지났다. 병원에 갇혀 지내는 것도 이제 인내심에 한계가 왔다.

료는 손목시계를 손목에서 빼서 겉옷 주머니에 넣었다.

그때 노크 소리가 나서 문으로 시선을 던졌다.

"네."

료가 대답하자, 문이 열리고 후쿠다가 들어왔다.

"빠르시네요. 벌써 가시나요?"

후쿠다는 불만이 남은 표정이었다.

"네. 이대로 아침 수사 회의에 참석하려고요. 선생님, 정말 감사했습니다."

료가 후쿠다에게 고개를 숙였다.

"료 씨…. 조금이라도 몸에 이상이 생기면 바로 병원에 오세요.

그리고 일주일에 한 번은 진찰을 받으러 와 주세요. 이 두 가지는 꼭 지켜 주셔야 합니다." 확답을 받아 내려는 듯 후쿠다가 말했다.

"네…. 약속하겠습니다. 다른 형사들한테 폐를 끼칠 것 같으면 바로 돌아오겠습니다."

"일단은 힘을 내 주세요. 저는 그 말밖에는 못 하겠네요."

후쿠다는 미간을 살짝 찌푸리며 오른손을 내밀었다.

료가 그 손을 꽉 잡았다.

"남은 짐은 아들이 가지러 올 겁니다."

그렇게 말하며 료는 오른손에 가방을 들고 병실을 나갔다.

병원을 나와서 손목시계를 보니, 딱 아침 7시였다. 조금 서두르기로 했다.

료는 츠키지역까지 잰걸음으로 걸어갔다.

닛포리 경찰서에 도착하자마자 3층 강당으로 향했다. 강당 안에는 이미 많은 수사관이 자리에 앉아서 수사 회의가 시작되기를 기다리고 있었다.

"반장님."

안으로 들어서자, 문 근처에 있던 카타기리가 료를 발견했다.

카타기리의 말에 강당 안에 있던 수사관들이 전부 료 쪽을 돌아보았다.

료가 없는 동안 좌석 배치가 꽤 변한 듯했다. 예전에 료가 앉던 자리에는 다른 수사관이 앉아 있었다.

조금 앞쪽에 있는 토모키와 눈이 마주쳤다. 어쩐지 쓸쓸한 눈빛으로 료를 바라봤다. 그 옆엔 효마가 있었다. 저 둘이 지금 파트너인 모양이다. 토모키의 시선을 눈치챘는지, 효마가 료에게 시선을 던졌다. 냉담하게 힐끗 쳐다보고는 바로 정면을 응시했다.

"나는 어디 앉으면 돼?"

료가 묻자, 카타기리는 난처한 표정으로 말을 흐렸다.

빈자리에 적당히 앉아서 잠시 기다리는데, 간부들이 와서 회의가 시작되었다.

료가 자리를 비운 5주 사이 본부의 공기는 상당히 바뀌어 있었다. 초조함, 꼴사나운 타협, 그리고 피로가 뒤섞인 묘한 분위기를 20분쯤 되는 회의 동안 내내 느꼈다.

회의 내용은 대부분 스기모토 카나를 덮친 남자의 차를 수색한 중간 보고에 관한 것이었다. 아무래도 청각 장애인으로 수색 범위를 좁히자는 토모키의 제안은 기각된 모양이었다.

회의가 끝나자, 곧바로 일어나서 타카스기 계장 쪽으로 갔다.

"료."

료의 모습을 확인하고 타카스기가 손을 들어 맞이했다.

"폐를 끼쳐서 죄송합니다."

료는 고개를 숙였다.

"아니, 그건 됐고…, 괜찮아? 살이 많이 빠진 것 같은데. 얼굴색도 안 좋고."

타카스기가 자신의 얼굴을 보고 당황한 것이 느껴졌다.

"이제 정말 쌩쌩합니다. 그보다, 어느 반에 들어가면 될까요?"

"그러게…."

타카스기는 강당 안을 둘러보며 열심히 고민하는 듯했다.

수사관들이 하나둘 강당을 떠나고 있었다. 대부분 이미 파트너와 함께였다.

"당분간 본부 안에서 일해 주겠어? 골절도 완치되지는 않았을 거 아니야?”

타카스기가 전화기 몇 대가 놓인 벽 쪽 부스를 가리켰다.

자리 지키고 앉아서 전화나 받으라는 것인가.

“요 며칠 TV에서 이 사건이 제법 크게 다뤄지고 있어. 목격자 전화가 꽤 걸려 올 것 같아서 이쪽에 몇 명 붙일 생각인데, 신빙성을 판단해야 하니까 가능하면 베테랑이 맡아 주면 좋겠거든.” 료의 얼굴에 불만이 드러났는지, 타카스기가 수습하듯 말했다.

“알겠습니다.”

료는 고개를 끄덕이고 전화가 놓인 부스로 향했다.

“전화 담당이야?”

그 목소리에 뒤를 돌아보았다. 효마가 서 있었다.

“그동안 편히 쉬었으니 0.5인분이라도 해야겠지?”

“도쿄에만 4만 대 이상 있는 차를 일일이 조사하려면, 대체 시간이 얼마나 걸릴까?” 료가 비아냥대는 효마의 말을 무시하고 말했다.

“무슨 말을 하고 싶은 거야?”

“범인은 청각 장애가 있을 가능성이 있어.”

“너한테 이상한 세뇌를 당해서, 저 녀석도 참 불쌍하다.”

효마가 강당에서 나가는 토모키에게 시선을 던졌다.

“이것도 감이라며 흘려듣겠다면 더 할 말은 없는데…. 그래도 시도해 볼 가치는 있지 않겠어? 그걸로 제법 추려질 거야. 하루라도 빨리 범인을 잡지 않으면 피해자가 더 늘어난다고.”

“네 헛소리를 들어줄 시간은 없어.”

효마는 험악한 표정을 지으며 그 자리를 떴다.

31

"축하드립니다. 5주째에 접어들었네요."

앞에 있는 여의사의 미소에 스미노는 어떻게 반응해야 할지 알 수 없었다.

충분히 예상한 결과이기는 했다.

생리가 닷새 정도 늦어졌었다. 매달 정확한 날짜에 해서 이런 경우는 처음이었다. 설마설마하면서도 신이치의 집에 가기 전에 약국에 들러 임신 테스트기를 샀다. 가까운 카페 화장실로 가 검사해 보니 결과는 양성이었다.

그 후 아무 일도 없었다는 듯 신이치에게 갔다. 임신 테스트를 한 사실은 말하지 않았다.

그리고 오늘 회사를 조퇴하고 인터넷으로 검색한 이치가야에 있는 산부인과를 찾았다.

"혹시…, 임신 중절을 생각하시나요?" 여의사가 조금 어두운 표정을 지으며 물었다.

내가 그렇게 심각한 표정을 짓고 있었나.

"아니요, 그런 게 아니라…."

스미노는 고개를 가로저었다. 하지만 자신이 생각하기에도 영 시원치 않은 반응이었다.

"뭔가 사정이 있으신 것 같네요. 그래도 상대 남자분과 제대로 이야기하시는 게 좋습니다." 스미노의 왼손에 반지가 없는 것으로 짐작했는지, 여의사가 말했다.

"네…."

스미노는 애매하게 고개를 끄덕이고 자리에서 일어나 진찰실을 나왔다.

접수대 앞 의자에 앉아서 계산을 기다렸다. 주변에는 배가 부른 임산부와 아기를 안은 여자가 진찰을 기다리고 있었다.

문득 스미노는 자신의 복부에 가만히 손을 댔다. 여자의 품에 안긴 아기를 바라보며 천천히 복부를 쓰다듬어 보았다.

여기에 신이치와 나의 아이가 있다.

그 사실이 말도 안 되는 기적처럼 느껴졌다.

그런데 왜 순수하게 기뻐할 수 없을까.

신이치가 시한부라서?

아빠가 없는 아이로 만들려니 가여워서?

그래도 신이치의 아이를 갖고 싶다.

앞으로 혼자 키우게 되더라도 상관없다. 아무리 힘들어도 열심히 키워 낼 것이다.

그 마음만 있으면, 아무것도 고민할 필요가 없다. 신이치의 아이를 낳으면 되지 않나. 신이 우리 둘에게 준 기적을 소멸시킬 수는 없다.

하지만….

스미노는 계산을 마치고 병원을 나와 핸드백에서 휴대전화를 꺼냈다.

'안녕하세요. 시간 되실 때 잠깐 만나고 싶어요.' 망설인 끝에 타카기에게 메시지를 보냈다.

타카기를 만나도 임신에 관한 이야기를 할 수 있을지는 모르겠다. 하지만 만약 누군가에게 말해야 한다면, 지금은 타카기밖엔 떠오르지 않았다.

이치가야역으로 가는 도중에 타카기에게서 답장이 왔다.

'좋아. 오늘 저녁에 시간 돼?'

'돼요.'

저녁 6시에 예전에 만난 긴자의 이탈리안 레스토랑에서 만나기로 했다.

6시를 15분 정도 넘겼을 때 타카기가 가게 안에 들어왔다.

"늦어서 미안해. 퇴근하기 직전에 일이 좀 생겨서."

머리를 긁적이며 말하더니, 스미노의 맞은편에 앉았다.

"오늘 저녁은 집에서 스키야키를 준비해 놨대서 나는 음료만 마실게. 너는 먹고 싶은 거 편하게 먹어." 타카기가 종업원이 가져온 메뉴판을 스미노에게 건네며 말했다.

"아니요, 저도…."

대화를 마치면 신이치의 아파트로 돌아가 저녁밥을 만들 생각이었다. 신이치에게는 방금 귀가가 조금 늦어질 것 같다고 메시지를 보내 놨다. 신이치는 자는지 아직 답장이 없다.

스미노는 커피를, 타카기는 맥주를 주문했다.

"스키야키라니, 좋네요. 그런 진수성찬이 기다리고 있는 줄 알았으면 다른 날로 잡을 걸 그랬어요." 스미노가 농담처럼 말했다.

"그렇지 않아도 너랑 대화하고 싶었어."

타카기는 스미노를 바라보며 히죽히죽 웃었다.

그 웃음이 어떤 의미인지 스미노는 정확히 알 수 없었다.

"잘돼 가는 것 같더라."

그 말을 듣고도 상황 파악이 되지 않아서 스미노는 타카기를 의

아하게 바라보았다.

"동거한다며?"

그 말에 그제야 타카기의 웃음이 어떤 의미인지 이해했다. 동시에 쑥스러워졌다.

"동거라기보단…, 제가 마음대로 쳐들어갔어요. 신이치가 얘기했어요?"

"응. 자기 몸 상태가 좋은 건 다 동거인 덕분이라더라. 연애 얘기를 아주 신나게 늘어놓았어."

동거인—.

스미노는 신이치가 자신을 그렇게 말했다는 것을 알고 기뻤다.

"말기 암 선고를 하고 나서 계속 그 녀석이 걱정됐어. 의사로서도, 선배로서도 딱히 도움을 줄 수 없어서 답답했는데, 요즘 얼굴에 생기가 도는 걸 보니까 나도 정말 기쁘다. 네 덕분이야."

"제가 무슨…."

스미노는 자신도 딱히 도움이 되지 못한다며 고개를 가로저었다.

"그래서 그 녀석에 관해서는 조금 마음이 놓여. 그런데 이젠 네가 조금 걱정돼."

타카기는 스미노를 빤히 쳐다보았다.

"제가요?"

대체 자신의 무엇이 걱정되는 것일까.

"아픈 사람 옆에 있는 건 힘든 일이니까. 특히 중병을 앓는 시한부라면 더더욱. 괴로운 일도 많을 거야."

스미노는 타카기와 똑바로 눈을 맞추며 그 말을 들었다.

타카기의 말대로 신이치 옆에서 괴로운 순간이 적지는 않았다.

무엇보다 괴로운 것은, 신이치가 고통스러워하는 모습을 지켜봐야 한다는 것이다.

일주일쯤 전에, 소파에 앉아 있던 신이치가 갑자기 경련을 일으켰던 적이 있다. 이를 악물고 소파를 움켜쥐며 필사적으로 고통을 참는 것 같았다.

앞으로 병이 진행될수록 고통에 몸부림치는 신이치의 모습을 더 자주 봐야 한다. 그리고 그 끝에는 신이치의 죽음을 가장 가까이에서 보고 받아들여야 한다는 현실이 기다리고 있다.

"괜찮아요."

스미노는 그것을 자신의 업보로 생각했다. 아무리 괴로운 상황에 놓이더라도 자신은 계속 신이치 옆에 있을 것이다.

"그래…. 그래도 얘기하고 싶은 게 있으면 뭐든 해. 내가 도울 수 있는 게 있으면 뭐든."

안아 주는 듯한 타카기의 다정한 눈빛에 스미노는 자기도 모르게 고개를 폭 숙였다.

타카기가 자신의 고민을 꿰뚫어 보는 것처럼 느껴졌다.

"뭐 얘기하고 싶은 게 있는 거 아니었어?" 타카기가 물었다.

"이런 걸…, 저도 누구한테 얘기해야 하나 고민되는데…. 어떻게 해야 할지 모르겠어요. 타카기 선배 말고는 얘기할 사람이 떠오르지 않아서…."

고개를 들자, 타카기가 스미노를 가만히 응시하며 고개를 끄덕였다.

"임신했어요."

용기 내어 말하자, 타카기의 눈이 반응했다.

"신이치의…?"

타카기가 묻자, 스미노는 고개를 끄덕였다.

"나한테 말한다는 건 신이치는 아직…."

"얘기 안 했어요. 방금 병원에서 검사받고 온 참이에요. 이제 5 주째래요. 그래서…, 어떻게 해야 할지…."

"그래."

타카기는 천천히 잔으로 손을 뻗었다.

"너는 어떻게 하고 싶어?" 맥주를 한 모금 마시고 타카기가 물었다.

"낳고 싶어요." 이 말만은 의연하게 할 수 있었다.

"싱글 맘으로 아이를 키우기는 힘들어. 네 부모님도 절대 찬성하지 않으실 거야."

타카기의 말에 스미노는 작게 고개를 끄덕였다.

그렇지 않아도 최근에 부모님의 기대를 저버리고 이혼했다. 심지어 뱃속에 든 아이의 아버지가 마츠바라의 아들인 신이치라는 걸 알면 절대 용납하지 않을 것이다. 마츠바라는 스미노의 언니를 꾀어내 데리고 도망쳤던 남자다. 찬성은커녕 부모 자식 관계까지 끊으려고 할 수도 있다.

"게다가 신이치의 아이라면 항암제 부작용도 걱정이야."

"여러모로 힘든 일이 있을 거라고는 생각해요. 하지만 신이치의 아이라면 꼭 낳고 싶어요."

"아무리 그래도…. 신이치한테 상당한 재산이 있으니까 경제적으로는 문제가 없겠지만…."

타카기가 그 말을 꺼내기 전까지는 생각해 보지 않았지만, 신이치의 아이를 낳으면 재산을 목적으로 임신했다고 생각하는 사람도 있을 것 같다.

‘사실은 속이 시커먼 년이지—’

아야코에게 매도당한 순간이 떠올랐다.

“신이치는 자기가 죽으면 남은 재산은 전부 보육원에 기부할 생각이에요.”

그 이야기를 자주 했었다.

“보육원이라면…, 와카츠키 보육원?”

“거기뿐만 아니라 여러 곳에요. 아이는 제가 일해서 키울 거예요.”

“무슨 소리를 하는 거야? 아이를 낳을 거면 신이치에게 이야기해서 양육에 관한 건 확실히 하는 게 좋아. 직접 일해서 키운다는 게 말이 쉽지, 정말 힘들어.”

“그건 알아요. 하지만 신이치에게는 임신했다고 이야기하지 않는 게 좋을 것 같아요.”

“왜?” 타카기가 이해할 수 없다는 표정으로 물었다.

“안 그래도 병으로 괴로워하는데, 이런 이야기를 꺼내는 게 심적으로 부담을 주는 것 같아서요.”

타카기는 팔짱을 끼고 생각에 잠겨 신음했다.

“음…. 그건 신이치가 아이를 어떻게 생각하는지에 따라 달라지겠지. 자기 아이를 원하는 마음이 있으면 임신을 밝히는 건 부담이 아니라 오히려 삶의 활력이 될지도 몰라. 태어날 아이를 만나고 싶어서 조금이라도 더 오래 살려고 할 수도 있어. 그런데 신이치는 어떻게 생각할까…. 자기 아이를 원하려나? 지금까지 그런 이야기를 해 본 적은 없어?”

타카기가 물었지만, 스미노는 아무 대답도 할 수 없었다.

모르겠다—.

그게 신이치에게 임신한 사실을 알려야 할지 말지가 고민이 되는 가장 큰 이유였다.

신이치는 자기 아이를 원할까.

자기 아이를 이 세상에 남기기를 원할까.

임신한 사실을 전했다가 행여나 신이치가 낳지 말라고 할까 봐 두려웠다.

"아이 이야기를 딱히 해 본 적은 없는데…. 근데 신이치는…, 생각이 없을 것 같아요."

"자기 아이를 갖고 싶다는 생각이 없을 것 같다고?"

타카기가 묻자, 스미노는 고개를 끄덕였다.

"왜 그렇게 생각해?"

스미노는 이야기하기를 주저했다. 어디까지 말해야 할까. 말할 수 있는 선에서 신이치의 가정 환경을 이야기하기로 했다.

"신이치가 초등학교 때 어땠는지 알거든요."

"그러고 보니 그런 이야기를 들었던 것 같네. 니가타랬나?"

"네. 테라도마리라는 작은 항구 도시였어요."

스미노는 초등학교 시절 신이치와 자신이 어떻게 지냈는지 이야기했다. 자신에게는 첫사랑이었다는 것. 그리고 즐거웠던 추억과 함께 신이치의 가족 이야기를 꺼냈다.

그 당시 신이치는 얼굴이나 몸에 자주 멍과 상처가 생겼다. 선생님들이 왜 그렇게 됐냐고 물어도 신이치는 항상 넘어져서 다쳤다고만 했지만, 스미노는 아버지의 폭력 탓이었다고 확신한다.

"그 뒤로도 좋은 환경은 아니었어요. 아버지와 떨어져서 니가타 시내로 이사하고 나서도 어머니는 나이 차이가 많이 나는 사람과 재혼해서…. 신이치와 별로 원만하게 지내지 못했던 것 같아요. 도쿄로 오고 나서는 거의 본가에 가지 않은 것 같고요."

"그러니까 자기처럼 살게 할 바에는 아이를 낳지 않는 게 낫다고 생각할 것이다…, 그런 건가?"

스미노는 고개를 끄덕였다.

"그럼…."

"그래서 더더욱 신이치의 아이를 낳고 싶어요. 그 아이에게 신이치가 받지 못한 애정을 쏟고 싶어요. 신이치가 경험하지 못한 가족의 따뜻함과 행복을 느끼게 해 주고 싶어요. 제가 죽는 날까지 계속…."

자신은 신이치의 부모처럼은 되지 않을 것이다.

그것이 두 번이나 신이치를 배신하고, 원래는 행복했어야 할 그의 인생을 빼앗은 자신이 할 수 있는 최소한의 속죄였다.

"스미노의 그 마음이 신이치에게 전해지면 좋겠는데…." 타카기가 멀리 시선을 던지며 중얼거렸다.

토요스역에 내렸을 때는 10시를 넘은 시각이었다.

신이치의 저녁밥을 만들어야 해서 조금 더 일찍 일어날 생각이었건만, 정신을 차리고 보니 9시 반이었다. 시간을 확인하고서 대충 대화를 마무리 짓고 두 사람 다 허둥지둥 레스토랑을 나왔다.

타카기는 오늘 저녁 가족과 스키야키를 먹는다고 했는데, 미안한 짓을 하고 말았다. 하지만 그렇게 오랜 시간 대화했는데도 앞으로 어떻게 해야 할지 아직 정하지 못했다.

신이치에게 임신 사실을 알려야 할까, 말아야 할까….

답은 나오지 않았지만, 스미노는 가슴속 이야기를 타카기에게 털어놓은 것만으로도 조금 마음이 편해졌다.

문을 열어 보니 집 안이 캄캄했다.

"나 왔어."

스미노는 현관에 들어가서 일단 인사했다. 하지만 안에서 돌아오는 대답은 없었다. 신발을 벗고 거실로 향했다. 거실도 캄캄했다. 불을 켜 봤지만, 신이치는 없었다.

침실에 있나 싶어서 계단을 올랐다. 위층으로 올라가는데, 무슨 신음 소리 같은 것이 귀에 들어왔다.

무슨 일일까. 침실 안에서 들려오는 듯했다.

스미노가 침실 앞에서 귀를 기울여 보니, 벽 너머에서 필사적으로 고통을 참으며 앓는 듯한 소리가 들려왔다.

"왜 그래!"

놀라서 침실 문을 열자 침대 위에서 몸부림치는 신이치의 모습이 눈에 들어왔다.

신이치는 침대 위에 엎드려 있었다. 두 손으로 매트를 꽉 움켜쥐고 이로 이불을 악문 채 경련했다.

"신이치!"

스미노가 달려가자, 신이치가 이글거리는 눈빛으로 노려보았다.

"오지 마! 나가! 얼른 나가라고!" 당장이라도 달려들 것 같은 기세로 소리쳤다.

"아파? 구급차…, 구급차 부를게…."

스미노가 말하자, 신이치는 침대 근처에 놓인 물건을 스미노를 향해 던졌다.

"개같은 년, 그딴 거 부르지 말고―, 얼른 나가―. 얼른 내 앞에서 꺼져!"

대체 어떻게 된 것일까.

평소의 신이치가 아니다. 광기를 품은 눈으로 스미노를 위협하며 험한 말을 내뱉는다.

스미노는 눈앞에서 펼쳐지는 광경을 이성적으로 판단할 수 없었고, 신이치가 무섭게 느껴졌다.

"아—."

신이치가 던진 컵이 스미노의 이마를 맞힌 뒤 바닥에 떨어져 깨졌다.

"얼른 나가라니까! 죽여 버린다!"

그 포효에 등골이 오싹해졌다.

스미노는 손으로 이마를 누르며 물러났다. 침실 문을 닫고 일단 맞은편 방으로 도망쳤다. 떨리는 손으로 안에서 문을 잠갔다. 이마를 누른 손바닥에 피가 묻어 있었다. 거울을 보니, 오른쪽 눈썹 위가 조금 찢어져서 피가 났다. 스미노는 그 자리에 털썩 주저앉았다.

춥지 않은데도 입술이 덜덜 떨렸다. 두 손으로 자신의 몸을 감싸 안았지만 떨림은 잦아들지 않았다.

방금 본 광경을 떠올려 봤지만, 아직 현실로 받아들여지지가 않았다.

신이치가 대체 어떻게 된 것일까. 말기 암의 고통이란 저런 것인가.

스미노는 핸드백에서 휴대전화를 꺼냈다. 역시 구급차를 부르는 것이 낫지 않을까. '1, 1,' 하고 버튼을 누르다가 손가락을 멈췄다.

신이치는 구급차를 부르지 말라고 소리쳤었다. 통증 때문에 괴로운 거라면 자신이 먼저 불러달라고 했을 것이다.

통증 때문이라기보다는, 오히려 무슨 금단 현상 같은 것에 시달리며 몸부림치는 것처럼 보였다. 혹시 신이치가 이상한 약에 손을 댔나 하는 생각에까지 이르렀다. 병원에서 처방해 주는 모르핀 말고, 추가로 어디서 불법 약물을 구해서 섭취한 것이 아닐까.

그렇게 생각하면 신이치의 이상한 언행도 이해가 갔다. 지금까지 이상하게 생각해 오던 것들도 앞뒤가 맞는다.

신이치는 가끔 밤에 몰래 집을 빠져나갈 때가 있었다. 그리고 다음 날 밤까지 집에 돌아오지 않았다.

암의 통증과 금단 현상을 견딜 수 없게 되면 집을 빠져나가 약을 사러 갔던 것이 아니었을까. 그리고 약기운으로 조금 기운을 되찾은 뒤 집에 돌아온 것이 아니었을까.

암의 통증을 견디지 못하고 약으로 도피하고 싶어 하는 신이치의 심정을 이해하지 못할 것은 없었다. 하지만 그것이 신이치의 몸을 더 약하게 만들까 봐 걱정됐다.

어떻게 해야 할까.

일단 증거를 찾아야 한다. 그런 다음 의사인 타카기에게 통증을 줄일 방법이 없는지 물어봐야겠다.

그나저나 신이치는 이 집에서 약을 했을까. 스미노가 일하러 나간 사이에 신이치가 무엇을 하며 시간을 보내는지는 모르지만, 어디에도 그런 흔적은 없었다.

혹시 이 집에서 불법 약물을 섭취했다면 자신을 조금은 경계하지 않았을까. 하지만 지금까지 신이치는 자신에게 어느 방에는 들어가지 말라든가, 어느 서랍은 열지 말라든가 하는 말을 한 적이 없었다. 물론 그렇다고 자신이 신이치의 사생활을 함부로 들여다본 적은 없었지만.

그러고 보니… 예전에 본 신이치의 열쇠 지갑이 떠올랐다.

그 열쇠 지갑에는 열쇠가 네 개 걸려 있었다. 하나는 이 아파트 열쇠였고, 다른 두 개는 자동차 열쇠 같았다. 네 번째 열쇠를 보고 이건 어디 열쇠일까 의문이 들었었다.

이 아파트 열쇠와 마찬가지로 견고하게 생긴 열쇠였다.

어딘가에 집을 샀을지도 모른다. 상당한 재산이 있으니, 집을 하나 더 사는 것 정도는 큰일도 아닐 것이다.

문이 열리는 소리가 났다. 침실에서 신이치가 나온 것 같다.

문손잡이가 찰칵거리며 움직이자, 스미노는 깜짝 놀라 몸을 움츠렸다.

이 방에 들어오려고 한다. 스미노는 숨을 죽이고 바깥의 상황을 살폈다. 귀를 기울여 보니, 신이치가 손톱을 세워 복도 벽을 긁는 소리가 들렸다. 무슨 말을 중얼거리며 계단을 내려갔다.

약을 사러 나가는 것일까.

스미노는 저런 상태인 신이치와 마주하고 싶지 않아서 잠깐 기다렸다가 방을 나왔다.

조심스레 계단을 내려가서 거실로 향했지만 신이치는 보이지 않았다. 현관을 보니, 신이치의 신발이 없었다.

그것을 확인하자 스미노는 조금 죄책감을 느끼며 계단을 올라 신이치가 일하는 방으로 향했다. 만약 단서가 숨겨져 있다면 그 방에 있을 것 같았다.

문손잡이를 돌려 보니 문은 잠기지 않은 상태였다.

스미노는 천천히 방 안으로 들어가서 불을 켰다.

책상 서랍에 손을 대고 잠시 망설였다.

역시 이런 짓은 바람직하지 못하다.

신이치는 자신을 신뢰해서 이 아파트에서 같이 사는 것을 받아

들였다.

그런데 지금 자신은 이런 짓을 해서 신이치의 신뢰를 깨려고 한다.

하지만 이것은 신이치의 몸을 누구보다 걱정하기 때문에 하는 행동이다.

이 아이의 아버지를 걱정하기 때문이다.

스미노는 그렇게 생각하며 배에 살며시 손을 댔다.

나한테는 그럴 자격이 있어. 그렇지?

스미노는 마음을 굳히고 책상 서랍을 열었다. 서랍을 뒤진 것을 신이치가 모르도록 조심스럽게 물건들의 위치를 확인해 가며 안에 든 물건을 하나씩 살펴보았다.

맨 위 서랍 안에 열쇠 세 개가 있었다. 철사 같은 것으로 묶여 있었다. 여벌 열쇠 같았다.

스미노는 주머니에서 열쇠를 꺼냈다. 신이치에게 받은 이 집 열쇠와 비교해 보았다. 확실히 이 집 열쇠는 아니다.

신이치가 갖고 있는 것 말고도 여벌 열쇠가 세 개나 있다는 것은 역시 어떤 집의 열쇠일 것이다.

그 집이 어디에 있는지 알아내려고 서랍 안을 더 뒤졌다.

부동산 봉투가 나왔다. 세타가야구에 있는 부동산이다. 봉투에서 서류를 꺼냈다. 매매 계약서였다.

⧗

32

격렬한 쾌감이 파도처럼 넘실거리며 몸속을 떠다녔다.

신이치는 옆을 쳐다보고서 조금 현실감을 되찾았다. 조수석에 앉은 여자는 눈을 동그랗게 뜨고 입을 반쯤 벌린 채 죽어 있었다.

여자는 자신을 토모코라고 소개했었다. 신이치가 먼저 물어본 것은 아니었다. 운전석에서 여자 안에 넣고 있을 때 여자가 토모코로 불러 달라고 졸랐다.

하는 수 없이 토모코라고 불러 주자, 여자는 먹이를 눈앞에 둔 개처럼 격렬하게 허리를 흔들며 헐떡였다.

그 천박한 모습을 보자, 격렬한 욕망이 마그마처럼 솟아올랐다.

신이치는 "토모코, 토모코." 하고 불러 주면서 여자의 목을 졸랐다.

그때 뇌리에 또다시 테라도마리의 광경이 되살아났다.

하지만 그 기억은 절대 가슴 설레는 추억이 아니었다. 전에도 그런 기억이 되살아났었다. 그때는 스미노의 언니와 자신의 아버지에 관한 기억이었다. 구역질이 나서 그 이후로는 다시 떠올리지 않으려고 애썼다.

옆에 있는 이 여자를 죽였을 때 머릿속에서 떠오른 광경은 아무도 없는 절이었다. 테라도마리는 그다지 큰 마을이 아니었지만, 곳곳에 절이 있었다. 남들 눈에 띄지 않아야 했던 신이치와 스미노에게 항구에 있는 폐가나 인적 없는 절은 최고의 장소였다.

스미노가 울고 있었다. 슬픈 얼굴로 신이치에게 "미안해… 미안해…"라고 사과했다.

스미노는 왜 그렇게 슬픈 표정을 지었을까. 왜 자신에게 사과하는지, 신이치는 알 수 없었다.

그런 스미노를 달래려고 뺨에 손을 뻗으려다가 주저했다. 왠지 모르겠지만, 자신이 무척이나 더럽게 느껴졌다. 이런 손으로 스미노를 만질 수는 없었다. 스미노는 손으로 눈물을 닦고 신이치를 바라보았다.

자신의 의사와는 달리 몸이 멋대로 스미노를 멀리했다. 스미노에게 등을 돌리고 도망치듯 절의 돌계단을 뛰어 내려갔다.

그때, 스미노는 왜 울고 있었을까. 왜 사과했을까.

스미노가 자신에게 상처를 줬다 해도 스미노라면 용서하지 못할 것이 없었다.

시계를 보니 오후 4시가 지났다.

몸이 너무 나른했지만, 이제 작업을 시작해야 한다.

신이치는 차에서 내려 조수석 문을 열고 여자를 끌어 내렸다. 여자의 겨드랑이 쪽에 두 손을 넣고 차고 끝까지 끌고 갔다. 간신히 배수구 근처까지 옮기고 차고 뒤편에 있는 선반으로 향했다. 비닐장갑을 꺼내 끼고 가위를 챙겨서 여자에게 갔다.

여자의 옷을 가위로 잘랐다. 죽으면 몸이 경직돼서 자르지 않고서는 옷을 벗기기가 힘들다.

여자의 몸에서 옷을 전부 벗겨 내고 이번에는 수도에 호스를 연결했다. 세제와 스펀지와 수세미를 이용해 여자의 몸을 성심껏 씻었다. 자신의 체액과 흔적을 조금도 남기면 안 된다.

여자의 목을 졸랐을 때, 여자가 손톱으로 자신의 목과 뺨을 긁었다. 손톱 주변은 특히 더 꼼꼼히 청소해야 한다.

신이치는 여자의 손에 물과 세제를 뿌렸다. 나이도 먹을 만큼 먹었으면서 손톱이 참 화려하기도 하다. 손톱이 벗겨져 떨어지는 것도 신경 쓰지 않고 수세미로 벅벅 문질렀다. 여자의 전신을 구석구석 세척하고 마무리로 표백제를 뿌렸다. 그러고 나서 어디에서나 팔 법한 검은색 이불로 여자를 쌌다. 언뜻 봤을 때 시체가 보이지만 않으면 되니 그것으로 충분했다.

이불에 싼 여자를 들려고 했지만 무리였다. 지난번에는 들어서 트렁크에 넣을 수 있었는데, 체력이 많이 떨어지기는 했나 보다.

앞으로 얼마나 더 죽일 수 있을까. 이 쾌감에 몸을 맡길 수 있는 시간도 이제 얼마 남지 않았는지 모른다.

여자의 몸을 잡아끌어서 겨우 뒷좌석에 태웠다. 차고 전등을 끄려고 할 때, 구석에 방치된 옷가지들이 눈에 들어왔다. 여기서 시체를 처리한 여자 네 명의 것이다. 조만간 작은 소각로를 사서 태워 버려야겠다.

신이치는 차고 전등을 끈 뒤 운전석에 올라타 차를 출발시켰다.

인적 없는 공터나 주차장을 찾으며 차를 몰았다.

전엔 가능한 한 사람들의 눈에 띄지 않을 것 같은 곳을 찾아서 시신을 버렸지만, 최근에는 그것도 그다지 의미 없게 느껴졌다. 아무리 인적 드문 숲속에 버린다고 해도 발견되려면 얼마든지 발견된다. 결국 모든 것은 운이다. 그렇다면 시신에서 자신의 흔적은 제대로 지웠으니, 목격되지만 않으면 주택가 쓰레기장에 버린다 해도 상관없다는 결론을 내렸다.

게다가 지금 자신에게는 인적 드문 장소까지 차를 운전할 기력과 체력이 없었다.

최근 얼마 동안은 극심한 권태감에 시달렸다. 그 욕망이 솟아오를 때만큼은 자신 안에서 말도 안 되는 에너지가 흘러넘치는 것을 느끼지만, 그때 말고는 의자에서 일어나는 것조차 버거웠다.

마침 적당한 공터를 발견해서 차를 몰고 들어갔다. 주변을 둘러보며 공터 안을 서행했다. 과거에 창고가 있었던 자리 같다. 오래된 컨테이너와 폐차나 다름없는 차가 방치돼 있었다. 인기척은 전혀 없었고, 당연히 CCTV도 보이지 않았다.

여기면 충분하겠다.

신이치는 방치된 폐차 옆에 차를 대고 운전석에서 내렸다. 장갑을 낀 손으로 뒷좌석 문을 연 다음, 이불에 싸인 여자를 차에서 끌어 내렸다.

뒤처리를 마치고 차에 올라타 집으로 돌아가려고 하는 순간, 스미노의 얼굴이 뇌리를 스쳤다.

자신이 던진 컵에 찢어진 이마를 손으로 누르며 자신을 바라보던 스미노의 얼굴.

조금 전까지 허기를 달래는 것과 시신을 처리하는 것에 완전히 정신이 팔려서 잊고 있었지만, 자신은 스미노에게 가혹한 짓을 저지르고 말았다. 아니, 자신의 끔찍한 모습을 보이고 말았다.

'사람을 죽이고 싶다―.'

하필 자신의 욕망이 임계점을 넘어섰을 때 스미노가 아파트로 돌아왔었다.

한 달 넘게 스미노에게 그런 마음을 품지 않을 수 있었는데, 미친 듯이 날뛰는 욕망을 도저히 억누를 수가 없었다.

무슨 짓을 해서라도 스미노를 자신에게서 떨어뜨려 놓아야 하는 상황이었다. 스미노를 공격하고 싶은 충동을 필사적으로 억누르며 선택한 결과였다.

스미노는 도망치듯 방에서 나갔다. 하지만 눈앞에서 스미노가 사라졌는데도 죽이고 싶다는 욕망은 사라지지 않았다.

참지 못하고 침실을 나갔다. 맞은편 방 문손잡이를 돌려 보니 잠겨 있었다.

그대로 문을 차 부수고 스미노를 죽이고 싶었다.

그렇게 하면 이 괴로움으로부터 해방될 테니까.

죽이고 싶다―. 죽이고 싶다―. 죽이고 싶다―.

그 갈망을 간신히 견디며 계단을 내려가 아파트를 나갔다.

차를 타고 밤거리를 헤맸다. 솔직히 그곳이 어디였는지도 제대로 기억나지 않는다. 그저 사람이 별로 지나다니지 않을 것 같은 거리를 찾았다. 적당한 장소에 차를 대고, 차 안에 상비된 가발과 안경으로 변장한 뒤 주변을 잠시 돌아다녔다.

사막에서 필사적으로 물을 찾듯 여자 혼자 운영할 법한 작은 술집을 찾았다.

처음에 들어간 술집은 여자 사장이 혼자 일하고 있었지만, 카운터 석에 손님이 있는 것을 보고 바로 나왔다. 다음으로 들어간 가게에는 손님이 없었지만, 여자 두 명이 일하고 있어서 나왔다. 그렇게 몇 군데를 돌다가 그 여자가 운영하는 술집에 들어갔다. 기껏해야 대여섯 명 정도 들어앉을 법한, 카운터 석만 있는 소박한 가게였다.

가게에 들어가자, 카운터 석에 엎드리듯 앉아 있는 여자의 등이 보였다. 여자는 신이치에게 눈길도 주지 않고 "오늘 영업 끝났는데…"라고 혀가 꼬부라지는 말투로 말했다.

"한 잔만 마시면 안 될까요?"라고 신이치가 묻자, 여자가 고개를 살짝 돌렸다. 신이치의 얼굴을 보고 상스러운 미소를 짓더니 "들어오세요" 하며 손짓했다.

카운터 석에 앉자 싸구려 향수 냄새가 코를 찔렀다. 여자는 냉장고에서 맥주를 꺼내 신이치 앞에 내고 옆에 앉아서 시시껄렁한 잡담을 시작했다. 신이치도 여자에게 술을 권하며 적당히 맞장구를 쳤다.

"오빠, 목소리가 멋있다. 뭐더라…. TV에 나오는 세계의 어쩌구 하는…, 아…, '세계의 풍경'에 나오는 목소리랑 비슷해."

그렇게 말하며 여자는 신이치에게 몸을 기댔다.

세계의 풍경?

어디선가 들은 적이 있다.

잠시 생각하다가, '료'라는 형사 일행이 그런 이야기를 한 기억이 났다.

세계의 풍경에 나오는 목소리랑 비슷하다라―.

아마 그 프로그램 성우와 자신의 목소리가 비슷하다는 뜻이리라.

그 사실을 깨닫게 해 준 옆의 여자가 고마웠다.

적당히 유혹하자 여자는 선뜻 차까지 따라왔다. 그 뒤는―.

이번에는 스미노를 죽이지 않고 어떻게든 넘겼지만, 자신의 그런 모습을 본 스미노는 지금쯤 무슨 생각을 하고 있을까.

$$\rotatebox{0}{\text{⧗}}$$

33

우메가오카역에서 전철을 내렸을 때, 휴대전화에 연락이 와 있는 것을 알아차렸다.

신이치였다. 음성 메시지도 남아 있었다.

스미노는 승강장 벤치에 앉아서 음성 메시지를 들었다.

신이치가 사과하는 말이 줄줄이 녹음돼 있었다. 어젯밤 일을 계속해서 사과하며 자신에게 스미노가 얼마나 소중한지를 호소했다. 신이치가 어젯밤 일을 진심으로 반성하고 있고 전전긍긍하고 있는 것이 목소리에서 느껴졌다. 비장한 목소리로 집에서 기다릴 테니 돌아와 달라는 말을 남기며 메시지는 끝났다.

당장이라도 전화를 걸고 싶었지만, 그랬다가는 자신의 의지가 꺾여 버릴 것 같아서 그럴 수 없었다.

책상 서랍에 있던 매매 계약서를 훑어보고 스미노는 경악했다.

신이치는 우메가오카에 3억 엔이 넘는 저택을 구입한 상태였다. 지금 사는 초고층 아파트 말고 다른 집을 가지고 있다는 이야기는 지금까지 들은 적이 없었다.

신이치가 자기 돈으로 무엇을 사든 자유다. 신이치는 데이 트레이더로 상당한 자산을 모았다고 하니, 투자 목적으로 집을 구입했을 수도 있다. 부부가 아니니 모든 것을 스미노에게 알릴 의무도 없다.

스미노가 신경 쓰이는 점은 그런 것이 아니었다.

집을 계약한 시기가 문제였다.

신이치는 그 집을 9월 22일에 계약했다. 다시 말해, 자신이 말기 암이고 시한부임을 안 뒤에 집을 구입했다는 뜻이다.

왜 그랬을까. 스미노로서는 이해가 되지 않았다.

자포자기해서 가지고 있는 현금을 다 써 버리고 싶어진 것일까. 아니면 자신이 죽은 뒤 상속이나 세금 같은 문제를 고려하면 집을 매입하는 것이 좋다고 판단한 것일까.

그런 방면에 아무 지식이 없는 스미노는 아무리 생각해 봐도 그 이유를 알 수 없었다. 다만 그 매매 계약서를 본 순간부터 마음속에 불길한 예감이 퍼졌다.

스미노는 일을 마치고 나서 망설이며 이곳까지 왔다.

매매 계약서에 나와 있는 집으로 향하면서도 불안을 해소하고 싶은 마음과 여기서 그만둬야 한다고 자신을 말리는 힘이 서로 맞부딪쳐 싸우고 있었다.

마치 그때처럼—.

그때, 평소처럼 항구에 있는 폐가 안에서 신이치와 함께 있는데 밖에서 사람 목소리가 들렸다. 점점 다가오는 목소리에 스미노와 신이치는 잽싸게 구석으로 가서 몸을 숨겼다. 들키지 않으려고 옆에 있던 천을 덮어쓴 순간, 문이 열리고 사람이 들어왔다.

문이 닫히는 소리가 나자 남자와 여자가 대화를 시작했다. 그 목소리를 듣고 스미노와 신이치는 천 아래서 눈을 주고받았다. 신이치의 아버지와 스미노의 언니 목소리였다.

천의 찢어진 틈으로 바깥을 내다보니, 신이치의 아버지가 언니의 교복을 벗기고 몸을 만지고 핥는 것이 보였다.

스미노와 신이치는 서로의 심장 소리가 들릴 정도로 당황했지만, 말을 걸 수도, 천 밖으로 나갈 수도 없었다.

신이치의 아버지도 알몸이 됐다. 신이치 아버지의 사타구니에 달린 것을 보고 스미노의 심장이 더 거세게 뛰었다. 아빠와 함께 목욕하러 갔을 때 본 것과는 전혀 다른, 기이한 막대 같은 것이 우뚝 솟아 있었다. 신이치의 아버지는 그것을 언니의 입에 물렸다. 언니는 마치 막대 아이스크림을 빨듯이 그것을 핥았다.

언니는 바닥에 누운 신이치의 아버지 위에 올라타서 그 막대 같은 것을 자기 사타구니 사이에 넣었다. 언니는 천천히 신이치의 아버지 위에서 허리를 뒤틀었다.

그 광경을 보고 저것이 말로만 듣던 '성교'라는 생각에 이르렀다.

보건 수업 때 들어서 그 행위가 무엇인지는 알지만, 눈앞에 비친 광경은 도무지 아이를 갖기 위한 신성한 과정 같지 않았고, 소름 끼치는 짓거리로만 보였다.

잠시 후 신이치의 아버지가 일어나서 언니를 바닥에 눕혔다. 배를 깔고 바닥에 누운 언니의 엉덩이에 그것을 넣고, 언니의 허리를 잡더니 허리를 움직였다. 신이치 아버지의 움직임이 격렬해질수록 언니는 거친 숨소리와 함께 지금껏 한 번도 들어 본 적 없는 목소리를 뱉었다. 신이치의 아버지도 언니의 가슴을 주무르며 짐승처럼 소리를 질렀다.

구역질이 올라왔지만, 어떻게 할 수가 없었다.

스미노와 신이치는 덮어쓴 천 아래서 그 소름 끼치는 행위가 어서 끝나기만을 바랐다.

이윽고 그 행위가 끝나자, 두 사람은 옷을 입고 밖으로 나갔다.

신이치는 폐가를 나와 스미노에게 사과했다. 하지만 신이치에게는 잘못이 없다. 그건 알고 있지만, 신이치의 아버지도, 자신의 언니도, 그리고 그 두 사람과 같은 피가 흐르는 자신들도 모두 더럽혀진 것 같은 혐오감이 몰려왔다.

신이치는 "이 일은 아무한테도 말하지 말아 줘"라고 스미노에게 부탁했다.

스미노로서도 자신의 부모님이나 언니에게 이런 이야기를 할 수 있을 리가 없었다. 그런 이야기를 해 버리면 자신의 가족과 신이치네 가족은 관계가 더 험악해질 테니까. 그렇게 되면 신이치와도 만날 수 없게 될 것이라는 직감이 들었다.

언니는 그 이후에도 신이치의 아버지와 같은 짓을 반복하는 것 같았다.

그 사실을 도무지 견딜 수 없었다. 스미노는 고민 끝에 신이치의 어머니에게만 이 이야기를 하기로 했다. 어린 마음에 신이치의 어머니가 이 문제를 잘 해결해 줄 것이라고 생각했었다.

하지만 스미노가 신이치의 어머니에게 그 이야기를 꺼낸 뒤로 신이치의 상태가 나날이 이상해졌다. 눈이 멍해지고 점점 말도 제대로 하지 못하게 됐다.

무슨 일이냐고 물어도 신이치는 아무 대답도 하지 않았다. 어딘가에 영혼을 두고 와서 몸만 스미노의 눈앞에 있는 것 같았다.

스미노는 걱정됐다. 아버지에게 폭행을 당하는 것은 어렴풋이 눈치채고 있었지만, 이젠 어머니에게도 학대를 당하는 것이 아닐까 싶었다.

스미노는 저녁 식사를 마치고 몰래 집을 빠져나와 신이치의 집으로 갔다. 뒤뜰에 숨어 들어가서 커튼 틈으로 안을 살펴보았다.

그때, 엄청난 충격과 함께 자신이 심각한 잘못을 저질렀음을 깨달았다.

언니는 얼마 후 메모를 남겨 두고 신이치의 아버지와 함께 테라도마리를 떠났다.

그랬던 언니는 스미노가 케이스케를 만나기 직전에 태연히 돌아왔다. 무려 13년간 신이치의 아버지에게 이용당했다고 했다.

스미노는 신이치를 절망의 밑바닥으로 떨어뜨린 사건의 계기를 만든 언니와 도무지 함께 살 수가 없었다.

한적한 주택가를 잠시 걷다 보니, 목적지로 짐작되는 건물이 눈에 들어왔다.

스미노가 상상했던 것보다 큰 저택이었다. 높은 담장에 둘러싸여 있었고, 옆엔 큰 차고가 딸려 있었다.

담장 밖에서 보이는 2층은 불이 꺼진 상태였다. 밖에서 보기에 저택 안에는 아무도 없는 듯했다.

스미노는 대문 옆에 달린 초인종을 눌렀다. 몇 번 눌러 봤지만 반응이 없었다.

긴장하며 대문을 열고 안에 들어가 보았다. 커다란 정원에는 초목들이 울창하게 자라 있었다. 여기가 도쿄임을 믿기 힘들 만큼 주변은 캄캄하고 고요했다.

건물 밖을 반 바퀴 돌아보았지만, 역시나 안에 사람이 있는 기색은 없었다.

신이치는 무엇을 위해 이 저택을 샀을까.

망설임은 아직 있었지만, 안에 들어가 보기로 했다.

튼튼해 보이는 현관문에 열쇠를 꽂고 돌려 보았다. '철컥' 하고 육중한 소리를 내며 잠금이 풀렸다. 역시 이 집의 열쇠였다.

"실례하겠습니다…." 작은 소리로 말하며 문을 열었다.

실내가 어두컴컴해서 아무것도 보이지 않았다. 오는 길에 사 온 손전등을 핸드백에서 꺼내 앞을 비쳤다.

아무것도 없었다.

사람이 사는 것 같지 않았고, 심지어 현관은 누가 출입한 적도 없는 것처럼 아무 흔적도 없이 깨끗했다.

스미노는 혹시나 누가 올 때를 대비해서 안에서 현관문을 잠그고 벗은 신발은 가방에 넣어 손에 들었다.

캄캄한 어둠 속에서 손전등 빛에만 기대어 저택 안을 탐색했다.

1층에는 15평은 될 넓은 거실과 방이 있었고, 부엌과 욕실도 있었다. 2층에는 방 네 개가 있었다. 방마다 들어가 옷장 속도 확인했지만, 아무것도 없었다.

부동산에서 넘겨받은 상태 그대로인 듯했다.

신이치도 구입하기만 하고 저택을 찾지 않았을지도 모른다.

아무래도 자신의 걱정은 그저 기우였나 보다.

신이치가 불법 약물을 섭취하고 있을 가능성이 사라진 것은 아니지만, 적어도 이 저택에서 이상한 짓은 하지 않는 것 같다.

밖으로 나가려다가 현관 옆에 문이 하나 더 있는 것을 알아차렸다. 어차피 아무것도 없겠지 하며 문을 열어 보니, 서늘한 공기가 목덜미를 어루만졌다. 캄캄한 어둠 속에서 희미하게 물 흐르는 소리가 들렸다.

앞을 향해 손전등을 비쳤다. 차고 같았다. 큰 차 두 대는 족히 들어갈 넓은 공간이었다. 졸졸거리며 들려오는 소리는 호스에서 가늘게 흘러나오는 물소리 같았다.

다른 곳에 빛을 비춰 보니 금속 선반이 보였다. 선반에는 상자 몇 개가 올려져 있었다. 차고만은 사용되고 있는 것 같다.

안쪽에 천 조각 같은 것들이 쌓여 있었다. 빛이 닿으니 그 사이에서 무언가 반짝거렸다.

스미노는 조금 신경이 쓰여 가방에서 신발을 꺼내 신고 차고에 들어갔다. 손전등 빛을 비추며 다가갔다.

이것은 대체 무엇일까.

스미노는 천 조각들을 손으로 들어 보았다. 아무래도 여성용 옷 같다. 반짝거리는 것은 천에 들어간 펄이었다.

여기에 왜 여성용 옷이 있을까. 그것도 전부 조각조각 잘린 상태로. 브래지어나 팬티 조각으로 짐작되는 것들도 있었다.

스미노는 등골이 오싹해지는 것을 느끼며 일어섰다. 벽에 빛을 비추며 전등 스위치가 없는지 찾았다. 스위치를 발견해서 불을 켰다. 콘크리트 바닥에 널브러진 호스 끝에서 가늘게 물이 흘러나오고 있었다. 물의 흐름을 눈으로 좇다가 차고 끝에서 배수구를 발견했다.

스미노는 천천히 배수구로 다가갔다. 그 자리에 쪼그려 앉아서, 배수구 거름망에 걸려 있는 무언가를 응시했다.

떨리는 손으로 거름망을 집어 들었다. 거름망 안에 인조 손톱 몇 개가 걸려 있었다. 그것뿐만 아니라 진짜 손톱처럼 보이는 것도 걸려 있었다. 머리카락 같은 것도 엉켜 있었다. 긴 모발도 있었고, 누가 봐도 머리카락이 아닌 부분의 털도 섞여 있었다.

구역질이 올라왔다.

대체 이것은 무엇일까. 왜 이런 곳에 이런 것들이 있을까.

이해할 수 없었다. 아니, 아니다. 이해하고 싶지 않다.

스미노는 필사적으로 생각을 차단하려고 했다. 하지만 아무리 멈추려고 해도 그때의 잔상이 멋대로 머릿속을 뛰어다녔다.

잔뜩 흥분해서 혈관이 붉어진 얼굴로 스미노의 목을 조르던 신이치의 무서운 모습.

'죽어…. 죽어….'

신이치는 그렇게 중얼거렸었다.

목을 졸리게 되면 몸부림치다 범인의 목이나 얼굴을 할퀴어서 손톱에 피부 조각이 남는 경우가 적지 않다고 한다. TV 뉴스에서 해설자로 나온 전직 형사가 한 말이 떠올랐다.

신이치와 드디어 하나가 됐던 그 밤에, 신이치의 목덜미에서 손톱에 긁힌 것 같은 상처 몇 개를 봤었다.

그전에도 신이치는 고양이가 할퀴었다며 뺨과 손등에 반창고를 붙인 적이 있었다.

'골목에 있던 길고양이가….'

그렇게 말하며 웃던 신이치의 얼굴을 떠올렸다.

'그런 유형의 범죄자는 자신의 욕망을 억누르지 못하고 계속 범행을 거듭하는 위험성이 있으니 조심해야 합니다.'

전직 형사 출신 뉴스 해설자의 말이 스미노의 머릿속을 뛰어다 녔다.

아니다. 말도 안 된다. 그럴 리가 없다.

신이치는 시한부 선고를 받은 덕분에 새로운 세상에 발을 내딛게 됐다고 했다. 새로운 세상? 새로운 세상이 대체 뭐지…?

스미노는 앉은 자리에서 일어나 옷 무더기로 가서 그 속을 파헤쳤다.

뭐든 좋으니 지금까지의 상상을 뒤집어 줄 만한 것을 찾고 싶었다.

옷 조각들 속에서 가방이 나왔다. 열어 보니 지갑이 들어 있었다. 지갑을 꺼내서 안을 확인했다.

전자 제품 매장 앞을 지나가다가 문득 정신이 돌아왔다.

여기가 어디지….

주변을 둘러보았지만, 스미노는 여기가 어디인지 알 수 없었다.

오른손에는 휴대전화를 꽉 쥐고 있었다. 자신은 대체 무엇을 하려던 중이었을까.

앞에 있는 전자 제품 매장에 전시된 TV가 눈에 들어오자, 갑자기 격렬한 구역질이 올라왔다.

그래…. 생각났다….

자신이 해야 할 일을 떠올리고 말았다.

TV 화면에는 지금까지 몇 번이나 본 살해당한 여대생과 직장인 여성의 사진이 떠 있었다. 아나운서가 사건 관련 제보를 요청하고 있었다. '닛포리 경찰서'라는 글자와 전화번호도 화면 위에 떠 있었다.

그렇다. 스미노는 조금 전까지 경찰에 연락해야 한다고 생각하고 있었다.

지갑 안에 있던 면허증에 적힌 이름을 확인하고 휴대전화로 인터넷에 검색해 봤다. 시신이 알몸으로 유기된 살인사건 피해자 중 한 명이었다.

저택을 뛰쳐나와 경찰에 연락하려던 중 잠깐 의식이 혼미해졌었다.

스미노는 TV에 나온 번호를 누르고 걸음을 뗐다.

발신 버튼으로 손가락을 가져가다가 망설였다.

신이치는 왜 그런 끔찍한 짓을….

어쩌면 내가 그런 말을 해 버린 것이 모든 일의 원인 아닐까.

신이치가 살인마가 된 것은 나 때문일까.

스미노의 마음속은 그런 슬픔으로 가득 차 있었다.

이 버튼을 누르고 경찰에 신고하면 신이치는 체포될 것이다. 더는 만날 수 없을 것이다. 하지만 이대로 내버려 두면 신이치는 또 사람을 죽일 것이다. 다음에는 내가 그 대상일지 모른다.

적어도, 적어도 살아 있는 동안에 신이치가 속죄했으면 좋겠다. 아무리 속죄해도 속죄되지는 않겠지만….

신이치는 또다시 내게 배신당했다고 생각하게 될까.

그렇게 생각하더라도 어쩔 수 없다.

스미노는 발신 버튼을 눌렀다.

통화 연결음이 몇 번 울린 뒤, "네, 닛포리 경찰서 수사본부입니다" 하고 남자의 목소리가 들렸다.

스미노는 말이 나오지 않았다.

말해야 한다. 꼭 말해야 한다고 필사적으로 생각하는데도 말을 꺼낼 수 없었다.

"여보세요…. 여보세요…. 닛포리 경찰서 수사본부입니다. 무슨 일이시죠?"

말해야 한다. 아무리 슬퍼도, 아무리 괴로워도—.

"저기…."

입을 열자마자, 자동차 경적 소리가 귀청을 때렸다.

스미노가 옆을 본 순간, 시야가 새하얘지더니 이어서 격렬한 통증이 몸에 번졌다.

'어—?'

스미노는 뺨에 닿는 거친 감촉을 느끼고 천천히 눈을 떴다.

뭐가 어떻게 된 것일까….

내가 왜 도로에 누워 있지?

보도에 있는 사람들이 놀란 표정으로 자신을 보고 있었다. 개중에는 휴대전화를 꺼내 든 사람도 있었다.

내가 카메라에 찍힐 만큼 창피한 짓을 했나?

얼른 일어서려고 했지만, 몸이 전혀 반응하지 않았다.

눈앞에 누군가의 발이 보였다. 낯익은 신발을 신고 있다. 나와 똑같은 신발이다….

그것을 보자, 입술이 격렬하게 떨렸다.

왜…, 왜 내 발이 저런 데에 있지?

아스팔트에 피가 퍼졌다. 설마, 이게 내 피인가?

"어떻게 된 겁니까…! 무슨 일이세요…! 괜찮으십니까!"

여전히 오른손에 쥐고 있는 휴대전화에서 남자의 목소리가 들려왔다.

나는 이대로 죽는 것일까.

싫다. 죽고 싶지 않다.

나에게는 해야 할 일이 있다. 이 뱃속에 든 아이를….

그러니 죽을 수 없다.

그런데 서서히 시야가 흐려지고 생각도 끊길 것 같다.

그렇다면 적어도 신이치에게 무언가를 남기고 싶다.

신이치에게, 신이치에게 무언가를….

스미노는 남은 힘을 쥐어짜서 손에 쥔 휴대전화를 입가로 가져갔다.

$$\bowtie$$

34

화장터 대기실에 들어서자, 여기저기서 오열이 새어 나왔다.

야마구치 스미노의 친족으로 보이는 사람들이 의자에 앉아서 고개를 푹 숙이고 있었다.

"저기…."

중년의 남녀가 일어나서 료에게 다가왔다.

"경시청에서 나온 아오이 료라고 합니다. 상심이 크시지요."

료가 고개를 숙이자, 앞에 있는 두 사람이 "감사합니다. 스미노의 부모입니다"라고 인사했다.

료는 미리 연락을 취하고 스미노의 부모를 만나러 왔다.

별실로 가서 스미노에 관한 이야기를 들었다.

하지만 대부분이 고인과의 추억담이라 자신의 후각을 자극하는 내용은 없었다.

스미노의 본가는 니가타 테라도마리에 있다고 했다. 대학생 때는 4년간 도쿄에서 지냈지만 졸업 후 본가로 돌아왔고, 스물다섯 살 때 결혼하면서 니가타 시내로 이사했다. 남편과는 8개월쯤 전에 이혼했다. 그 후엔 도쿄로 상경해 혼자 살았다고 한다.

부모는 스미노가 최근 누구와 어떤 관계를 맺으며 지냈는지 전혀 아는 바가 없었다. 스미노가 말한 '그 사람'은 이혼한 전 남편일까.

대기실 밖에서 기다리는데, 안에서 낯익은 사람이 나왔다. 료가 다니는 병원의 의사다. 상대도 알아봤는지 멈춰 서서 료를 보았다.

"아오이 료 씨죠?"

담당의가 아닌데도 이름을 안다. 아무래도 문제가 있는 환자로 병원에서 유명한가 보다.

"네. 그쪽은 토쿄 병원의…?"

"타카기입니다."

"야마구치 스미노 씨의 친족 되십니까?"

"아니요. 스미노와는 다니던 대학교는 달랐지만 같은 동아리였습니다. 그래서 동아리 친구들 몇 명과 같이…."

"그러셨군요."

"료 씨는 왜 여기에…?"

"뭐, 어쩌다 보니…." 료가 말끝을 흐렸다.

공연하게 떠벌릴 만한 이야기가 아니다. 가능하면 타카기만 잠깐 불러내서 이야기를 듣고 싶었다.

"잠깐 시간을 내 주실 수 있을까요?"

"하시는 일과 관련이 있는 건가요?"

타카기는 조금 불안한 표정을 지었다.

"어쩌면요."

이름을 아는 만큼 료의 직업 또한 알고 있을 타카기는 그 이상 묻지 않고 알겠다고 했다.

"기다리시게 해서 죄송합니다."

그 목소리에 고개를 들어 보니, 테이블 앞에 타카기가 서 있었다.

"편히 앉으세요." 료가 배를 누르고 있던 손을 떼고 맞은편 의자를 가리켰다.

조금 전부터 참기 힘들 정도로 뱃속이 메슥거렸다.

"괜찮으세요?"

티가 나지 않도록 신경 썼건만, 자신의 상태가 좋지 않다는 것을 벌써 눈치챈 모양이다.

"괜찮습니다. 조금 메슥거려서…."

"그럼 대화는 오늘 말고 다음에 할까요?" 타카기가 걱정스럽게 물었다.

"아니요, 괜찮습니다. 그리고 지금 이야기하지 않으면 선생님이나 저나 오늘 밤에 제대로 못 자지 않겠습니까."

"소문대로 일에 열정적인 분이시군요."

타카기는 쓴웃음을 지었다.

"후쿠다 선생님은 여전히 한탄하고 계시죠?"

"네. 여기서 료 씨를 만난 건 비밀로 하겠습니다. 후쿠다 선생님의 혈압이 걱정되네요."

"그렇게 해 주십시오."

"그런데, 왜 료 씨가 스미노를 알죠?" 종업원에게 커피를 주문한 뒤 타카기가 말을 꺼냈다.

"실은…, 스미노 씨가 사고를 당했을 때 저와 통화 중이었습니다."

료가 말했지만, 타카기는 무슨 소린지 전혀 모르겠다는 표정이었다.

"사고 당시 스미노 씨는 본인 휴대전화로 닛포리 경찰서 수사본부에 전화를 건 상태였습니다."

"닛포리 경찰서, 수사본부요…? 스미노가 사고를 당한 건 세타가야 우메가오카 근처였잖습니까? 그런데 왜…." 타카기가 이상하지 않냐는 표정을 지었다.

"아니요, 아닙니다. 사고 신고가 아니었습니다. 닛포리 경찰서 수사본부는 연쇄 살인 사건의 범인을 쫓고 있습니다."

"연쇄 살인 사건이요?" 타카기가 눈썹을 찌푸리며 료를 바라봤다.

"네. 여대생과 직장인 여성이 살해당한 사건입니다."

료는 타카기에게 사건에 대해 간략히 설명했다.

"최근 TV 뉴스를 통해 사건 관련 제보를 요청하고 있는데요, 그 회선 번호로 스미노 씨가 전화를 걸어왔습니다. 제가 받았고요."

그때, 료가 아무리 말을 걸어 봐도 한참 동안 아무 대답이 없었다. 료가 끊으려고 하는데, 뒤늦게 "저기…" 하고 목소리가 들렸다.

그런데 그 직후 자동차 경적 소리와 함께 엄청난 충돌음이 료의 귀청을 울렸다.

대체 무슨 일인가 싶어서 귀를 기울여 보니, 주변에서 술렁거리는 소리가 들렸다. 아무래도 교통사고가 난 것 같다고 짐작했다.

"괜찮으십니까…? 괜찮으십니까…?" 하고 전화로 묻자, 스미노의 목소리가 더듬더듬 들려왔다.

그리고 잠시 후 전화가 끊겼다.

료는 전화번호를 조회해 야마구치 스미노를 찾았다. 하지만 안타깝게도 스미노는 이미 사망한 상태였다.

목격자의 말에 따르면, 통화에 정신이 팔린 스미노가 횡단보도를 건너는데 차가 돌진했다고 한다. 그리고 구급 대원의 말에 따르면 구급차가 도착했을 때 스미노는 이미 사망해 있었다. 그렇다면 료가 들은 말이 스미노의 유언이었을 것이다.

대체 누구에게 하는 말이었을까—.

"그런데…, 스미노가 왜 연쇄 살인 사건 수사본부에 전화를…."

타카기는 이해할 수 없다는 표정이었다.

"뭔가 짚이는 데가 없으십니까?" 료가 물었다.

"글쎄요…. 전혀 모르겠습니다. 솔직히 한동안 연락하지 않고 지내던 시기가 있어서, 다는 몰라도 제가 아는 선에서는 생각나는 게 없습니다."

"그러면 우메가오카 근처에 지인이 산다는 이야기를 들은 적은 있으십니까?"

"못 들었습니다. 적어도 저희 동아리 친구들 중에는 없어요."

"그렇군요…."

"그냥 잘못 건 전화가 아닐까요? 어디에 전화를 걸었는데 갑자기 경찰서로 연결돼서 당황한 게 아닐지…. 그래서 주변을 못 보고…."

TV 뉴스를 통해 사건 관련 제보를 요청하기 시작한 뒤로 하루에도 몇백 건이나 수사본부로 전화가 걸려 온다. 그중엔 잘못 건 전화나 장난 전화도 적지 않다. 하지만….

"스미노가 허망하게 가기 전날 밤에 스미노를 만났었습니다. 그렇지만 그 자리에서도 살인사건에 관한 이야기는 전혀 못 들었습니다."

"그때는 어떤 대화를 나누셨죠?"

"흔한 연애 상담이었어요. 멋진 커플이었는데…. 스미노의 남자 친구는 장례식에도 못 올 정도로 큰 충격을 받았습니다." 타카기가 진지한 표정으로 말했다.

"남자 친구…." 료가 중얼거렸다.

35

스미노가 죽었다.

신이치는 그런 현실을 아직 받아들이지 못했다.

왜⋯, 왜⋯, 스미노가 자신보다 먼저 죽어야 하나.

왜 스미노처럼 좋은 사람이 이렇게 쉽게 이 세상에서 사라져야 하나. 아무리 생각해도 이상하다.

빌어먹을! 누구든 대답 좀 해 보라고!

만약 신이라는 것이 정말 존재한다면, 그렇게 따지면서 그 목을 베어 버리고 싶다.

스미노에게 사과하고 싶었다. 자신의 실수를 사과하고 싶었다. 그런 마음으로 신이치는 스미노가 집으로 돌아오기를 하염없이 기다리고 있었다.

벨 소리가 울렸다. 스미노일 리는 없지만, 신이치는 반사적으로 휴대전화를 손에 들었다.

아야코의 메시지였다. 제목은 '괜찮아?'였다. 메시지를 연 순간 머리가 어찔했다.

'어제 스미노 화장터에 다녀왔어. 신이치도 올 줄 알았는데, 아쉽다. 너무 낙심하지 마'라는 메시지와 함께 유골함 사진이 첨부돼 있었다.

무슨 의도인지는 몰라도, 자신에게 이런 것을 보내는 그 여자에게 어마어마한 증오가 솟구쳤다.

신이치는 '너나 죽어!'라고 답장을 쳐서 보냈다.

이번에는 초인종이 울렸다.

누군가와 대화할 기분이 아니었지만, 혹시 아야코일지도 모른다는 생각에 일어섰다.

만약 그 여자라면 지금 당장 마음속에서 미친 듯이 날뛰는 이 욕망을 채울 것이다.

"네." 신이치가 인터폰을 받았다.

"경시청에서 나온 아오이 료라고 합니다만…, 사카키 신이치 씨 계십니까?"

그 말에 신이치는 모니터를 응시했다. 어디서 본 적이 있는 사람이었다.

병원에서 본 형사가 분명하다.

그런데 그 형사가 왜 여기 왔을까.

설마 나를 체포하러 온 것일까.

"사카키 신이치 씨를 만나러 왔습니다. 들리십니까?" 료가 다시 물었다.

인터폰을 받아 버렸으니 이대로 그냥 넘길 수는 없었다.

"무슨 일로 오셨죠…?" 신이치가 목소리를 바꿔서 말했다. 얼마 전 병원 로비에서 료와 다른 형사가 용의자 목소리에 특징이 있다고 이야기하던 것을 들었었다.

인터폰 너머로 몇 마디 나누다 적당히 돌려보낼 생각이었다.

"야마구치 스미노 씨에 관해서 드릴 말씀이 있습니다."

스미노에 관해서—?

경찰이 스미노에 관해서 무슨 볼일이 있다는 말인가. 게다가 이 형사는 연쇄 살인 사건을 담당하고 있다. 신경이 쓰였다.

"스미노요?"

“그렇습니다. 여의치 않으시면 다른 날 찾아뵙겠습니다.”

신이치는 고민했다. 지금 이 형사 앞에 나서는 것은 위험하다고 머릿속에서 경고음이 울렸다. 이 형사는 범인이 청각 장애인인 것을 눈치채고 있었다.

하지만 스미노와 관련해서 이 형사가 자신을 찾아온 이유도 무척 궁금했다. 지금 거절한다고 해도 조만간 다시 이 집에 찾아오지 않을까. 더군다나 체력과 기력이 조금이라도 남아 있는 지금 같은 상태가 아니면 입 모양을 읽을 수도 없다.

가발을 써서 귀에 낀 보청기를 가리는 방법도 있긴 하다. 하지만 이 형사와는 병원에서 만난 적이 있었다. 만약 그가 자신의 얼굴을 기억한다면 가발 쓴 모습을 수상하게 여길지도 모른다.

그러니 지금 대화를 끝내는 것이 낫지 않을까—.

“알겠습니다. 로비에서 기다려 주세요.”

신이치는 열림 버튼을 누르고 양쪽 귀에서 보청기를 뺐다.

⧗

36

공동 현관문이 열리자 료는 로비 안으로 들어갔다.

한쪽 벽 전체가 유리로 된 로비에는 넉넉한 간격을 두고 소파 세 개가 놓여 있었다. 그 주변은 관엽 식물로 장식되어 있었다. 꼭 어느 휴양지에 있는 고급 호텔 같다고 생각하며 푹신한 소파에 앉아 주변을 둘러보았다.

'띵' 하는 소리에 뒤를 돌아보니, 엘리베이터 두 대 중 한 대의 문이 열렸다. 안에서 하얀색 긴팔 와이셔츠에 남색 면바지를 입은 남자가 나왔다.

남자는 엘리베이터 앞에 잠시 멈춰 서서 료 쪽을 보더니 천천히 료를 향해 걸어왔다. 키가 크고 상당히 마른 남자였다. 나이는 30대 중반쯤으로 보였다.

다가오는 남자를 보며 료는 조금 의외라고 생각했다.

이런 최고급 아파트에 산다면 조금 더 나이가 있을 줄 알았다.

"사카키 신이치 씨죠?"

일어서서 묻자, 상대가 고개를 끄덕였다.

"경시청에서 나온 아오이 료라고 합니다."

료가 명함을 내밀자 남자는 맞은편 소파에 앉았다. 그 동작만으로도 중노동이라는 듯 한숨을 쉬었다. 하지만 눈만은 굳건하게 료를 향해 고정돼 있었다.

남자는 안색이 이상하리만치 나빠서 눈 밑에 진한 다크서클이 있었고 뺨은 핼쑥했다. 하지만 원래는 상당한 미남일 것 같다고,

남자의 전체적인 얼굴 생김새를 보며 생각했다.

여자 친구의 죽음을 전해 듣기 전까지는 분명 말쑥하고 다정한 얼굴이었을 것이다.

앞에 있는 사카키 신이치를 보며 그런 생각을 하는데, 료의 가슴속에 묘한 감각이 싹텄다. 어디선가 본 적이 있는 것 같은, 그런 기시감이 들었다.

"상심이 크실 텐데 이렇게 찾아와 죄송합니다."

료가 말하자, 신이치가 작게 고개를 끄덕였다.

"같은 동아리셨다는 타카기 씨에게 이야기를 들었습니다. 야마구치 스미노 씨와 연인 사이셨다고요."

"타카기 선배가요?" 신이치가 의외라는 표정을 지었다.

"네. 저도 그분과 면식이 있어서 스미노 씨의 장례식에서 만났을 때 들었습니다."

"그래서…, 왜 저를 찾아오신 거죠?"

너무 조곤조곤해서 알아듣기 힘든 목소리였다. 자신을 경계하는 것일까. 건넨 명함에는 경시청 수사 1과라고 적혀 있었다. TV의 영향인지, 최근에는 일반인들도 중대한 살인사건 다루는 부서로 인지하고 있는 경우가 많다.

"사실 사고 당시 야마구치 스미노 씨가 경찰에 연락을 주신 상황이었습니다."

료에게 가만히 시선을 고정하고 있던 신이치가 놀라서 눈을 휘둥그레 떴다.

"스미노가 왜, 경찰에 연락을…."

"제가 있는 수사본부에서는 9월에 연달아 발생한 살인사건 두건에 대한 수사가 진행되고 있습니다. 여대생과 직장인 여성이 살해당한 사건인데, 들어 본 적 있으십니까?”

잠시 침묵이 흐른 뒤, 신이치가 고개를 가로저었다.

“그래서⋯, 스미노가 경찰에 무슨 이야기를 했죠?” 신이치가 몸을 약간 앞으로 내밀며 물었다.

“사건에 관한 이야기는 전혀 안 하셨습니다. 통화가 연결되고 나서 잠깐 아무 말 없이 계셨는데, 뭔가 말하려는 찰나에 사고를 당하신 것 같습니다. 목격자의 말에 따르면 통화에 정신이 팔려 빨간불에 교차로를 건너다 차에 치이셨다고 합니다.”

신이치는 꼼짝도 하지 않고 료가 하는 말을 들었다.

여자 친구가 사고당하던 순간을 떠올리게 만든 것일까.

“소중한 분을 떠나보내시고 상심이 크실 텐데, 죄송하지만 스미노 씨에게 사건에 관해서 무슨 이야기를 들으셨을까 싶어 찾아뵀습니다. 스미노 씨가 뭔가 그런 이야기를 하신 적이 없습니까?”

신이치는 고개를 살짝 갸웃하더니 이윽고 고개를 가로저었다.

“그럼 회사에서 퇴근하고 사고를 당하기 전까지 스미노 씨가 어디서 뭘 했는지 아십니까?”

신이치가 다시 힘없이 고개를 가로저었다.

연인을 떠나보낸 지 얼마 되지 않아서 상당히 피폐해 보였다.

시선만은 정확히 료를 향해 고정되어 있었지만, 료의 말이 귀에 닿지 않는 듯 건성으로 듣는 것 같았다.

아마 저 마음속에서는 어마어마한 슬픔이 소용돌이치고 있을 것이다. 이 이상 이야기를 듣는 것은 무리일까. 하지만 료는 한 가지 더 묻고 싶었다.

“스미노 씨가 왜 세타가야 우메가오카에 가셨는지 짚이는 데가 있으십니까?”

료가 묻자, 신이치는 잠시 생각하다가 이번에도 고개를 가로저었다.

"우메가오카 근처에 친구나 지인이 산다는 이야기를 들은 적이 있으십니까?"

신이치가 다시 고개를 가로저었다.

그러다 지친 듯 눈머리를 누르고 잠시 고개를 푹 숙이더니, 큰 한숨을 내쉬었다.

아무리 마음이 조급했어도, 불과 얼마 전에 연인을 잃은 남자를 만나러 온 것은 조금 섣불렀는지도 모르겠다. 다른 날 다시 오는 것이 나을 것 같다.

"이런 경황없는 시기에, 정말 죄송했습니다. 뭔가 생각나는 게 있으시면 연락 주십시오."

료가 일어나서 고개를 숙이자, 신이치도 자리에서 일어섰다.

힘없는 걸음걸이로 엘리베이터를 향해 가다가 휘청이며 쓰러질 뻔했다.

료가 잽싸게 신이치의 어깨를 붙잡았다.

"괜찮으세요?"

신이치는 고개를 끄덕이고 다시 비틀거리며 엘리베이터로 향했다.

안 그래도 힘들 텐데, 부담을 주고 말았다. 하다못해 위로의 말이라도 건네고 싶어서 "신이치 씨―"라고 불렀다.

듣지 못한 것 같아서 여러 번 큰 소리로 불러 보았지만 신이치는 그대로 엘리베이터를 탔다.

⧗

37

온 신경을 집중해서 료의 입 모양을 보았지만 역시 모든 말을 이해할 수는 없었다.

가까스로 이해한 것은 타카기에게 스미노와 자신의 관계를 듣고 자신을 찾아왔다는 사실과 스미노가 경찰에 연락했었다는 사실이다.

대체 어떻게 된 것일까. 마음속에서 불안이 소용돌이쳤다.

스미노가 왜 경찰에 연락했는지, 무슨 이야기를 했는지는 알 수 없었다.

엘리베이터에서 내려서 불안한 마음을 억누르지 못한 채 집으로 들어갔다. 양쪽 귀에 다시 보청기를 끼고 타카기에게 전화를 걸었다.

"어, 무슨 일이야?" 전화를 받은 타카기가 물었다.

"선배, 방금 저희 집에 료 씨라는 형사님이 오셨는데…."

"그래? 알아서 배려해 줄 줄 알았는데, 바로 찾아갔구나. 미안해. 내가 네 이야기를 했어."

"그건 괜찮은데…. 몸 상태가 좋지 않아서 그 사람 얘기에 집중을 못 했거든요. 무슨 이야기를 했는지 제대로 기억이 안 나요. 그런데 시간이 좀 지나니까 신경 쓰여서…. 스미노가 경찰에 연락했다는 것 같았는데, 무슨 일이었대요?"

"그게…, 료 씨가 있는 수사본부에 스미노가 전화를 걸었대. 사고를 당하던 그 순간에."

"수사본부요?"

타카기의 말에 신이치는 엄청난 충격을 받았다.

"여대생이랑 직장인 여성이 연달아 살해당한 사건을 수사 중이라는데, TV로 사건 관련해서 제보해달라는 방송을 내보냈대. 그 회선 번호로 스미노가 전화를 걸었다나 봐."

"그래서…?" 더 듣기가 무서웠지만, 뒷이야기를 재촉했다.

"스미노는 통화가 연결되고 아무 말도 하지 않았대. 그러다 뭔가 말하려고 하는 순간에 사고를 당했나 봐. 그래서 스미노가 그 살인사건에 관해 뭔가 아는 게 있었나 해서 주변 사람들에게 물어보고 다니는 것 같아."

"그랬군요…. 선배는 어떻게 생각하세요?"

"말도 안 되는 얘기지. 스미노가 그런 무시무시한 사건에 연관돼 있을 리가 없어. 게다가 사고를 당하기 전날에 나와 만났었는데, 그런 얘기는 전혀 없었고 그런 낌새도 없었어."

처음 듣는 이야기였다. 다만 스미노가 집에 돌아왔을 때 신이치는 그런 이야기를 들을 수 있는 상태가 아니었다.

"사고 전날에 타카기 선배를 만났다고요? 어떤 이야기를 했어요?"

신이치가 묻자, 잠시 침묵이 흘렀다.

"별 얘기 아니었어. 아무튼 경찰 얘기는 신경 쓰지 마. 나도 잘못 건 전화였을 거라고 그 사람한테 말했어."

신이치는 전화를 끊고 나서 휴대전화를 쥔 손이 떨리는 것을 깨달았다.

지금까지 스미노가 저택 근처에서 사고를 당한 것은 단순한 우연이라고만 생각했다. 하지만 경찰에 연락했었다는 이야기를 들으니, 그 생각이 뒤집혔다.

스미노는 우메가오카 저택에 갔다가 자신과 살인사건을 연결 짓는 결정적인 무언가를 발견한 것이 아니었을까. 그리고 그것을 경찰에 알리려고 했던 게 아니었을까.

신이치는 2층으로 올라가서 작업실에 들어갔다. 맨 위 책상 서랍을 열고 우메가오카 저택의 여벌 열쇠를 찾았다. 세 개였던 열쇠가 하나 없어진 것을 보고 정신이 아득해졌다.

'말도 안 돼―.'

아니, 아니다. 신이치는 머릿속에서 빠르게 펼쳐지는 상상을 필사적으로 떨쳐 냈다.

스미노는 아무것도 보지 못했다―. 아무것도 모른다―.

여벌 열쇠가 없는 것으로 보아 저택에 가 보려고 했을 수는 있다. 자신의 언행에서 공포를 느낀 것이 계기가 아니었을까.

하지만 스미노는 아무것도 보지 못했다.

통화가 연결됐는데도 스미노는 아무 말도 하지 않았다고 하지 않나. 타카기가 말한 대로 스미노는 전화를 잘못 건 것이 분명하다. 우메가오카 저택으로 가는 도중에 어딘가로 전화를 걸었는데, 뜬금없이 경찰에 연결돼서 당황했을 것이다.

신이치는 머릿속으로 스미노가 하려던 말을 상상했다.

죄송합니다. 잘못 걸었어요―.

그렇다. 스미노는 그렇게 말하려고 했을 것이다. 틀림없이 그랬을 것이다. 스미노는 아무것도 모른다. 몰랐어야 한다.

스미노는 어서 집으로 돌아가 나를 만나고 싶다고 생각하며 죽어 갔을 것이다.

내가 남긴 음성 메시지를 듣고 어서 괜찮다고 말해 줘야 한다고 생각하며 죽어 갔을 것이다.

셔터가 올라가자, 신이치는 차를 몰아 차고로 들어갔다. 시동을 끄고 셔터를 내린 다음 캄캄한 암흑 속에서 심호흡을 반복했다.

마침내 결의를 다지고 차에서 내렸다.

희미하게 퍼지는 물소리를 들으며 벽 쪽으로 향했다. 손으로 더듬어 전등 스위치를 찾았다.

스미노는 여기에 오지 않았다―. 아무것도 못 봤다―.

그렇게 속으로 빌며 차고 불을 켰다.

주변을 천천히 둘러보았다. 언뜻 봐서는 전에 왔을 때와 별반 다르지 않은 것 같았다.

조금 안도하며 차고 안쪽으로 향했다. 여자들의 자른 옷을 방치해 놓은 곳으로 가서 가볍게 손으로 뒤적여 보았다. 옷 조각 속에서 딱딱한 감촉이 느껴졌다. 그것을 집어 들었다. 신이치가 죽인 여자의 면허증이었다.

그것을 보고 지금까지 간신히 지탱하고 있던 생각이 와르르 무너지는 것을 느꼈다.

어디에 있었는지는 몰라도, 이런 것을 꺼낸 기억은 없다.

누군가가…, 아니, 스미노가 여기에 왔었다.

신이치는 위를 올려다보았다. 신이 자신에게 벌을 내렸음을 깨달았다.

사형당하는 것보다 잔인한, 자신에게는 다른 무엇보다도 고통스러운 벌이었다.

신이치는 차고를 나가 스미노가 사고를 당했다는 교차로로 향했다.

앞에 전자 제품 매장이 보였다. 유리 너머에 TV 몇 대가 전시되어 있었다. 그중 몇 대에서 뉴스가 흘러나왔다.

스미노는 여기서 사건 관련 제보를 요청하는 뉴스를 봤을지도 모른다.

30미터쯤 앞에 신호등이 보였다. 신이치는 천천히 신호등을 향해 걸어가며 그때 스미노가 무슨 생각을 했을지 상상해 보려고 했다.

자신을 무시무시한 괴물이라고 생각했을까.

옆에 있기도 싫어서, 경찰에 자신을 넘기려고 했을까.

경찰과 통화가 연결되고 나서 스미노는 한동안 말이 없었다고 했다. 그 순간에 스미노는 어떤 생각을 했을까. 참을 수 없이 궁금하면서도 진실을 알게 되는 것이 무서웠다.

횡단보도 앞에서 멈춰 섰다. 시선을 던지니, 신호등 기둥 아래에 꽃다발이 놓여 있었다.

이제는 스미노를 만날 수 없다—.

스미노에게 자신의 잘못을 사과할 수도 없고, 기억 속에서 왜 울고 있었는지 물어볼 수도 없다.

하지만 행여 스미노를 만날 수 있다고 해도 두 번 다시 만나고 싶지 않았다. 자신이 살인마임을 안 스미노와 눈을 맞추는 것은 상상만 해도 무서웠다.

자신은 스미노의 뒤를 따라 곧 죽는다. 하지만 도착할 장소는 전혀 다르다.

그 사실이 그나마 구원처럼 느껴졌다.

하지만 마음 한구석에서는 다시 한번 스미노를 만나고 싶어 하는 자신이 있었다.

자신이 이런 소름 끼치는 살인마임을 모르는, 항상 다정하게 미소 지어 주는 스미노를 만나고 싶다.

그래, 만날 수 있다.

자신이 죽기 전까지는 몇 번이든, 그런 스미노를 만날 수 있다.

신이치는 새로운 욕구에 사로잡혀 저택을 향해 무거운 다리를 끌며 걸었다.

$$\bowtie$$

38

셔터가 열리고 차고에서 차가 나왔다.

료는 얼른 골목에 몸을 숨겼다. 달려 사라지는 차가 더는 보이지 않게 된 것을 확인하고 신이치가 나온 저택을 향해 갔다.

아까 본 호화로운 아파트도 놀라웠지만, 이 저택을 보고는 더 까무러치게 놀랐었다. 고급스러운 집이 늘어선 이 일대에서도 유독 큰 저택이었다.

대체 누구의 집일까.

혹시나 신이치의 본가인가 싶어 대문을 확인했지만, 명패는 없었다.

료는 토요스의 초고층 아파트에서 나온 이후로 계속 신이치가 신경 쓰여서 그곳을 떠나지 못하고 있었다. 신이치와 대면한 뒤로 계속 어디서 본 적이 있는 듯한 기시감이 들었다. 신이치가 엘리베이터 안으로 사라지자 깨달았다.

'괜찮으세요—?'

병원에서 말기 암 선고를 받고 망연자실했을 때, 쓰러질 뻔한 자신을 붙잡아 준 남자였다.

문이 닫힌 엘리베이터를 응시하며 그 남자의 목소리와 귀를 떠올렸다.

입원했을 때 셀 수 없이 들은 '세계의 풍경' 속 내레이션. 어디서 비슷한 목소리를 들은 것 같은데, 도무지 생각나지 않았었다. 그런데 조금 전 떠오른 기억을 되짚다가 그게 신이치의 목소리가 아니었나 하는 생각에까지 이르렀다.

하지만 조금 전 대화한 신이치는 그런 목소리가 아니었다.

다만, 마지막에 큰 소리로 여러 번 불렀는데도 신이치가 뒤를 돌아보지 않았다는 점이 료의 후각을 자극했다.

병원에서 자신을 붙잡아 준 남자가 보청기를 끼고 있었는지까지는 기억나지 않았다. 그리고 로비에서 만난 신이치는 보청기를 끼지 않았고, 말수가 적기는 했지만 자신과 대화가 통했다. 단순히 형사와의 대화가 끝나니 긴장감이 풀려서 연인의 죽음에 넋을 놓은 남자로 되돌아간 것뿐일지도 모른다.

어딘가 찜찜한 마음으로 초고층 아파트를 올려다보다가 슬슬집에 돌아가려고 택시를 잡았었다.

"어디로 갈까요?"

료는 닛포리 경찰서라고 말하려다가 마음을 바꿨다.

"죄송하지만, 이 아파트 주차장 앞에서 잠깐 기다려도 될까요?"

그렇게 말하자, 택시 기사는 미심쩍은 표정을 지으면서도 지하주차장 출입구로 차를 몰았다.

그때의 기억을 더듬는 동안은 이 자리를 뜨고 싶지 않다고 마음이 호소했다.

출입구 옆에서 잠시 기다리는데, 차 한 대가 나왔다. 이렇게 호화로운 아파트에 사는 것치고는 몹시 평범한 국산 차였다. 운전석에서 신이치의 모습을 보고 뒤를 쫓아와 보니, 이 저택 차고로 들어가는 것이었다.

10분 정도 지나 신이치가 차고에서 걸어 나왔다. 잠시 미행해 보니, 스미노가 사고를 당한 교차로 쪽으로 향하는 것 같았다.

료는 들키지 않도록 조심하면서 반대편 보도에서 신이치를 지켜보았다. 예상대로 신이치는 스미노가 사고를 당한 교차로로 갔다. 아니, 갔다기보단 넋을 놓고 방황한 느낌이었다.

교차로에서 걸음을 멈춘 신이치는 발치에 놓인 꽃다발을 빤히 보았다.

여자 친구의 명복을 빌고 있는 것일까.

잠시 그 자리에 우두커니 서 있더니, 다시 이 저택으로 돌아온 것이었다.

스미노가 왜 우메가오카에 갔는지 짚이는 데가 없냐고 료가 물었을 때, 신이치는 고개를 가로저었었다.

그러나 여기가 어떤 곳인지는 몰라도, 신이치는 우메가오카와 연결돼 있었다. 그것도 스미노가 사고를 당한 곳과 아주 가까이에 있는 이 저택과.

신이치는 왜 이 사실을 숨겼을까.

스미노와는 관련이 없는 장소라서였을까, 아니면 이 장소를 그다지 이야기하고 싶지 않아서였을까.

어느 쪽이든, 이 저택이 대체 무엇인지 궁금했다.

료는 옆에 있는 저택으로 가서 초인종을 눌렀다.

"네에" 하는 여자 목소리가 들렸다.

"경찰입니다. 잠깐 대화 가능하실까요?"

잠시 후 앞치마 차림의 한 중년 여자가 나왔다. 저택의 규모와는 어울리지 않는 앞치마 차림으로 보아 이 집 가정부가 아닐까 생각했다.

"경찰이시라고요?"

중년 여자는 의심 같기도 하고 호기심 같기도 한 시선으로 료를 쳐다봤다.

"옆집에 관해서 잠깐 여쭙고 싶은 게 있는데요."

경찰 신분증을 제시하며 말하자, 여자의 표정이 호기심 쪽으로 기울었다.

"무슨 일이 있었나요?" 흥미가 동했는지 잽싸게 묻는다.

"아니요, 그런 건 아니고요. 지역 순찰용 자료를 만들고 있는데 가 보니 아무도 안 계신 것 같아서요." 시끄러워지지 않도록 거짓말을 했다.

원래 이런 것은 제복 경찰의 일이지만, 여자는 료의 말을 믿었는지 김빠진 표정을 지었다.

"명패가 없는 것 같던데, 거주하는 분이 계십니까?"

"마에다 씨라는 분이 살다가 매물로 내놨어요. 한동안 '집 팝니다'라고 간판이 걸려 있다가 한 달쯤 전에 사라진 걸 보면 누가 산 것 같아요."

"그럼 거주하는 사람이 있는 걸까요?"

"가끔 차고에 차가 들락날락하는 것 같기는 한데, 아직 이사는 안 한 것 같아요. 집에 불이 들어와 있는 것도 못 봤고요."

"그렇군요…. 혹시 옆집 매매를 중개한 부동산을 아십니까?"

료가 묻자, 중년 여자가 기억에 남아 있던 부동산 이름을 댔다.

"사카키 신이치 씨라는 분이에요." 자신을 '스즈키'라고 소개한 세타가야 부동산 직원이 카운터 너머에서 대답했다.

료가 처음에 그 저택의 매입자를 묻자, 스즈키는 한동안 입을 닫고 있었다. 부동산 중개인에게도 최소한의 비밀 유지 의무가 있는 모양이었다. 어쩔 수 없이 수사 때문이라고 말을 꺼내자, 스즈키는 그제야 계약서 사본을 꺼냈다.

계약 날짜를 보니 9월 22일이었다.

오카모토 마키와 타나카 쇼코 사건이 발생한 이후였다.

"그 집을 구경했을 때 신이치 씨 말고 또 누가 있었습니까?"

"아니요. 사카키 신이치 씨 혼자였습니다. 상당히 젊은 분이라 사지도 않을 거면서 떠보는 건 줄 알았는데…, 그런데 그 저택을 보더니 마음에 들었는지 바로 계약했어요."

그런 최고급 아파트에 살면서 그런 호화 저택까지 바로 구입하다니, 사카키 신이치는 대체 어떤 사람일까.

"역시 뭔가 있는 사람이었군요…."

료가 자료를 보다가 스즈키의 말에 고개를 들었다. 눈으로 무슨 의미냐고 물었다.

"3억 엔 넘는 집을 현금으로 샀거든요."

"3억 엔을, 현금으로요?"

놀라서 되묻자, 스즈키가 고개를 끄덕였다.

"당장 돈을 입금할 테니 최대한 빨리 들어갈 수 있게 해 달라고 했어요. 아무리 생각해도 평범하진 않잖아요. 그런데 형사님…, 무슨 사건 때문인가요?" 스즈키가 흥미진진한 표정으로 몸을 앞으로 내밀며 물었다.

"제가 여기 찾아온 건 신이치 씨는 물론이고, 다른 누구에게도 알리지 말아 주십시오. 그러지 않으면 큰일이 날 겁니다."

료는 스즈키에게 다짐을 받고 부동산을 뒤로했다.

⧗

39

내비게이션을 보니, 목적지에 거의 다 와 갔다.

"집에 있으면 좋겠네요."

토모키가 말을 걸자, 조수석에 앉은 효마가 "그러게…"라고 무뚝뚝하게 답했다.

지난 몇 주간 스기모토 카나를 살해하려고 한 남자의 차를 조사했지만, 전혀 소득이 없어서 짜증과 피로만 쌓인 모양이다.

"저기네요."

토모키는 효마에게 말하고 차를 세웠다.

효마를 따라 차에서 내려 정면에 있는 집으로 향했다.

차고에는 익숙한 국산 차가 있었다. 범퍼를 보니, 오른쪽에 긁힌 자국이 있었다.

"이거 같은데요?" 심장이 거세게 뛰는 것을 느끼며 토모키가 말했다.

"아직 확신하기는 일러."

효마가 그렇게 토모키를 진정시키며 인터폰을 눌렀다.

"경시청에서 나온 효마라고 합니다만, 잠깐 대화 가능하십니까?"

잠시 후, 기품 있는 중년 여성이 현관을 나와 대문으로 왔다.

"경찰이 어쩐 일이세요?"

중년의 여성이 경계하는 눈빛을 보냈다.

"시라이시 요시로 씨가 집에 계신가요?" 효마는 앞에 선 여성에게 자동차 명의자의 소재를 물었다.

"아니요. 남편은 일하러 나갔는데…. 저희 남편이 왜요?"

여성은 불안이 조금 감도는 표정을 지었다.

"실은 어떤 사건을 수사하느라 댁에 있는 차와 같은 기종의 차를 조사하고 있습니다. 차가 남편분 명의로 돼 있죠?"

"네, 일단은 그런데…. 사건이라면, 뺑소니 같은 건가요?"

"뭐, 비슷합니다. 보니까 별다른 손상이 없으니 사고 차량은 아닌 것 같지만요…. 그래도 보고서는 작성해야 해서 형식적으로 몇 가지 여쭙고자 합니다."

효마의 말을 듣자 여성은 안심했는지 조금 수다스러워졌다.

"차를 쓰는 사람은 보통 저희 아들이에요. 남편은 거의 안 타거든요."

"그렇군요. 아드님은 지금 어디에 계신가요?"

"혼자 따로 살아요. 가끔 차가 필요할 때 집으로 와서 타고 가요."

"그렇군요. 아드님 주소를 알려 주실 수 있을까요?"

여성은 다시 불안한 표정을 지었다.

"아드님께도 이야기를 듣고 싶어서요."

효마는 조금 전과는 완전히 딴사람이 된 것처럼 말투가 단호해졌다.

여성은 떨떠름한 표정으로 잠시 집에 들어가더니, 아들의 이름과 현재 주소, 전화번호를 적은 종이를 들고 왔다.

"협조해 주셔서 감사합니다."

토모키는 효마가 차로 돌아가는 것을 보았다.

"아드님은 혹시 귀가 불편하신가요?"

그렇게 토모키가 묻자, 여성은 당황스럽다는 듯 "아니요" 하고 대답했다.

차로 돌아가자 효마가 "쓸데없는 질문 하지 마"라며 토모키를 나무랐다.

⧗

40

병원 카페테라스에서 기다리는데, 흰 가운을 입은 타카기가 들어오는 모습이 보였다.

"타카기 씨."

창가 자리에 앉은 료가 손을 들었다.

타카기는 잠깐 기다려 달라고 손짓하고 입구 옆에 있는 셀프 바에서 커피를 탔다.

"기다리시게 해서 죄송합니다."

타카기가 커피잔을 들고 다가왔다.

"아닙니다. 저야말로, 바쁘신 와중에 죄송합니다."

그저께 부동산을 나와서 일전에 저장해 둔 번호로 타카기에게 연락했다.

신이치라는 사람이 신경 쓰여서 다시 타카기에게 이야기를 듣고 싶었다.

음성 사서함으로 연결되기에 뵀으면 한다는 내용의 메시지를 남겼다. 타카기는 그날 중에 연락을 주었지만, 당분간은 시간을 내기 어렵다고 했다. 다만 오늘 오후 진료가 끝나고 잠깐은 가능하다고 해, 병원 안에 있는 카페테라스에서 만나기로 했다.

"아니요. 저도 신경 쓰이던 참이었거든요. 안 그래도 수면 부족인데, 료 씨 얘기를 듣고 두 시간이나 더 잠이 줄었어요."

농담 같기도 하고, 진심 같기도 했다.

"그래서, 알아보신 결과 어떻나요?"

타카기는 료의 말을 듣겠다는 듯 몸을 앞으로 내밀었다.

"오늘부터 마음 편히 주무셔도 됩니다. 아마 타카기 씨가 말씀하신 그대로가 아닐까 싶습니다." 료는 일단 그렇게 말했다.

친구를 의심하는 것을 알면 입이 무거워질 가능성이 있었다.

"그러면 스미노는 살인사건과 전혀 관련이 없고, 그냥 잘못 건 전화였다는 거죠…?"

"지금까지 많은 분에게 이야기를 들어 본 바로는 그런 것 같습니다."

료가 말하자, 타카기는 "역시나 그렇겠죠" 하며 수긍한 듯 고개를 끄덕였다.

"스미노가 그런 무시무시한 일에 얽이지 않았다고 하니 마음이 놓이지만…, 료 씨는 아니시죠?"

"말씀하신 그대로입니다. 스미노 씨가 사건과 관련해 뭔가 알고 있지 않았을까 해서 지푸라기라도 잡는 심정으로 지난 며칠간 여기저기 이야기를 들으러 다녔습니다."

타카기가 안쓰럽다는 듯 료를 바라보다가 앞에 있는 커피를 한 모금 마셨다.

"그런데…, 신이치 씨는 대단한 분이시더군요. 아파트에 찾아갔다가 깜짝 놀랐습니다." 최대한 아무렇지 않게 신이치 이야기를 꺼냈다.

"그쵸. 저도 동아리 친구들과 신이치네 아파트에 놀러 갔던 적이 있는데요, 그 뒤로 계속 직업 선택을 잘못했다는 생각에 시달리고 있습니다." 타카기가 웃으며 말했다.

"저도 같은 마음입니다. 제 벌이로는 평생을 벌어도 그런 집은 꿈도 못 꿉니다. 신이치 씨는 무슨 일을 하시죠? 너무 물어보고 싶었는데, 도무지 그럴 상황이 아니라 못 물어봤습니다."

"데이 트레이더예요."

"데이 트레이더요?"

들어 본 적은 있지만, 구체적인 것은 잘 모른다.

"주식을 그때그때 매매하는 일이에요. 컴퓨터만 있으면 집에서 혼자 할 수도 있죠. 재능이 있었나 봐요. 저희 같은 사람이 평생을 바쳐도 못 벌 돈을 순식간에 번 모양이에요."

"그러면 신이치 씨는 대학교를 졸업하고 나서 계속 그 일을 했나요?"

"아니요. 졸업 후에는 한동안 증권사에서 일했어요. 데이 트레이더가 된 건 한 7년 전이에요."

"겨우 7년 만에 최고급 아파트에 호화 저택까지 장만하다니, 정말 부럽네요." 료가 미끼를 던졌다.

"저택이요?" 타카기가 미끼를 물었다.

"네…. 모르셨어요? 한 달쯤 전에 신이치 씨가 우메가오카에 있는 저택을 구입하셨는데요…."

"그랬나요? 몰랐네요…." 타카기는 놀라움을 감추지 못했다.

타카기처럼 가까운 친구조차 모르는 저택. 대체 무엇을 위해 구입했을까.

"스미노 씨한테도 못 들으셨나요?"

"네…. 그런 이야기는 전혀 안 했어요." 타카기가 당황스럽다는 듯 대답했다.

스미노는 그 저택의 존재를 알았을까. 알고 있었다면, 그 근처에서 사고를 당한 것도 설명이 되는데….

지금까지 조사한 바에 따르면 스미노는 아무에게도 사건에 관한 이야기를 하지 않았다. 만약 사건에 관해 뭔가를 알고 수사본부에 연락한 것이 맞다고 가정한다면, 바로 그날 무슨 일이 있었던 것이 분명하다.

회사를 나와 우메가오카에서 사고를 당하기 전까지의 짧은 시간 동안에—.

"그렇군요…. 이 이야기는 저도 어쩌다 들은 거라서, 친구분들도 모르시는 거면 못 들은 걸로 해 주시겠습니까? 이제 신이치 씨를 찾아뵐 일은 없겠지만, 입이 가벼운 형사로 보이고 싶지는 않아서요."

"알겠습니다. 제가 먼저 얘길 꺼내지는 않겠습니다."

료는 타카기의 말을 듣고 안심했다.

"신이치 씨와 스미노 씨는 얼마나 사귀셨죠?" 료가 물었다.

"대학교 때 사귀다가 헤어졌고, 바로 얼마 전에 다시 사귀기 시작했다고 들었습니다."

"그렇군요. 신이치 씨가 많이 힘들어하시는 것 같더라고요."

"그렇겠죠…. 사귄 시간은 그리 길지 않았지만, 두 사람에게는 서로가 어린 시절 첫사랑이라고 했거든요."

"어린 시절 첫사랑이요? 스미노 씨의 본가는 테라도마리 아닌가요?"

"네. 초등학교 때 신이치가 1년 정도 테라도마리에서 지냈어요. 항구에 있는 폐가를 비밀 기지 삼아 둘이서 자주 놀았다고 했습니다."

"그럼 더더욱 힘드시겠군요."

"그렇겠죠…."

"그런데 신이치 씨는 대학교 때부터 귀가 안 좋았나요?" 이쯤에서 은근슬쩍 떠봤다.

"네. 어릴 때 사고를 당했는지, 다쳐서 고막이 파손됐다고 하던데…."

역시 신이치는 청각 장애인이었다.

"처음 만났을 때는 그것 때문에 콤플렉스가 있었는지 조금 내성적인 성격이었는데, 동아리 활동을 같이 하면서 점점 활발해졌어요."

"어떤 동아리였죠?"

"봉사 동아리였습니다. 보육원이나 양로원을 돌아다녔어요. 그녀석은 정말 본성이 착해서 어디를 가든 인기가 많았어요. 그런 녀석에게 이렇게 큰 시련이 오다니, 신은 정말 잔인하네요…."

료는 탄식하는 타카기를 가만히 쳐다보았다.

방금 형사의 후각이 친구에게서 살인범의 냄새를 맡았다고 말하면, 타카기는 어떤 눈으로 자신을 볼까.

$$\unicode{x29D6}$$

41

토모키는 효마를 따라 강당에 들어갔다. 자리로 가 앉으려고 하는데, 효마가 문 근처에 멈춰 서서 강당 안을 둘러보고 있었다. 본부에서 내근 중인 수사관 중 한 명을 불러 세우는 게 보였다.

"료는?" 효마가 물었다.

그러고 보니, 최근 며칠 동안 본부 내에서 료의 모습이 보이지 않았다.

"오늘도 낮부터 밖에 나가신 것 같은데…" 효마의 험악한 표정에 수사관이 자신도 당혹스럽다는 듯 대답했다.

"전화 받는 것도 제대로 못 해?" 효마가 내뱉듯 말하고 자기 자리로 향했다.

효마 옆에 앉은 토모키는 료가 걱정돼서 몸을 돌려 강당 입구 쪽을 잠시 바라보았다. 본부 내에서 하는 업무도 힘들 정도로 몸 상태가 좋지 않은 것일까.

수사관들이 차례로 들어와 자리에 앉았다. 간부들도 나타나 강당 앞으로 향했다. 다들 착석한 뒤에야 마침내 료가 강당 안에 들어왔다. 무척 지쳤는지, 불안불안한 걸음걸이로 걸어가서 맨 뒷자리에 앉았다.

토모키는 피폐한 료의 모습에 안타까움을 느꼈지만, 수사 회의의 시작을 알리는 차렷 소리에 정면을 바라보고 일어섰다.

몇 가지 보고가 끝나자 효마가 자리에서 일어섰다.

"오늘, 살인 미수 사건의 피해자인 스기모토 카나 씨의 증언대로 범퍼 오른쪽에 흠집이 있는 차를 찾아냈습니다."

효마가 보고하자, 본부 안이 술렁였다.

"차의 소유자는 시라이시 요시로 씨입니다. 차를 주로 사용하는 사람은 아들인 시라이시 코헤이로 32세. 혼자 따로 살며 아르바이트를 하고 있다고 합니다. 토키와다이에서 거주하지만 자주 본가에 들러 차를 가지고 나간다고 했습니다."

토모키와 료마 일행은 소재를 파악한 직후 바로 코헤이가 사는 빌라를 찾아갔지만 코헤이는 집에 없었다. 휴대전화에 연락해 봐도 전화를 받지 않았다. 다시 본가로 돌아가서 급하게 연락을 취하고 싶다고 하자, 코헤이의 어머니는 아들이 아르바이트하는 곳을 알려 주었다.

"코헤이의 어머니는 살인 미수 사건이 발생한 날 밤에 아들이 차를 가지고 나갔는지는 기억하지 못했습니다. 차 키는 코헤이도 갖고 있어서, 차를 가져갈 때마다 말하는 건 아니라고 합니다. 그리고 코헤이의 어머니는 지난 한 달간 아들과 연락을 주고받지 않았다고 합니다."

코헤이가 아르바이트하는 편의점에 가 보니, 코헤이는 살인 미수 사건이 발생한 시점 직후에 점장에게 일을 관두고 싶다는 문자 메시지를 보내고서 그 뒤로 출근하지 않았다고 했다.

"아르바이트 동료와 어머니가 알고 있는 코헤이의 친구들에게도 물어봤는데요, 역시나 살인 미수 사건이 발생한 시점부터 코헤이와 연락이 닿지 않는다고 했습니다. 오카모토 마키와 타나카 쇼코의 사망 추정 시각 전후로 코헤이의 알리바이는 밝혀지지 않았지만, 두 날 모두 그 시간대에 아르바이트를 하지는 않았습니다. 부모님과 친구들도 그날 코헤이가 어디서 뭘 했는지 모른다고 했습니다. 스기모토 카나 씨에게 코헤이의 사진을 보여 주니, 눈 주변의 분위기가 비슷한 것 같기는 하지만 확신은 못 하겠다고 했습니다. 또한 동료와 친구들에게 기존에 만들어진 몽타주를 보여 줬더니 코헤이와는 별로 닮지 않았다는 증언도 나왔습니다."

효마의 보고에 수사관들 사이에서 한숨이 새어 나왔다.

"하지만 몽타주 제작에 협조해 주신 카토 씨가 본인도 자신이 없는 몽타주라고 했으니, 참작할 점은 있습니다."

"시라이시 코헤이의 목소리는 어떤가?" 형사과장이 물었다.

"친구들 말로는 낮은 목소리인 건 비슷하지만, 말투는 그렇지 않다고 했습니다. 다만 말투는 상황에 따라서 바뀔 수 있는 부분입니다."

단정하지는 않지만, 효마는 시라이시 코헤이가 범인일 가능성이 크다고 판단한 것 같았다.

"이상입니다."

효마가 자리에 앉았다.

"다른 보고는 없나? 없으면—."

형사과장의 말을 가로막듯, "있습니다" 하는 목소리가 뒤에서 들렸다.

돌아보니, 손을 든 료가 천천히 자리에서 일어났다. 그 동작만으로도 힘에 겨운지 얼굴을 찌푸렸다.

"TV로 사건 관련 제보를 요청한 지 꽤 됐습니다만…, 한 가지…, 유력해 보이는 것이 있어서 보고합니다."

중간중간 한숨을 쉬어 가면서, 한마디 한마디를 짜내듯 말을 이어갔다.

료가 말하자, 본부 안에 있는 수사관들 대부분의 시선이 료에게 쏠렸다. 료의 보고에 관심이 있다기보다는 당장이라도 쓰러질 것 같은 모습을 불안하게 지켜보는 듯했다.

"자네 몸 상태가 안 좋은 것 같은데, 보고는 나중에—."

"아니요, 괜찮습니다…. 일주일 전에 어떤 여성이 본부로 전화를 걸어왔습니다."

야마구치 스미노라는 그 33세 여성은 수사본부와 통화가 연결된 직후 교통사고를 당해 사망했다고 한다. 당시 야마구치 스미노는 아무 말도 하지 않고 있다가 사고를 당했지만, 료는 지난 일주일간 독자적으로 그녀의 주변을 탐문해서 한 인물을 찾아냈다.

야마구치 스미노의 남자 친구인 사카키 신이치라는 남자였다.

료는 거기까지 이야기하고서 힘에 부치는 듯 책상을 두 손으로 짚고 몸을 지탱했다.

"나 참, 튀고 싶어서 별 난리를 다 치네!" 효마가 료 쪽은 쳐다보지도 않고 악담했다.

토모키와 다른 수사관들은 물론이고, 앞에 앉은 간부들에게도 뚱딴지같은 보고였다.

"그래서…, 그, 사카키 신이치가 뭐 하는 사람인데?" 형사과장도 조금 당황한 듯 말을 이었다.

"33세. 데이 트레이더라고 합니다. 현재는 토요스에 있는 최고급 아파트에서 혼자 살고 있습니다."

사카키 신이치는 재산이 상당한지 타나카 쇼코 사건이 발생한 직후에 현금으로 우메가오카에 있는 호화 저택을 구입했다고 했다.

"그래서 그 남자가 이번 사건의 범인이라고 생각하는 근거는?"

"솔직히 근거라고 할 만한 요소는 아직 갖춰지지 않았습니다만…. 사망한 야마구치 스미노 씨는 사건에 관한 이야기를 아무에게도 말하지 않은 듯하니, 어떤 정보를 알게 된 직후에 수사본부로 전화를 걸어온 게 아닐까 생각됩니다. 그런데 저는 전에 사카키 신이치를 만난 적이 있습니다."

"전에 만난 적이 있다고?"

"네. 병원에서 말을 한마디 섞었었습니다. 그 목소리가 '세계의 풍경' 성우와 비슷했던 걸로 기억합니다. 게다가 사카키 신이치는 귀에 장애가 있어서 보청기를 낍니다."

료의 그 말에 효마가 코웃음을 쳤다.

"그 남자가 타는 차는?"

형사과장이 묻자, 료는 차종과 색상을 말했다. 본부에서 쫓는 것과는 다른 국산 차다.

"다만 재산이 상당하니, 그 차 말고도 차를 여러 대 갖고 있을 가능성이 있습니다."

"사카키 신이치라는 인물이 명단에 있나?" 형사과장이 앞줄에 앉은 수사관에게 물었다. 수사관이 허둥지둥 자료를 찾아보고 고개를 가로저었다.

"그날, 남자 친구의 우메가오카 저택을 찾아간 야마구치 스미노 씨가 사건에 관해 뭔가를 알게 돼서 수사본부에 연락했을 가능성이 있다고 저는 생각합니다." 료가 혼신의 힘을 다해 말했다.

"그런데 그 사카키 신이치가 우메가오카에 집을 구입한 건 오카모토 마키와 타나카 쇼코가 살해당한 이후잖아. 무슨 단서가 된다는 건가?"

"저는 범인이 앞선 두 사건 말고도 살인을 더 저질렀을 것으로 생각합니다."

료의 말에 본부 안이 술렁였다.

료는 개의치 않으며 타나카 쇼코 사건 이후에 발생한 시신 유기 사건 네 건을 언급했다. 경시청 관할 구역 내에서 발생한 사건뿐만 아니라, 인근 현에서 발생한 것도 포함돼 있었다.

어디에서랄 것 없이 실소가 터져 나왔다. 효마도 포함해서인 줄 알았지만, 효마는 아니었다. 효마는 시큰둥한 표정으로 정면에 시선을 고정한 상태였다.

앞을 보니, 간부들의 표정이 순식간에 험악해져 있었다.

방금 료가 한 발언은 수사본부의 판단과 수사 방침을 전부 부정하는 것이나 다름없었다.

요즘 료는 그야말로 초조한 것 같았다.

그 초조한 마음은 이해한다. 병원에 입원해 있는 한 달이 넘는 기간 동안 수사에서 배제됐다. 복귀하고 나서도 내근직으로 남아야 했다. 만약 또 병원에 실려 가는 사태가 벌어진다면 그 뒤론 절대 본부에 복귀할 수 없을 것이다.

그것은 이해하지만, 수사본부가 맡는 사건에 처음 참여하는 토모키의 눈에도 료의 발언은 의욕만 앞선 실수로 보였다.

"요즘 자네는—." 수사 1과장이 말했다. "냉정함을 잃은 것처럼 보이는데."

"형사의 감은 무뎌지지 않았습니다." 료가 꿋꿋하게 대답했다.

"수사본부는 개인이 아닌 조직으로 움직인다. 단독으로 움직이기 전에 반드시 위에 보고해라. 그러지 않을 거면 여기에 있을 자격이 없다." 수사 1과장이 료에게 냉엄한 말을 했다.

시라이시 코헤이의 소재를 조속히 파악하는 것이 최우선이라는 결론과 함께 수사 회의는 종료됐다.

강당 안에 소란이 일었다. 간부들은 무표정한 얼굴로 자리를 떴다.

타카스기 계장이 씁쓸한 표정을 지으며 옆을 지나갔다. 눈으로 좇아 보니, 료를 향해 갔다. 료를 강당 벽 쪽으로 데려가서 무어라 이야기했다.

아무래도 튀는 짓은 삼가라고 질책하는 것 같았다.

$$\boxtimes$$

42

눈이 뜨여서 거실 테이블에 놓인 휴대전화로 손을 뻗었다.

확인해 봤지만, 아야코에게서 답장은 없었다.

지난 닷새 정도 몇 번이나 아야코의 휴대전화에 전화를 걸었지만 그때마다 바로 전화가 끊겼다. 사과의 말을 늘어놓으며 메시지도 계속 보냈지만 전혀 답장이 없다.

'너나 죽어!'

그런 메시지를 보냈으니, 그리 쉽게 용서받기는 힘들 것이다.

하지만 시간문제다. 아야코는 틀림없이 자신에게 다시 마음을 내어 줄 것이라는 확신이 있었다.

'나 정말 화났어. 신이치가 얼마나 진심으로 나에게 최선을 다하는지 보고서 용서해 줄지 말지 판단할 거야—.'

답장은 없지만, 그 계산적인 여자라면 지금쯤 그런 생각을 하고 있으리라는 확신이 들었다.

다시 한번 그 시절의 스미노를 만나고 싶다—.

사실 꼭 아야코가 아니어도 그때의 기억을 되살릴 수는 있지만, 다음으로 죽일 여자는 아야코로 정했다.

감히 스미노의 유골함 사진을 보내온 그 여자를 용서할 수 없었다.

하지만 지금의 자신에게는 그 여자의 술수를 받아 주고 있을 시간이 없다는 사실도 잘 알고 있었다. 최근에는 2층 침실에 올라가는 것조차 힘들어져서 거실 소파에서 잠을 청하는 날이 많았다.

자신의 몸이 한계에 다다르고 있음을 통감했다.

가능하면 아야코를 여기로 불러서 욕망을 채우고 싶지만, 마냥 기다릴 수가 없는 상황이다.

움직여야 한다―.

신이치는 그렇게 자신의 몸에 호소하며 기력을 쥐어짜 소파에서 일어났다.

이케부쿠로에 있는 아야코의 집에 가 보기로 했다.

모든 것이 다 귀찮아져서 며칠이나 씻지 않았지만, 이 상태로 밖에 나갈 수는 없었다. 샤워를 하려고 욕실로 향했다.

옷을 벗고 거울을 바라봤다가 등에 소름이 돋았다.

거울 속에 낯선 사람이 있어서 들여다봤는데, 거기 비친 사람은 바로 자신이었다.

뼈와 가죽만 남은 미라 같은 모습이었다.

$$\bowtie$$

43

시끄러운 소리가 나서 료는 천천히 눈꺼풀을 열었다.

밝은 빛에 눈을 끔뻑이는데 누가 창문을 똑똑 두드렸다. 자세히 보니 제복 경찰이었다.

여기는 대체 어디일까.

멍한 머리로 주변을 둘러보았다. 자동차 운전석에 앉은 상태였다. 불편한 손놀림으로 운전석 창문을 열자, 제복 경찰이 안을 들여다보았다.

"괜찮으십니까?" 제복 경찰이 미심쩍은 눈을 하고 물었다.

"네…. 왜 그러시죠?" 료는 영문을 몰랐다.

"주민분이 신고하셨습니다. 주차장 앞에 계속 서 있는 차가 있는데, 아무래도 차 안 상태가 이상한 것 같다고요. 여기서 뭘 하시는 겁니까?"

경찰관이 나무라는 말투로 물었지만, 료는 대답할 수 없었다.

자신은 이런 곳에서 무엇을 하고 있었던 것일까.

그걸 떠올리려고 창밖으로 시선을 돌렸다. 앞에 아파트 지하 주차장 출입구가 있었다.

그것을 보자, 그제야 떠올랐다. 자신은 신이치의 행동을 감시하고 있었다.

시계로 눈길을 던졌다. 오후 2시를 지났다. 분명히 오후 4시쯤 여기에 차를 댄 것 같은데, 어째서….

"일단 대화를 좀 나눠야겠으니 같이 파출소까지 가 주시겠습니까?"

료는 면역력이 약해진 탓에 전염병에 옮을까 봐 마스크를 끼고 있었다. 틀림없이 수상한 사람으로 보였을 것이다.

"사실 제가…, 이런 일 합니다."

허둥지둥 점퍼 주머니에서 경찰 신분증을 꺼내 보이자, 제복 경찰의 인상이 바뀌었다.

"수사 중입니다."

그렇게 말하자, 제복 경찰은 당황한 듯 "큰 결례를 범했습니다" 하며 뒤로 물러났다.

"아니요. 수고가 많으십니다."

제복 경찰은 멋쩍게 인사하며 자리를 떴다.

료는 어지러운 머릿속을 정리하려고 손목시계로 시선을 던졌다.

11월 17일 오후 2시가 지나고 있다.

13일 밤 수사 회의가 끝난 뒤, 타카스기 계장이 자신을 불러 세우더니 잠시 쉬라고 지시했다.

오랫동안 함께한 타카스기의 신뢰를 잃었다는 것에 큰 충격을 받으면서도, 어쩔 수 없는 일이라고 속으로 수긍했다.

실제로 예전의 료였다면 수사본부의 화합을 깨는 그런 발언은 하지 않았을 것이다. 어느 정도 순서를 밟아가며 움직였다면 타카스기와 다른 간부들도 분명 자신의 의견에 귀를 기울였을 것이다. 그것은 이해한다.

하지만 지금의 자신에게는 그럴 만한 여유가 없다.

몸도, 마음도…. 언제 끝나도 이상하지 않을 만큼 너덜너덜하다.

집으로 가 불단 앞에 누워 유미코에게 밤새도록 이야기했다.

자신은 잘못된 선택을 한 것일까. 삶의 마지막 순간에 가족뿐만

아니라 가까운 사람들의 신뢰까지 잃어 간다. 그런데도 제 기능을
하지 못하는 몸에서 형사의 후각만은 분명히 살아 말하고 있다.

그놈이 범인이라고—.

이튿날, 집 앞에 세워둔 차를 타고 그대로 신이치의 아파트로
향했다.

이 사실이 본부에 알려지면 분명 징계를 받게 될 것이다. 지금
까지 형사로서 쌓아온 명예를 자신의 손으로 무너뜨리게 될지도
모른다.

하지만 그래도 괜찮다.

그놈이 꼬리를 드러내는 그 순간까지, 그리고 자신의 힘이 다할
때까지, 사냥개의 본능에 따를 것이다.

여자를 물색하려면 밤에 움직이지 않을까 싶어서 오후 4시부터
심야까지 아파트 지하 주차장 앞에서 신이치의 차가 나오나 감시
했다.

이틀 동안 움직임이 없었다. 그건 확실하다. 하지만 어젯밤은 기
억나지 않는다. 어렴풋이 기억나는 것은 자신의 의식이 무척이나
혼미했다는 사실뿐이다. 그렇게 자신이 어디에 있는지, 여기서 무
엇을 하고 있었는지 알 수 없게 되었다.

아무래도 말기 암 환자에게서 자주 보이는 '섬망'이라는 증상이
나타난 모양이다. 시간이나 장소를 망각하거나, 환각을 보거나, 망
상에 시달리거나, 초조함이나 흥분에 사로잡히는 상태가 된다고
들었다.

자신이 그런 상태에 있는 동안 어쩌면 신이치가 범행을 저질렀
을지도 모른다.

료는 입술을 깨물며 자신을 책망했다.

그때 아파트 주차장을 나오는 차가 보여서 반사적으로 몸을 앞으로 내밀었다.

신이치의 차다—.

료는 서둘러 기어를 드라이브로 놓고 액셀을 밟았다. 들키지 않도록 적당한 거리를 유지해 가며 신이치의 차를 뒤쫓았다.

이케부쿠로에 있는 빌라 앞에서 차가 섰다.

료는 10미터 정도 뒤에 차를 세우고 앞의 상태를 살폈다.

신이치가 차에서 내렸다. 빌라를 올려다보더니, 느릿한 걸음걸이로 안에 들어갔다.

3층짜리 건물이라서 엘리베이터는 없는 모양이었다. 빌라 외부 계단에서 신이치의 모습이 보였다. 속이 터질 정도로 느린 걸음걸이로 계단을 올라갔다. 중간에 몇 번이나 멈춰 서며 2층에 도착하자, 신이치의 모습이 사라졌다. 2층에 거주하는 사람을 찾아온 모양이다.

잠시 후 외부 계단에 신이치가 다시 나타났다. 또다시 험한 산길을 걷듯 신중한 걸음걸이로 계단을 내려갔다. 빌라에서 나오자 차를 타고 출발했다.

뒤를 쫓아가 보니, 근처에 있는 무인 주차장에 차를 세웠다. 하지만 차에서 내리지는 않았다.

아무래도 저 빌라에 거주하는 사람이 돌아오기를 기다리는 것 같다.

신이치의 몸 상태가 좋지 않은 것 같다고 조금 전에 본 광경을 떠올리며 생각했다.

전에 만났을 때도 몸 상태가 나빠 보였는데, 단순히 연인을 잃고 가슴을 앓았기 때문만은 아니었나 보다. 그런 상태로 외출을 하다니, 신이치는 저 빌라에 사는 사람에게 대체 무슨 용건이 있는 것일까.

료는 차를 움직여서 근처에 다른 무인 주차장이 있는지 찾았다. 신이치가 차를 세운 곳에서 조금 떨어진 무인 주차장에 주차했다.

몸을 움직이기가 고통스러웠지만, 조수석에 벗어 둔 점퍼를 손에 들고 차에서 내렸다.

빌라 맞은편에 공원이 있었다. 거기서 상황을 살피기로 했다.

가는 길에 자판기에서 따뜻한 홍차를 샀다. 공원으로 들어가 점퍼 주머니에 손을 쑤셔 넣으며 벤치에 앉았다.

불과 얼마 전에는 작열하는 햇볕과 더위가 몸을 옥죄더니, 지금은 차가운 바람이 날카로운 칼날이 되어 내장과 뼈를 쑤시는 듯했다.

하지만 그 이상으로 지금의 자신을 괴롭히는 것은 극심한 권태감이었다. 끝이 다가오면, 고통보다도 나른함에 시달린다고 한다. 일어서는 것도, 발을 한 걸음 앞으로 떼는 것도, 지금까지 무의식 중에 해 온 동작을 하는 것마저도 상당한 의지력이 필요했다.

몸이 암세포에 잠식되면서 서서히 고깃덩어리가 되어 가는 것을 통감했다.

주머니에서 캔에 담긴 홍차를 꺼냈다. 캔을 따려고 하다가 그만한 힘도 손에 들어가지 않는 것을 깨닫고 충격을 받았다.

료는 캔에 담긴 홍차를 두 손으로 감싸고 희미한 온기로 몸을 녹이며 앞에 보이는 빌라에 시선을 고정했다.

44

　수사 회의가 끝나고 탈의실로 옷을 갈아입으러 가는 도중에 미즈키에게서 메시지가 온 것을 확인했다.

　'아버지는 잘 있나요?'

　그걸 보고 토모키는 고개를 갸웃했다.

　'료 씨는 집에 계실 텐데?'

　나흘 전, 수사 회의가 끝나고 타카스기 계장에게서 무슨 말을 들었는지, 료는 그때부터 수사본부에 나타나지 않았다. 집에서 푹 쉬고 있을 터였다.

　'집에 없어요. 동생한테 물어봐도 계속 집에 안 왔대요. 그쪽에 없어요?'

　'료 씨는 사흘 전부터 본부에 안 왔어.'

　메시지를 보내고 나서 은근히 계속 신경이 쓰였는데, 2시간쯤 지나서 메시지가 왔다.

　'경찰서 앞에 있는데 지금 바쁘세요?'

　답장할 것도 없이 바로 1층으로 향했다. 경찰서 밖으로 나가자, 인도에 서 있는 미즈키가 보였다.

　"죄송해요…."

　토모키를 보자마자 미즈키는 조금 안절부절못하는 표정으로 고개를 숙였다.

　"아니야. 그보다 전국 투어는 괜찮아?"

　"어제 도쿄로 돌아왔어요. 오늘은 쉬는 날이라 아빠를 만나고 싶은데…. 아빠가 신경 쓰여서 공연에도 집중이 안 돼요…."

"료 씨는 몸 상태가 안 좋아서 계속 쉬고 있어. 당연히 집에 계신 줄 알았는데…. 휴대전화로 연락은 해 봤고?"

"몇 번이나 전화를 걸었는데도 안 받아요. 친척들한테도 연락해 봤지만 아는 게 없대요. 설마 병을 비관해서…."

미즈키가 불안한 눈빛으로 바라봤다.

미즈키도 료의 몸 상태를 아는 모양이다.

"아니, 그건 절대 아닐 거야."

료는 그런 사람이 아니다.

자식을 이렇게까지 걱정시켜 가면서, 료는 대체 어디에 있는 것일까—.

한 가지 떠오르는 것이 있었다.

얼마 전 수사 회의에서 보고한 사카키 신이치라는 남자. 료는 혼자서 수사를 이어가고 있는 게 아닐까.

"뭔가 짚이는 데가 있으세요?"

토모키의 표정으로 무언가 눈치챘는지, 미즈키가 매달리듯 물었다.

"아니…."

료를 찾으려고 해도, 이런 이야기를 본부의 간부나 더 나아가 효마에게 할 수는 없었다. 그런 짓을 했다가는 료에게 어떤 징계가 내려질지 모른다. 이걸 어떻게 해야 할지 모르겠다.

상담할 만한 사람의 얼굴이 하나 떠올랐다.

"따라와 봐."

토모키는 미즈키의 손을 잡아끌며 경찰서로 들어갔다. 곧바로 경무과 방으로 향했다. 문을 두드리자, 안도가 얼굴을 내밀었다.

“어어, 토모키.”

“실례합니다. 잠깐 말씀드리고 싶은 게 있는데요.”

“무슨 일이야?”

안도가 고개를 살짝 갸웃하며 토모키에게서 미즈키에게로 시선
을 옮겼다.

“어어, 미즈키.”

“혹시 얼마 전에 병원에서 뵌…”

“일단 들어와.”

안도가 미소 지었다.

“하여튼 손이 많이 가는 녀석이야.”

토모키에게서 대강의 이야기를 들은 안도가 그렇게 말하며 차
를 한 모금 마셨다. 하지만 당황하거나 화난 기색은 전혀 없었다.

“어떻게 해야 할까요…” 태평하게 차를 마시는 안도에게 토모키
가 물었다.

“어떻게 하긴, 본인이 연락해 올 때까지 기다리는 수밖에 없지.”

“네?” 토모키 옆에 앉아 있던 미즈키가 몸을 앞으로 내밀었다.

“아빠는 몸 상태가 안 좋아요. 아니, 안 좋은 거 이전에 밖을 나
다닐 수 있는 몸이 아니라고요. 지금 어디에 쓰러져 있는지도 몰
라요.” 흥분한 듯 정신없이 말했다.

“아빠가 아프다는 얘기, 들었구나.”

안도가 쓸쓸한 눈으로 묻자, 미즈키가 고개를 끄덕였다.

“위암 말기라 몇 개월도 안 남았다고… 안도 씨도 알고 계셨어
요?”

“그 녀석은 나한테 거짓말 못 해.”

"얼마 전에 뵀을 때는 성함만 들었는데, 안도 씨는 아빠의…."

"관할서 형사과에서 일하던 시절에 그 녀석 상사였어. 미즈키가 세 살쯤 됐을 때 집에도 간 적이 있어. 유미코 씨 장례식 때도 갔고. 정말 애석하기도 하지…."

안도가 말하자, 토모키 옆에서 흐느끼는 소리가 들렸다.

"엄마한텐 작별 인사도 제대로 못 했어요…."

미즈키가 고개를 푹 숙였다. 무릎 위에 눈물이 뚝뚝 떨어졌다.

"료 녀석한테도 충격이었을 거야. 장례식 때는 꿋꿋한 척했지만."

"아닐걸요." 미즈키가 고개를 숙인 채로 중얼거렸다.

"왜 그렇게 생각해?"

"아빠는 가족을 버렸어요. 가족보다 일을 선택했어요. 엄마나 우리가 어떻게 되든 아빠는 관심 없어요."

"그렇지 않을걸."

안도가 다정하게 말을 걸자, 미즈키가 고개를 들었다.

"지금도 그렇잖아요! 이제 곧 못 보게 되는데, 우리는 이렇게 내버려두고 일만 하잖아요! 세상에 경찰관은 많아도 우리한테 아빠는 한 명밖에 없는데!"

"아빠 나름대로 고민해서 내린 결론이 아닐까?"

"아니요. 아빠는 애초에 가족한테는 관심이 없었던 거예요. 엄마도 가정부쯤으로 생각한 거고요. 엄마가 쓰러져서 병원으로 실려 갔는데 연락해도 달려오지 않았어요. 오랫동안 같이 산 아내인데…. 본인을 그렇게나 열심히 응원해 준 사람인데…. 일이 그렇게 중요한가요? 저도 매정하게 굴려고 했어요. 신경 끄고 일에 집중하려고 했어요. 그런데 못 하겠어요…. 저는 아빠처럼 냉혈한이 아니니까요." 미즈키가 지금까지 품어 온 아버지에 대한 미움을 한꺼번에 토해냈다.

"료는 냉혈한이 아니야. 오히려 피가 너무 뜨겁지."

"일에서는 그렇지만, 가족한테는 아니에요. 엄마와 함께하는 마지막 시간보다 일을 택했는걸요."

"엄마는 그거면 충분하다고 생각했을 거야."

"어떻게 그런 말을 하세요?" 대드는 말투였다.

"아빠랑 엄마가 어쩌다 연애하게 된 줄 아니?" 안도가 미즈키의 화를 누그러뜨리며 물었다.

"몰라요."

"궁금해?"

미즈키가 고개를 한 번 끄덕했다.

"유미코 씨는 료를 만나기 전까지 옷 만드는 회사에 다니고 있었어. 거기서 일하면서 디자이너를 꿈꿨다고 들었어."

"엄마가, 디자이너를요?"

처음 듣는 이야기였는지 미즈키는 의외라는 표정을 지었다.

"그런 엄마가 어쩌다 아빠를…."

"25년 전에 어떤 살인사건이 있었거든."

안도의 말을 듣고 토모키도 자연스럽게 몸을 앞으로 내밀었다.

미즈키의 엄마 유미코가 살던 빌라에서 살인사건이 일어났었다고 했다. 그 수사를 담당한 사람이 바로 관할서 형사였던 료였고, 피해자 여성의 옆집에 살던 유미코에게 사건에 관해 물으러 갔던 것이 만남의 계기가 되었다.

애초에 옆집이 뭔가 이상하다고 경찰에 신고한 사람이 유미코였다. 피해자 여성은 평소 자유분방한 성격이었는지, 거의 매일 밤 남자를 데려와서 소란을 피웠다. 그래서 옆집에서 소리가 들려왔지만 처음엔 신경 쓰지 않았다고 했다. 하지만 너무 큰 소리에 옆집 벽을 강하게 두드렸다.

그때 벽에서, "살려 주세요…"라고 여자 목소리가 들려왔다.

유미코는 그 목소리를 들은 순간 공포에 질린 나머지, 몸이 얼어붙어 한동안 움직이지 못했다. 이윽고 옆집 문이 열리는 소리가 났고, 복도에서 뚜벅뚜벅 울리는 발소리를 집 안에서 떨면서 듣고 있을 수밖에 없었다.

피해자 여성은 유미코와 동갑이었다고 한다. 목을 졸려서 살해당했고, 방을 뒤진 흔적은 없었다.

현장에는 범인의 것으로 추정되는 지문이 남아 있었지만 수사는 난항을 겪었다.

유미코는 매일같이 경찰서를 찾아가서 수사에 진전이 있는지 물었다. 자신이 조금 더 일찍 경찰에 신고했다면 그 여자가 죽지 않았을지도 모른다고 자책했다. 그때 용기를 내서 문틈으로라도 범인의 모습을 봤다면 도움이 됐을 텐데 하며 후회했다고 한다.

유미코는 그런 정신적 괴로움 탓인지 다니던 회사를 관두고 집에 틀어박히게 되었다.

그런 유미코를 위로한 사람이 료였다.

료는 "사건이 일어난 건 유미코 씨 탓이 아닙니다"라며 유미코를 달랬고, "반드시 범인을 잡겠습니다"라고 약속했다.

"어느 날 료가 고민 상담을 부탁해 왔어. 유미코 씨와 사귀고 있는데 도무지 청혼을 받아 주지 않는다고. 자신이 행복해지는 것에 죄책감을 느끼는지 결혼을 못 하겠다고 하는데, 자기가 어떻게 해야 하냐고 말이야."

"그래서…, 뭐라고 조언하셨어요?" 미즈키가 흥미로운 목소리로 물었다.

"아무 조언도 못 했어. 그런데 그 이후에 무슨 일이 있었는지는 몰라도, 두 사람은 결혼했고, 너희를 낳았지."

안도의 이야기를 듣고 미즈키는 잠시 멍하니 있었다.

"그 사건의 범인은 잡혔나요?" 때를 노리던 토모키가 신경 쓰이는 부분을 질문했다.

"아직 잡히지 않았어. 료는 그 사건이 있고 나서 수사 1과에 들어가고 싶어 했어. 끔찍한 사건들과 통곡이 소용돌이치는 그 세계로."

그렇다면 료는 아직도 그 사건과 싸우고 있을 것이다.

전에 언젠가 료가 그런 이야기를 했었다.

자신이 무언가를 간과한 바람에 범인을 놓칠까 봐 겁이 나지 않냐고.

그리고 범인을 잡지 않는 한, 그 마음은 아무리 시간이 흘러도 사라지지 않는다고. 죽을 때까지 그 마음을 품고 살아야 한다고. 그것이 자신이 하는 일의 원동력이라고—.

그러니 료는 아내를 위해 여전히 그 범인을 쫓는 것이 아닐까. 언젠가 아내를 다시 만났을 때 약속대로 범인을 잡았다고 말하기 위해서. 그걸 위해 자신의 목숨을 걸고 동분서주하는 것이 아닐까.

"아빠가…."

미즈키의 목소리에 토모키가 옆을 보았다.

"아빠가 일하는 곳을 보고 싶어요…."

안도가 고개를 끄덕였다.

"토모키, 데려가 줘. 내가 허가했다고 하면 될 거야."

토모키는 고개를 끄덕이고 미즈키와 함께 일어섰다. 경무과 방을 나와서 계단을 올라 강당으로 향했다.

미즈키는 머뭇거리며 천천히 강당에 발을 내디뎠다. 둘러보다가, 강당 맨 뒤에 걸려 있는 사진에서 시선을 멈추고 가까이 다가갔다. 오카모토 마키와 타나카 쇼코의 사진 앞에서 합장했다. 수사본부는 수사관들의 한숨으로 가득 차 있었다.

⧗

45

눈을 떠 보니 주변엔 이미 어스름이 깔려 있었다.

실내등을 켜고 시계를 보니 오후 8시가 지나고 있었다.

신이치는 차에서 내려 아야코가 사는 빌라로 향했다. 빌라 앞에서 201호를 올려다보았다. 창문에서 빛이 새어 나왔다.

공동 현관으로 들어가기 전에 유리문에 자신을 비추어 보았다.

자신의 본성을 감춘, 유약하고 다정한 남자의 모습이 거기 있음을 확인하고 건물 안으로 들어갔다.

계단을 올라서 201호실로 갔다.

인터폰 초인종을 누르자, "네" 하는 목소리가 들렸다.

아야코다―.

"누구세요?" 잠시 대답하지 않고 있자 목소리에 조금 경계심이 배었다.

"나야…. 신이치…."

인터폰 너머인데도 아야코가 놀란 것이 느껴졌다.

"끊지 마! 얘기만이라도 들어 줘."

"무슨 얘기? 네가 그렇게 못된 사람인 줄 몰랐어. 돌아가 줘."

"정말 미안해. 내가 어떻게 됐었나 봐…. 아니, 요즘 내가 계속 이상해. 아무튼 아야코한테 사과하고 싶어. 왜 그런 메시지를 보내게 됐는지, 이유만이라도 들어 줘." 중간중간 말을 쉬어 가면서 애원했다.

아야코는 아무 말도 하지 않았다. 하지만 정말로 볼 생각이 없다면 인터폰을 끊었을 것이다.

"집에 들여보내 달라고 하지는 않을게. 맞은편 공원에서 기다릴게. 아야코가 올 때까지 계속 기다릴 거야."

신이치는 그 말을 남기고 계단으로 향했다. 빌라에서 나와 공원으로 가서, 아야코의 집을 힐끔 올려다보고 벤치에 앉았다.

아야코는 좀처럼 나타나지 않았다. 자신이 얼마나 기특한 모습으로 기다리고 있는지 틀림없이 밖을 내려다보고 있을 것이다.

그렇게 생각해서 30분 정도 고개를 떨군 채 있자, 뒤에서 발소리가 들려왔다.

필사적으로 용서를 비는 것 같은 한심한 표정을 만들고 자리에서 일어났다.

신이치의 얼굴을 본 아야코가 놀란 듯 숨을 삼켰다.

"신이치, 어떻게 된 거야…. 그…."

신이치는 여차하면 무릎이라도 꿇을까 싶었지만, 자신의 초췌한 모습만으로도 충분한 것 같았다.

"사실을 말하고 싶었어. 나, 위암 말기야."

"거짓말…." 아야코는 놀란 듯 손으로 입을 가렸다.

"정말이야. 너희가 집에 놀러 왔을 때 몸이 많이 안 좋아 보인다는 얘길 들어서…, 그 뒤에 타카기 선배네 병원에서 검사를 받았어."

"맞아…, 그런 얘기를 했었지…."

"위암 말기라는 결과가 나왔어. 보만 4형이라던데, 시한부 선고를 받았어."

"말도 안 돼…."

"그때부터 내가 곧 죽는다는 생각이 머릿속에서 떠나질 않았어.

‘무서워…. 죽는 게 무서워…’ 하고. 그런 상태에서 유골함 사진을 보니까…, 곧 있으면 나도 이렇게 되겠구나 싶어서…."

"그랬구나…. 몰랐지만, 나야말로 그런 메시지를 보내서 정말 미안해."

"아야코 잘못이 아니야. 나도 아야코와 사귀고 싶었는데…. 내가 이런 몸이라 두려웠어. 그런 때에 스미노가 타카기 선배에게 내 병 얘기를 듣고 집에 쳐들어왔어."

"쳐들어왔다고?"

신이치는 고개를 끄덕였다.

"처음엔 여러 가지로 나를 돌봐 줬지만…. 무슨 생각인지 금방 알게 됐어. 아야코 말대로 돈 때문이었어. 스미노는 시한부인 나랑 재혼해서, 그래서…."

아무리 그래도 스미노를 그런 식으로 말하는 것은 괴로웠다.

"진짜 못됐다…." 아야코가 중얼거렸다.

"그래, 나는 다 쓰고 죽지도 못할 만큼 재산이 많아. 그래서 진작에 스미노의 속셈을 눈치챘지만, 그래도 외롭고 무서워서…. 혼자 죽어 가는 게 무서워서…."

"너는 혼자가 아니야."

아야코가 신이치의 품으로 달려들어 안겼다.

"하지만…, 이런 나를 사랑해 줄 사람은 아무도…."

"계속 말했잖아. 나는 신이치를 좋아한다고. 내가 마지막 순간까지 계속 옆에 있어 줄게."

그렇게 말하며 아야코가 신이치에게 입을 맞췄다. 과감하게 혀를 휘감았다. 그 순간, 마치 극약을 먹은 것처럼 신이치의 속에서 강렬한 충동이 솟구쳐 올라왔다.

이 여자의 목을 조르고 싶다―.

그 시절의 스미노를 만나고 싶다―.

"안 돼, 못 참겠어." 신이치는 아야코의 입술을 떼어 냈다.

"그럼 우리 집에서…. 조금 지저분해서 부끄럽긴 한데."

아야코는 그렇게 말하더니 신이치의 허리를 감싸 부축하며 공원 출구로 향했다.

아야코와 공원에서 나가려는데, 허둥지둥 그늘에 숨는 사람을 알아차리고 경악했다.

왜 저 사람이 여기에 있을까. 설마 나를 범인으로 보고 감시하고 있었나.

신이치는 티 나지 않게 주변을 둘러보았다. 하지만 료 말고 다른 사람의 기척은 느껴지지 않았다.

"왜 그래?" 빌라 앞에 멈춰 선 신이치에게 아야코가 물었다.

"아니, 아무것도 아니야…."

그렇게 대답하고 아야코의 뒤를 따라 빌라로 들어갔다.

201호로 향하는 동안에도 참을 수 없이 올라오는 충동을 억누르느라 필사적이었다. 계단을 올라가는 아야코의 뒷모습을 바라보면서 어서 저 목을 조르고 싶다는 욕망에 시달렸다.

하지만 한시라도 빨리 아야코의 집에 들어가기를 원하는 마음과는 반대로, 몸이 말을 듣지 않았다. 계단을 한 칸 오르기만 해도 내장에 격렬한 통증이 번졌다.

드디어 집에 들어가자, 현관에서 아야코가 다시 신이치의 입술을 빨기 시작했다.

신이치는 뒷손으로 문을 잠그고 아야코의 목에 두 손을 댔다.

안 된다. 이런 몸 상태로는 목을 조르려고 해도 손에 힘이 들어

가지 않을 거라고 몸이 호소했다.

"잠깐 쉬어도 될까?"

신이치는 그렇게 말하고 아야코에게서 떨어져 나와 신발을 벗었다. 집 안으로 들어가자마자 앞에 있는 침대에 무너지듯 쓰러져 누웠다.

"괜찮아?" 아야코가 걱정스럽게 물었다.

"응, 괜찮아…. 그냥 조금 지쳐서."

신이치는 아야코에게서 눈을 돌렸다. 천장을 바라보며 몸속을 뛰어다니는 불쾌한 통증을 애써 잠재우려고 했다.

여기까지 왔는데, 왜—!

어서…. 어서…!

참을 수 없이 분했지만, 위장에서 올라오는 고통은 조금도 누그러들지 않았다. 천장을 올려다보는 시야가 점점 뿌예지고 의식이 혼미해졌다.

하반신 쪽에서 무언가가 느껴졌다. 고개를 조금 들어 아래를 보니, 아야코가 침대 옆에 앉아서 신이치의 하반신을 쓰다듬고 있었다.

뭘 하는 거야—, 그만해—!

소리를 지르려고 했지만 목소리가 나오지 않았다.

아야코는 신이치의 벨트를 풀고 바지 지퍼를 내렸다. 팬티를 벗기더니, 드러난 신이치의 성기를 가지고 놀듯 만지작거렸다. 쪼그라들어 있던 성기가 아야코의 애무로 서서히 딱딱해지고 열이 올랐다.

아야코는 일어서서 청바지와 팬티를 벗었다. 신이치의 하반신 위에 올라타서 딱딱해진 성기를 쥐고 자신의 음모에 비볐다. 그대로 안에 넣고 천천히 허리를 흔들었다. 처음에는 느릿하던 움직임이 신음 소리와 함께 점점 격렬해졌다. 아야코는 브래지어를 벗어 던지고 신이치의 손을 잡아 자신의 가슴으로 가져갔다.

"만져 줘, 세게 만져 줘… 더 세게—."

자신의 하반신 위에서 짐승처럼 포효하는 여자를 보고 있으니 가슴 밑바닥에서부터 강렬한 감정이 솟구쳤다.

죽여…. 죽여….

이명처럼 울리는 그 목소리를 따르듯 신이치는 가슴을 잡고 있던 두 손을 아야코의 목 쪽으로 가져갔다.

그래, 그대로 목을 졸라—. 앞에 있는 여자의 목을 졸라—!

그 순간 스미노와 눈이 마주쳐서 흠칫했다.

초등학생인 스미노가 자신을 빤히 쳐다보고 있었다. 괴로운 듯 입술을 일그러뜨리고 슬픈 눈으로 자신을 바라보았다.

그러자 신이치의 머릿속에 그때의 광경이, 지금까지는 단편적으로만 보이던 것이 전부 떠올랐다.

여기서 이 여자를 죽이면 안 된다. 이 빌라 근처에는 형사가 잠복해 있다. 나에게는 아직 해야 할 일이 있다.

앞에 있는 이 여자를 죽이고 싶다는 욕망에 온몸을 지배당하면서도, 신이치는 필사적으로 저항했다.

신이치는 목에 닿은 손을 조금씩 뒤로 물리다가 마지막 힘을 짜내서 아야코를 밀쳤다.

"뭐야, 왜 이래?"

침대 아래로 떨어진 아야코가 경악한 표정으로 신이치를 쳐다보았다.

⧗

46

료는 2층 맨 끝 집의 창문에서 새어 나오는 빛에 시선을 고정하고 가만히 주시했다.

신이치와 여자가 빌라 안으로 들어간 뒤에 불이 켜진 집이다. 아마 저 집에 있을 것이다.

이상한 기운이 감지되면 바로 대처할 생각이지만, 정말로 무슨 일이 생기면 어떻게 해야 할까.

지금 자신의 체력으로는 2층 높이라고 해도 베란다를 타고 올라가는 건 무리다.

료는 주변을 둘러보다가 공원 울타리로 향했다. 그 아래 있는 큼직한 돌을 손에 쥐고 다시 빌라 앞으로 돌아왔다.

최악의 경우에는 이 돌을 저 창문에 던져서 시선을 끄는 수밖에 없다.

그나저나—.

공원에서 두 사람이 나누는 대화를 듣고 료는 귀를 의심했다.

신이치는 그 여자에게 자신이 위암 말기인 시한부라고 말했다.

자기보다 훨씬 젊은 신이치가 자신과 똑같은 위암이고, 심지어 똑같이 언제 죽을지 모르는 몸이라고 한다.

하지만 돌이켜 보니 신이치를 처음 만난 장소는 병원이었다. 그때 시한부 선고를 받고 쓰러질 뻔한 자신을 잡아 붙잡아 준 신이치는 앞으로의 인생에 한 점의 그늘도 없다는 듯이 미소를 지었었다.

아마 그땐 본인이 아픈 것을 몰랐나 보다.

빌라 공동 현관에서 소리가 들려와 골목에 몸을 숨겼다.

"신이치, 대체 왜 그래?"

여자 목소리가 들리더니 신이치가 빌라 밖으로 나왔다.

신이치는 여자의 목소리에 반응하지 않고 비틀거리면서 무인 주차장 쪽으로 갔다.

료도 자신이 차를 세워 둔 무인 주차장으로 향했다. 마음은 이렇게나 급한데, 다리가 생각대로 움직여 주지 않아서 목적지가 좀처럼 가까워지지 않았다. 마침내 차에 올라타 서둘러 시동을 걸고 신이치가 있는 무인 주차장을 향해 내달렸다.

무인 주차장이 보이는 곳에 차를 댔다. 신이치의 차가 아직 서 있는 것을 보고 안도의 한숨을 내쉬었다. 차 안에서 사람의 형체가 보였다.

그런데 잠시 후 무언가 이상하다는 것을 깨달았다.

운전석에 앉은 신이치는 핸들에 얼굴을 붙인 채 미동도 하지 않았다. 자는 것 같기도 했지만, 동시에 불길한 예감도 들었다.

조금 전 공원에서 신이치가 한 말이 사실이라면 의식을 잃은 것일지도 모른다.

하지만 상태를 확인하기 위해 다가갔다가 자신이 미행한 사실을 들킬 수도 있다.

어떻게 해야 할까….

료는 차를 움직였다. 차로 접근해 안에서 살펴보기로 했다.

서행하면서 무인 주차장으로 들어갔다. 신이치의 차 앞을 지나가는 순간, 자동차 앞 유리에 빨간 페인트를 쏟은 것 같은 흔적이 보였다.

료는 바로 차를 세웠다. 황급히 내려서 신이치의 차로 가 운전
석 창문을 두드렸다. 하지만 신이치는 핸들에 엎드린 채 고통스럽
게 신음하기만 했다.

"괜찮아요…? 괜찮아요…?" 료가 운전석 문을 열고 신이치에게
말을 걸었다.

신이치는 약간 반응을 보였지만, 곧바로 입에서 피를 토했다. 료
는 점퍼 안주머니에서 손수건을 꺼내 신이치의 입가를 닦고 좌석
시트를 뒤로 젖혀 눕혔다.

료는 휴대전화로 구급차를 불렀다. 5분쯤 지나서 구급차가 도착
했다.

"아는 분이세요?"

신이치를 들것에 싣고 구급 대원이 물었다.

"아주 모르는 사람은 아닙니다."

구급 대원이 동승을 요청해서 료는 구급차를 탔다.

"이 분이 평소 다니시는 병원이 있나요?"

구급 대원이 묻자, 료는 "잠깐만요" 하고 휴대전화로 타카기에게
연락했다.

"여보세요…. 어쩐 일이세요?"

이런 시간에 료에게 전화가 와서인지, 타카기의 목소리에서 경
계심이 조금 묻어났다.

"사카키 신이치 씨가 피를 토하고 쓰러졌습니다. 지금 구급차에
실었는데, 타카기 씨네 병원으로 이송하는 게 좋을까요?"

타카기는 료의 말을 이해하기까지 시간이 좀 걸리는 듯했다.

"—신이치가 쓰러졌다고요?"

"네."

"바로 병원으로 갈 테니 그쪽으로 이송해 주세요."

"알겠습니다."

전화를 끊고 구급 대원에게 병원 이름을 알려 주었다.

들것에 실린 신이치에게로 눈을 돌렸다.

조금 전부터 잠꼬대처럼 무어라 중얼거리는데, 무슨 말인지 알아들을 수가 없었다. 료는 신이치의 입가에 귀를 가까이 댔다.

"스미노…. 스미노…. 드디어 알았어…. 내…, 사명을…."

신이치가 열에 달떠 몸을 떨었다. 경련하며 두 손을 앞으로 내밀었다. 의식이 없는데도 어떤 의지에 따라 두 손에 힘을 주었다.

"료 씨."

어둑한 복도 벤치에서 기다리는데, 누군가가 말을 걸어왔다.

고개를 들어 보니 앞에 타카기가 서 있었다.

"신이치 씨의 상태는…." 료가 물었다.

"겨우 회복됐습니다. 료 씨가 빠르게 병원으로 이송해 주신 덕분입니다."

"그렇군요…."

타카기의 말을 듣고 료는 안도의 한숨을 내쉬었다.

다행이다. 범인을 놓치지 않았다.

"그런데 어쩌다 료 씨가 신이치 근처에 계셨죠?"

친구를 구해 준 걸 고마워하면서도, 어쩐지 떠보는 듯한 눈이었다.

"미행하고 있었습니다." 료는 솔직하게 대답했다.

그 대답에 타카기의 표정이 사나워졌다.

"저는…, 사카키 신이치 씨가 이번 사건의 범인이라고 생각합니다."

그렇게 말하자, 타카기가 깜짝 놀라며 눈을 휘둥그레 떴다.

"그게 무슨 말씀이세요? 신이치가…, 신이치가 사람을 죽이다니요, 말도 안 됩니다. 어떻게 그런…."

타카기는 동요를 숨기지 못했다.

"신이치가…, 신이치가 그랬다는 증거는 있습니까?"

료는 고개를 가로저었다.

"형사의 감입니다."

"감이요…?"

료의 말에 화난 것 같기도, 기막혀하는 것 같기도 한 표정이었다.

"하지만 확신합니다."

"그저 감으로, 그런 소리를 해도 되는지 모르겠군요. 그리고…, 그런 걸로 본인의 귀중한 시간을 낭비하지 마시라고 확실히 말씀드립니다."

"신이치 씨는 앞으로 시간이 얼마나 남았죠?"

그렇게 물으며 료가 자리에서 일어섰다. 발이 땅에 닿지 않고 붕 떠 있는 느낌이었다.

"무슨 그런 질문을…." 타카기는 대답할 수 없다는 듯이 황망히 고개를 돌렸다.

"신이치 씨는…, 취조를 견딜 수 있는 몸입니까? 피해자들의 억울함을 풀어 줄 시간이 얼마나 남았습니까?"

"그게 경찰의 견해인가요?"

휘청이는 료의 어깨를 손으로 붙잡고 타카기가 물었다.

료가 대답하지 않는 것을 답변으로 여긴 듯 작게 고개를 끄덕였다.

"방금 료 씨가 한 말은 받아들일 수 없습니다." 료의 눈을 빤히 쳐다보며 타카기가 냉정히 말했다.

"후쿠다 선생님께 이야기 많이 들었습니다. 지금 료 씨는 제대로 일할 수 있는 상태가 아닙니다. 그렇죠?"

부정할 수 없었다. 그렇다. 자신의 몸이 이미 한계에 달했음을 뼈저리게 느끼고 있다.

몸속에서 무언가가 날뛰고 있다. 나날이 증식해 가는 그것들이 몸뿐만 아니라 마음까지 좀먹어 간다.

신이치를 잡겠다는 집념 하나로 가까스로 스스로를 지탱하고 있었다.

"이대로 입원하시는 게 좋겠습니다. 제가 담당 의사는 아니지만, 저도 료 씨가 남은 시간을 가치 있게 보내시길 바랍니다."

"알겠습니다. 그럼 마지막으로 동료에게 보고만 하고 오겠습니다."

"전화로 하면 안 되나요?"

"바로 돌아오겠습니다."

료는 타카기를 떼어 내고 비틀거리며 엘리베이터로 향했다. 병원 로비에 있는 공중전화로 택시를 부르고 출구로 갔다.

"닛포리 경찰서로…."

택시 기사에게 말한 뒤 눈을 감고 뒷좌석에 누웠다.

누군가 어깨를 강하게 흔들어서 눈을 떴다. 가까스로 몸을 일으켜 자신을 흔드는 택시 기사를 보았다.

"도착했습니다."

그렇게 말하는 택시 기사의 얼굴이 흐릿해 보였다.

료는 주머니에서 지갑을 꺼냈다. 하지만 손이 떨려 제대로 지폐를 꺼낼 수 없었다. 안에 들어 있는 지폐의 종류조차 구별할 수 없었다. 적당히 두세 장 꺼내서 던지듯이 건넸다.

"이, 이렇게 많이 주신다고요?"

택시 기사의 놀란 목소리가 들렸지만 료는 개의치 않고 택시에서 내렸다.

경찰서 입구로 가자, 경비 중인 제복 경찰이 료를 보고 경례했다. 하지만 료의 시야 안에서 그 남자의 모습은 울렁거리기만 했다.

신기루 속을 헤매듯 료는 마냥 계단을 찾았다. 드디어 계단 같은 것을 발견해서 한 칸 한 칸 올라갔다.

"료 씨, 왜 그래요?"

중간에 누군가 말을 걸었지만 자신의 발 말고는 신경 쓸 수 없었다.

간신히 3층에 도착해 물결치듯 흔들리는 복도를 걸어갔다. 강당이 보였다. 문은 열려 있었고, 다가갈수록 술렁이는 소리가 크게 들려왔다.

지금이 몇 시지―?

시간 감각조차 사라져 갔지만, 여기서 멈출 수 없었다.

동료들은 지금도 저 안에서 일하고 있다. 살인범을 잡기 위해 필사적으로 일하고 있다.

내가 신뢰하는 동료들이 저 안에 있다.

조금만 더―. 이제 조금만 더 가면 이걸 맡길 수 있다―.

료는 점퍼 안주머니에서 손수건을 꺼냈다.

그리고 빛 속에 발을 내디딘 순간, 귓가에 술렁이던 소리가 순식간에 사라졌다.

뭐지? 다들 어디로 사라졌지?

어디를 보아도 자신이 아는 세상이 아니었다. 여기는 대체 어디일까. 시야 안에서 까만 얼룩 하나가 퍼져 나갔다.

"료 씨—!"

토모키의 목소리가 들린 순간, 눈앞이 새카맣게 물들었다.

"료 씨—! 료 씨—!"

부르는 소리에 간신히 눈꺼풀을 들자, 희미하게 사람의 얼굴이 보였다. 토모키다.

토모키가 필사적으로 말을 거는 듯했다.

왜 이런 곳에 있지? 일은…, 일은 어떻게 됐지…?

흐릿한 주변 광경이 조금씩 윤곽을 되찾아 갔다. 어디선가 본 것 같은 광경이다. 게다가 그다지 오래전 일도 아니다….

그렇다. 구급차다. 나는 구급차 안에 있다. 어째서…, 어째서 구급차 안에 있는 것일까.

강당에 들어갔는데 어째서 구급차 안에 있지…? 정말 모르겠다.

무언가를 전해야만 했는데, 그게 무엇이었는지 떠오르지 않는다.

나는 이대로 죽는 것일까…. 아니면 이미 죽은 것일까.

"료 씨—! 료 씨—! 정신 차리세요!"

거의 비명 같은 목소리가 료의 귀에 꽂히며 끊길 뻔한 의식에 조금 숨을 불어넣었다.

그렇구나…. 아직 죽지 않았다. 아직 죽을 수 없다. 이것을 전해야 한다…. 이것을 전하지 못하고 죽을 수는 없다….

료는 필사적으로 토모키에게 손을 뻗었다.

토모키가 자신의 손을 잡는 감각이 느껴졌다.

"이걸…, 이걸 부탁한다…. 사카키 신이치의…, 피야…."

거기까지 말하자, 다시 눈앞이 새카맣게 물들었다.

47

　달려오는 발소리가 들려서 토모키는 의자에서 일어나 뒤를 돌아보았다. 미즈키의 모습이 보였다.

　"아빠는—!" 미즈키가 소리쳤다.

　"지금 중환자실에 계셔."

　"왜…, 왜…."

　미즈키는 그 말 말고는 떠오르지 않을 정도로 넋이 나간 듯했다.

　"일단 여기서 기다리고 있으래."

　토모키는 미즈키의 어깨를 잡고 어떻게든 진정시키려고 했다.

　한밤중이라 그런지 조명이 대부분 꺼져 있는 대기실에는 둘 말고 아무도 없었다. 무거운 정적 속에서 누군가 오기를 하염없이 기다리는 수밖에 없었다.

　토모키는 계속 고개를 숙이고 있는 미즈키를 보고 무슨 말이라도 해야 할 것 같았지만 할 말을 찾을 수 없었다. 무슨 말을 꺼냈다가 미즈키가 간신히 눌러 담고 있는 무언가가 쏟아져 나올까 봐 무서웠다.

　애타는 시간을 견디고 있는데, 누군가 다가오는 기척이 느껴졌다.

　토모키와 미즈키는 동시에 그쪽을 쳐다보았다. 흰 가운을 입은 의사가 걸어왔다.

　"선생님—!"

튀어 오르듯 자리에서 일어난 미즈키를 따라서 토모키도 일어섰다.

"아빠는…."

미즈키는 그 질문을 끝맺기가 두렵다는 듯이 의사를 보았다.

"다행히 의식을 되찾으셨습니다."

의사의 다정한 말에 미즈키는 다리가 풀려 무너지듯 의자에 앉았다.

"감사합니다…. 감사합니다…." 미즈키가 입가를 손으로 막고 오열을 참으며 거듭 감사 인사를 했다.

"아버지를 만나실 거죠?"

의사의 말에 미즈키가 의자에서 일어났다. 그리고 토모키를 바라보았다.

"나는…, 일이 있어서… 여기서 이만…."

토모키가 말하자, 미즈키가 고개를 끄덕였다.

"일, 힘내세요. 저희 아빠를 위해서라도."

그렇다. 자신에게는 중요한 임무가 있다. 료가 맡긴 막중한 임무가—.

미즈키는 작게 고개를 꾸벅하고는 의사를 따라 엘리베이터로 갔다.

닛포리 경찰서에 다시 도착했을 때는 오전 5시가 지나고 있었다.

일단 휴게실에서 선잠이라도 자려고 복도를 걷는데, 강당에 불이 켜져 있는 것이 보였다.

이런 시간에 누구일까—.

들어가 보니, 의자에 앉아 있는 효마의 등이 보였다.

인기척을 느꼈는지 효마가 토모키 쪽을 돌아보았다.

"안 주무신 거예요?"

토모키는 마침 잘됐다 싶어서 효마에게 다가갔다.

"네가 괜히 고생했다. 아침 회의 시간까지 좀 남았으니까 잠깐이라도 자 둬."

효마는 자리에서 일어나 문으로 향했다.

"저기 주임님, 드릴 말씀이 있습니다."

말을 걸자, 효마가 멈춰 서서 뒤를 돌아보았다.

"이거…."

토모키는 주머니에서 비닐 봉투를 꺼냈다. 손수건이 들어 있었다.

"이게 뭔데?"

내민 손수건을 보고 효마가 미심쩍은 표정을 지었다.

"사카키 신이치의 혈액입니다. 이걸 DNA 분석하게 도와주시면 안 될까요."

"사카키 신이치의 혈액…? 그게 무슨 소리야?" 효마의 표정이 순간 사나워졌다.

"료 씨가 구해 온 겁니다. 이걸 DNA 분석해 달라고 제게 부탁하셨습니다."

"개소리도 어느 정도여야지, 말이 되는 소리를 해!" 효마가 토모키를 노려보며 일갈했다.

예상한 반응 그대로였다. 평소였으면 그 즉시 겁을 먹었겠지만, 이번만큼은 이대로 물러설 수 없었다.

"부탁드립니다. 주임님 힘으로 어떻게 해 주실 수 없을까요?"

"너까지 그 자식한테 무식함이 옮았어? 증거 없이 감만으로 그런 짓을 하면 고발당하는 거 몰라?"

"료 씨는 의식이 거의 없는데도 끝까지 이걸 제게 맡기셨어요. 뭔가 확신이—."

"헛소리 집어치워! 그런 정신 빠진 놈이 확신은 무슨 확신? 제멋대로 수사를 휘두르려고나 하지, 그놈은 병균 같은 존재야. 몸이 뭐 어떻게 안 좋은지는 몰라도, 귀찮은 놈을 떨쳐 버려서 속이 다 시원하다."

효마는 내뱉듯 말하고 토모키에게 등을 돌렸다.

다시 걸음을 뗀 효마의 등을 보며 강렬한 분노가 솟구쳤다.

"그렇게까지 말할 필요는 없잖아요!" 토모키가 효마의 등에 대고 소리를 질렀다.

"뭐? 너, 뭐라고 했냐?"

효마가 다시 뒤돌아서 토모키를 보았다. 조그마한 강아지를 내려다보듯 깔보는 눈이었다.

"료 씨의 원통함을 모르시겠어요? 수사에서 빠져야 하는 원통함을요."

"그건 그놈이 자기 관리를 못해서 벌어진 일이야. 항상 잘난 척 지껄이면서 형사 자격도 없지."

"아니에요!"

그 외침에 효마는 조금 기세가 꺾인 듯 턱을 들었다.

"료 씨는 뼛속까지 형사예요. 자기한테 남은 시간을 전부 바쳐 가면서까지 범인을 쫓고 있다고요. 목숨을 걸고 그 손수건을 구해 왔다고요."

"남은 시간…?"

효마는 토모키의 말이 이해되지 않는다는 듯 중얼거리며 손에 든 손수건으로 시선을 던졌다.

"료 씨는 위암 말기라서 남은 시간이 얼마 없어요."

그렇게 말하자, 효마의 눈이 반응했다.

료가 절대 말하지 말라고 당부했건만 결국 말하고 말았다.

내내 괴롭던 마음이 해방된 순간, 눈물이 터져 나왔다.

"두 분이 서로 사고방식이 다른 건 알겠어요. 그래도 한 팀이잖아요. 살인범을 반드시 잡겠다는 마음 하나로 뭉친…, 한 팀이잖아요."

눈앞이 흐려져서 효마의 얼굴을 알아보기가 힘들어졌다.

"토모키, 너한테 딱 하나만 말해 두마. 우리는 여기서 친구 놀이를 하는 게 아니야. 그 녀석이 그런 상태라면…, 판단할 능력을 잃어버린 사람의 말은 더더욱 들을 가치가 없어."

토모키의 눈에 효마가 강당에서 나가는 모습이 보였다.

48

밤의 어둠을 바라보자 초조함만 솟아올랐다.

창문에 비친 자신의 모습이 1분 1초마다 쇠약해지는 것이 느껴져서였다.

신이치는 창문에서 눈을 뗐다.

사명을 다해야 한다―.

머릿속에서 그 생각만 소용돌이쳤다.

자신을 절망의 밑바닥으로 밀어 넣고, 스미노와의 미래를 앗아가고, 자신을 이런 괴물로 만들어 버린 원흉을 삶의 마지막 순간에 제거해야 한다.

노크 소리에 신이치는 천천히 문 쪽을 보았다.

"몸은 좀 어때?"

병실에 들어온 타카기가 신이치의 얼굴을 살피며 물었다.

"나쁘지는 않아요. 언제쯤 퇴원할 수 있을까요?"

"당분간은 힘들어."

타카기의 얼굴에 '퇴원은 무리'라고 적혀 있었다.

"하루만이라도 외출할 수 없을까요?" 신이치가 물었다.

"왜…? 어디 가고 싶은 데라도 있어?"

"어머니를 만나고 싶어서요."

"여기로 오시라고 하면 되잖아."

"그건 그렇죠…." 신이치가 말끝을 흐렸다.

"뭐 하나 물어봐도 될까?"

타카기가 신이치를 빤히 바라보았다.

"뭔데요?"

"새로운 세상이 뭐였어?"

"새로운 세상…."

신이치가 타카기의 얼굴을 마주 보았다.

"왜, 전에 네가 그랬잖아. 내가 시한부 선고를 내려 준 덕분에 새로운 세상에 발을 내디딜 수 있었다고."

"아…."

맞다. 그런 말을 했던 기억이 난다.

"혹시 네가 무슨 이상한 종교에 빠진 게 아닌가 하고 조금 신경 쓰였어."

"종교라…. 비슷할지도 모르겠네요."

그렇게 대답하자, 타카기의 눈이 신이치의 안색을 살폈다.

"말로 뭐라고 설명하기가 어려워요. 하지만…, 죽음을 직면한 덕분에 제 삶의 의미를 알게 된 느낌이었어요. 제가 살아 있는 동안에 마무리 지어야 하는…, 사명 같은 게 생각났어요."

"사명?"

아무리 설명해도 타카기는 이해하지 못할 것이다.

이 세상에는 죽음을 마냥 두려워하며 사는 의미를 발견하지 못하는 자들도 있다.

"그러고 보니…, 료 씨라는 형사님은 타카기 선배의 지인이에요?"

료의 이름을 꺼내자 타카기의 낯빛이 조금 변했다.

"지인까지는 아니야. 이 병원 환자라서 그냥 얼굴만 알아."

"그 사람이 저를 병원에 데려다줬죠? 희미하게 기억이 나요."

그렇게 말하자 타카기의 표정이 더 어두워졌다.

"다음에 만나면 대신 감사하다고 좀 전해 주세요."

"료 씨도 지금 입원해 있어. 다음에 만나면 직접 말해."

료가 입원해 있다—.

그 말을 듣고 조금씩 몸에 힘이 도는 듯했다.

움직이려거든 기회는 지금밖에 없다.

"이제 갈게. 무슨 일 있으면 호출 벨로 바로 불러."

"타카기 선배."

신이치가 타카기를 불러 세웠다.

"잠이 잘 안 와서…, 수면제가 필요해요."

"알았어. 간호사한테 얘기해 놓을게."

타카기는 신이치에게 푹 자라고 말하고 병실을 나갔다.

＊

49

"이러고 있어도 돼?"

료가 말을 걸자, 조금 전부터 창가에 놓인 꽃을 다듬던 미즈키가 "응?" 하며 돌아보았다.

"백댄서 일은 어쩌고."

료가 묻자, 미즈키는 시원스레 "그만뒀어"라고 대답했다.

"그래…. 내가 미안하다."

자신이 아픈 바람에 간절히 꿈꾸던 일을 포기한 것이 분명하다.

"그런 거 아니야…."

미즈키는 철제 의자를 침대 옆에 놓고 앉았다.

"물론 아빠가 아픈 게 이유 중 하나이긴 하지. 근데 나도 나름대로 깊이 고민해서 내린 결정이야. 어떻게 해야 후회하지 않을까 하고."

미즈키가 미소를 지었다.

"아빠도 그랬던 거지?"

미즈키가 물었지만, 무슨 뜻인지 몰라서 가만히 쳐다보기만 했다.

"나, 물어보고 싶은 게 하나 있어."

"뭔데?"

"아빠가 엄마한테 어떤 말로 청혼했는지 궁금해."

"뭘 그런 걸…."

쑥스러워서 얼굴을 찌푸렸다.

"안도 씨한테 아빠랑 엄마가 만나게 된 이야기를 들었어."

또 쓸데없는 이야기를 한 모양이다.

"근데 엄마처럼 멋진 사람이 왜 아빠처럼 투박한 사람한테 넘어 갔는지가 계속 수수께끼야. 나도 참고하고 싶으니까 알려 줘." 미 즈키가 장난스럽게 웃었다.

"하는 수 없네. 거기 지갑 좀 꺼내 줘 봐."

료가 쓸쓸하게 웃으며 옷장을 가리키자, 미즈키는 영문을 모르 겠다는 표정으로 일어섰다. 점퍼 안주머니에서 지갑을 꺼내 료에 게 건넸다.

료는 지갑 안에서 사진 한 장을 꺼내 미즈키에게 보여 주었다.

"이 사람이…, 엄마 옆집에 살았다는 여자야?"

바로 눈치챈 모양이다.

"맞아. 너희 엄마는 계속 죄책감에 시달렸어. 자기 잘못도 아닌 걸 가지고…."

사귄 지 얼마 되지 않았을 때, 유미코는 피해자의 본가를 찾아 가 보고 싶다고 료에게 말했다.

료는 가지 않는 것이 좋다고 말렸다. 아무리 유미코의 잘못이 아니라 해도, 피해자의 부모는 유미코에게 비난 섞인 말을 할지도 모른다. 유미코가 더는 상처 받지 않았으면 했다.

료가 끝내 피해자의 본가 주소를 알려 주지 않을 것 같자, 유미 코는 그럼 하다못해 피해자의 사진이라도 달라고 부탁했다.

료는 마지못해 수사 때 사용하던 사진을 유미코에게 건넸다.

유미코는 그때부터 그 사진을 집에 두고 틈만 나면 향을 올리며 피해자의 명복을 빌었다.

하지만 료의 눈에는 그 광경이 비참해 보였다.

유미코가 죄책감에 짓눌려서 앞으로 찾아올 행복을 스스로 포기하려고 하는 것처럼 보였기 때문이었다.

'유미코, 이런 걸 계속 집에 두고 있으면 행복해질 수 없어. 나한테 맡겨 줘―.'

"아빠가 그렇게 말했어. 범인을 잡을 때까지 이걸 내 지갑 속에 넣고 다닐 테니까, 당신도 그 마음을 가슴 한구석에 간직해 달라고."

료가 그때를 떠올리고 한숨을 쉬었다.

"아빤 후회 없지? 마지막 순간까지 엄마의 바람대로 열심히 일했으니까."

그래서 유미코가 병원에 실려 가 생사를 넘나들 때도 유미코의 모습을 머릿속에 그리며 살인범을 쫓았었다.

그 녀석을 잡아서 어서 유미코에게 가고 싶다고….

하지만―.

"후회가 왜 없겠어." 료가 중얼거렸다.

"나도 아빠가 죽으면 후회할지도 몰라. 분명히…, 여러 가지로 후회할 거야. 아빠랑 조금 더 이런저런 이야기를 할 걸 그랬다든가…, 그때 그런 말은 하지 말 걸 그랬다든가…. 아마 온갖 후회를 하겠지."

"그래. 그건 아빠도 마찬가지야."

너희와 조금 더 많이 대화할 걸 그랬다. 너희와 조금 더 많은 걸 할 걸 그랬다. 조금 더…, 조금 더….

"그래서 앞으로는 계속 아빠 옆에 있으면서 조금이라도 후회를 줄일 거야. 그리고 나는 이번 일을 관뒀다고 해서 다시 기회를 잡지 못할 정도로 무능하지는 않아."

"그렇구나."

"나는 그렇게 생각하지만…."

미즈키는 어두운 표정으로 문 쪽을 보았다.

음료수를 사러 간 켄고를 생각하는 것 같다.

켄고에게는 아직 자신이 시한부라는 이야기를 하지 않았다.

그런 생각을 하는데, 문이 열리고 켄고가 병실에 들어왔다.

"사과 주스가 없어서 오렌지로 사왔어."

켄고가 미즈키에게 주스를 건네고는 그 옆에 철제 의자를 놓고 앉았다.

"그나저나 또 쓰러졌다는 얘기를 듣고 깜짝 놀랐어. 아빠도 이제 나이가 있으니까 너무 무리하지 마요."

음료수를 마시면서 해맑게 웃었다.

"그래…. 그러게…."

켄고 앞에서는 그렇게 대답하는 것이 최선이었다.

"다다음 주에는 퇴원할 수 있어?"

"왜?"

"다다음 주 일요일에 시합이 있거든. 나, 선발이야. 아빠도 축구 시합 본 지 한참 됐지?"

그렇게 말하는 켄고의 코 밑에서 자라나 있는 수염 몇 가닥을 발견했다.

얼마 전까지는 어린애 같았는데, 어느새….

그런 생각을 하자, 둑이 터지듯 강렬한 감정이 가슴속에서 밀려 올라왔다.

자신은 이제 곧 앞에 있는 이 두 아이를 남겨 두고 죽을 것이다.

이제 이 아이들이 커 가는 모습을 지켜볼 수 없다.

싫다…. 죽고 싶지 않다―.

1분 1초라도 오래 살고 싶다―.

근래 들어 그다지 느껴지지 않던 죽음을 향한 공포가 다시 가슴을 옥죄었다.

"왜 그래…?"

아버지의 눈물을 보고 켄고가 당황하며 물었다.

"아빠는…, 아빠는…, 이제 얼마 못 살아."

그렇게 말하자, 켄고가 어안이 벙벙해져서 자리에서 일어섰다.

"무슨 소리야…? 무슨 말인지 이해가 안 되네. 이게 무슨 말이야, 누나…?" 매달리듯 미즈키에게 물었다.

미즈키는 말없이 고개를 폭 숙였다.

"미안해…. 미안하다…."

"무슨 소리야…. 아빠가 죽으면 우리는 어떻게 되는데? 싫어…. 왜 그래야 되는데!" 켄고가 주저앉아 침대에 얼굴을 묻고 울부짖었다.

료는 "미안하다…"라고 중얼거리며 켄고의 머리를 쓰다듬는 것 말고는 해 줄 수 있는 일이 없었다.

노크 소리가 나서 문을 보았다. 미즈키에게 눈짓을 보내자, 미즈키가 가서 병실 문을 열었다.

문밖에 있던 토모키가 안으로 들어왔다. 병실 광경을 보고 조금 당황한 모양이다.

"무슨 일이야?"

"그게…, 병문안도 할 겸 해서 보고를 드리러…. 지금 좀 그러시면 다음에 다시…."

"보고?"

"네. 회의 끝나고 효마 씨한테 다녀오라는 말을 들어서요."

"효마가?"

료는 그렇게 말하며 미즈키를 보았다. 미즈키는 료의 생각을 읽은 듯 쓰러져 우는 켄고를 일으켜 세웠다.

"아빠, 그럼 내일 다시 올게."

그렇게 말하고 미즈키는 토모키에게 인사한 뒤 켄고를 데리고 밖으로 나갔다.

"죄송합니다…."

료는 고개를 숙인 토모키에게 "괜찮다"라고 하며 앞에 있는 철제 의자를 가리켜 앉으라고 했다.

"그래서, 보고할 게 뭔데?"

"어젯밤에 용의자를 체포했습니다."

토모키의 말에 료는 자기도 모르게 몸을 앞으로 내밀었다.

"그런데 체포한 건 스기모토 카나 사건 용의자예요."

마치다시에서 발생한 살인 미수 사건이었다.

"그래서?"

조금 힘이 빠졌지만, 일단 뒷이야기를 재촉했다.

"용의자는 시라이시 코헤이라는 32세 남자예요. 효마 씨가 회의에서 보고해서 기억하실 테지만요."

PC방에 숨어 지내던 시라이시 코헤이의 신병을 어젯밤 확보했다고 한다. 임의 동행시켜서 신문을 해 보니, 살인 미수 사건에 관해서는 혐의를 인정한 모양이다.

"살인사건 두 건은 인정하지 않은 거지?"

료가 묻자, 토모키는 고개를 끄덕였다.

"네. 어젯밤부터 효마 씨가 신문했지만 다른 사건에 관해서는 전부 부인하고 있어요. 일단 시라이시 코헤이의 모발을 DNA 분석 맡겼는데, 결과가 나오려면 며칠은 걸린대요."

"그래…. 사카키 신이치 쪽은?"

"효마 씨에게 부탁해 봤는데요…."

토모키의 표정을 보고 료는 한숨을 쉬었다.

"본부는 일단 시라이시 코헤이를 잡아서 열광하고 있어요. 만약 DNA 결과가 일치하지 않는 걸로 나오면 그때 가서 수사 방침이 바뀌겠죠."

그때까지 가만히 기다릴 수밖에 없다는 뜻인가.

"그런데…, 방금 지나오는데 간호사분들이 복도를 뛰어가더라고요. 무슨 일이 있었나 봐요." 분위기가 축 가라앉아서 토모키가 화제를 돌리려고 했다.

"그래…."

"환자가 위급한 걸까요…."

토모키의 말을 들은 순간, 사카키 신이치의 얼굴이 료의 뇌리를 스쳤다.

"토모키, 어서 사카키 신이치의 병실 상황을 보고 와."

료의 생각을 알아차린 듯 토모키가 바로 병실을 나갔다. 토모키를 기다리는 동안 료는 솟아나는 불길한 예감을 떨쳐 내려고 애썼다.

그놈이 그렇게 쉽게 죽게 내버려둘 수는 없다—.

잠시 후, 토모키가 허둥지둥 돌아왔다. 그 얼굴을 보니 자신의 예감이 맞은 듯해서 원통함에 눈을 감았다.

"사카키 신이치가 사라졌대요."

토모키의 말에 눈을 동그랗게 떴다.

"사라졌다고?"

"네. 무단으로 병원에서 나갔는지 간호사 몇 명이 사카키 신이치를 찾고 있어요."

료는 곧바로 호출 벨을 눌러서 간호사에게 타카기를 불러 달라고 했다. 잠시 후 타카기가 병실에 들어왔다.

"사카키 신이치 씨가 병원에서 탈출했다는 게 사실입니까?"

료가 묻자, 타카기가 마지못해 고개를 끄덕였다.

"간호사들 말로는 아침 식사를 가져갔을 때 이미 신이치가 병실에 없었다고 하네요. 밖을 돌아다닐 상태가 아닌데… 대체 어딜…." 타카기가 초조함을 드러내며 말했다.

"어디에 갔는지 짐작 가는 곳이 없으신가요?"

타카기는 "없습니다…" 하며 고개를 흔들다가 갑자기 무언가를 떠올린 듯 시선을 고정했다.

"아, 그러고 보니 어젯밤에…, 어머니를 만나고 싶다는 이야기를 했습니다."

어머니를 만나고 싶다?

그저 죽기 전에 어머니를 만나고 싶은 것뿐일까. 그런 거라면 병원으로 와 달라고 하면 그만이다. 왜 병원을 탈출하면서까지—.

'스미노…. 스미노…. 드디어 알았어…. 내…, 사명을….'

료는 열에 달떠 몸을 떨면서 두 손을 앞으로 내밀던 신이치의 모습을 떠올렸다.

놈이 말한 자신의 사명은 대체 무엇일까.

"신이치 씨의 본가는 니가타 시내의 어디죠?"

"자세한 주소는 모릅니다." 타카기가 고개를 가로저었다.

"효마에게 연락 좀 해 줘."

그렇게 말하자, 토모키가 휴대전화를 꺼내 들었다.

"효마 씨에게 뭘—?" 토모키가 효마의 번호를 찾으며 물었다.

"효마가 받으면 나를 바꿔 줘."

전화가 연결되자 토모키는 "잠깐만요" 하고 료에게 휴대전화를 건넸다.

"무슨 용건이야? 나는 너처럼 한가하지 않아."

전화를 받자마자 효마의 성난 목소리가 들렸다.

"중요한 얘기니까 들어 줘."

"뭔데?"

"너를 그래도 잘 아니까 묻는다. 시라이시 코헤이가 정말로 살인사건의 범인이 맞아?"

료가 묻자, 잠시 침묵이 흘렀다.

"본인은 부인하고 있는데, 일단은 DNA 분석 결과가 나올 때까지 기다려 봐야지."

"네 느낌은 어떤데? 녀석을 신문해 본 느낌 말이야."

"시작한 지 얼마 안 됐어. 느낌이고 나발이고… 대체 무슨 일인데?"

"한시가 급해. 사카키 신이치가 병원에서 탈출했어. 니가타에 있는 어머니를 만나러 간 것 같아. 신이치의 본가가 어딘지 바로 조사해서 알려 줘."

"너 무슨 소리를 하는 거야? 지금 그런 짓을—."

"그놈은 자기 어머니를 죽이려고 니가타로 갔을 거야."

"근거가 뭔데?"

"감이야."

"감…? 그런 걸로 움직이면 어떻게 되는지 몰라? 좀 기다려 보든가.”

“못 기다려!”

“감이 맞을 확률은 50퍼센트에 불과해.”

“부탁한다. 이번만 그 50퍼센트에 너도 힘을 실어 줘. 형사로서의 마지막 감이야. 후회를 남기고 죽고 싶지 않아. 내 마지막 고집을 받아 주면 안 될까?”

효마가 입을 다물었다. 휴대전화 너머로 고민하는 신음 소리가 들려왔다.

“알았다. 구청에 수사관을 보낼게.”

“고맙다.”

료가 효마에게 고맙다는 말을 한 것은 처음이었다.

“미리 말해 두는데…, 나중에 문제가 되면 네가 폭주해서 이렇게 됐다고 할 거야.”

“그래.”

료는 전화를 끊고 온몸의 힘을 쥐어짜 침대에서 일어났다.

“료 씨, 지금 무슨 말—”

“이제부터 사카키 신이치를 찾으러 니가타에 갈 겁니다.” 료가 타카기의 말을 끊고 한 발짝씩 옷장으로 걸어갔다.

“무슨 소리를 하시는 겁니까? 그런 몸으로…. 담당 의사는 아니지만 절대 인정할 수 없습니다.”

료는 타카기의 말에 개의치 않고 옷을 갈아입기 시작했다.

“저도 같이 갈게요.” 토모키가 말했다.

“안 돼.” 료는 토모키를 돌아보며 말했다.

더 이상 토모키를 휘말리게 할 수는 없었다.

“혼자서 잡으실 수 있겠어요? 걱정하지 마세요. 저도 무슨 일

생기면 전부 료 씨에게 뒤집어씌울 거니까."

토모키는 그렇게 말하고 료가 옷 갈아입는 것을 도왔다.

⧗

50

신칸센을 타고 나가오카역에 도착해서 어머니에게 전화를 걸었다.

"여보세요…. 신이치? 어쩐 일이야?"

오랜만에 건 전화에 놀란 듯했다.

"지금 나가오카에 왔는데…, 꼭 해야 할 말이 있어."

"뭔데?"

"전화로 할 말은 아니야. 바로 와 줄 수 있어?"

"나가오카까지? 무슨 일인데?"

"사실…, 나 위암 말기야…."

울먹이며 그렇게 말하자, 신이치의 어머니는 "뭐…?"라고만 하고 말을 잇지 못했다.

"엄마한테 걱정 끼치고 싶지 않아서 지금까지 말하지 않았는데…, 아마 길어야 며칠 정도 버틸 것 같아."

"말도 안 돼…."

"이제 곧 죽는다고 생각하니까 이상하게…, 옛날에 살던 동네가 보고 싶어져서 병원에서 도망쳤어. 왜, 테라도마리로 이사하기 전에 나가오카에서 살았잖아. 내가 태어난 곳도 나가오카지?"

"응…."

아들이 며칠밖에 살지 못한다는 사실을 알아서인지, 신이치의 어머니는 말 한마디 뱉는 것조차 버거운 듯했다.

"지금 몸이 말을 잘 안 듣는 상태야. 엄마가 차를 가지고 와 주면 안 될까?"

"지금 나가도 두 시간은 넘게 걸릴 거야."

"괜찮아. 나가오카역 중앙 출구 로터리에서 기다릴게." 그렇게 말하고 신이치는 전화를 끊었다.

경찰에 쫓기게 될 것 같지는 않았지만, 혹시 모르니 휴대전화 전원을 껐다.

오늘 아침 병원을 빠져나온 뒤, 집에 들러 옷을 갈아입고 가방에 짐을 몇 가지 챙겨서 왔다.

역 근처에 있는 슈퍼에서 보온병과 종이컵, 박스 테이프, 주스를 샀다.

로터리 벤치에 앉아서 한동안 기다리는데, 자동차 경적이 울렸다. 무거운 고개를 힘겹게 들었다. 앞에 벤츠가 서 있었고, 안에서 어머니가 손을 흔들었다.

신이치는 느릿하게 일어나 차로 향했다. 문을 열고 조수석에 앉아서 어머니 쪽으로 고개를 돌렸다.

"신이치…, 정말이야? 정말…." 신이치의 얼굴을 본 순간, 어머니가 표정을 굳히며 물었다.

"응…. 슬프지만, 정말이야. 이미 곧 죽을 것 같은 얼굴이잖아? 그러니까 미안하지만…, 우리가 살던 동네에 데려다줄 수 있어?"

그렇게 말하자, 어머니는 동요하면서도 앞을 향해 차를 몰았다.

잠시 과거에 자신이 살던 동네의 풍경을 바라보았다. 가족과 살던 연립 주택과 자신이 다니던 초등학교, 그리고 자신이 태어났다는 병원 앞을 차로 달렸다. 신이치는 어머니에게 공터에 차를 세워 달라고 했다.

"안전벨트를 계속 하고 있기가 힘드네. 잠깐 뒷자리에서 대화하고 싶어."

"신이치…, 병원에서 도망쳤다며. 정말 괜찮아? 바로 돌아가는 게…."

"나한테는 앞으로 남은 얼마 안 되는 시간이 인생의 전부야. 그 시간에 엄마랑 조금이라도 더 대화를 나누고 싶어."

신이치는 차 문을 열고 밖으로 나가서 다시 뒷좌석에 올라탔다. 어머니도 시동을 끄고 신이치 옆으로 옮겨 앉았다.

신이치는 가방 안에서 보온병을 꺼내 안에 든 주스를 종이컵에 따라 어머니에게 건넸다.

"엄마, 나는 좋은 아들이었어?"

"물론이지." 어머니는 고개를 크게 끄덕이고 컵에 든 주스를 입으로 가져갔다.

그러고 잠시 옛이야기를 하는데, 주스에 섞은 수면제의 효과가 나타나는지 어머니가 잠들었다.

신이치는 어머니의 뺨을 때려 깊이 잠든 것을 확인한 뒤, 입에 박스 테이프를 붙이고 손을 등 뒤로 돌려 수갑을 채웠다.

가방에서 스미노에게 받은 페이퍼 나이프를 꺼내 상의 주머니에 넣고 운전석으로 옮겨 탔다.

시동을 켜고 불쾌한 그 장소로 향했다.

51

료는 토모키와 함께 니가타행 신칸센을 탔다.

자리에 앉은 순간, 무거운 한숨을 뱉었다.

병원에서 택시를 타고 도쿄역까지 오는 것만 했는데도 체력이 상당히 소진됐다.

"니가타에 도착하기 전까지 푹 쉬세요."

토모키가 말을 걸었지만, 료는 눈을 감을 생각이 없는지 창밖으로 시선을 던졌다.

여기서 잠들면 두 번 다시 일어나지 못하게 될까 봐 불안했다.

객실 내 전광판에 '다음 역은 니가타'라고 뜬 걸 보고 료가 다리에 힘을 줘 의자에서 일어나려고 했다.

"도착하려면 아직 조금 더 남았어요. 도착하기 전까지 앉아 계시는 게…"

그렇게 말하며 자신을 올려다보는 토모키에게 료는 고개를 가로저었다. 일어나는 것만으로도 온몸에 묶인 사슬을 끊듯이 한참 애를 써야 한다.

겨우 일어나서 토모키의 부축을 받으며 승강구 쪽으로 갔다.

니가타역 승강장에 내리자, 료는 토모키에게 매점에 가서 지도를 사 오라고 한 뒤 에스컬레이터로 향했다.

"렌터카를 빌려 올 테니까 저기서 기다려 주세요."

토모키가 손으로 대합실을 가리켰다.

"아니, 시간 아까우니까 같이 가자."

역 앞에서 렌터카 영업점을 발견했다.

토모키가 서류를 작성하고 있는데 효마에게서 메시지가 왔다.

니가타 시내에 있는 신이치의 본가 주소가 적혀 있었다.

대여 절차를 마치고 바로 주차장으로 향했다.

"본가로 가면 되는 거죠?"

료가 고개를 끄덕이자, 토모키가 내비게이션에 주소를 입력하고 차를 출발시켰다.

신이치의 본가는 니가타역에서 차로 10분 정도 떨어진 곳이었다. 한적한 주택가 안쪽에서 '사카키'라는 명패가 걸린 저택을 찾았다.

넓은 차고에는 차가 한 대 서 있었다. 초인종을 눌렀지만, 응답이 없었다. 곧장 옆집으로 가서 초인종을 눌렀다.

"실례합니다, 옆집 사시는 사사키 씨 관련해서 여쭤보고 싶은 게 있는데요."

안에서 나온 여자는 료의 얼굴을 보자마자 깜짝 놀란 표정을 지었다.

누가 봐도 심각한 몰골인가 보다.

"도쿄 경찰입니다." 료가 경찰 신분증을 꺼내 보였다.

"도쿄 경찰분이… 무슨 일로…?"

"급하게 사카키 씨 댁 사모님을 뵙고 싶은데, 지금 안 계신 것 같아서요."

"그래요? 아마 남편분은 일하러 가셨을 텐데…."

"남편분 직장이 어딘지 아십니까?"

"부동산 회사 사장님이세요. '마르케이' 부동산."

토모키가 곧바로 휴대전화를 꺼냈다. 직장 주소와 전화번호를 찾는 듯했다.

"아내분도 일을 하십니까?"

"아니요…, 보통 이 시간엔 집에 있을 텐데."

여자가 옆집 차고 쪽으로 시선을 힐끔 던졌다.

"차가 없는 걸 보면, 어디 쇼핑하러 간 걸지도 모르겠네요."

"남편분이 타고 가신 건 아니고요?"

"네. 남편분은 출근할 때 운전기사가 다른 차를 가지고 오는 것 같더라고요."

"혹시 아내분 휴대전화 번호는 모르십니까?" 료가 흥분을 억누르며 물었다.

"집 전화번호는 반상회 명부에 있어서 아는데, 휴대전화 번호는 잘…."

"그럼 몇 시쯤부터 차고에 차가 없었는지 아십니까?"

"그렇게 심각한 사건인가요?" 료의 태도에 위압감을 느꼈는지, 여자가 반문해 왔다.

"아마도요."

그렇게 대답하자 여자는 집에서 나와 직접 동네 주민들에게 수소문해 주었다.

"두 시간 전부터 없었대요."

부동산 회사 '마르케이' 건물 앞에 차를 세우고 안으로 들어갔다.

"사장님 계십니까?" 료가 응대하러 나온 여자에게 물었다.

"죄송하지만…."

경찰 신분증을 보여 주자, 여자는 당황해하며 안쪽에 있는 방으로 향했다.

잠시 후 안쪽 방에서 풍채 좋은 남자가 나왔다. 한껏 경계하는 얼굴을 하고 이쪽으로 다가왔다.

"도쿄 경시청에서 나온 아오이 료라고 합니다." 료가 경찰 신분증을 보여 주며 말했다.

"경찰분이 무슨 일로…?"

"사모님에게 여쭤볼 게 있습니다. 지금 당장 사모님 휴대전화에 연락을 넣어 주십시오."

"무슨 소립니까? 갑자기 들이닥쳐서 무슨…."

"느긋하게 대화할 시간 없어! 어서 연락하라고!" 료가 자기도 모르게 소리를 지르고 말았다.

"지금 뭐 하자는 거야?! 그리고 경찰이 찾아올 거면 니가타현 경찰이 와야지, 왜 도쿄 경찰인데? 너희, 사칭이지?"

자신의 초조함 탓에 분노를 사 버린 모양이다.

"사모님을 찾고 있습니다. 위험한 상황이라 한시라도 빨리 찾아야 합니다."

"마사코가 위험한 상황…?"

료의 말에 남자의 안색이 변했다.

"저희는 도쿄에서 발생한 살인사건을 수사하고 있습니다. 그 범인으로 추정되는 인물이 지금 사모님을 노리고 니가타에 온 것 같습니다."

"그런 놈이 왜 마사코를 노립니까? 애당초 그 범인이 어디 사는 누구랍니까?"

"사카키 신이치입니다."

료가 말하자, 남자는 경악했다. 하지만 다음 순간 성난 표정을 지었다.

"신이치가 살인사건의 범인이라고? 헛소리 작작 해!"

"만약 착각이었다면 제가 경찰을 그만두겠습니다. 하지만 지금은 사모님의 안전이 우선입니다. 제발 지금 당장 사모님께 연락해 주십시오."

남자는 떨떠름한 표정으로 휴대전화를 꺼내 전화를 걸었다.

하지만 통화가 연결되지 않는 모양이었다. 몇 번을 다시 걸어 보았다.

"전화를 안 받네요."

"어떻게 할까요?" 건물 밖으로 나와서 토모키가 절박한 표정으로 물었다.

모르겠다. 어떻게 해야 할까. 신이치는 어디에 가서 무엇을 할 생각일까.

그때, 료의 머릿속에 한 장소가 떠올랐다.

"테라도마리로 가자."

"테라도마리…. 거기가 어디예요?"

"잘 모르겠어. 니가타에 있는 항구 도시야."

"왜 거기로 가죠?"

"감이야."

그렇게밖에 말할 수 없었다.

"감…."

토모키는 한순간 못 미더운 듯 료를 쳐다보았지만, 곧바로 차로 돌아가서 내비게이션에 위치를 입력했다.

"가는 데 시간이 꽤 걸리네요. 정말 괜찮으시겠어요?" 마지막으로 확인을 받으려는 듯 물었다.

"응."

해안선에 석양이 잠겨 갔다.

점차 어두워지는 연안 도로를 바라보며 료는 초조함에 시달렸다.

휴대전화를 꺼내 효마에게 전화를 걸었다.

"어떻게 됐어?"

통화가 연결되자, 효마의 퉁명스러운 목소리가 들려왔다.

하지만 평소 같은 퉁명스러움이 아니라 정말로 이쪽의 상황을 궁금해하고 있는 것이 어렴풋이 느껴졌다.

"미안하지만 사카키 신이치의 주소지 변경 이력을 좀 찾아봐 줘. 테라도마리라는 곳에 산 적이 있을 거야."

그렇게 말하자, 효마는 "잠깐 기다려 봐"라고 하더니 잠시 후 주소를 불러 줬다.

"고맙다."

불러 주는 주소를 받아 적고 전화를 끊은 뒤, 메모를 토모키에게 건넸다.

"이 근처 같아요."

토모키가 어두운 골목에 차를 세우고 주변을 둘러보았다. 좁은 골목이 뒤엉켜 있었고, 여기저기 작은 민가가 있었다. 하지만 어느 집이 신이치가 살던 집인지는 바로 알 수 없었다.

"걸어 다니면서 알아보는 게 빠르겠다."

료는 그렇게 말했지만, 바로 차에서 내릴 수가 없었다.

장시간 이동으로 몸 상태가 나빠졌는지 조금 전부터 내장을 찌르는 듯한 격렬한 통증에 시달리고 있었다.

"괜찮으세요?" 토모키가 걱정스럽게 물었다.

료는 고개를 끄덕이고 천천히 차에서 내렸다.

토모키도 곧바로 차에서 내려서 주변을 둘러보았다. 이 일대는 구릉지인 듯 좁은 골목 안에도 비탈길이나 계단이 많았다.

료와 토모키는 계단을 오르락내리락하면서 주소에 적힌 집을 찾아다녔다.

"괜찮으세요?"

토모키가 뒤돌아보니, 료가 숨을 쌕쌕거리며 돌계단을 오르고 있었다.

료는 고개를 끄덕이고 계단 난간을 붙잡아 가며 한 걸음 한 걸음 앞으로 나아갔다.

이윽고 계단 위에 목적지로 추정되는 집 한 채가 보였다. 풀과 나무에 둘러싸인, 폐가 같은 2층짜리 집이었다.

⧗

52

부스럭거리는 소리에 신이치가 고개를 돌렸다.

드디어 눈을 뜬 모양이다. 뒷짐을 진 채 수갑을 차고 누워 있던 어머니가 몸부림치려는 듯 버둥거렸다.

신이치는 일어나서 어머니에게 다가갔다. 어머니는 공포에 질린 눈으로 신이치를 보며 싫다는 듯 고개를 내저었다.

"엄마…, 예전처럼 즐겨 보자."

'즐기고 나서 죽여 버릴 거지만—.'

아야코를 안았을 때, 눈앞에 있는 여자를 죽이고 싶다는 격렬한 충동과 함께 뇌리에 그때의 광경이 되살아났다.

스미노와 눈이 마주쳤다.

커튼 사이로 입을 괴롭게 일그러뜨리고 슬픈 눈빛으로 신이치를 보고 있었다.

자신의 몸 위에서는 지금 앞에 있는 이 미친 여자가 추악한 짐승처럼 포효하며 격렬하게 허리를 흔들고 있었다.

절망적인 수치심을 느끼며 몸에서 떼어 내고 싶었지만, 뒷짐을 진 두 손에 수갑이 채워져 있어서 몸을 움직일 수가 없었다.

어머니는 신이치의 성기를 사탕 빨듯이 입에 넣고 빨았다. 자신의 감정과는 반대로 점점 팽창해 가는 성기를 보며 어머니는 은근한 미소를 지었다.

"신이치, 부끄러워할 것 없어. 이건 어른이 되어 간다는 증거야. 하지만 신이치, 어른이 돼도 아빠처럼 되면 안 돼. 그 인간은 쓰레기니까. 엄마한테는 신이치밖에 없어…. 신이치가 엄마 말을 잘 들어 주면 엄마가 기분 좋게 해 줄게."

어머니는 신이치의 마음속 비명이 들리지 않는다는 듯이 신이치의 성기를 안에 넣고 헐떡였다.

어머니는 그날도 평소처럼 신이치의 몸 위에서 미친 듯이 허리를 움직이며 소리를 질렀다. 커튼 사이로 자신들을 엿보는 스미노의 시선을 받으면서.

그때, 큰 소리가 나며 방문이 열렸다. 신이치가 고개를 돌리는데 갑자기 방에 들어온 아버지가 얼굴을 걷어찼다. 그렇게 여러 번 얼굴을 발로 차고 이어서 신이치의 몸에서 떼어 낸 어머니를 더 이상 움직이지 않을 때까지 구타했다.

"이 짐승만도 못한 새끼들!"

아버지는 그 소름 끼치는 장면을 본 눈으로 그렇게 소리치고 집에서 나갔다.

그 후로 아버지의 모습을 보지 못했다. 아마 스미노의 언니와 어딘가로 떠났을 것이다.

신이치는 필사적으로 몸을 버둥거리며 자신에게서 멀어지려고 하는 어머니를 향해 천천히 다가갔다. 주머니에서 페이퍼 나이프를 꺼냈다. 정성을 다해 끝을 예리하게 간 스미노의 선물이었다.

"그 사람이 또 그런 짓을 하려고 하면 이걸로—."

신이치와 헤어질 때 스미노는 슬픈 얼굴로 이 페이퍼 나이프를 건네며 그렇게 말했었다.

계속 잊고 있었다. 스미노의 말도, 자신이 어머니에게 당했던 짓도. 그리고 자신이 죽기 전에 끝내야 하는 사명도—.

다른 무엇보다도 첫사랑인 스미노에게 그런 광경을 보이고 만

충격으로 여태껏 닿지 않는 곳에 기억을 묻어 둔 것 같다.

신이치의 사타구니에서 엄청난 열이 뿜어져 나왔다.

이제 곧 죽을 텐데, 어디서 이런 힘이 솟구치는지 알 수 없을 정도로 마지막 욕망이 뜨겁게 솟아올랐다.

$$\underline{\overline{\mathbb{X}}}$$

53

밖에서 살펴보니 1층 창문은 전부 덧문이 닫혀 있었다. 2층 창문을 올려다봤지만 그쪽도 덧문이 닫혀 있는 듯했다.

입구로 다가가는데, 문 뒤에서 희미한 빛이 새어 나왔다. 료가 손전등을 켜 문을 비췄다. 근처에 있던 돌을 쥐어 들고 문의 유리로 된 부분을 깼다. 깨진 곳에 손을 넣어 안쪽에서 잠금장치를 풀었다.

"경찰 되고 나서 처음으로 법을 어겨 본다." 료가 작은 소리로 말했다.

"그럼 그전에는⋯." 토모키가 자기도 모르게 물었다.

"스무 살 되기 전에 술 마시고 담배 핀 거."

문을 열고 안으로 들어가려고 하는 료의 어깨를 토모키가 두드렸다.

"제가 앞에 갈게요."

료의 손에서 손전등을 넘겨받고 집 안으로 들어갔다. 들어간 순간, 곰팡이와 먼지 냄새가 코를 찔렀다. 방치된 지 상당히 오래된 것 같았다. 1층에는 부엌과 세 평짜리 방이 있었지만, 인기척은 없었다. 천장을 올려다보고 귀를 기울여 봐도 들리는 소리는 없었다.

토모키는 발소리가 나지 않도록 조심하면서 계단을 올라갔다. 하지만 서서히 커지는 자신의 심장 소리가 귀에 울렸다.

2층에는 문 두 개가 있었다. 그중 하나를 열고 안에 손전등을 비추었다. 아무도 없었다. 또 다른 문을 향해 손전등을 비추었다.

그때, 문 건너편에서 작게 부스럭거리는 소리가 들려서 자기도 모르게 료를 쳐다보았다.

료와 눈을 주고받으며 고개를 끄덕인 뒤, 문을 열고 빛을 비추었다.

어슴푸레한 어둠 속에서 차가운 바람이 뺨을 쓸었다. 깨진 창문으로 밤바람이 불어 들어왔다. 바닥에 널브러진 잡지가 팔락거리며 소리를 냈다. 아무도 없었다.

"허탕이야…." 료가 멍한 표정으로 중얼거렸다. 그리고 쓰러지듯 바닥에 무릎을 꿇었다.

"료 씨! 아직이에요! 아직 무너지면 안 돼요. 테라도마리는 신이치에게 뜻깊은 곳이잖아요. 아까 전에 차 안에서 그러셨잖아요. 어디 더 짐작 가시는 곳 없어요?!"

토모키가 호통치자, 료는 무언가 머릿속에서 번뜩였는지 비장한 얼굴로 고개를 들었다.

"항구로 가자."

"항구요?"

"그래. 거기서 폐가를 찾아야 돼."

료가 사라질 뻔했던 생기를 되찾고 일어섰다.

둘은 집을 나와 온 길을 되짚어 차로 돌아갔다.

료는 몹시 힘든지 차에 손을 짚은 채 잠시 움직이지 못했다. 숨을 쌕쌕 내쉬며 어깨를 크게 들썩였다.

"어서 가시죠!"

괴로움을 삼키며 토모키가 등을 떠밀듯 말하자, 료가 차 문을 열고 조수석에 올라탔다.

항구로 들어가 서행하며 좌우로 시선을 던졌다. 하지만 전조등

앞 말고는 이미 칠흑 같은 어둠에 휩싸여 있었다.

"어딜까요…."

토모키가 불안해 하며 묻자, 료가 창문을 열었다.

어둠 속에서 파도가 부서지는 굉음이 불길하게 울렸다. 항구에는 폐가가 몇 채 있는 듯했다. 옆에서 료가 손전등으로 건물을 비춰 보려고 하는 것 같았지만, 빛이 불규칙하게 흔들려서 좀처럼 초점이 맞지 않았다. 고개를 돌려 조수석에 앉은 료를 보니, 마치 무거운 아령을 든 것처럼 두 손으로 힘겹게 손전등을 들고 있었다.

"저거—."

료가 앞에 있는 폐가에 빛을 비추었다. 차가 서 있는 게 보였다.

토모키는 속도를 높여 건물로 다가갔다. 앞에 서 있는 차는 벤츠였다.

서둘러 차에서 내렸지만, 조수석에 앉은 료가 배를 손으로 움켜쥐며 괴로운 듯 몸을 비틀었다.

토모키는 료의 손에서 손전등을 뺏어 들고, 망설일 틈도 없이 폐가의 문을 열었다.

빛을 비춘 곳에서 경악한 표정으로 이쪽을 돌아보는 남자의 모습이 보였다. 그리고 그 남자 아래에서 사람의 형체가 보였다.

"멈춰!"

토모키가 남자를 향해 달려들었다. 순간 왼쪽 허벅지에서 격렬한 통증이 느껴졌다. 내려다보니, 무언가 날카로운 것이 어둑한 빛을 반사하고 있었다. 나이프다.

남자가 그 나이프를 자신 아래에 있는 사람 형체를 향해 내리찍으려는 찰나 누군가의 몸이 부딪쳐 왔다. 료가 이쪽으로 몸을 내

던진 모양이다.

주위가 컴컴해서 상황을 파악할 수 없었다. 네 사람이 한데 뒤엉켰다.

"악!"

료의 목소리가 들린 다음 순간에 창문이 와장창 깨지는 소리가 났다. 신이치가 창문을 깨고 달아난 모양이다.

"괜찮아?"

"네."

토모키가 바닥을 구르는 손전등을 주워서 목소리가 나는 쪽을 비췄다. 하지만 정작 자신을 걱정한 료가 옆구리를 손으로 누르고 있었다.

"허벅지를 베였지만 괜찮아요. 료 씨는요?"

"괜찮아." 거친 숨을 뱉으며 료가 대답했다.

자기 아래에 쓰러져 있는 사람 형체에도 빛을 비추었다. 일단 무사한 것 같았다.

"경찰에 신고해."

료는 옆구리에서 손을 떼고 토모키에게로 가 토모키의 겉옷 주머니를 뒤졌다. 수갑을 꺼내 들고 비틀거리며 밖으로 향했다.

"료 씨!"

곧바로 뒤쫓으려 했지만, 허벅지에 느껴지는 통증 때문에 그 자리에 넘어지고 말았다.

"젠장!"

토모키는 초조함을 눌러 가며 휴대전화를 꺼내 경찰에 신고했다. 그다음엔 매고 있던 넥타이를 풀어 허벅지에 감고 단단히 동여맸다.

토모키가 왼다리를 절뚝이며 폐가를 나왔다.

큰 소리로 료를 부르면서 암흑 속을 찾아다녔지만, 돌아오는 목소리는 전혀 없었다.

"료 씨!"

그렇게 소리쳐 부르는데 울음이 터질 것만 같았다.

그러면서도 여기저기 손전등 빛을 비추는데, 도로와 모래사장을 잇는 계단에서 포개지듯 쓰러져 있는 두 사람의 형체가 보였다.

"료 씨?"

토모키는 허벅지 통증도 잊고 계단으로 달려갔다. 신이치가 거친 숨을 내쉬며 필사적으로 계단을 기어오르려 하고 있었다. 료는 아래서 신이치의 다리를 붙잡은 채 쓰러져 있었다.

"료 씨, 괜찮으세요…?"

어깨를 흔들며 불러 봤지만 료는 반응이 없었다. 료의 옆구리 쪽에서 피가 흘렀다.

금속이 긁히는 소리에 토모키가 눈을 돌렸다. 계단 난간에 걸린 수갑에서 나는 소리였다. 토모키는 다른 한쪽을 눈으로 좇았다. 수갑이 신이치의 발목에 걸려 있었다.

 ⧗

54

노크 소리가 나서 문 쪽을 보았다.

료는 옆구리에서 통증을 느끼고 자기도 모르게 얼굴을 찌푸렸다.

"노크 소리에 일일이 반응하실 필요 없습니다."

병실에 들어온 타카기가 료의 얼굴을 보고 미소 지었다.

"뭐, 거의 조건 반사죠. 나중에 제가 거의 갈락 말락 하거든…, 노크를 한번 해 보라고 좀 전해 주시겠습니까?"

웃기 힘든 농담에 이번엔 타카기가 얼굴을 찌푸렸다.

"그런 농담이 나오는 걸 보니 당분간은 괜찮으시겠군요."

"네. 아직 죽고 싶지 않습니다. 해야 할 일이 아직 있거든요."

"뭘 하고 싶으신데요?"

"글쎄요…. 더 많은 사람들과 이야기하고 싶어요. 제가 이 세상에서 만난 소중한 사람들과…. 지금까지는 꺼내 볼 생각도 못 한 쑥스러운 이야기를 한번 해 보려고요."

"고맙다는 말 같은 거요?"

"뭐, 그렇죠…."

"이곳이 그러기엔 딱 좋은 장소죠. 매일 자제분들이 찾아오시고, 동료분들도 바로 옆에 계시니까요."

타카기가 문 쪽을 힐끔 보았다.

신이치의 병실 앞에는 수사관 두 명이 돌아가며 대기하고 있다.

"사카키 신이치는…, 어떤가요?"

료가 묻자, 타카기의 얼굴에 조금 그늘이 졌다.

"나날이 나빠지고 있습니다. 그런데 그것 말고는 전과 똑같아 보여요. 예전에 우리가 알던 신이치랑 똑같이…. 그게 괴롭습니다."

오랜 친구가 연쇄 살인 사건의 범인이었다. 심지어 그 친구가 죽어 가는 모습을 마지막 순간까지 지켜보아야 한다.

그런 타카기가 얼마나 괴로울지 생각하면 료도 가슴이 아팠다.

"괜찮으시겠어요?" 타카기의 심정을 느끼며 료가 물었다.

"네. 마지막까지 최선을 다해 치료하고 지켜보는 게 제가 할 일이니까요."

타카기의 말에 료는 고개를 끄덕였다.

"그럼 스미노는…, 역시 알았던 거겠죠? 신이치가 그…." 타카기가 입가를 일그러뜨렸다.

"그럴 겁니다. 사고 당시 스미노 씨의 소지품 중에 우메가오카 저택 열쇠가 있었다고 들었습니다."

"그렇군요…. 스미노의 마지막 순간을 생각하면…, 너무 딱하고 가엽습니다. 사실…, 사고를 당하기 전날 스미노가 저에게 고민 상담을 했거든요."

"고민 상담이요?" 료가 물었다.

"신이치의 아이를 임신했다고…."

그 이야기를 듣고 료는 충격을 받았다.

타카기 말로는 야마구치 스미노는 혼자서라도 신이치의 아이를 낳아 기를 생각이었다. 자신과 신이치의 아이에게 평생 아낌없이 애정을 쏟고 싶다고 말했다고 한다.

"스미노는 신이치가 어릴 때 부모에게 심각한 학대를 당했다고 했어요. 그래서 신이치의 자식만큼은 절대 그런 일을 겪지 않게 하겠다고…. 신이치도 어떤 면에서는 불쌍한 인간이었을지도 모르 겠습니다."

"그렇다고 사람을 죽여도 되는 건 아닙니다."

"그렇죠…. 그 녀석은 구제할 길 없는 멍청이죠." 타카기가 슬픔 이 깃든 목소리로 중얼거리고 병실을 나갔다.

료는 천장을 올려다보았다. 조금 전에 타카기가 한 말들을 떠올 리며 한숨을 쉬었다.

잠시 후, 다시 노크 소리가 들렸다.

"들어오세요."

천장을 올려다본 채로 말했다.

"한가해 보이네."

예상치 못한 인물의 목소리에 문 쪽을 돌아보았다. 역시나 옆구 리에서 통증이 느껴져 얼굴을 찌푸렸다.

"잠깐 시간 돼?" 효마가 문밖에서 말을 걸었다.

"어…."

고개를 끄덕이자, 효마가 병실 안에 들어와서 문을 닫았다. 침 대 옆에 놓인 철제 의자에 털썩 앉았다.

"DNA 분석을 할 수 있게 힘써 줬다며? 나 때문에 괜히 무리했 네."

나중에 토모키에게서 들은 이야기지만, 효마는 신이치의 피가 묻은 손수건을 건네받은 직후에 몰래 DNA 분석을 맡겼다고 한다. 그 덕분에 료와 토모키가 신이치의 행방을 찾는 동안 체포 영장 이 나올 수 있었다.

"그게 뭐 별거라고. 내가 너보다는 주변에 평판이 좋거든."

여전히 긁는 소리만 골라 한다.

"그래도…, 이번만큼은 네 집념이 이겼네." 효마가 씁쓸한 미소를 지었다.

"아니. 이번 수사본부에서 일한 모든 수사관의 집념이 이겼지. 그저 야마구치 스미노의 전화를 받은 사람이 우연히 나였을 뿐이야."

그렇다. 본부의 수사관 전원이 눈에 불을 켜고 범인을 쫓았다. 하지만 겨우 한 명의 피해자를 구한 것이 전부인 게 원통했다.

"사카키 신이치는…."

"화가 치밀 정도로 담담하게 자백하고 있어. 오카모토 마키와 타나카 쇼코 말고도 여자 넷을 죽였다고 진술했어. 지금 우메가오카에 있는 저택을 수사하는 중이야."

"그래…. 역시 어머니의 학대가 이유래?"

"거기에 관해서는 아무 말도 안 해. 다른 사건에 관해서는 씩 웃으면서 이것저것 잘만 늘어놓는데. 죽는 게 무섭지 않다고 큰소리를 치고 있어. 그놈을 보고 있으면 2년 전 묻지 마 살인사건 범인이 떠올라서 울화통이 터진다니까. 피해자들의 원통함을 풀어 주려면 대체 뭘 어떻게 해야 할까…. 네가 제대로 한 방 때려 줬으면 하는 생각이 들 정도야." 효마가 탄식했다.

"효마…, 그놈을 만나게 해 줘."

료가 말하자, 효마는 미간을 찌푸렸다.

잠시 후 효마가 휠체어를 밀며 병실로 돌아왔다.

료는 옆구리를 누르며 조금씩 침대에서 일어났다. 몸 전체가 납덩이처럼 무거웠고, 옆구리에서 날카로운 통증이 번졌다.

"괜찮은 거 맞아?"

효마가 물으며 료를 부축해 휠체어에 태웠다.

"네가 만나고 싶어 한다니까 그놈이 낯빛 하나 안 바꾸고 좋다고 하더라. 형사들과 얘기하는 걸 그냥 심심풀이 정도로 생각하나 봐."

"어."

"설마 너, 아까 내가 한 말을 진심으로…."

"지금은 그럴 힘도 없어."

하지만 그놈의 마음을 후벼 파주고 싶다는 생각이 머릿속에 가득했다.

효마가 휠체어를 밀며 병실을 나갔다. 복도에 의자를 놓고 앉아 있는 수사관들의 모습이 보였다. 료와 효마가 병실에서 나오자 앉아 있던 수사관 두 명이 일어나서 경례했다.

료는 문을 노크했다. 안에서 반응은 없었지만 문을 열었다.

병실에 들어가 보니, 침대에서 상반신을 조금 일으킨 신이치의 모습이 눈에 들어왔다. 처음 만났을 때와는 완전히 다른 사람처럼 얼굴이 핼쑥하고 눈이 움푹 들어가 있었다. 신이치는 료를 보고도 미동조차 하지 않았다. 마치 이미 죽어서 구천을 떠도는 망령이 된 듯한 모습으로 료를 빤히 쳐다보았다.

효마가 침대에서 1미터 정도 떨어진 곳에 휠체어를 세웠다.

료와 신이치는 잠시 말없이 서로를 바라보았다. 신이치는 눈도 깜빡이지 않고 료의 얼굴에 가만히 시선을 고정했다. 아무런 감정도 느껴지지 않는 유리알 같은 눈이었다.

"몸은?" 신이치의 눈을 들여다보며 료가 말을 꺼냈다.

"너무 지루해요. 포커라도 같이 칠래요? 저는 한 번도 쳐 본 적이 없는데."

"미안하지만 귀한 시간을 너와 노는 데 허비할 생각은 없어."

"아, 그랬죠…. 저랑 얘기하고 싶다고 했다면서요? 친구분도 같이 듣는 건가요?"

신이치가 시선을 조금 올렸다. 휠체어 뒤에 서 있는 효마를 보는 모양이다.

"효마, 둘이서만 있게 해 줘."

료가 뒤를 돌아보며 말하자, 효마가 눈으로 '괜찮겠어?'라고 물었다. 료가 고개를 끄덕이자 효마는 료의 어깨를 두드리고 병실에서 나갔다. 병실 문이 닫혔다.

"그래서, 어떤 얘기를 할까요?" 신이치가 입가를 살짝 올렸다.

"왜…, 왜 여섯 명이나 되는 피해자들의 목숨을 빼앗았어?"

료가 묻자, 신이치의 일그러진 입가가 가벼운 미소로 변했다.

"넌 병에 걸린 것만 빼면 풍족한 삶을 살고 있었잖아. 차고 넘치는 돈에, 좋은 친구들에게 둘러싸여서, 여자 친구도 있었지. 근데도 목숨이 얼마 안 남은 걸 알았더니 다 포기하고 싶어졌어?"

"전 포기하지 않았어요. 목숨이 얼마 안 남은 걸 안 덕분에 오히려 이 세상을 살아가는 진짜 기쁨과 가치를 알게 된 거죠."

"이 세상을 살아가는, 진짜 기쁨과 가치?"

"병원에서 당신을 처음 만났을 때가 기억나요. 제가 처음으로 여자를 죽인 뒤였어요. 당신은 마치 이 세상이 끝나기라도 한 것 같은 표정으로 비틀거렸었죠."

후쿠다에게 위암 말기라는 선고를 받은 직후였다.

"그때 당신 얼굴을 보고 나도 모르게 웃었어. 너무 가엾어서."

"가엾어…?"

"죽음을 두려워하는 것밖에 못 하니까. 이 세상을 살아가는 진짜 의미를 모르니 죽음이 두려울 수밖에 없겠지. 나는 내가 곧 죽는다는 걸 알게 된 덕분에 여자의 목을 졸라 죽이는 최고의 쾌락을 맛볼 수 있었어. 정말 재미있는 3개월이었어. 지금까지 살아 온 33년이 쓰레기처럼 느껴질 정도로. 정말 알찬 시간이었어.”

신이치는 지금까지 죽인 여자들을 머릿속에 그리는 듯 희열에 찬 얼굴을 하고 말했다.

“당신은 지금도 죽음이 두렵지? 죽는 게 너무 무서워서 견딜 수가 없지?”

료는 아무 말도 할 수 없었다.

그렇다—. 죽는 것이 무서워서 견딜 수가 없다.

“그건 당신이 진정한 의미에서 살지 못했기 때문이야. 자신을 속이며 살아왔으니까. 하지만 나는 달라. 나는 내 욕망에 솔직했어. 이 세상에 미련 따위 없어. 그러니까 죽는 것도 전혀 무섭지 않아.”

신이치는 정말로 죽음이 두렵지 않은 것일까.

이대로 자신의 죄를 후회하지 않은 채 죽게 될까.

눈앞에서 피해자들을 조롱하는 이 사악한 놈에게 죗값을 치르게 할 수는 없을까.

“한 가지 미련이 남는다면 그년을 죽이지 못한 거야. 하지만 아들이 연쇄 살인범이라는 소문이 나면 그년 인생은 끝난 거나 다름없지. 그러니까 어떤 의미에서는 내 사명을 다한 거나 마찬가지야.”

료의 사명은 이놈을 잡는 것이었다.

자신에게 남은 얼마 안 되는 시간을, 소중한 사람들과 함께 할 수 있는 귀중한 마지막 시간을 맞바꾸면서까지 사명을 다하려고 했다.

그런데 이 답답함과 허무함은 무엇일까.

너는 무엇을 두려워할까. 정말로 아무것도 두려운 것이 없을까.

료는 마음속에서 필사적으로 물었다.

"어차피 나 같은 인간은 지옥에 떨어질 거라고 생각하지? 그렇게 생각하는 게 지금 너에게는 유일한 위안이 되겠지. 너는 천국에 가고, 나는 지옥에 떨어지고. 아니야?" 신이치는 엷은 미소를 띠었다.

이 세상에서 신이치에게 벌을 줄 수 없다면, 역시 지옥에 떨어지기를 바라는 수밖에 없다.

세상을 떠난 피해자들과 남은 유족들도 이제는 거기에 매달리는 수밖에 없을 것이다.

이 세상에 천국이나 지옥 같은 개념이 존재하는 것은, 사람이 사람을 벌하는 것의 한계를 인정하면서도, 인간이라는 나약하고 어리석은 생명체가 이 세상에서 올바르게 살아가게 해 줄 마지막 보루가 필요해서인지도 모른다.

죄를 저지르면 이 세상을 떠난 뒤에 무한한 지옥이 기다리고 있을 것이라고—.

료도 그 생각을 무의식중에 가슴에 품고 지금껏 살아왔다.

유미코가 죽은 뒤로는 그 생각이 더 강해졌다.

언젠가 천국에서 너를 다시 만나고 싶다고.

너를 만날 순간을 위해서 부끄럽지 않은 삶을 살고 싶다고.

하지만—.

"글쎄…. 나는 천국이나 지옥 같은 게 정말 있는지 모르겠다. 죽고 나서의 일은 아무도 모르니까."

료가 솔직한 생각을 말하자, 신이치가 조금 의외라는 표정을 지었다.

그렇다―. 죽은 뒤에 어떻게 될지는 모른다. 모르기에 무섭다.

그 순간 미즈키와 켄고의 얼굴이 뇌리를 스쳤다. 지난 며칠 동안 잠재우고 있던 생각이 봇물 터지듯 터져 나왔다.

죽음이 무섭다―.

사람은 누구나 언젠가는 죽는데, 나는 왜 이렇게까지 죽음이 두려운 것일까.

죽음 자체를 두려워하는 건 아닌 것 같다고 최근 들어 생각했다.

다만 자신이 이 세상에 남겨 두고 떠나야 하는 소중한 존재들을 생각할 때 한없이 죽음이 무서워졌다.

워낙 누군가를 사랑하는 인간은 그 사람과 다시는 만나지 못하게 되는 것을 무서워하지 않나. 그리고 가장 좋은 자리를 찾은 인간은 그 자리에서 밀려나는 것을 무서워하지 않나.

그렇다면 살인을 저지른 인간은 빛이 들어오지 않는 밑바닥으로 내던져져서 어떤 식으로든 죗값을 치르게 되는 것을 두려워해야 한다.

그러니 죽음 자체가 무서운 것이 아니다.

자신의 인생이라는 거울이 자신을 훤히 비출까 봐 죽기 직전까지 무서워하는 것이다.

신이치의 눈앞에 그 거울을 들이밀려면 대체 어떻게 해야―.

거기까지 생각하다가 료의 머릿속에 한 가지 생각이 번뜩였다.

앞에 있는 이놈이 두려워하는 것은 어쩌면….

"너한테 진작에 전했어야 하는 말이 하나 있어."

료가 말하자, 신이치가 어디 한번 들어 보자는 듯 고개를 살짝 내밀었다.

"야마구치 스미노가 전한 말이야."

"스미노가…?"

"그래. 야마구치 스미노는 그날 교통사고를 당하고 자기가 잠시 후 죽을 걸 알자 필사적으로 더듬거리면서 나한테 말했어."

신이치의 표정이 돌처럼 굳었다.

"너를 기다릴게…. 뱃속의 우리 아이랑 같이 당신을 기다릴게…. 그 사람에게 전해 줘요…라고. 그게 야마구치 스미노의 유언이었어."

그 말을 하자, 신이치의 움직임이 멎었다.

몸속에 흐르는 피가 순식간에 얼어붙은 것처럼 경직되었다.

신이치의 눈을 빤히 처다보았지만 약간의 반응도 없었다.

사고 회로가 얼어붙어 버린 모양이다.

잠시 후, 신이치의 몸이 떨리기 시작했다.

"거짓말…." 신이치가 입가를 떨면서 중얼거렸다.

"아니. 야마구치 스미노가 죽기 직전에 네게 꼭 전하고 싶었던 말이야."

료가 단언하자, 신이치의 감정이 폭발했다.

"거짓말! 스미노가 그런 말을 했을 리가 없어! 게다가 아이라니, 대체 무슨 소리야! 거짓말하지 마!"

료는 이성을 잃은 듯 소리치는 신이치를 냉랭하게 처다보았다.

"사실이야. 야마구치 스미노는 네 아이를 임신한 상태였어."

"거짓말! 스미노가 왜 그런 말을 하겠어? 나는 살인자야! 그런 말을 했을 리가 없어! 헛소리하지 마! 거짓말하지 말라고!" 악을 쓰듯 소리를 질렀다.

그 소리를 듣고 효마와 수사관이 병실에 뛰어 들어왔다. 침대 위에서 날뛰는 신이치를 수사관들이 붙잡았다.

"스미노가 기다리고 있을 리가 없어! 내가 갈 곳은 지옥이니까!"

"아까 말했잖아. 나는 천국이나 지옥이 정말 있는지 모르겠다고. 이제 죽을 때까지 야마구치 스미노를 다시 만나면 뭐라고 할지나 생각해 봐."

네놈이 죽기 직전까지 자신이 저지른 죄라는 거울을 바라보며 겁을 먹기를 바란다.

료는 효마에게 "가자"라고 말했다. 효마가 휠체어를 밀며 병실에서 나갔다. 복도를 지나는 동안에도 신이치의 포효 소리가 귀에 울렸다.

"대체 저놈에게 무슨 말을 한 거야?" 뒤에서 효마가 물었다.

"거짓말."

"거짓말…?"

효마가 되물었지만, 료는 그 이상 아무 말도 하지 않았다.

사실 스미노는 신이치를 기다리겠다고 말하지 않았다.

그때 스미노가 더듬거리며 자신에게 한 말은—.

"당신을 만나지 말 걸 그랬어…. 그랬으면 당신을 사랑하지 않았을 텐데…. 그 사람에게 전해 줘요…"였다.

신이치의 아이를 뱃속에 밴 채로 죽어 가야 했던 그녀가 마지막으로 전하고 싶었던 말이었으리라.

병실 앞까지 와서 효마가 "미안…" 하고 말하더니 휠체어를 미는 손을 멈췄다. 휴대전화를 꺼내더니 통화를 시작했다.

료는 자신의 손으로 휠체어를 밀어 병실에 들어갔다.

잠시 기다리자, 효마가 병실에 들어왔다.

"오츠카에서 살인사건이 일어났어. 지금 가야 해."

"그래. 이제 다시 못 볼 수도 있겠네."

그렇게 대답했지만, 효마는 무언가 아쉬운 듯 료를 바라보았다.

"…효마, 마지막이니까 이런 건 어때?"

료는 효마에게 오른손을 내밀었다.

"싫어."

효마는 그렇게 말하며 료의 손을 쳐 내고 병실을 나갔다.

정말이지, 마지막의 마지막 순간까지 붙임성 없는 놈이다.

55

　조금 전부터 여자의 얼굴이 어른거려서 머릿속에서 떠나지 않는다.

　어딘가에서 본 기억이 있다. 어디였을까…. 맞다…. 오카모토 마키. 운명의 여자다.

　마키의 목을 열심히 졸랐다. 마키의 얼굴색이 점점 변하더니 눈에서 힘이 훅 빠졌다.

　좋은 여자였다. 죽는 순간의 얼굴이 최고였다….

　어디선가 누군가가 나를 부르는 소리가 들렸다. 방해하지 마. 지금 나는 내 인생 최고였던 순간을 떠올리고 있으니까.

　갑자기 스미노의 얼굴이 떠올랐다. 가엾이 여기는 눈빛을 이쪽으로 던진다.

　그 모습에 겁을 먹은 순간, 눈앞에 빛이 비쳐 들었다.

　부연 시야 속에서 두 사람의 형체가 흐릿하게 보였다. 타카기와 간호사가 나를 보며 무어라 외쳤다.

　하지만 무슨 말인지 전혀 들리지 않았다.

　어차피…, 나는…, 이제 곧 죽을 것 같다….

　다시 시야가 캄캄해지자, 목 졸려 죽어 가던 여자들의 비참한 얼굴이 차례차례 주마등처럼 눈앞에 나타났다가 사라졌다.

　다시 스미노의 모습이 흐릿하게 나타났다. 이번에는 아기를 안고 말없이 이쪽을 바라보았지만, 어떤 표정을 짓고 있는지는 보이지 않았다.

스미노와 아기의 모습이 점점 가까워졌다.

'나 같은 게 가족을 가질 수 있을까—.'

어딘가에서 내 목소리가 들려왔다. 그런 말을 한 적이 있었다. 그때가 언제였을까. 맞다…. 와카츠키 보육원에 들렀다가 돌아가는 길에 스미노에게 결혼 생각이 없냐는 질문을 듣고 그렇게 대답했었다.

어디서부터 잘못됐을까. 나는 대체 어디서부터 잘못돼 버렸을까….

맞다. 그때다.

'신이치를 만나고 싶어. 꼭 만나야겠어—.'

그 메시지를 봤을 때 내 안의 욕망을 팽개치고 스미노를 만나러 갔다면, 이런 공포에 시달리지 않을 수 있었을까.

무한히 이어질지도 모를 이 공포에—.

무섭다…. 스미노에게 가는 것이 너무 무섭다…. 죽고 싶지 않다….

하지만 아무리 도망치려고 애써도 빛은 어디에서도 비쳐 들지 않았다. 천천히 스미노를 향해 다가갔다.

스미노, 거기로 가는 게 견디기 힘들 만큼 무서워.

거기에 도착하면, 너희는 어떤 눈으로 나를 맞이할까.

⧗

56

토모키는 오랜만에 와세다역에 내렸다. 감상에 젖어서 역 주변을 둘러보다가 왼 다리를 조금 끌면서 앞으로 걸어 나갔다.

잠시 골목을 걷자, 오래된 집들 사이에서 '토모키 베이커리'라는 간판이 보였다.

가게 앞까지 와서 안도와 낙담이 뒤섞인 한숨을 쉬었다. 셔터가 열려 있고, 가게는 영업 중이었다.

료와 한 약속을 지키려고 크로켓 빵을 사러 왔지만, 아버지와 얼굴을 마주해야 해서 조금 망설여졌다.

결심을 굳히기도 전에 가게 안에 있던 어머니에게 들키고 말았다. 어머니가 가게에서 뛰어나왔다.

"토모키! 어쩐 일이야?"

어머니가 어서 들어오라며 가게 안에 억지로 끌고 들어갔다.

"아야야….' 토모키가 왼쪽 허벅지를 누르며 앓는 소리를 냈다.

"왜 그래? 다쳤어? 혹시 일하다가 무슨 일 있었던 건 아니지?" 어머니가 걱정스럽게 물었다.

"괜찮아. 별거 아니야."

그렇게 말하며 유리 진열장 쪽을 힐끔 보다가, 그 뒤에 서 있던 아버지와 눈이 마주쳤다.

"뭔 볼일 있어?"

퉁명스러운 말투로 묻는다.

"뭔 볼일 있냐니…. 그냥 빵 사러 왔어."

토모키는 쌀쌀맞게 대답하고 유리 진열장을 보았다. 크로켓 빵이 없다.

"크로켓 빵은?"

토모키가 묻자, 아버지는 "다 팔렸어"라고 대답했다.

"꼭 선물해 주고 싶은 사람이 있는데…, 만들어 줄 수 있어?"

그렇게 말하자, 아버지는 떨떠름한 표정으로 주방에 들어갔다.

계속 서 있기 힘들어서 계산대에 놓인 철제 의자에 앉았다. 어머니는 다친 이유를 끈질기게 물었다. 하는 수 없이 이참에 대대적으로 본인이 범인을 체포한 사건을 이야기했다.

아버지가 주방에서 나와 봉지에 든 빵을 말없이 건넸다.

"여보, 들어 봐요. 토모키가 일하다가 다쳤어. 살인범이랑 격투하다가 칼에 찔렸대…. 제발 그런 위험한 일은 어서 그만둬." 어머니가 애원하듯 말했다.

"어차피 이놈 성격에 금방 관둘 텐데, 뭐."

한심하다는 어조로 말했지만, 아버지도 내심 관두기를 바라는 것 같기도 했다.

"하고 싶은 말이 있어."

토모키의 말에 아버지와 어머니가 동시에 토모키를 돌아보았다.

"나, 경찰 일 관두지 않을 거야. 아버지가 어떻게 돼도 절대로 가게는 안 이어."

"무슨 소리를 하는 거야? 우리 가게 안 이어도 되니까, 제발 위험한 일은 빨리 그만둬. 여보, 당신도 뭐라고 말 좀 해 봐요!" 어머니가 간절히 호소했다.

토모키는 아버지 쪽으로 고개를 돌렸다.

"그래라…. 어서 가져가."

그렇게 중얼거린 아버지의 표정은 미소를 짓고 있는 것 같기도, 쓸쓸해 하는 것 같기도 했다.

"나 아버지가 만든 크로켓 빵 좋아하니까…, 오래 살아요."

토모키는 그렇게 말하고 가게를 나갔다.

와세다역으로 돌아가서 지하철을 갈아타고 료가 입원한 병원으로 향했다.

문을 노크하자, "들어오세요" 하는 미즈키의 목소리가 들렸다.

병실에 들어가서 침대 위에 있는 료의 얼굴을 보고 충격을 받았다. 며칠 전에 만났을 때보다 훨씬 쇠약해 보였다. 거의 미동도 없는 아버지를 미즈키와 남동생 켄고가 지켜보고 있었다.

"내가 들어가도 될까…?"

토모키가 묻자, 미즈키는 "물론이죠" 하며 자리에서 일어나 토모키를 안으로 들였다.

"사실 전에…, 료 씨랑 본가 이야기를 했었거든. 부모님이 빵집을 하는데 크로켓 빵이 엄청 맛있다고. 그런 이야기를 했었는데, 그래서 이걸…."

토모키가 봉지를 내밀자, 미즈키는 "감사합니다" 하며 받아 안에 든 빵을 접시에 옮겨 담았다.

"아빠, 토모키 씨가 크로켓 빵을 가져왔어. 엄청 맛있어 보인다."

미즈키가 빵을 침대 식탁 위에 놓았지만, 료는 반응이 없었다.

"죄송해요. 아빠가 지금은 못 먹을 것 같아요."

"괜찮아…."

나중에도 먹지 못할 것이라고, 료의 모습을 바라보며 생각했다. 이 자리에 있는 것이 너무나 괴로워졌다.

가족의 소중한 시간을 방해하기가 미안해서 토모키는 바로 집에 돌아가려고 일어섰다.

"료 씨." 토모키는 얼굴을 료의 귓가로 가져갔다.

"사카키 신이치가 어제 죽었대요."

귓가에 대고 마지막 보고를 하자, 료의 눈이 희미하게 반응했다.

그리고 사흘 후, 미즈키에게 메시지가 왔다.

'아버지가 위독해요—.'

"야, 토모키, 가택 수색 시작한다!"

선배 형사의 목소리에 토모키는 정신을 차렸다.

주변을 보니, 앞에 있는 창고를 향해 수사관들이 달려가고 있었다.

이제 곧 전문 절도 조직의 가택 수색이 시작될 것이다.

료 씨, 저도 언젠가 당신 같은 형사가 될게요—.

휴대전화와 함께 감상을 집어넣고, 토모키는 앞에 있는 창고로 달려갔다.

$$\style{}{⧗}$$

57

세상은 어둠 속에 갇힌 상태다.

나는 대체 어디에 있는 것일까.

암흑 속을 계속 헤매고 있는데, 어디에도 출구가 보이지 않는다.

료는 외로움과 불안을 견디며 암흑 속을 나아갔다.

어디선가 자신을 부르는 목소리가 들렸다. 필사적으로 힘을 쥐어짜서 목소리가 나는 쪽으로 가려고 했지만, 아무런 변화도 없었다. 눈앞에는 여전히 칠흑 같은 어둠이 펼쳐져 있다.

'아빠—.'

다시 목소리가 들렸다.

눈앞에 약한 빛이 비쳐 들었다. 마지막 힘을 쥐어짜자, 그 빛이 주변으로 퍼져 나갔다.

흐릿한 시야 안에서 미즈키와 켄고가 필사적으로 무언가를 외치는 모습이 보였다. 그 옆에는 후쿠다가 있었다. 뒤쪽에는 안도가 있었다.

미즈키와 켄고는 눈에 눈물을 글썽거리며 이쪽을 보고 있었다.

아무래도 나는 곧 죽나 보다….

하지만 이상하게도 두려움은 없었다.

그렇게나 죽는 게 무서웠는데….

지금은 평온한 마음으로 눈앞에 비친 마지막 광경을 기억에 새기고 있다.

그리고 끊어질 듯한 의식 속에서 내 인생의 거울을 가만히 들여다보았다.

나는 이 세상에 많은 소중한 것들을 남기고 간다. 나름대로 열심히 살아왔고, 다른 사람을 사랑했고, 소중한 존재를 남겼다. 그러니 이제 충분하다.

사람들의 모습이 조금씩 흐려져 갔다. 천천히 시야가 암전되어 갔다.

이제… 이걸로….

그때, 어떤 소리가 나고 다시 빛이 돌아왔다.

효마가 뛰어 들어오는 모습이 보였다.

저 자식이…. 대체 무슨 생각이야…. 여기 올 때가 아닌데….

흐릿한 시야 속에서 효마가 이쪽을 향해 오른팔을 내민 것이 보였다. 엄지를 세우고 있다.

그래…. 잡았구나…. 고생했다….

다시 시야가 암전되어 갔다. 울렁거리며 흔들리듯 어딘가로 가는 느낌이었다.

유미코. 나도 이제 그쪽으로 가, 거기는 대체 어떤 곳이야?

이쪽 세상에서 말하는 것처럼 거기에는 천국이나 지옥이 있어?

네 주변에 친구는 있어? 아니면 혼자야?

거기에도 이쪽 세상처럼 다툼이 있어?

상처 주거나 상처받기도 해? 고통이나 슬픔도 존재해?

아무것도 모르니까 그냥 조금 걱정스럽네.

하지만 거기가 어떤 세상이든 상관없어.

유미코….

거기에 도착하면 제일 먼저 너를 찾으러 갈게—.

옮긴이 **권하영**

한국외국어대학교 일본어통번역학과를 졸업하고, 이화여자대학교 통역번역대학
원에서 한일번역을 전공하였다. 번역작으로《전남친의 유언장》,《루팡의 딸2》,《루
팡의 딸3》,《루팡의 딸4》,《루팡의 딸5》,《내가 나를 버린 날》,《치유를 파는 찻집》,《
한밤중의 마리오네트》등이 있다.

죽기 전에 벌한다

초판 2026년 1월 9일 1쇄
저자 야쿠마루 가쿠
옮긴이 권하영
편집 김대웅 **디자인** 배석현
ISBN 979-11-93324-78-3   03830

발행인 아이아키텍트 주식회사
출판브랜드 북플라자
주소 서울시 강남구 학동로 329 북플라자 타워
홈페이지 www.bookplaza.co.kr

오탈자 제보 등 기타 문의사항은 book.plaza@hanmail.net으로 보내주세요.
잘못된 책은 구입하신 서점에서 교환해 드립니다.